Lina Albrecht
Die Inselpension – Sehnsuchtstage

Weitere Titel der Autorin:

Die Inselpension – Heimkehr ans Meer

Über die Autorin:

Lina Albrecht machte ihren Kindheitsraum wahr, als sie ihren ersten Roman veröffentlichte, dem weitere folgten. Ihre Herzensheimat fand sie am Meer, wo sie die Seele baumeln lassen und die schönsten Geschichten schreiben kann.

Lina Albrecht

Die Inselpension

Sehnsuchtstage

Nordsee-Roman

Lübbe

Dieser Titel ist auch als E-Book erschienen

NACHHALTIG PRODUZIERT

Die Bastei Lübbe AG verfolgt eine nachhaltige Buchproduktion. Wir verwenden Papiere aus nachhaltiger Forstwirtschaft und verzichten darauf, Bücher einzeln in Folie zu verpacken. Wir stellen unsere Bücher in Deutschland und Europa (EU) her und arbeiten mit den Druckereien kontinuierlich an einer positiven Ökobilanz.

FSC
www.fsc.org
MIX
Papier | Fördert gute Waldnutzung
FSC® C014496

Originalausgabe

Dieser Roman wurde vermittelt durch
die Literarische Agentur Kossack

Textredaktion: Dr. Ulrike Brandt-Schwarze, Mindhouse
Umschlaggestaltung: Guter Punkt, München
Einband-/Umschlagmotiv: © iStock/Getty Images Plus: Anski |
gan chaonan | graphit77 | Andy Nowack | sagarmanis |
zoom-zoom | spxChrome
Satz: Dörlemann Satz, Lemförde
Gesetzt aus der Minion
Druck und Verarbeitung: GGP Media GmbH, Pößneck
Printed in Germany
ISBN 978-3-404-19367-7

2 4 5 3 1

Sie finden uns im Internet unter luebbe.de
Bitte beachten Sie auch: lesejury.de

1. Kapitel

Rau ging der Seewind über sie hinweg, während sich die Schreie der Möwen mit dem Brummen der Maschinen zu dieser unverwechselbaren Geräuschkulisse ihres Lebens vermischten. Marieke hielt das Gesicht in die Sonne und spürte dem leisen Glücksgefühl in ihrem Inneren nach. An diesem Vormittag schimmerte das Wasser tiefblau, und über den Himmel zogen ein paar Schäfchenwolken. Unzählige Male schon hatte die *Frisia I* sie über die launische Nordsee getragen. An manchen Tagen fühlte sich Marieke wie auf einem Urlaubsdampfer, an anderen, wenn es eisigkalt war und die Fähre sich durch große graue Wellentäler schieben musste, blieb sie unter Deck. Das Schiff konnte nur bei Flut verkehren und nutzte auf dem Weg nach Juist bestimmte Fahrrinnen. Dieser eigenwillige Zickzackkurs zur Insel deutete zusammen mit ihrem wunderschönen Beinamen darauf hin, dass es auf »Töwerland«, dem Zauberland, ein bisschen anders zuging als anderswo.

»Entschuldigen Sie, könnten Sie uns einen Gefallen tun?« Die Frau, die neben Marieke auf der Bank saß, beugte sich ein Stück vor und hielt lächelnd eine Digitalkamera hoch.

»Gern.« Marieke strich sich eine der Locken aus der Stirn, die sich konsequent weigerten, mit Klammern in ihrer Hochsteckfrisur fixiert zu bleiben, und ihr immer wieder vor die Augen wehten. Der Frau ging es ähnlich, überhaupt kämpften die meisten an Deck mit ihren herumflatternden Haaren. Sie lachten beide, und die Frau rückte noch enger an den Mann neben ihr. »Wir fahren das erste Mal nach Juist«, sagte sie. »Darauf freuen wir uns seit Langem.«

Marieke stand auf und stellte sich mit dem Rücken zur Sonne. Das Paar strahlte sich glücklich an, und sie drückte dreimal auf den Auslöser. »Genießen Sie Ihren Urlaub«, sagte sie freundlich und gab die Kamera zurück.

»Danke. Machen Sie auch Ferien auf Juist?«, fragte die Frau.

»Ich bin von dort.«

»Sie sind *von dort*!«, echote die Frau mit einem fast ehrfürchtigen Unterton. »Es ist bestimmt toll, auf so einer Insel zu leben«, seufzte sie und schaute Marieke erwartungsvoll an.

Die meisten, denen Marieke von ihrer Herkunft erzählte, gingen automatisch davon aus, dass es traumhaft und romantisch sein müsse, auf diesem schmalen Fleckchen Land im Meer aufzuwachsen. Sie wollten nur Gutes davon hören. Und es war noch nicht lange her, da hätte sich Marieke vor einer Antwort gedrückt, um nicht in allzu enttäuschte Gesichter zu blicken.

»Ich bin auf Juist aufgewachsen, aber ich habe auch zehn Jahre auf dem Festland gewohnt«, sagte sie.

Prompt fragte die Frau neugierig: »Und nun sind Sie wieder zurückgekehrt?«

»Nicht ganz. Mein Vater besitzt eine kleine Pension, und da werde ich seit einer Weile gebraucht. Hin und wieder arbeite ich noch in einem großen Hotel in Hamburg.«

»Oh, das sind bestimmt zwei Welten, nicht wahr?«

»Allerdings. Manchmal weiß ich nicht, welche mir lieber ist.« Die Frau wollte schon etwas erwidern, doch Marieke kam ihr zuvor. »Jedenfalls ist Juist perfekt für einen Urlaub zu zweit, wenn einen wirklich nichts und niemand stören soll«, fügte sie hinzu und wechselte damit nahtlos in ihre Rolle als Gastgeberin im *Sandstern*, die sie auf der Insel verkörperte.

Die Frau lachte, und der Mann gab ein zustimmendes Brummen von sich. »Was sollten wir Ihrer Meinung nach als Erstes tun, wenn wir angekommen sind?«, fragte er.

Marieke schmunzelte. Das war einfach zu beantworten. Die Hauptattraktion von Juist war an einem schönen Tag zweifellos der schier endlose Strand. Aus dem Flugzeug betrachtet erinnerte die Insel an eine lange Sandbank. Sie blinzelte in den Himmel. »Wenn das Wetter so bleibt, dann vor allem eins: Machen Sie es sich in einem

Strandkorb gemütlich, und genießen Sie später den tollen Sonnenuntergang.«

»Das werden wir!«

Die beiden küssten sich, und da Marieke für das Foto ohnehin schon aufgestanden war, überlegte sie, den Ort zu wechseln. Sie mochte sich nicht länger unterhalten und wurde immer ein bisschen wehmütig, wenn sie das Liebesglück anderer so nah miterlebte.

Sie fand einen Platz auf dem anderen Oberdeck, das mit Passagieren gut gefüllt war. Die meisten waren Touristen jeden Alters, die bunte Sportjacken und Sonnenbrillen trugen. In der besucherstarken Saison, die sich mit ein paar Unterbrechungen fast über das ganze Jahr verteilte, vervielfachte sich die Zahl der Menschen auf der Insel mit dem Ansturm der Tagesgäste manchmal sogar. Marieke saß da und träumte sich schon ein wenig voraus, wenn sie später in tiefster Inselruhe im eigenen Bett liegen würde. Von der Hochzeitsfeier in Hamburg, auf der sie das ganze Wochenende als Bankettchefin im Einsatz gewesen war, fühlte sie sich ziemlich erschöpft.

»Achtung, eine Durchsage!« Jäh zerschnitt die blecherne Stimme des Steuermanns aus dem Lautsprecher den angenehmen Zustand der Entspannung. »Vermisst wird der vierjährige Hugo. Er hat dunkelbraune kurze Locken und hellbraune Augen, ist etwas über einen Meter groß und mit einer hellblauen Windjacke bekleidet. Vermutlich trägt er einen Teddybären mit einer roten Kapitänsmütze bei sich.« Marieke hielt die Augen noch geschlossen, war aber sofort hellwach und hörte konzentriert zu. »Hugo hat sich vermutlich verlaufen. Bitte halten Sie Ausschau nach dem Kind. Seine Mutter wartet unten in der Bordrestauration auf ihn. Von da ist der Junge verschwunden.«

Offenbar war ihr keine Ruhe vergönnt. Sie seufzte leise. Als kleines Mädchen war auch sie mal auf der Fähre verloren gegangen und hatte unter all den Fremden schreckliche Angst bekommen. Wahrscheinlich ging es dem kleinen Hugo jetzt ähnlich, und bei dem Gedanken konnte sie nicht einfach ruhig sitzen bleiben. Sie beschloss, einen kleinen Rundgang zu machen und zu sehen, ob sie den Knirps vielleicht entdecken könnte.

Sie ließ den Blick über das Oberdeck schweifen und nahm dann eine Treppe nach unten. Nun begann sie gezielt, jene Ecken auf dem Schiff abzusuchen, die weniger belebt waren, denn dort hatte sie sich damals auch verkrochen. Fast alle Passagiere saßen entweder in der Sonne, an einem windgeschützten Plätzchen oder unten im Bordrestaurant.

Ihr Bauchgefühl führte Marieke auf eines der Innendecks. Dort gab es eine weniger beliebte Stelle, weil die Sicht nach draußen nicht so gut und es recht laut war. Die nächsten Leute saßen ein paar Meter entfernt. Zunächst konnte sie nichts Auffälliges entdecken und wollte sich gerade wegdrehen, als sie aus dem Augenwinkel bei einer Bank einen roten Fleck wahrnahm. Ihr Herz schlug schneller. Verbarg sich dort der kleine Ausreißer? Als sie näher kam, entpuppte sich der rote Fleck als eine Mini-Mütze, die auf einem Teddybärkopf saß, der ein kleines Stück über die Sitzfläche in den Gang hineinragte. Der Junge hatte sich auf einer der Tür abgewandten Seite versteckt und wie ein Tierchen zusammengerollt. Erleichtert schaute Marieke auf ihn hinunter. Auf den roten Kinderbäckchen glitzerten Tränen, und seine Schultern bebten, aber sein Weinen war vor dem Hintergrund des Motorenlärms kaum zu hören.

»Hey, du bist bestimmt Hugo«, sagte Marieke und hockte sich vor ihn.

Hugo sah sie mit großen Augen an. Marieke hatte nicht viel Erfahrung im Umgang mit Kindern, aber sie hatte eine Idee, wie sie sein Vertrauen gewinnen könnte. »Ist das dein Teddy?«, fragte sie und beugte sich zu ihm hin. »Wie heißt er denn?«

Der Junge blinzelte. »Plüsch.«

»Ich bin Marieke. Darf ich Plüsch streicheln?«

»Wenn du magst«, flüsterte Hugo.

»Der ist ja süß. Ein Kapitän, der gern zur See fährt. Ich fürchte, ihr beide habt euch auf dem großen Schiff verlaufen, oder?«

»Ja …«

»Das ist mir auch mal passiert, als ich so klein war wie du. Und weißt du was? Es ist gut ausgegangen. Jemand hat mich gefunden, so wie ich dich jetzt gefunden habe, und mir geholfen. Was hältst du davon, wenn ich dich zu deiner Mama zurückbringe, wäre das in Ordnung?«

Er nickte zögernd.

»Möchtest du mit Plüsch auf meinen Arm?«

Die Antwort war ein Schluchzen, und Marieke zog den Jungen sachte von der Bank. Er umklammerte sie mit den Ärmchen, und sie hörte seinen gepressten Atem dicht an ihrem Ohr, spürte die feuchte Wange an ihrer. Als er sich so vertrauensvoll an sie drückte, bekam sie einen Kloß im Hals.

Wenige Minuten später übergab sie das Kind in der Bordrestauration der aufgelösten Mutter. Behutsam setzte Marieke den Jungen neben ihr auf der Bank ab. Sofort schmiegte sich Hugo an seine Mama, die in der Babytrage noch ein Geschwisterchen bei sich hatte. »Ich habe Todesängste ausgestanden, dass er ins Wasser gefallen sein könnte! Wie kann ich Ihnen nur danken?«, fragte sie mit Tränen in den Augen.

Die Passagiere rundherum klatschten.

Enno, einer der Kellner, den Marie schon seit ihrer Jugend kannte, zwinkerte ihr zu: »So ein Kind steht dir übrigens hervorragend.«

»Von wegen«, gab sie zurück und lachte. »Gib lieber oben Bescheid, dass der Junge wieder da ist.«

»Darf ich Sie wenigstens auf einen Kaffee einladen?«, fragte die Mutter und wischte sich mit dem Handrücken übers Gesicht, während sie Hugo mit dem anderen Arm an sich drückte.

»Nein danke, das ist wirklich nicht nötig«, wehrte Marieke ab. Ein Kaffee war zwar eine gute Idee, aber mehr noch sehnte sich immer noch nach ein wenig Ruhe, bevor der Alltag sie gleich einholen würde. Die Zusammenarbeit mit ihrem Vater war manchmal ganz schön anstrengend. Besonders, wenn Mariekes Ansprüche aus dem

Hamburger Luxushotel mit seinen Vorstellungen davon, wie eine kleine Familienpension geführt werden sollte, kollidierten. Aber das passierte zum Glück nur noch selten. In den ruhigeren Herbst- und Wintermonaten, die hinter ihnen lagen, hatten sie viel Zeit gehabt, sich anzunähern.

Sie stieg die Treppe wieder hoch und stieß auf den oberen Stufen fast mit jemandem zusammen, der nach unten unterwegs war. Es war ein bekanntes Gesicht. Kurz war Marieke überrascht, denn an normalen Arbeitstagen verirrten sich gewöhnlich nicht so oft waschechte Juister auf die Fähre. Viele der Inselbewohner hatten jetzt von früh bis spät mit der Beherbergung, Bewirtung, Unterhaltung und sonstigem Service rund um die Gäste zu tun. Für manche Erledigungen eignete sich eher das Flugzeug oder das Schnellboot. Marieke nahm lieber, gerade weil es entspannend sein konnte, die Fähre.

»Niels, was machst du denn hier?«, fragte sie.

»Ähm, tja«, antwortete er. »Ich bin nicht allein. Sina sitzt ganz oben links außen, ich hol uns gerade Kaffee.«

»Okay«, sagte Marieke. »Dann muss ich wohl fragen: Wo kommt ihr denn her?«

Niels kratzte sich am Kopf. »Ach, das ist eine lange Geschichte. Willst du auch einen Kaffee? Dann bring ich dir einen mit.«

Diese Überfahrt war wie verhext. Nun rückte schon zum dritten Mal der kleine Traum, einfach nur dazusitzen und an nichts zu denken, in weite Ferne. Sina und sie waren seit einigen Monaten dabei, sich anzufreunden. Es wäre mehr als unhöflich gewesen, sich nicht zu ihr und ihrem Mann zu setzen. »Na klar«, antwortete sie. »Soll ich dir helfen?«

Ein paar Leute kamen die Treppe hoch, und fast bildete sich ein kleiner Stau, weil Marieke immer noch auf einer der oberen Stufen stand. »Nicht nötig«, sagte Niels und ging weiter. »Bis gleich.«

Draußen fand sie Sina sofort. Sie hatte den Kopf gesenkt, aber ihre roten Locken fielen schon von Weitem auf. Marieke grüßte laut, und fast erschrak sie ein bisschen, weil Sina so anders wirkte. Ihre hellen

Augen leuchteten nicht so wie sonst, und sie sah abgekämpft aus. »Du bist auch hier«, sagte sie ohne Freude in der Stimme. »Niels besorgt gerade etwas zu trinken.« Sie rückte ein Stück zur Seite.

»Ich weiß. Ich hab ihn getroffen.«

Marieke setzte sich und wartete darauf, dass Sina irgendetwas erzählte, weil sie andere gern in ein Gespräch verwickelte. Ihr gehörte der Blumenladen, und sie entlockte jedem Kunden Informationen darüber, wofür die Blumen gedacht waren – als Liebeserklärung, für Trauergestecke oder mit besten Wünschen zur Genesung. Darüber erfuhr sie, was in den Familien auf der Insel gerade so passierte. »Bin ja gespannt, wann ich für dich mal einen roten Rosenstrauß binde«, hatte Sina neulich zu ihr gesagt.

Ihr Schweigen war ungewohnt.

»Und? Was habt ihr auf dem Festland gemacht?«, fragte Marieke nach einer Weile.

»Ach, wir waren nur so da«, sagt Sina und wich ihrem Blick aus.

Eine seltsame Antwort. Sicherlich ließ Sina ihren Blumenladen nicht einfach »nur so« allein, und gerade am Wochenanfang gab es überall auf der Insel viel zu tun. Auch Niels musste sich freigenommen haben, denn sonst koordinierte er die Vorgänge im Hafen, wo täglich viele Waren ankamen und Frachten verladen wurden.

»Du siehst müde aus«, bemerkte Marieke. »Geht es dir nicht gut?«

»Ach was«, sagte Sina dazu nur. »Und du? Wie war es in der Welt der Schönen und Reichen?«

Marieke rollte scherzhaft mit den Augen. Sina liebte die Geschichten aus dem *Albatros*, einem der besten Hotels in Hamburg, in dem Marieke jahrelang im Dauerstress gearbeitet hatte. Sie hatte zwar gekündigt, übernahm seitdem aber noch immer einzelne Aufträge als Freiberuflerin. Langweilig wurde es bei der Ausrichtung eines Banketts nie, und anstrengend war es immer. Mal konnte jeder zweite Gast ein Nahrungsmittel nicht gut vertragen, oder die launische Braut wollte zwei Tage vor der Feier eine völlig neue Tischdekoration haben. Auch die berühmte Torte, aus der ein Mensch heraussprang, war schon einmal bestellt worden, und zwar in echt, mit mehreren Kilo Sahne garniert. Was immer der Kunde verlangte: Mariekes Job war es, freundlich zu lächeln und zu behaupten, das alles sei überhaupt kein Problem. »Diesmal hatte ich eine dreitägige Feier mit zweihundertfünfzig Hochzeitsgästen. In der ersten Nacht haben sie bis zum Morgengrauen getanzt und über hundert Flaschen teuren Schampus geleert.« Sina blickte sie zwar an, aber ihr Gesichtsausdruck blieb unverändert, so als höre sie gar nicht richtig zu. »Andere Hotelgäste haben sich später darüber beschwert, dass die Feiernden auf dem Weg zu ihren Zimmern zu laut gelacht und an den falschen Türen gerüttelt hätten«, erzählte Marieke weiter. »Später fanden die Reinigungskräfte im Saal unter anderem einen hochhackigen roten Schuh. Wer bitte verliert einen Schuh?«

Statt lauthals zu lachen, grinste Sina nur schwach. Spätestens jetzt war klar, dass hier etwas ganz und gar nicht stimmte. Marieke stieß sie sacht in die Seite. »Was ist denn los mit dir?«

Sina schüttelte den Kopf und presste die Lippen aufeinander. Spontan legte Marieke einen Arm um sie und drückte ihre Schultern. Erst einen kleinen Jungen retten, dann eine Freundin trösten – mal sehen, was dieser Tag noch so bereithielt. Eine kleine Weile saßen sie so da, bis Niels mit drei Bechern Kaffee zurückkam. Er war ein großer schlanker Mann, der sehr charmant sein konnte und gut zu Sina passte.

»Hattest du wieder einen deiner großen Aufträge?« Er setzte sich neben Marieke.

»Ja, ich hab gerade davon erzählt. Jetzt bin ich wirklich reif für die Insel. Was ihr beide gemacht habt, scheint aber ein Geheimnis zu sein?«

Niels und Sina tauschten einen Blick, und Marieke hob die Hände. »Kein Problem. Ich gehöre nun wirklich nicht zu denen, die immer alles wissen wollen.«

Sina sah sie von der Seite an. »Ach, was soll's. Vielleicht ist es besser, offen darüber zu reden, und wir kennen uns ja mittlerweile ganz gut. Ich kann nicht ewig so tun, als wäre in unserem Leben alles in Ordnung.« Wieder sah sie Niels an und richtete sich auf. »Wir kommen aus dem Kinderwunschzentrum.«

»Oh«, sagte Marieke überrascht. »Das wusste ich nicht.«

»Natürlich nicht«, sagte Niels. »Wir reden kaum darüber. Wir legen keinen Wert darauf, dass unser kleines Problem auf der Insel zum Gesprächsthema wird.«

»Es ist kein kleines, es ist zunehmend ein großes Problem«, bemerkte Sina.

Marieke runzelte die Stirn. »Ihr versucht es schon lange?«

»Schon vor unserer Hochzeit vor drei Jahren wünschten wir uns Nachwuchs, und seit einiger Zeit probieren wir es mit Hilfe. Es ist extrem belastend und natürlich auch teuer. Jetzt werden noch mal Eizellen entnommen und befruchtet, danach heißt es zwei Wochen warten und dann …« Sie sank ein Stück in sich zusammen. »Wenn es beim vierten Versuch nicht klappt, soll ich eine längere Pause machen.«

»Mensch …« Marieke wusste nicht, was sie sagen sollte. Sie hatte immer gedacht, die fröhliche Sina und der supernette Niels gehörten zu den Paaren, denen kaum etwas zu ihrem Glück fehlte. »Das tut mir echt leid. Aber du bist doch kaum älter als ich. Das klappt bestimmt noch.«

Sina hob den Kopf. »Was ist eigentlich mit dir? Willst du keine Kinder?«

Marieke blickte in Richtung Norderney, der Nachbarinsel von Juist, die in Sichtweite war. »Ich weiß es nicht«, sagte sie. »Bisher war es kein Thema. Mir ein Kind zu wünschen, wäre ja auch nicht unbedingt die richtige Reihenfolge.«

»Die richtige Reihenfolge?«, fragte Niels.

Marieke lächelte. »Na ja, ihr seid zu zweit.«

»Ach so.« Er schlug sich vor die Stirn. »Tut mir leid. Ich dachte, es gäbe da jemanden.«

Marieke strich sich eine flatternde Haarsträhne hinters Ohr. Die beiden waren gerade offen zu ihr gewesen. Jetzt wollte auch sie nicht so tun, als wäre in ihrem Leben alles toll. »Ganz falsch ist das nicht. Es gibt tatsächlich jemanden, nur eben anders.«

»Hat sich etwas Neues getan?«, fragte Sina, die natürlich ein wenig mehr von Mariekes Privatleben wusste als ihr Mann. Niels machte ein fragendes Gesicht.

»Ich war eine Weile mit Gerit zusammen und wir hatten große Pläne, das stimmt. Zum Ende des vergangenen Sommers habe ich mich in einer Art Kurzschlussreaktion von ihm getrennt, wollte in Hamburg schon alles aufgeben und vollständig zurück nach Juist kommen. Aber er hat nicht lockergelassen und will eine neue Chance, wenn wir die Dinge in Ordnung gebracht haben. Zunächst ist er aber beruflich eine längere Zeit in Asien.«

»Was für Dinge?«, wollte Niels wissen.

»Zum Beispiel wie es mit der Pension weitergeht. Aus den paar Tagen, die ich einspringen wollte, als mein Vater am Herz operiert wurde, ist eine ziemlich lange Zeit geworden. Es gab viel zu tun und auch zu verbessern. Aber ob ich hier auf Dauer stranden will? Gerit will inzwischen herausfinden, wie und wo er sein Start-up am besten voranbringen kann, was wiederum ein bisschen davon abhängt, ob aus uns noch mal was wird.« Marieke seufzte. »Es ist alles ein bisschen undurchsichtig. Fest steht, dass er und ich am Ende beide definitiv zu viel gearbeitet haben. Wir hatten kaum noch Zeit miteinander. Ob wir als Paar noch mal neu starten wollen, das versuchen wir durch eine längere Auszeit voneinander herauszufinden.«

»Das klingt vernünftig. Und ein bisschen kann ich deinen Gerit verstehen. Dich würde ich auch nicht einfach so gehen lassen«, sagte Niels und zwinkerte ihr zu.

Dank dieser Charmeoffensive konnte auch Sina wieder lächeln. »Recht hat er«, sagte sie. »Wobei ich es persönlich echt toll fände, wenn du auf der Insel bleibst.«

»Mit Gerit an meiner Seite wird das eher nicht passieren. Es graut ihm vor Ruhe! Wenn, dann gehe ich mit ihm in die Welt hinaus. Der Gedanke hat mir ja schon immer gefallen«, antwortete Marieke.

»Aber es gibt noch mehr Menschen, die dich nicht gehen lassen wollen«, sagte Sina.

»Ach ja?« Marieke spielte mit.

»Auf die Schnelle fallen mir mindesten drei weitere ein. Dein Vater natürlich, unsere Freundin Nele und Philipp Simeon.« Marieke spürte sofort ihr leises schlechtes Gewissen. Sie dachte nicht gern daran, wie sie sich Philipp gegenüber am Ende verhalten hatte. Als sie im letzten Sommer nach langer Zeit wieder auf die Insel zurückgekommen war, hatte sich in kürzester Zeit ein ebenso ungeplanter wie überraschender Flirt mit ihm angebahnt. Sie wäre dem Arzt lieber aus dem Weg gegangen, aber wegen ihres Vaters hatten sie ständig miteinander zu tun gehabt. Fast wäre sie am Ende schwach geworden. Dabei war sie gar nicht der Typ, der sich Hals über Kopf neu verliebte. Sie hatte Philipp mit ihrer Entscheidung, einen Koffer in Hamburg und einen Fuß in ihrer alten Beziehung zu lassen, dann doch noch einen Korb gegeben. Es tat ihr leid, auch wenn er betont hatte, er könne verstehen, dass sie ihr altes Leben nicht von heute auf morgen über Bord werfen wollte.

»Was hat denn Dr. Simeon damit zu tun?«, fragte Niels.

»Na ja, als Arzt würde er es lieber sehen, wenn ich bei meinem Vater bliebe, das sei die beste Medizin für sein Herz. Mein Vater wiederum tut sich schwer damit, zuzugeben, dass er tatsächlich nicht mehr so belastbar ist. Irgendwie ist auch da die richtige Lösung noch nicht gefunden.«

Mehr wollten die beiden nicht wissen, sie waren wahrscheinlich viel zu sehr mit ihren eigenen Problemen beschäftigt. Eine kleine Weile nippte jeder an seinem Kaffee und sah aufs wellige Meer hinaus, bevor Marieke gewohnheitsmäßig auf ihr Handy schaute. Es war eine Nachricht angekommen, und als sie den Namen des Absenders las, wunderte sie sich sehr. Gedankenübertragung? Philipp hatte ihr etwas geschickt, was doppelt seltsam war, denn sie schrieben sich fast nie. Was er wohl wollte?

Ich frage mich, wann die Reisende zwischen den Welten wieder zurückkommt. Würde mit dir gern in die Strandbar gehen, wir sollten baldmöglichst ein bisschen was besprechen. Melde dich gern. LG Philipp

Sina schien sie beobachtet zu haben. »Hast du gerade eine Nachricht von ihm bekommen?«, fragte sie.

»Ja.« Marieke nickte und bereute es sofort, denn Sina konnte wohl kaum Philipp gemeint haben. Sie hatte sowohl ihr als auch ihrer besten Freundin Nele, die sie schon seit Kindertagen kannte, schließlich mehrfach versichert, dass die Sache mit Philipp nichts Ernstes gewesen war. »Äh … nein.«

»Ja? Nein?« Sinas Neugier war endgültig geweckt. »Dein Gesicht hat gerade aufgeleuchtet wie ein Lampion. Es muss ja Gerit gewesen sein, oder hast du einen heimlichen Liebhaber?«

»So ein Unsinn.« Marieke fühlte sich ertappt und spürte, dass sie ein bisschen rot geworden war. Glücklicherweise wehte der Wind ihr gleich mehrere Haarsträhnen ins Gesicht. Sie nestelte an ihrer Frisur, um ihre seltsame Reaktion einigermaßen zu verbergen.

»Ist doch nur Spaß. Ich weiß doch, dass ihr euch auferlegt habt, keine Affären zu haben, bis ihr euch wiederseht. Macht ja auch Sinn. Sonst findet ihr bestimmt nicht mehr zusammen.«

Nun schaute auch Niels wieder interessiert. »Eine Beziehungspause, ohne links und rechts zu gucken?«

»Genau«, sagte Marieke. Und weil es die Wahrheit war, gab es eigentlich auch keinen Grund, sich so zu fühlen, als wäre sie bei einer Affäre ertappt worden, nur weil Philipp ihr ausnahmsweise geschrieben hatte. Wie auch immer er mit ihr in Kontakt trat – wenn er anrief, weil es mal wieder um ihren Vater ging, wenn sie sich im Dorf begegneten, sich am Strand über den Weg liefen oder jetzt –, immer wieder schaffte er es, sie von jetzt auf gleich durcheinanderzubringen.

Nun klingelte Niels' Handy. »Mein Kollege. Ich muss ein bisschen telefonieren, bevor wir wieder im Hafen sind.« Er nickte Sina und Marieke entschuldigend zu, ging ein paar Schritte zur Seite und drehte ihnen den Rücken zu.

Sina griff nach ihrer Tasche und holte ein Buch heraus. »Sei nicht böse. Ich vertreibe mir lieber die Zeit, anstatt weiter zu grübeln. Und noch eine Bitte: Behalte bitte für dich, dass wir im Kinderwunschzentrum waren. Es wissen nur wenige Bescheid. Okay?«

»Na klar.« Marieke nickte und hielt ihr Gesicht wieder in Sonne und Wind, froh, endlich ein bisschen abschalten zu können. Dabei stellte sie fest, dass sie sich plötzlich einen Tick mehr als sonst auf die Insel freute. Anfangs hatte sie sogar erwartet, der Arbeitsalltag in der Pension und das Leben in ihrer alten Heimat würde sie vielleicht langweilen. Aber so war es nicht. Sie genoss es, die Freundschaft mit Nele wieder aufleben zu lassen, und war bis jetzt damit ausgelastet gewesen, die Pension auf Vordermann zu bringen. Philipp jedoch ging sie nach den paar viel zu schönen Küssen aus dem Weg, was nicht einfach war, denn schließlich konnte man sich auf einer kleinen Insel jederzeit begegnen. Mittlerweile gelang es ihr, auch mal längere Zeit nicht an ihn zu denken, vor allem, wenn sie sich auf dem Festland aufhielt. In Hamburg, der quirligen Stadt voller Möglichkeiten, rückte Juist in weite Ferne. Plötzlich aber nahm Philipp mit jeder Minute, in der sie sich auf die Insel zubewegte, Gestalt an und tauchte wie aus dichtem Morgennebel auf, der vom Sonnenlicht aufgelöst wurde. Die Nachricht ließ ihr keine Ruhe. Schließlich schrieb sie zurück.

Lieber Philipp, ich komme gleich mit der Fähre an. Dann ist erst mal viel zu tun. Aber vielleicht heute Abend …

Marieke hielt inne und löschte die letzten vier Worte. Besonders dringend hatte seine Nachricht nicht geklungen, und sie musste an diesem Abend nur eins tun: den versäumten Schlaf nachholen. Zudem wollte sie sich selbst beweisen, dass sie es gar nicht so eilig hatte, mit Philipp in die Strandbar zu gehen, auch wenn sich ihre Wangen plötzlich verdächtig heiß anfühlten. Es wäre das erste private Treffen nach sehr langer Zeit, auch wenn sie sich einander versichert hatten, Freunde zu sein und zu bleiben. Nur wenn es sich um ihren Vater drehte, sprachen sie länger miteinander. Sie überlegte kurz und fügte dann noch etwas hinzu.

In dieser Woche sollte es mit einem Treffen aber noch klappen. Ich hoffe, bei dir ist alles in Ordnung. LG Marieke

Sie setzte ihre Sonnenbrille auf, ließ sich nach hinten sinken und schloss die Augen. Jetzt würde sie sich endlich ein wenig entspannen. Allerdings war jede Spur von Müdigkeit wie weggeblasen.

2. Kapitel

Nach eineinhalbstündiger Fahrt ertönte das Schiffshorn, dessen lang gezogenes Tuten in Marieke seit ihrer Kindheit einen leicht wehen, sehnsüchtigen und schönen Schmerz auslöste, ganz egal, ob sie sich auf dem Hin- oder Rückweg zwischen Festland und ihrer Heimatinsel befand. Eine Lautsprecherstimme verkündete die baldige Ankunft im Hafen, und Marieke sah schon das Wahrzeichen Juists im Sonnenlicht schimmern. Die luftige Konstruktion aus Holz und Stahl stand am Ende der Seebrücke und hatte die Form eines Segels. Auch das luxuriöse große *Strandhotel* mit der markanten Glaskuppel stach bei der Anfahrt auf die Insel gleich ins Auge.

Sie stand auf und verabschiedete sich von Sina. »Ich komme bald mal in den Laden. Ich hab ja gern frische Blumen im Speiseraum.« Nach einem langen Blick auf die Freundin fügte sie hinzu: »Bist du okay?«

»Na ja«, antwortete Sina. »Das Leben muss ja trotzdem weitergehen.«

Niels, der sein Telefonat beendet hatte und zurückgekommen war, legte den Arm um sie.

»Kopf hoch«, sagte Marieke und fand ihren Trost ziemlich dünn. Aber so war es nun mal: Jeder hatte seine Probleme, und das Leben mit seinen Herausforderungen war wie das Meer, mal aufgewühlt und mal glatt, mal gefährlich und mal schmeichelnd. Wer darin nicht untergehen wollte, musste den Kopf oben behalten, und das bei jeder Witterung. Sie umarmten sich kurz, bevor Marieke sich am Ausgang ganz vorn einreihte. Wenn sie vom Festland zurückkam, hatte sie es immer eiliger als die meisten anderen Fahrgäste. In der Mittagszeit gab es in der Pension viel zu tun.

Draußen auf dem Platz vor der Ankunftshalle zog der Traktor

schon die nummerierten Gepäckwagen von der Fähre. Sie hatte Glück, und ihr Trolley war gleich mit dabei. Ein Mitarbeiter öffnete die Schnüre der Plane, unter der die Koffer verstaut waren. Schon verwandelte sich der Platz in einen geschäftigen Bienenstock, von dem aus alle in Richtung des Ortes schwärmten, entweder zu Fuß oder mit einem der Pferdetaxis, die von den Hotels und Pensionen geschickt wurden. Es war ein einziges Gewusel, aber ganz ohne Gehupe und Stress. Das war das Besondere an Juist: Es gab keine Autos – hier waren die stoischen Vierbeiner für den Verkehr zuständig.

Ein breiter Weg führte ins Zentrum. Das Rattern des Rollkoffers auf dem Pflaster gehörte genauso zu Mariekes Leben wie die allgegenwärtigen Möwenschreie. In der Zeit, als sie ganzjährig in Hamburg im *Albatros* arbeitete, hatte sie manchmal ein bisschen Heimweh gehabt. Dann hatte sie sich immer an die Alster gesetzt und den Luftakrobaten einfach nur zugesehen und zugehört.

Das Backsteinhaus mit dem Reetdach war eines der letzten der Ortschaft und lag hinter den Dünen. Trotzdem brauchte sie nicht lange, bis sie vor dem in frischem Weiß leuchtenden Zaun stand, der das Grundstück umgab. Vom Torbogen hing ein Blechschild herab, auf dem *Pension Sandstern* stand. Ein geschwungener Weg führte über eine Wiese zum Eingang des Hauses. Links warteten bunte Förmchen, kleine Bagger und Schaufeln in einem Sandkasten auf ihren Einsatz. Drum herum standen ein paar Liegen, von denen aus die Eltern ihre Sprösslinge entspannt im Blick behalten konnten. Der Sandkasten war Mariekes Idee gewesen. Ihr Vater hatte sich anfangs dagegen gewehrt, so wie er zunächst alle Neuerungen abgelehnt hatte. »Ein Sandkasten am Meer, was soll denn das?« Tatsächlich wurde der Ministrand jedoch gern genutzt, und die Pension konnte noch stärker als familienfreundlich beworben werden. Marieke bemühte sich mit allen Mitteln und Ideen, den *Sandstern* aufzuwerten.

Sie ging zum Hintereingang, stellte ihren Trolley in einer geschützten Ecke ab. Mit geübten Handgriffen steckte sie ihr naturgelocktes Haar im Nacken ordentlich zusammen und zog ihren Lippenstift nach. Entweder waren die Gäste um diese Zeit unterwegs oder saßen im Speisezimmer. Sie trat in den kleinen Gang, der zur Diele führte, und kam nur ein paar Schritte weit, weil ein großer schwarzer Hund auf sie zugelaufen kam.

»Blacky!«, ertönte eine Stimme, und jetzt erkannte Marieke das Tier. Der Hund umtanzte und beschnupperte sie und wedelte heftig mit dem Schwanz. Auch er schien sie zu erkennen.

Herr Sieve tauchte auf und rief wieder: »Blacky! Bei Fuß!« Der Hund gehorchte, setzte sich neben sein Herrchen und hechelte. »Entschuldigen Sie, liebe Frau Janssen. Er muss sie gehört haben und ist vor Freude einfach ausgebüxt. Schön, Sie wiederzusehen!«

Marieke trat näher und streichelte das Fell der Promenadenmischung. Herr und Frau Sieve mitsamt Blacky waren Stammgäste. »Herzlich willkommen. Ist bei Ihnen alles in Ordnung?«, fragte sie.

»Oh ja, danke.« Herr Sieve streckte ihr die Hand hin. »Das neue Zimmer gefällt uns sehr, da ist die leichte Preiserhöhung akzeptabel. Aber wir sind froh, dass sich hier unten im Eingangsbereich nicht viel verändert hat. Moderne Häuser gibt's ja genug. Wir finden das hier viel gemütlicher.« Er lachte. »Aufs Essen mussten wir heute allerdings ziemlich lange warten. Dafür schmeckte es so gut wie immer.«

Erst jetzt bekam Marieke ihre Hand wieder zurück und betrachtete es als Kompliment, dass Herr Sieve sie so fest gedrückt hatte. »Danke. Dann schau ich gleich mal nach dem Rechten. Wo ist Ihre Frau?«

»Sie ruht sich nach dem Essen immer ein bisschen aus, und ich drehe mit dem Hund eine kleine Runde.«

Gemeinsam gingen sie vor bis zur Diele, wo Herr Sieve sich verabschiedete. Marieke blieb bei dem kleinen Pult mit der geschnitzten Holzleiste, an der die Zimmerschlüssel hingen, stehen. Sie träumte zwar von einem etwas moderner gestalteten Empfang, aber an dieser Stelle hatte sie unter den kritischen Blicken ihres Vaters nicht mal einen Bleistift verrücken dürfen. Der Computer stand nach wie vor in dem winzigen Büro. Bis vor knapp einem Jahr hatte ihr Vater nur Buchungen per Telefon und Mail angenommen und alles handschriftlich in ein Reservierungsbuch eingetragen. Mittlerweile hatte sie ihn dazu überreden können, ein neues elektronisches System für kleine Beherbergungsbetriebe zu nutzen, das einfach zu bedienen war. Inzwischen fand er es gar nicht mal so schlecht. Dennoch übertrug er die Reservierungen immer noch per Hand in das Buch. Marieke schlug es auf und stellte fest, dass das seit Langem reservierte Einzelzimmer storniert worden war, also brauchten sie dafür schnell einen neuen Gast. Ansonsten waren die anderen neun Zimmer heute besetzt, und in drei Tagen würden die Zimmermanns mit ihren zwei kleinen Mädchen anreisen. Sie prägte sich noch mal die Namen der aktuellen Gäste ein und ging in den Speiseraum.

Die Zahl der Menschen dort war überschaubar, zumal nicht alle immer Vollpension bestellten. Auf einem Tisch stand noch benutztes Geschirr, das von den Sieves sein musste. An einem anderen Tisch saßen die Wagners, die sie schon vor fünf Tagen begrüßt hatte, hinten einer der Monteure, die je nach Auftragslage auf der Insel arbeiteten und immer wieder bei ihnen Station machten. An dem Vierertisch erkannte sie die Tepperweins, die am nächsten Tag abreisen würden. Sie grüßte laut und freundlich und ging hinüber zu einem Paar, das sie noch nicht kannte.

»Ich bin Marieke Janssen«, stellte sie sich vor. »Schön, dass Sie zu uns gefunden haben. Ich hoffe, es ist alles zu Ihrer Zufriedenheit?«

»Wir sind die Wunderlichs, vielen Dank. Bisher gefällt es uns gut, außer, dass wir kurz vorm Verhungern sind«, antwortete der Mann. »Das Mittagsessen dauert etwas lange. Dabei soll es doch schnell gehen.«

Sofort griff Frau Wunderlich nach seiner Hand und sagte leise tadelnd: »Manni, was ist denn das für eine Begrüßung?« Sie hatte schlohweißes Haar, was ihr gebräuntes Gesicht mit den leuchtenden Augen wunderbar zur Geltung brachte.

»Eine ehrliche Frage verdient eine ehrliche Antwort, Marga«, erwiderte Herr Wunderlich. »Du kennst mich doch.« Über die Brille hinweg sah er seine Frau schmunzelnd an, und sie schenkte ihm ein mit vielen Fältchen umkränztes Lächeln.

Marieke war von dem älteren Ehepaar sofort angetan. Trotz des kleinen Schlagabtauschs wirkten die beiden vertraut und harmonisch miteinander. Gleichzeitig war sie hellhörig geworden. Das war schon der zweite Hinweis auf die Küche. »Ich schaue gleich nach, wo das Essen bleibt. Wenn ich sonst noch was für Sie tun kann, sagen Sie es bitte.«

Sie ging den schmalen Flur entlang und blieb vor der Küchentür stehen. Lauschte. Gemurmel und leises Lachen waren zu hören. Drinnen vermutete sie Fricke, den widerspenstigsten Koch der Welt, der seit Mariekes Kindertagen hier arbeitete, und Susa, die treueste Seele der Welt, die genauso wenig aus dem *Sandstern* wegzudenken war.

Schwungvoll öffnete Marieke die Tür, und die beiden fuhren auseinander. Susa schrie vor Schreck leise auf, und Fricke berührte mit einer ungeschickten Bewegung den langen Stiel eines Topfs, der scheppernd auf den gekachelten Boden fiel. Zum Glück war er leer. Die Kochmütze war ihm vom Kopf geglitten, und verlegen fuhr er sich über die Glatze. Offensichtlich waren Fricke und Susa auf Tuchfühlung gegangen. Ihr Techtelmechtel ging schon länger, und jetzt verhielten sie sich ein bisschen wie ertappte Teenager. Beide versteckten ihre Hände hinter dem Rücken. Marieke war in all den Monaten noch nicht ganz dahintergekommen, wie viel Spaß oder Ernst im Spiel war.

»Schon zurück?«, fragte Susa. Ihr Gesicht war gerötet, und sie zeigte bei einem verlegenen Lächeln ihre leicht schiefen Zähne.

»Ich dachte, du kommst erst morgen, min Deern«, sagte Fricke überrascht. So nannte er Marieke gern.

Sie blickte an sich herunter. »Nun, offensichtlich bin ich aber hier. Ist Annegret denn schon gegangen?«

»Sie musste ein paar Minuten früher fort, um irgendwas zu erledigen, und wir schaffen das auch allein.« Susa sah zu Fricke.

»Aha«, sagte Marieke. »Das sieht draußen aber nicht so aus. Die

Gäste scheinen heute länger auf ihr Essen warten zu müssen. Was ist los?«

Sie sah sich um. Die renovierte Küche wirkte aufgeräumt und sauber. Die große Pfanne mit den Bratkartoffeln hatte Fricke vom Herd genommen, und auf den bereitstehenden Tellern lagen einsam die Sülze und die Salatbeilage bereit. Fricke bestand darauf, sein Leibgericht regelmäßig anzubieten. Er kochte deftige Hausmannskost und wäre nie auf die Idee gekommen, aus eigener Initiative einmal was Neues oder sogar Fischspezialitäten auszuprobieren. Vielleicht war er der einzige Koch auf allen friesischen Inseln, der von sich behauptete, eine Fischallergie zu haben. Nur wenn Marieke ihm bei der Zusammenstellung des Speiseplans mit halb ernstem Unterton mit der Kündigung drohte, lenkte er ein. Letztlich war es aber nicht nötig, öfter besondere Fischgerichte anzubieten, denn die Gäste mochten sein bodenständiges Essen. Der *Sandstern* war nun mal nicht das *Albatros*, und Fisch gab es auf der Insel an jeder Ecke. Allerdings hatte sie regelrecht darum kämpfen müssen, den Koch davon zu überzeugen, immer auch »Grünzeug« mitzuservieren oder gar einen kleinen Beilagensalat zuzubereiten. Zufrieden stellte sie fest, dass das Rohkost-Arrangement auf den Tellern ansprechend aussah. Aber warum ließ er die Bratkartoffeln kalt werden?

Fricke hatte seine Fassung wiedergewonnen und schob die Pfanne auf die Flamme. »Geht schon weiter mit den Braadkartüffeln. Die waren mir ausgegangen.«

Susa wischte sich die Hände an der Schürze ab und prüfte den Sitz ihrer Haube. »Ich geh mal raus und frag nach den Getränken, dann hol ich das Essen«, sagte sie.

»Moment!«, rief Marieke.

Fricke warf ihr über die Schulter hinweg einen kurzen Blick zu. Ein Lächeln umspielte seinen Mund. Sonst machte er bei ihren kleinen Auseinandersetzungen eher eine grimmige Miene.

»Ich weiß nicht, was ich gerade beim Reinkommen gesehen habe, aber der Mittagstisch muss schnell gehen. Auch wenn ich nicht da bin.«

»Tut mir leid«, sagte Susa schnell und vollführte wieder ihren kleinen Knicks, der Marieke manchmal denken ließ, sie lebten weit im vergangenen Jahrhundert. Aber so war Susa nun mal. Sie bestand von sich aus auch auf ihrer weißen Haube mit dem Spitzensaum, die gut zu ihr passte.

»Ich möchte euch darum bitten, Arbeit und Privates getrennt zu halten.«

»Jawohl, min Deern.« Fricke schickte ein winziges Augenzwinkern in Susas Richtung, bevor er sich wieder umdrehte. »Essen ist in drei Minuten bereit zum Servieren.«

Susa huschte hinaus, und Marieke schüttelte leicht amüsiert den Kopf. »Gibt oder gab es sonst was Wichtiges?«

»Alles nach Plan. Speisekammer ist gefüllt.«

»Das ist gut. Wo ist Rainulf?«

»Ruht sich aus.«

»Jetzt schon? Normalerweise ist er in der Mittagszeit doch unten?«

»Normalerweise.«

Die Kartoffeln in der Pfanne fingen an zu brutzeln und erinnerten Marieke daran, wie hungrig sie war. Aber erst musste sie nach ihrem Vater sehen.

Zunächst brachte sie den Koffer in ihr Zimmer, das am Ende des ersten Stocks lag. Es war ein umgebautes Gästezimmer, das ihre Eltern ihr zum sechzehnten Geburtstag eingerichtet hatten. Obwohl Marieke ihnen vorgeschlagen hatte, es zu vermieten, als sie nach Hamburg gegangen war, war das nie geschehen. »Es soll dir jederzeit offenstehen«, hatte ihre Mutter gesagt, und so handhabte es ihr Vater noch immer. Die Summe an Einnahmen, die ihnen dadurch im Lauf der Jahre entgangen war, machte Marieke schwindelig, wenn sie daran dachte.

Am Fenster stellte sie sich auf die Zehenspitzen und schaute einen Moment auf die Dünen und einen glitzernden Streifen Wasser. Dann warf sie ihrem Bett, auf dem die blau-weiß gestreifte Überdecke lag, einen sehnsüchtigen Blick zu und ging zu der Treppe, die zu der elterlichen Dachgeschosswohnung führte. Sie stieg hinauf und horchte, ob ihr Vater wach war. In der Küche spürte sie die Wärme der Sonne, die durch das große Oberlicht in den Raum fiel. Wie jedes Mal, wenn sie hier war, betrachtete sie das golden gerahmte Bild auf dem Sims. Ihre jungen Eltern guckten ihr lebenslustig entgegen. Ein Mädchen, das frech in die Kamera lachte und Zöpfe trug, schmiegte sich an den Hals der Mutter. Auf dem Pullover war der Name *Marieke* eingestickt.

Als sie ein Geräusch hörte, ging sie den Flur entlang und sah ins Wohnzimmer, wo ihr Vater sonst tagsüber sein Schläfchen hielt. »Papa?«

»Wer ist da?«, tönte seine tiefe Stimme von nebenan.

»Ich!« Marieke blieb vor der angelehnten Tür des Schlafzimmers stehen und klopfte. »Darf ich?« Sie trat ein.

Er lag unter seiner karierten Wolldecke auf dem Bett und wachte gerade erst auf. »Marieke.« Er kam ein Stück nach oben.

»Hallo, Papa! Du hast wohl tief geschlafen?«

Ein unverständliches Brummen war die Antwort. Mit der Hand fuhr er sich durch sein volles graues Haar. »Ich musste mich heute früher hinlegen, bin seit dem ersten Sonnenstrahl wach. Wie spät ist es denn? Bist du gerade angekommen? Ist alles in Ordnung?«

»Ja«, antwortete Marieke. Sie würde ihrem Vater nichts von dem kleinen Vorfall in der Küche erzählen. »Das Mittagessen wird gerade serviert.«

»Sülze. Fricke soll mir einen Teller aufheben.«

»Soll ich dir nicht lieber was hochbringen?« Sie setzte sich auf die Bettkante und stellte besorgt fest, dass es wieder einer dieser Tage war, an denen ihr Vater nicht so gut aussah. Er ließ sich wieder nach hinten sinken und rieb sich mit den Händen das Gesicht.

»Ich könnte auch einen Happen gebrauchen«, sagte sie schnell. Durch die enge Zusammenarbeit war sie eine Spezialistin darin geworden, ihn so zu behandeln, dass er sich nicht bevormundet fühlte. Normalerweise aß er unten in der Küche an dem kleinen Tisch, wo er und alle, die in der Pension arbeiteten, etwas aßen oder einen Tee tranken, wenn dazu Gelegenheit war.

»Ausnahmsweise?«, fragte sie.

Er nickte. »Na gut. Ausnahmsweise.«

Marieke huschte hinunter und warf einen Blick auf die Tische der Gäste. Überall war serviert, und die Wunderlichs hielten beide einen Daumen hoch. In der Küche orderte sie zwei kleine Portionen in der Thermobox, die Fricke ihr sofort einfüllte, und ging wieder nach oben in die Wohnung. Ihr Vater saß schon am Küchentisch und trank ein Glas Wasser. Irgendetwas lag in der Luft, sonst wäre er nicht so einfach auf ihren Vorschlag eingegangen.

»Gibt es etwas Besonderes, das ich wissen sollte?«, fragte Marieke vorsichtig, nachdem sie das Essen auf zwei Teller verteilt und ein paar Bissen genommen hatte.

Er legte die Gabel hin. »Die Bratkartoffeln sind lauwarm, das hätte ich mir denken können. Das nächste Mal esse ich wieder unten.«

Marieke ließ sich von solchen Kommentaren längst nicht mehr aus der Ruhe bringen. »Ich kann sie noch mal warm machen.«

Er schüttelte den Kopf und aß schweigend weiter. Eine Weile war nur das Klappern des Bestecks zu hören.

»Wenn du lauwarme Bratkartoffeln in Kauf nimmst, gibt es einen Grund, warum wir hier oben essen«, nahm Marieke den Faden wieder auf. »Sag es mir einfach.«

Er kaute. Dann sah er sie mit müden Augen an. »Du erfährst es ja sowieso. Dr. Siemon war nicht zufrieden mit meiner Verfassung, als du weg warst. Ich hatte doch diesen Kontrolltermin.«

»Dann hast du dich mal wieder übernommen?«

»So würde ich das nicht sagen. Aber wenn du nicht da bist, ist der Tag anstrengender für mich. Ich sollte morgens unten nicht der Erste sein.«

»Annegret ist zuverlässig genug. Sie macht das schon.«

Er schüttelte den Kopf. »Es muss jemand von der Familie sein. *Wir* sind für die Pension verantwortlich, nicht unsere Angestellten.

Wenigstens ist die Terrasse endlich fertig geworden. Ich hoffe, das war's jetzt endlich. Ich kann und will keine weiteren Bauarbeiten mehr beaufsichtigen.«

Marieke fasste über den Tisch nach seinem Arm. »Wir haben das meiste geschafft. Du wirst sehen, die Investitionen lohnen sich. Bisher gibt es von den Gästen und auch im Internet nur gute Kritiken.«

Ihr Vater wischte sich mit der Serviette den Mund ab und brummte dahinter etwas Unverständliches. Es war nicht einfach gewesen, ihn zur teilweisen Sanierung der Pension zu überreden. Stück für Stück aber hatten sie es jetzt geschafft.

»Was ist denn genau passiert?« Marieke blieb beharrlich.

Seine Augen wurden schmal, und er versteifte sich ein bisschen. Früher hatte er einfach losgepoltert, wenn ihm etwas nicht passte. Heute beherrschte er sich. Er nahm einen Schluck Wasser. »Es muss nichts Bestimmtes passieren, Marieke. Meine Nerven sind nicht mehr so gut. Und es ist hier oben.« Er deutete mit dem Zeigefinger auf seinen Kopf.

»Was?«, fragte Marieke erschrocken. »Was ist mit deinem Kopf?«

»Weißt du noch, wie Dr. Siemon uns gemeinsame Spaziergänge verordnet hat?«, fragte er.

»Natürlich. Wir mussten uns beide daran gewöhnen, und dann hat es uns beiden wirklich gutgetan. Wir sollten das beibehalten.«

»Das hat er auch wieder gesagt. Und ich soll noch mehr Verantwortung abgeben, weil ich Stress nicht mehr gut vertrage. Nicht nur wegen hier.« Er fasste sich ans Herz. »Auch hier.« Er legte eine Hand auf die Stirn. »Du weißt schon. Die vielen Gedanken eben. Wenn du auf Juist bist, kann ich gut schlafen. Dann schaffe ich alles besser. Aber der Gedanke, dass du irgendwann wieder woanders lebst, macht mir immer öfter Kopfschmerzen.«

Marieke warf ihm einen verblüfften Blick zu. Vorhin auf der Fähre hatte sie Sina und Niels noch erzählt, dass er niemals zugeben würde, etwas nicht zu schaffen. »Aber ich bin doch immer nur ein paar Tage weg«, sagte sie. »Bisher gab es damit keine Probleme.«

»Ich weiß, ich weiß. Trotzdem. Diesmal war es mir zu viel.«

Marieke stand auf und stellte sich ans Fenster. Dann drehte sie sich um und verschränkte die Arme vor der Brust. »Ich kümmere mich das nächste Mal um eine Aushilfe. Darüber wollten wir längst sprechen.«

»Und dann immer wieder jemand Neues, wenn du fort bist? Nein!« Er schüttelte entschieden den Kopf. »Das bringt zu viel Unruhe, damit ist mir nicht geholfen. Wenn, dann brauche ich jemanden, der den Betrieb langfristig, zuverlässig und genau so führt, wie ich es möchte.«

»Die Nadel im Heuhaufen«, seufzte Marieke.

Er schob seinen Teller beiseite und strich sich über seinen kurzen grauen Bart. »Ich muss mit dir reden.« Er zog die Stirn zusammen, als hätte er Schmerzen. Dann entspannte er sich wieder und lehnte sich zurück. »Oder nein. Lieber ein andermal. Ein Schritt nach dem anderen, das habe ich mir gemerkt, und so mache ich es jetzt auch. Also erst mal die Frage: Kann ich mich darauf verlassen, dass du in drei Wochen auf jeden Fall noch da bist? Damit wäre mir schon ein bisschen geholfen.«

Die Menschen wachsen an ihren Krankheiten über sich hinaus. Das hatte Philipp zu ihr gesagt, und er hatte recht behalten. Vor der Herzoperation war ihr Vater die Sturheit in Person gewesen. Er hatte erst gar nicht versucht, zu verstehen, dass sie als junge Frau vielleicht andere Pläne hatte, als auf einer kleinen Nordseeinsel zu leben. Er hatte es ihr sehr übel genommen, dass sie nach ihrer Hotelausbildung aus Hamburg nicht zurückgekehrt war und ihre Karriere in der Stadt weiterverfolgt hatte. Zehn Jahre war sie ihrer Heimat mehr oder weniger ferngeblieben. Ihr Vater hatte sogar behauptet, sie wäre am Tod der Mutter mit schuld, weil seine geliebte Connie am Ende so viel gearbeitet hatte.

Marieke setzte sich wieder an den Tisch. »Was ist denn in drei Wochen?«

»Federica D'Amico reist an.«

»Oh! Die Italienerin, mit der du dich im letzten Sommer am Ende so gut verstanden hast?«

»Ja, nur diesmal ist sie allein und nicht in Begleitung ihrer Familie. Ich kann mich nicht um sie und alles andere kümmern, wenn du nicht hier bist.« Er sah wirklich besorgt aus.

In diesem Moment tat er ihr leid, und sie fasste einen Entschluss. »Weißt du was? Dann bleibe ich jetzt erst mal eine Weile hier. Keine Reisen nach Hamburg. Schließlich entscheide ich selbst darüber, welche Aufträge ich dort annehme. Ich werde die Zeit nutzen, um Stellenanzeigen zu schalten und jemanden zu finden, der deinen Ansprüchen genügt. Und nach dem Sommer schauen wir weiter. Wie wäre das?«

Kurz zweifelte Marieke an dem, was sie gerade kundgetan hatte. Gerade in den warmen Monaten zeigte sich Hamburg von seiner besten Seite. Am Strand von Övelgönne herrschte dann Urlaubsflair, und es gab jede Menge Konzerte und Veranstaltungen unter freiem Himmel. In ihrem Sparplan würde außerdem das Geld fehlen, das sie von dem üppigen Honorar für ihre Einsätze in Hamburg beiseitelegte. Aber das würde sie mit einer Gehaltserhöhung wettmachen, wenn sie vielleicht wieder ganz aufs Festland zurückkehrte.

Ihr Vater belohnte sie mit einem breiten Lächeln. »Das wäre gut. Dr. Siemon wird diese Nachricht bestimmt auch gefallen.«

Marieke nickte und stand auf. Philipps Meinung kannten sie beide zur Genüge.

»Nicht nur wegen mir«, fügte ihr Vater hinzu.

Jetzt fühlte sie ein leises Flattern durch ihr Herz huschen. Das war nicht immer so gewesen, wenn sie von Philipp sprachen. »Wieso meinst du das?«

»Er hat ihn sehr interessiert, wann du wiederkommst.«

»Aha. Und warum?«

»Er wollte sich gleich heute bei dir melden, hat er nicht?«

»Doch«, musste Marieke zugeben. »Aber ich konnte noch nicht nachfragen, was er genau wollte.«

»Ich glaube, diesmal ging es nicht nur um mich.«

»Aha«, sagte sie wieder, weil ihr nichts Kluges einfiel. Und als könnte sie sich mit geschäftigem Räumen vor zu forschenden Blicken schützen, machte sie mit den Tellern viel zu viel Krach. Ihre leichte Verlegenheit nahm sie samt dem Geschirr mit nach unten.

3. Kapitel

Durch die halb offenen Vorhänge beobachtete Marieke, wie der Morgen langsam heraufdämmerte. Es gab keine Nachbarn, die von draußen hereinsehen konnten, und auch keine Laterne, die ein zu helles Licht warf. Marieke fühlte sich mit der Insel auf beruhigende Weise verbunden, wenn sie die Gardinen abends nicht ganz schloss, und sie hatte tief und fest geschlafen. Trotzdem fühlte sie sich an diesem ersten Morgen nach ihrer Rückkehr leicht beklommen, als hätte sie im Schlaf aus ihrem Unbewussten eine aufwühlende Botschaft bekommen, die in ihr nachwirkte.

Die Uhr zeigte halb sechs. Noch hatte sie etwas Zeit, bevor Annegret kam, um das Frühstück vorzubereiten. Sie schlug die Bettdecke zurück, stand auf und machte sich frisch. Sie wählte eine sandfarbene Leinenhose, die ihre Figur dezent betonte, sowie einen hellblauen Pulli aus feiner Wolle. Im Spiegel fand sie sich weder zu schlank noch zu füllig, eben gerade richtig, und das war ein gutes Gefühl. Vor dem letzten prüfenden Blick zog sie ein paar feine Strähnen aus der Hochsteckfrisur wieder heraus, weil ihr das Verspielte besser gefiel als das Strenge.

Vorsichtig schlich sie über den Flur. Sie kannte jede Stelle, an der die Dielen knarrten. Ihr Blick fiel auf einen Fleck auf dem Teppich. Nachher würde sie Susa auftragen, ihn zu beseitigen. Genau genommen musste der gesamte Teppich in der oberen Etage gründlich gereinigt werden: Sie notierte es sich auf ihrer inneren To-do-Liste.

So früh am Morgen herrschte in der Küche der Pension eine besondere Atmosphäre. Die alte Uhr an der Wand tickte leise vor sich hin. Auf dem großen Gasherd hinten links stand der silberne Teekessel für sie und ihren Vater bereit. Sie ließ Wasser hineinlaufen und stellte ihn auf die Flamme. Es war derselbe Kessel, den ihre Mutter früher benutzt hatte, und es war ihr Ritual gewesen, schweigend zu warten, bis der Kessel zu pfeifen begann. Erst danach hatten sie angefangen zu sprechen, und manchmal tat Marieke das immer noch.

»Ach, Mama«, sagte sie leise. Sie überbrühte die Teeblätter und ließ sie kurz ziehen. Dann füllte sie den Sud mit heißem Wasser auf, goss den Tee in eine kleine Kanne und ließ einen Kluntje, einen weißen Kandis, hineinfallen und setzte sich an den Tisch. »Ich mache mir seit gestern wieder große Sorgen um Papa. Er ist einfach nicht mehr der Alte. Ich weiß, dass er sich wünscht, ich würde für immer hierbleiben und nichts anderes wollen, als unsere Pension zu führen. Aber da draußen ist die riesige schöne Welt, während sich hier kaum was ändert. Da ist auch Gerit, der mich nicht loslässt. Wir würden vielleicht glücklich, wenn wir es noch mal ernsthaft miteinander versuchten.«

Schritte kamen näher, die Tür ging auf, und ihr Vater trat in die Küche.

»So früh?«, sagte Marieke erstaunt und stand auf. »Du kannst doch ausschlafen, wenn ich hier bin!«

Er sah aus, als hätte er über Nacht eine Verjüngungskur gemacht. Die dunklen Schatten um die Augen waren verschwunden, und sein Bart wirkte gepflegt. Er trug ein grün-weiß-kariertes Hemd und seinen grauen Elbsegler, eine Kappe in Form einer Kapitänsmütze aus robustem Tweed. »Moin, Marieke! Ich bin heute mit neuer Energie aufgewacht. Hast du ein Tässchen Tee für mich?«

Ohne eine Antwort abzuwarten, kam er zum Tisch und setzte sich ihr gegenüber. Der Inhalt der kleinen Kanne reichte für zwei, und Marieke hatte zwei Tassen bereitgestellt, weil sie davon ausgegangen war, dass Annegret ihr hier unten gleich Gesellschaft leisten würde.

»Ich habe dich eben reden gehört«, sagte er und musterte Marieke über den Tassenrand hinweg.

Einen Augenblick lang fühlte sich Marieke unbehaglich. »Redest du nie mit ihr?«, fragte sie dann jedoch.

Er räusperte sich. »Es kommt vor«, sagte er und stellte die Tasse ab. »Ach, ich hab was vergessen! Es hat ja heute Nacht stark geregnet. Ich muss draußen schnell mal was nachschauen.«

So überraschend er aufgetaucht war, war er auch wieder verschwunden. Die Tür schlug hinter ihm zu, ein bisschen zu laut für den frühen Morgen. Der Tod von Mariekes Mutter war immer noch ein schmerzhaftes Thema. Manchmal gelang es ihnen, ruhig darüber zu sprechen, ein anderes Mal reagierte ihr Vater unberechenbar. Heute konnte Marieke das aushalten, weil sie wusste, dass er ihr keine Vorwürfe mehr machte. Ein Blutgerinnsel war niemandes Schuld.

Still trank Marieke den Tee und hing ihren Erinnerungen nach. Auch überlegte sie, sich bei Philipp zu melden, aber vor sieben Uhr war es vielleicht ein bisschen früh, wenn es sich nicht gerade um einen Notfall handelte. Sie beschloss, einen Blick in den Frühstücksraum zu werfen, ob dort alles in Ordnung war.

In der gemütlichen Stube öffnete sie zunächst die Fenster. Frische Meeresluft strömte herein, und sie streckte den Kopf hinaus. Die Sonne hatte sich durch den milchigen Himmel gekämpft und versprach einen wunderbaren Frühlingsmorgen. Alle Bäume zeigten sich längst in hellem Grün. Marieke wollte sich wieder zurückziehen, als sie vor dem Gartentor, das ein Stück vom Haus entfernt lag, ihren Vater entdeckte.

Er war nicht allein. Eine Frau mit einem großen Hut stand bei ihm, und er redete mit ihr. Von hier aus konnte Marieke nicht hören, was gesprochen wurde, aber sie ahnte es, als er das Tor öffnete und eine einladende Handbewegung machte. Noch schien die Frau nicht ganz überzeugt. Da griff ihr Vater nach ihrem riesigen Koffer, und sie traten durch das Tor. Von Weitem wirkte sie sehr elegant. Zu dem hellgrauen Hut trug sie einen knielangen lachsfarbenen Mantel und hohe Schuhe in ähnlicher Farbe. Gerade aufgerichtet schritt sie den Weg entlang.

Marieke huschte in die Diele zur Rezeption und blätterte im Reservierungsbuch, als die beiden eintraten. Kurz hinter der Schwelle blieb die Frau stehen. Ihr Blick schweifte durch den Eingangsbereich, ihre Miene war unbewegt. Unter dem Hut flossen lange dunkle Haare hervor. Mariekes Vater hatte sein charmantes Lächeln aufgesetzt und betrachtete den unvorhergesehenen Gast mit offensichtlichem Wohlgefallen.

Der Koffer, den er hinter sich herzog, glitt fast lautlos über den Boden. Es war ein monströs großes Designerstück, das wie eine goldene Schatzkiste auf Rädern aussah. »Wir haben da jemanden«, sagte er und wies mit der Hand zur Tür. »Das ist Josefine Jacobson. Ich denke, wir können ihr das Einzelzimmer geben, das gestern storniert wurde.«

Marieke lächelte ihr entgegen. »Guten Morgen.«

Die Frau kam näher. Marieke stutzte einen Moment, denn aus der Entfernung hatte die Dame mit Hut älter gewirkt, aber sie mochte mit um die dreißig so alt sein wie sie selbst. Ihr Gesicht war sorgfältig geschminkt, und sie trug auffällig große goldene Ohrringe in Form von Muscheln, die sehr schwer aussahen. Aber irgendetwas an dieser schönen Fassade stimmte nicht. Die Schminke um die Augen war verwischt, die Frau wirkte leicht verschwitzt oder angestrengt. Sie hob die Hand und tupfte sich mit einem Taschentuch die Stirn ab. Marieke sah, dass ihre Fingernägel passend zu Mantel und Schuhen lachsfarben lackiert waren.

»Guten Morgen.« Josefine Jacobson musterte Marieke.

»Ich bin Marieke Janssen, die Tochter dieses Gentleman«, sagte Marieke. Sie versuchte immer, ernst dreinblickenden Gästen gleich zu Beginn ein Lächeln zu entlocken.

Es klappte nicht. »Sie sind also Vater und Tochter«, stellte die Frau in nüchternem Ton fest. »Ich würde das Zimmer gern erst sehen.« Sie zog das gemusterte Seidentuch zurecht, das sie um den Hals trug. Es war von Hermès, ein ultimatives Accessoire in der Welt französischer Luxusmodeartikel. Durch ihre Arbeit im *Albatros*, wo sie ständig mit wohlhabenden Menschen zu tun hatte, kannte Marieke sich aus. Längst hatte sie registriert, dass auch der Mantel das Modell einer exquisiten Marke war, und die Schuhe und die Tasche, die Josefine Jacobson trug, würde sie sich erst mit einem Lottogewinn leisten können.

»Natürlich«, sagte Marieke. »Das ist doch selbstverständlich. Es ist nur ein bisschen früh, die meisten Gäste schlafen noch. Das Frühstück beginnt erst in einer halben Stunde …«

»… und wir machen aber auch mal eine Ausnahme«, unterbrach sie ihr Vater. Marieke und er tauschten einen Blick, wie sie es in solchen Situationen in der Schwebe oft taten. Meist überließ er ihr dann den restlichen Part, allein deswegen, weil er nicht mehr so leichtfüßig die Treppe hinaufkam. »Kommen Sie«, sagte Marieke und nahm den Schlüssel vom Bord.

Als sie vorausging, konnte sie hinter sich die kritischen Blicke des neuen Gasts spüren. Hoffentlich stach der Frau nicht gleich der Fleck auf dem Teppich ins Auge, den Marieke am frühen Morgen entdeckt hatte. Durch einen unauffälligen Schlenker gelang es ihr, die Stelle mit dem Fuß zu überdecken. Sie musste selbst über ihr kleines Manöver schmunzeln. Besser, sie kümmerte sich, wenn alle im Frühstücksraum waren, nachher selbst darum.

Vor Zimmer Nummer drei blieben sie stehen.

»Drei, das ist schon mal ein gutes Zeichen«, sagte Josefine Jacobson.

»Ist es das?«, fragte Marieke und steckte den Schlüssel ins Schloss. Es kam keine Antwort.

Sie atmete durch, schob leise die Tür auf und trat ein. Das Zimmer lag in der Morgensonne. Es war hell, freundlich, blitzsauber und besaß ein nagelneues Badezimmer. Ein geschmackvoller Fotodruck in Schwarz-Weiß, der den weiten Strand von Juist mit dramatischen Wolken am Horizont zeigte, hing an der frisch gestrichenen Wand. Das Doppelbett war mit strahlend weißer Leinenbettwäsche bezogen. In der Ecke war ein Schreibtisch eingepasst, und der Schrank bot Platz für zwei. Es war Mariekes Lieblingszimmer.

Josefine Jacobson sah sich um. »Ganz schön klein.«

Marieke schloss die Tür hinter ihnen, damit die anderen Gäste möglichst wenig gestört würden. »Es ist ein Einzelzimmer, und wir haben eigentlich nirgends viel Platz. Das Haus ist alt. Die meisten Gäste wissen das zu schätzen.«

»Das Bad ist neu«, stellte Josefine Jacobson fest, nachdem sie kurz hineingeschaut hatte. Dann ging sie zum Fenster. »Der Blick ist schön.« Sie öffnete den Schrank und schloss ihn wieder. »Es sollte für kurze Zeit gehen. Mit etwas Mühe kann ich mich hier wohlfühlen.«

Mit etwas Mühe? Innerlich verdrehte Marieke die Augen, langsam wurde sie ein bisschen ärgerlich. »Eigentlich sind wir so gut wie ausgebucht …«, begann sie.

»… aber ich habe großes Glück«, fiel ihr Josefine Jacobson ins Wort. »Das sagte Ihr Vater gerade schon, das sagen wohl alle, die ein Zimmer loswerden wollen.«

Marieke verschränkte die Arme vor der Brust. »Wir wollen nichts loswerden, wir bieten Ihnen etwas an. Wir können uns über mangelnde Nachfrage nicht beklagen.«

Das erste Mal, seit sie sich einander vorgestellt hatten, blickten sie sich länger in die Augen. Von Nahem sah Josefine Jacobson müde und angespannt aus, und sie schaute zuerst weg. Marieke hatte sich wieder unter Kontrolle und setzte ihr professionelles Lächeln auf. Es war sozusagen eine Dienstleistung. Der Gast war König und sollte sich stets willkommen fühlen. Es war in ihrem Beruf äußerst hilfreich, sich an diese Maxime zu halten. »Sie können sich bei einer Tasse Tee gern noch überlegen, ob Sie das Zimmer nehmen möchten.«

Josefine Jacobson seufzte. Sie nahm den Hut ab und schüttelte ihr langes Haar. Ein paar Strähnen des Ponys klebten auf der Stirn und wirkten wie Kratzer auf einer sonst makellosen Oberfläche. »Ist schon gut. Wie lange kann ich das Zimmer also haben?«

»Es war für drei Wochen reserviert.«

Sie stieß einen überraschten Laut aus. »Welcher Mensch wohnt hier drei Wochen lang allein?«

Das war eine kleine Frechheit, doch sie perlte an Marieke ab. »Zum Beispiel ein Autor, der hier auf der Insel seine Inspirationen sucht, sie auch immer findet und diese in Literatur verwandelt«, antwortete sie. Ihr Vater hatte ihr am Tag zuvor von dem Schriftsteller erzählt, der einer von den Stammgästen der letzten Jahre war, die sie noch nicht kennengelernt hatte. »Er hat seinen Aufenthalt verschoben. Wir haben auch Familien mit Kindern, die gern drei Wochen bei uns sind.«

»Drei Wochen! Also wenn ich so lange hierbleiben muss, dann hat sich das Ganze mit uns erledigt.« In Frau Jacobsons Stimme lag ein Anflug von Ärger.

»Wie bitte?«, fragte Marieke irritiert.

»Ach, nichts. Ich habe nicht Sie gemeint.« Josefine Jacobson sah sich noch mal um, seufzte wieder und ließ Schultern und Kopf hängen, als müsste sie sich von einer großen Anstrengung erholen.

Wen meint sie dann?, fragte sich Marieke und hätte sich am liebsten ebenfalls umgeschaut. Stattdessen betrachtete sie ihr etwas unverschämtes Gegenüber ein bisschen näher. Die glänzenden langen Haare sahen aus, als käme sie gerade von einem Model-Shooting für ein Pflegeshampoo. Beneidenswert. Marieke hatte mit ihren Naturlocken zu kämpfen, um sie den ganzen Tag zu bändigen und in Form zu halten. Josefine Jacobsons Handgelenke waren mit Armreifen wie bei einer indischen Tempeltänzerin geschmückt, auch an den Händen hatte sie viele Ringe. Die Steine waren vermutlich echt. Sie trug einen Lidstrich, der, obwohl leicht verwischt, ziemlich gekonnt aussah, und einen dezenten Rotton auf den Lippen. Marieke selbst betonte ihr Aussehen nur mit etwas Rouge und Wimperntusche, und Nagellack blätterte bei ihrer vielfältigen Arbeit in der Pension meistens zu schnell ab. Ihren dunkelblonden Haaren gönnte sie manchmal ein paar helle Strähnen, sonst war sie eben ein natürlicher Typ. Neben dieser Frau, die eher einem Gesamtkunstwerk glich, kam sie sich jedoch geradezu vor wie ein unscheinbares Mauerblümchen.

Josefine Jacobson hob den Kopf wieder. Sie hatte ihren musternden Blick gespürt.

»Ist irgendwas?«, fragte sie leicht pikiert.

Marieke trat einen Schritt zurück. Über nonverbale Kommunikation hatte sie bei ihrer Arbeit viel gelernt. Mit ihrem Zurückweichen überließ sie ihrem Gegenüber das Parkett. Sie konnte nicht immer Bilderbuchgäste erwarten, die freundlich, pflegeleicht und dankbar waren.

Josefine Jacobson legte den Hut auf den kleinen Tisch am Fenster, setzte sich aufs Bett und strich mit der Hand über das gestärkte weiße Leinen. »Könnten Sie oder Ihr Vater mir den Koffer heraufbringen?«

Marieke sog hörbar die Luft ein, so überrascht war sie. Diesen Service boten sie älteren oder hilfsbedürftigen Menschen gern an, und ein solches Angebot gab es in jedem besseren Hotel für die Gäste, das erledigten dort Pagen. Außerdem war es noch viel zu früh zum Einchecken. Sie legte sich schon eine diplomatische Antwort bereit, als Josefine Jacobson leise und fast flehend sagte: »Verbuchen Sie von mir aus einen doppelten oder dreifachen Aufschlag. Es ist ja auch noch recht zeitig.«

»Darum geht es nicht nur …«, setzte Marieke an und wurde von einem nachdrücklichen »Bitte« ausgebremst. Das Zauberwort kam das erste Mal aus dem schön geschminkten Mund.

Keine fünf Minuten später bereute sie es, eine Ausnahme gemacht zu haben. Mit aller Kraft und leise fluchend versuchte sie, das Monster von einem Koffer Stufe für Stufe die Treppe hinaufzuwuchten. Die Gäste in den vorderen Zimmern würden durch das Gepolter wahrscheinlich geweckt. Sie schaffte es gerade so und war, oben angekommen, völlig außer Atem.

Josefine Jacobson saß immer noch auf dem Bett und tippte geistesabwesend auf ihrem Handy.

Marieke stellte den Koffer ins Zimmer. »Backsteine?«, fragte sie nur und bemühte sich, nicht zu keuchen.

»Hm? Wie gesagt, setzen Sie den Service ruhig auf die Rechnung. Ich gebe sowieso am Ende immer ein großzügiges Trinkgeld. Kann ich vielleicht ein stilles Mineralwasser haben?«

»Eine Minibar haben wir in den Zimmern nicht.«

Josefine Jacobson tippte die ganze Zeit weiter. »Könnte ich trotzdem eins bekommen?«

Marieke lehnte in der offenen Tür und rang um eine souveräne Haltung. Sie kam immer mehr zu dem Schluss, dass diese Frau sich verirrt haben musste – oder verwirrt war. »Tut mir leid«, sagte sie vielleicht ein bisschen zu streng. Sie schlug zwar nur wenige Wünsche der Gäste aus, aber hatte definitiv nicht vor, zu Josefine Jacobsons persönlicher Bediensteten zu werden. Auch nicht gegen Trinkgeld.

Das Tippen hörte abrupt auf.

»Wir sind eine kleine Pension mit nur wenig Personal. Zimmerservice gehört nur in Ausnahmen zu unseren Leistungen.« Sie atmete tief durch. »Unten steht gleich ein Frühstücksbüfett bereit. Auf der Terrasse können Sie sich jederzeit Kaltgetränke aus dem Kühlschrank nehmen und das Geld in die dafür vorhergesehene Box legen. Außerdem ist hier wie überall auf der Insel das Leitungswasser sehr zu empfehlen. Auf Ihrem Nachtisch steht ein Glas. Falls Sie also bleiben möchten, freue ich mich, wenn Sie nachher unten das entsprechende Formular ausfüllen.« Sie schaffte es, freundlich zu klingen.

Josefine Jacobson taxierte sie ein paar Wimpernschläge lang. »Schon gut. Ich bleibe vorerst.«

»Wissen Sie schon, wie lange?«

»Ich hoffe nicht, dass es länger als ein paar Tage nötig sein wird. Ich bezahle im Voraus für eine Woche.«

»Wenn Sie früher abreisen und sich ein anderer Gast für das Zimmer findet, müssen Sie nicht …«

»Lassen Sie nur. Ich buche eine Woche und fertig. Obwohl ich mir das im Moment wirklich noch nicht ausmalen mag.«

Schon wieder diese Andeutung, als wäre es eine Zumutung, hier zu sein. Warum suchte sie sich keine andere Bleibe? Marieke spürte leise Wut in ihrem Bauch brodeln und reckte das Kinn vor. »Ich wünsche Ihnen einen wunderbaren Aufenthalt.«

Da hatte das Tippen schon wieder angefangen, und Marieke

bekam nur ein leichtes Kopfnicken als Antwort. Draußen, nach ein paar Schritten, ballte sie kurz die Fäuste und warf dem Fleck auf dem Teppich einen verärgerten Blick zu.

Unten hätte sie ihren Vater am liebsten sofort gefragt, wo in aller Herrgottsfrühe er eine Diva wie Josefine Jacobson herbekommen hatte, aber sie konnte ihn nirgends entdecken. Dafür war in der Küche Annegret bereits am Werk.

»Guten Morgen! Heute sind wohl alle etwas zeitiger dran?«, begrüßte Marieke sie.

»Ich bin gestern früher gegangen und deswegen heute ein bisschen früher gekommen«, erklärte Annegret. »Ich gleiche das immer gern aus.«

»Du bist immer so korrekt«, sagte Marieke. »Ein Traum für jede Arbeitgeberin! Das schätze ich sehr.«

Ihre zuverlässigen Mitarbeiter konnte sich Marieke aus der Pension nicht wegdenken. Annegret bereitete immer das Frühstück zu und war vormittags für die Reinigung der Zimmer zuständig. Dann übernahm Susa, servierte das Mittagessen, räumte unten auf, saugte und wischte, erledigte kleine Botengänge und deckte am Abend das Speisezimmer mit dem typisch blau-weiß gemusterten Friesengeschirr ein. Am späten Vormittag traf Fricke ein und übernahm sein Reich, kochte das Mittagessen, kontrollierte die Bestände und bereitete das kalte Abendbüfett vor. Mariekes Vater kümmerte sich am liebsten um die Arbeiten im Garten, anfallende Reparaturen und um das Feuerholz für den Kamin. Sie selbst saß viel am Computer und wirbelte durch alle Bereiche. Sollte ihr Vater die Pension tatsächlich nicht mehr allein führen können, würde es nicht leicht werden, einen vollwertigen Ersatz für sie zu finden.

Annegret lächelte. »Und du bist wohlbehalten aus der großen Stadt zurück?« Sie bückte sich und holte eine Schüssel aus dem Schrank.

»Trink erst eine schnelle Tasse Tee mit mir«, entgegnete Marieke. »Dafür ist doch fast immer Zeit.«

»Danke, Marieke. Ich unterhalte mich gern auch während der Arbeit.«

»Wie du willst. Ich sag es dir gleich: Es gibt einen unvorhergesehenen weiblichen Gast, und ich könnte wetten, die Dame wird sich noch mit Sonderwünschen in der Küche melden.«

Annegret lachte auf. »Das wäre nicht das erste Mal. Damit kommen wir doch klar.«

Marieke konnte nicht tatenlos sitzen bleiben und nahm schon mal die Erdbeeren aus der Kühlung, um zu prüfen, ob sie noch frisch genug waren. »Ich könnte mich um das Obst kümmern, und du machst dein weltberühmtes Omelett?«

Annegret drehte sich zu ihr um. »Du bist eine wirkliche Janssen. Immer aktiv, auch wenn es wirklich nicht sein müsste.«

Gemeinsam machten sie sich ans Werk. Annegret schlug die Eier in eine Schüssel, und Marieke begann, die Früchte klein zu schneiden. »Wie findest du die neue Terrasse?«, fragte sie ihre Mitarbeiterin.

»Gut natürlich! Die alte war wirklich in die Jahre gekommen. Jetzt wirkt der Bereich wieder gepflegt. Ich bin froh, dass du dich gegen deinen Vater durchgesetzt hast. Auch den Zimmern hat die Renovierung gutgetan. Eigentlich sollten wir das ein bisschen feiern.«

Annegrets Bemerkung traf auf eine Idee, die Marieke schon länger mit sich herumtrug. Kaum hatte Annegret das Stichwort gegeben, überkam sie der entsprechende Tatendrang. Schließlich hatte sie, wenn sie in den nächsten Wochen nicht wegfahren würde, etwas mehr Zeit als sonst.

Eine kleine Weile waren nur das Klacken der Messer auf den Brettern und das Brummen der großen Kühlschränke im Raum zu hören. Dabei ließ es sich wunderbar nachdenken. Und Pläne schmieden! Marieke legte viel Wert auf Annegrets Meinung, die ein besonnener und realistisch denkender Mensch war. »Was hältst du davon, wenn wir auf der neuen Terrasse tatsächlich ein kleines Fest veranstalten?«, fragte sie.

Nur ganz kurz hielt Annegret mit dem Zwiebelschneiden inne,

um sogleich mit professioneller Gelassenheit fortzufahren. »Ein Fest, so wie früher? Das wünsche ich mir schon lange, und Susa übrigens auch.«

Ihnen war beiden klar, dass der richtige Zeitpunkt davon abhing, ob ihr Vater die größte Trauer überwunden hatte. Bei dem letzten Fest vor fünf Jahren hatten sich Freunde des Hauses, einige waschechte Juister sowie Zufalls- und Pensionsgäste in einer mondhellen Nacht auf der Terrasse und im Garten versammelt und getanzt, gefeiert und getrunken. Marieke spürte immer Stiche im Herz, wenn sie daran dachte, denn sie selbst war bei diesem letzten Fest vor dem Tod ihrer Mutter nicht dabei gewesen. Damals hatte sie sich nur für ihre Karriere in Hamburg interessiert.

Nele hatte ihr später von dem besonderen Abend erzählt. Und Susa. Und Fricke. Und Sina. Und überhaupt alle waren da gewesen, nur sie nicht. Allein schon ihrer Mutter zu Ehren, die die Feste initiiert und mit Herzblut veranstaltet hatte, wollte sie nun an deren Tradition anknüpfen.

Annegret wischte sich mit dem Ärmel eine Träne aus dem Augenwinkel. »Ein Versuch ist es auf jeden Fall wert.« Sie tat die Zwiebeln in die Pfanne.

Eine prickelnde Aufregung überkam Marieke. Sie hatte genügend Früchte geschnitten und wusch sich die Hände. Beschwingt machte sie ein paar Wiegeschritte durch die Küche. »Mit Musik! Und Tanz! Und einem Büfett, wie es die Pension noch nie gesehen hat! Es darf sich ruhig herumsprechen, dass sich im und um den *Sandstern* einiges getan hat.« Ihr kam die kleine Hochzeit in den Sinn, die sie im vergangenen Sommer für ihre italienischen Gäste am Strand und in der Pension ausgerichtet hatten. Mit Philipp war sie über die Tanzfläche geglitten, und es war ein sehr besonderer Tag gewesen, auch wenn – oder gerade weil – auch noch Gerit überraschend aufgetaucht war, um ihr persönlich zu sagen, wie sehr er sie vermisste. Ein Brautpaar glücklich zu machen und selbst von zwei Männern umworben zu werden, das hatte sich toll angefühlt.

Annegret lachte herzlich. »Um Himmels willen, Marieke! Du willst Fricke doch nicht schlaflose Nächte bereiten?«

Marieke stemmte die Hände in die Hüften. »Da muss er durch!«

Wäre es nach dem Koch gegangen, hätten sich die Pensionsgäste bis ans Ende aller Tage beim Abendessen mit ein paar Scheiben Wurst und Käse, allenfalls mit einer sauren Gurke oder einem Zweig Petersilie garniert, zufriedengeben müssen. Heute gab es auf der Webseite in der Bildergalerie nun auch Fotos von warmen und kalten Speisen, die sich sehen lassen konnten – wenn Fricke sich Mühe gab.

Ihr Vater polterte herein und sah Marieke verwundert an, weil sie nach ihrer kleinen Tanzeinlage immer noch mitten in der Küche stand. Gemeinsam setzten sie sich an den Tisch.

»Wo hast du eigentlich die Frau mit Hut her?«, stöhnte sie.

Er schob seine Kappe ein Stück aus der Stirn. »Sie war einfach da. Ich wollte vorhin ein paar Schritte gehen, da kam sie völlig außer Atem mit ihrem großen Koffer den Weg entlang. Sie wirkte völlig hilflos. Ich hab sie angesprochen, sie fragte nach einem Zimmer, und das war's.«

»Frau mit Hut?« Annegret grinste. »Ist das der neue Gast?«

Marieke nickte. »Sie sieht aus, als wäre sie einem exklusiven französischen Modemagazin entsprungen«, erklärte sie. »Außerdem verhält sie sich seltsam.«

»Was hast du gegen sie? Du willst doch immer, dass die Pension ein breites Publikum anspricht. Bitte schön!« Ihr Vater schlürfte seinen Tee und war mit seiner Bemerkung der Gewinner. Sie hatte längst aufgehört, die großen und kleinen Gerangel mit ihm zu zählen, seit sie in der Pension mitmischte. Das Thema ihres ständigen Wettkampfes hätte lauten können: Tradition gegen Moderne.

Er wandte sich an Annegret: »Marieke bleibt den Sommer über ganz bei uns und fährt nicht mehr weg«, verkündete er.

»Wirklich? Bisher hat es doch auch so ganz gut geklappt«, sagte Annegret und rührte in der Pfanne. Mit ihr hatte Marieke schon öfter über ihren Drang geredet, der sie in die Welt hinauszog. Sie hatte Verständnis dafür, auch wenn die Juisterin zu den wundersamen Menschen gehörte, die mit ihrem Leben auf einer siebzehn Kilometer langen und knapp einen Kilometer breiten Insel mit anderthalbtausend Einwohnern und rund hundert Pferden zufrieden waren.

Mariekes Vater murmelte etwas Unverständliches in seine Teetasse. Als er sie wieder abstellte, legte Marieke ihre Hand auf seinen gebräunten Arm. Der köstliche Geruch von in Butter gebratenen Zwiebeln erfüllte den Raum.

»Ich möchte Mama zu Ehren die Tradition unserer Hausfeste wieder aufnehmen«, sagte sie und beobachtete seine Miene genau. Etwas zuckte in seinem Gesicht, doch er wartete ab. »Mit besonderem musikalischen Programm und kulinarischen Köstlichkeiten. Etwas, das sich ein bisschen abhebt.«

»Abhebt?«, fuhr er auf. »Ich muss mich von niemandem abheben! Ich bin, wie ich bin, und der *Sandstern* ist so, wie er ist … völlig in Ordnung.« Er nahm noch einen zweiten Löffel Zucker und rührte ihn in die Tasse.

»Nicht so viel«, rief Marieke reflexhaft und bereute es sofort, weil sie seit seiner Herz-OP viel zu sehr darauf achtete, was er aß und tat.

Seine Augen blitzten sie herausfordernd an. »Große Feste wie die mit Connie wird es nicht mehr geben. Das würde mir nur zeigen, was ich verloren habe.«

»Entschuldige«, lenkte Marieke ein. »Dann lass es mich ein bisschen anders aufziehen. Etwas nur für unsere Gäste, unsere Belegschaft und enge Freunde des Hauses. Du brauchst im Vorfeld gar nichts zu tun. Ich kümmere mich um alles.«

Ihr Vater kratzte sich am Kinn. »Musikalisches Programm und Köstlichkeiten, das klingt teuer.«

Marieke nickte. »Ich dachte, jeder Gast zahlt vielleicht einen kleinen Obolus?«

Ihr Vater schüttelte vehement den Kopf. »Connie würde sich im Grab umdrehen. Sollte je wieder ein Fest im *Sandstern* stattfinden, ist es für alle Gäste umsonst und basta, darauf bestehe ich – und Connie. Wann soll das überhaupt sein?«

»Von mir aus so bald wie möglich.«

»Moment, nicht so schnell. Und schon gar nicht in der Zeit, wenn Federica kommt.«

Marieke wunderte sich zum zweiten Mal über ihn. Er schien sich über die Italienerin viele Gedanken zu machen. Sie hütete sich jedoch, das anzusprechen. »Aber sie würde beeindruckt sein.«

»Marieke!« Ihr Vater schüttelte den Kopf. »Ich hab's dir schon tausendmal gesagt. Ich bin der Letzte, der sich verbiegt, um irgendeinen *Eindruck* zu machen.« Er betonte das Wort, als wäre es etwas äußerst Sonderbares. »Lassen wir das Ganze lieber.«

»Nein, warte. Glaub mir, eine kleine Veranstaltung schüttele ich aus dem Ärmel.« Im Kopf ging Marieke schon den organisatorischen Aufwand durch. Über das *Albatros* in Hamburg verfügte sie über genügend Kontakte, um spontan passende Musiker oder Unterhaltungskünstler zu finden. Das Programm sollte über »Piet von der Waterkant«, dem populärsten DJ der Insel, hinausgehen. Und ob Fricke wollte oder nicht: Als Fischhäppchen würde es nicht nur eingelegten Rollmops geben. »Dann lassen wir das Fest stattfinden, bevor Federica kommt. Und du musst nicht viel tun, versprochen.«

Ihr Vater zog die buschigen Augenbrauen zusammen, blickte zu Annegret, die still zuhörte, und dann wieder zu ihr. »Da reden wir noch mal drüber.«

»Die Handwerker sind überall fertig, und ich bin jetzt immer da. Es ist auch eine Hommage an den *Sandstern* selbst.« Sie sah zu Annegret, die ihr mit einem Kopfnicken zustimmte. »Ich möchte etwas tun, etwas bewegen. Es würde mir Freude machen, aber in erster Linie soll es natürlich den Gästen gefallen. Bitte, Papa!«

»Hm.« Er griff nach seiner Kappe und erhob sich wieder. »Es scheint nicht möglich zu sein, an diesem Morgen in Ruhe eine Tasse Tee zu trinken. Ich gehe wieder in den Garten, statt mir die Laune verderben zu lassen«, brummte er.

Innerlich atmete sie auf. Wenn ihr Vater kein entschiedenes Nein vorbrachte, bedeutete es Ja. So wie ein dahingesagtes »ja, ja« bei ihm eigentlich ein Nein meinte. Er floh aus der Küche, und als er draußen war, sagte Annegret: »Ich glaube, du hast immer mehr die Hosen an.«

Marieke hätte sich gern von ganzem Herzen gefreut, aber ein kleiner Schatten lag über allem. Für all ihr Engagement in der Pension hätte sie gern auch mal ein Lob von ihrem Vater erhalten. Doch dafür war er viel zu kauzig. Umso mehr packte sie der Ehrgeiz, ihn zu beeindrucken, und sofort schaute sie in ihrem Handy nach einem möglichen Termin. »Nehmen wir den übernächsten Samstag. Heute ist Dienstag, dann haben wir gute zweieinhalb Wochen Zeit. Hilfst du mir bei den Vorbereitungen?« Sie trat zu Annegret an den Herd. Diese schüttelte bedauernd mit dem Kopf.

»Tut mir leid, gerade da wollte ich spontan in die Südsee fliegen.«

»Was?«, fragte Marieke entgeistert, und ein tadelnder Blick traf sie von der Seite. »Ich bitte dich. War nur ein kleiner Scherz. Natürlich bin ich mit im Boot, das ist doch selbstverständlich.«

Sie hätte Annegret am liebsten umarmt. »Danke!« Wenn auch alle anderen, an die sie dachte, mitmachten, konnte ihr Vater wirklich nichts dagegen haben. Und Philipp musste natürlich als Gast dabei sein, allein schon als Dank für die ganze Fürsorge, die er ihrem Vater entgegenbrachte. Sie schaute auf die Uhr und zückte ihr Handy, um Philipp zu schreiben, dass sie Zeit für ein baldiges Treffen hätte.

4. Kapitel

»Das behalten wir. Das auch. Und das können wir auch noch gut gebrauchen.«

Marieke stöhnte innerlich, weil ihr Vater die Hälfte der Dinge, die sie ins Freie geschafft hatten, wieder einräumte. Im Gartenschuppen hatte sich angesammelt, was sich in einem alten Verschlag im Lauf der Jahre eben ansammelte: alte Fahrräder, ausrangierte Gartenmöbel und -geräte, Werkzeug, Holzabfälle, Farbreste, allerlei Blumen- und Übertöpfe und jede Menge Lichterketten, Lampions und Girlanden. Alles musste entstaubt, überprüft, ausgebessert, instand gesetzt oder ausgemistet werden, um Platz für Neues zu schaffen. Der Schuppen war die vorerst letzte Baustelle. Eigentlich hatte ihr Vater nur das Dach begutachten wollen, doch daraus war eine ganze Inspektion geworden.

Marieke nahm ihm einen Eimer Farbe aus der Hand. »Die ist eingetrocknet, ich habe schon reingeschaut.«

»Noch nicht ganz. Ein bisschen Terpentin reingerührt, und sie ist wie neu.«

»Aber den Liegestuhl da …«

»… kann man reparieren. Ich schleife das gesplitterte Holz ab, und der Stoff wird geflickt, ganz einfach. Das mach ich gern.«

»So ein Aufwand? Was ist mit den Sonnenschirmen?«

»Die behalten wir auf jeden Fall. Sie sind ausgeblichen und nicht so schick wie die neuen, das gebe ich zu. Aber sie tun ihren Dienst. Wer weiß!«

Marieke schaute auf das Häufchen, das als Sperrmüll ausgemustert blieb. »Es wäre doch sinnvoll, Platz zu schaffen. Auch für das Fest möchte ich überall noch mal richtig aufräumen.«

»Das Fest, das Fest. Davon redest du schon den halben Vormittag«, grummelte er. »Mir macht es Bauchschmerzen.«

»Aber warum denn! Du musst nicht viel tun, außer ein netter Gastgeber zu sein. Vertrau mir einfach.«

Rainulf hob einen gesprungenen Blumentopf auf, der in seinen Händen in zwei Teile zerbrach. Ton, Staub und Erde rieselten durch seine Finger. Auf einmal ließ er die beiden Hälften fallen, und sie brachen auf dem Boden in weitere Stücke. Er murmelte etwas vor sich hin, und Marieke verstand die Worte »vielleicht«, »Arbeit« und »überflüssig«. Blitzschnell machte sie sich darauf ihren Reim. Sie wischte die Hände an ihrer Arbeitshose ab, ging zu ihm hin und legte ihm eine Hand auf die Schulter. »Papa, ich bitte dich. Du wirst niemals überflüssig sein, und deine Arbeit auch nicht. Du kannst überall anpacken und helfen, so viel du magst, nur eben nicht so schwer tragen und regelmäßig deine Pausen machen. Auf diese Weise wirst du noch hundert!«

Sein Blick war seltsam. Irgendetwas zwischen belustigt und traurig, kritisch und niedergeschlagen. »Das hast du falsch verstanden, Marieke. ›Vielleicht ist diese Arbeit hier eigentlich auch überflüssig‹, das habe ich gerade gesagt.«

»Diese Arbeit hier? Was meinst du damit? Ausmisten hat noch nie geschadet, und all die Erneuerungen tun dem *Sandstern* gut, das kannst du nicht leugnen. Oder was willst du damit sagen?«, fragte sie.

»Das stimmt. Der Wert der Pension steigt.«

»Genau!«

Ihr Vater senkte den Blick und schaute auf die Scherben vor seinen Füßen. Er wollte sich bücken, doch Marieke war schneller und hob sie auf. »Können die denn weg?«, fragte sie scherzhaft, aber ihr Vater lachte nicht.

»Ich dichte jetzt das Loch im Dach ab. Wenigstens wissen wir jetzt, warum es im Schuppen immer so feucht ist.«

»Gut. Ich kümmere mich darum, dass die Sachen abgeholt werden, und bin kurz unterwegs. Es ist also abgemacht?«

»Du hast es doch längst entschieden. Aber bitte nichts Großes und nur mit Menschen, die wir gut kennen. Die Idee mit dem symbolischen Dank ist in gewisser Weise auch gar nicht so schlecht.« Rainulf sah aus, als wollte er noch etwas sagen. Dann schüttelte er leicht den Kopf und stapfte zu dem Werkzeugkasten, den er beiseitegestellt hatte. Er bewegte sich so schwerfällig, als ob ihn alles anstrengen würde. Den rüstigen Rainulf Janssen, der alles bestimmte und stemmte, gab es tatsächlich nicht mehr. Es war eine immer wiederkehrende harte Erkenntnis für Marieke. Zum Glück hatte sich mit dem Einschnitt der Herz-OP nicht nur seine körperliche Verfassung, sondern auch ihr Verhältnis zueinander geändert. Er musste nicht mehr allzu barsch reagieren, um seine Gefühle zu verstecken oder sich einfach zurückziehen zu dürfen. Marieke musste nicht mehr kühl und abweisend sein, um ihre Art zu leben zu verteidigen. Zwischen ihrem Vater und ihr hatte lange Funkstille geherrscht. Erst mit ihrer vorläufigen Rückkehr ans Meer konnten sie ihren Konflikt beilegen und über vieles reden. In diesen Tagen jedoch verhielt er sich manchmal wie früher. Etwas beschäftigte ihn, aber er sprach nicht darüber. Doch immerhin hatte er sie gerade indirekt gelobt.

»Wenn du draußen unterwegs bist, könntest du mir bitte bei Dr. Simeon mein Rezept abholen?«, rief Rainulf ihr hinterher, bevor sie im Haus verschwand.

»Mach ich«, rief sie zurück, obwohl sie lieber gesagt hätte, er könne sich doch selbst darum kümmern. Aber das Ganze würde ja nicht lange dauern und war ein guter Vorwand, um Philipp kurz zu sehen. Der nämlich hatte auf ihre Nachricht, die sie ihm am Tag zuvor geschickt hatte, ein Treffen erst für den morgigen Donnerstag vorgeschlagen. Sie wurde immer ungeduldiger, zu erfahren, warum er sie sehen wollte.

Drinnen blieb sie einen Augenblick in dem großen Eingangsbereich stehen und atmete tief durch. Hier war nicht nur der Empfangsraum, sondern die offene Diele diente auch als Aufenthaltsort. Marieke hatte den Holzboden schleifen und die Sessel neu beziehen lassen, das Angebot im Bücherregal entstaubt und die Pflanzen umgetopft. Den etwas altmodischen Charme hatte sie dennoch bewahrt.

Einen Moment stand sie ganz still da, weil die Traurigkeit sie immer überfiel wie ein Fangnetz. Früher hatte ihre Mutter abends am Kamin gesessen, gehäkelt oder gestrickt und sich mit den Gästen unterhalten. Sie machte ein paar Schritte und prüfte, ob die Pflanzen genug Wasser bekommen hatten. Mit den Fingerspitzen strich sie zärtlich über die Blätter und beschloss, baldmöglichst zum Dünenfriedhof zu gehen.

»Entschuldigung, könnte ich um etwas bitten?«, fragte plötzlich jemand, und Marieke fuhr zusammen. Normalerweise hielt sich an schönen Tagen zwischen Frühstück und Mittagessen kaum jemand hier auf. Einer der Sessel nahe dem erloschen in den Raum starrenden Kamin war belegt. Von der Seite waren zwei übereinandergeschlagene Frauenbeine zu sehen, die in hochhackigen Lederstiefeln steckten. Über den oberen Rand des Sessels floss außerdem langes dunkles Haar. Josefine Jacobson hielt das Handy auf Armlänge entfernt und schien sich fotografieren zu wollen. Marieke hatte sie seit dem frühen Einchecken am Tag zuvor nur noch einmal gesehen, als sie die Pension am Nachmittag verlassen hatte. Zum Frühstück war sie nur kurz erschienen und hatte sich etwas Obst und eine Flasche Wasser geholt. Jetzt saß sie hier geschminkt und zurechtgemacht, als hätte sie gleich einen Fernsehauftritt.

Marieke blieb ein Stück entfernt stehen. »Natürlich.«

»Die Stehlampe da drüben beim Bücherregal, ist die schön hell?«

»Ich denke schon.«

»Könnte sie an diesen Platz hier gestellt werden?«

»Sie möchten lesen?«

»Nein, es geht einfach nur ums Licht.« Sie deutete auf ihr Handy in der Hand. »Licht ist eines unserer wichtigsten Arbeitsutensilien.«

Unserer. Sie sprach in Rätseln. Marieke beschloss, nicht darauf einzugehen. Und bevor sie wieder für einen Dienst eingespannt wurde, womöglich diesmal als Beleuchterin, sagte sie schnell: »Machen Sie sich hier unten gern Licht, wo und wie Sie mögen. Tut mir wirklich sehr leid, ich muss los.« Damit ließ sie die verblüfft dreinschauende Frau Jacobson allein. Die Tagesliste war lang. Zunächst wollte Marieke die Zusage jener einholen, deren Hilfe sie bald unbedingt brauchen würde.

Auf dem Weg zur Küche stolperte sie fast über Susa, die im Flur herumstand. »Was machst du denn hier?«

»Och, nichts.«

»Nichts, das sehe ich. Aber warum? Sonst bist du doch entweder in Küche bei Fricke oder du bereitest schon den Speiseraum vor.«

»Musste kurz in Ruhe über was nachdenken.«

»Ich wollte dich und Fricke etwas fragen.«

»Gut, Marieke.« Susa klang etwas bedrückt, als hätte auch sie ein Problem. Aber vielleicht sah Marieke auch einfach nur Gespenster.

In der Küche war Fricke dabei, die Schnitzel für das Mittagessen zu panieren. »Moin, min Deern«, grüßte er.

Wieder fiel Marieke etwas auf: Anders als sonst würdigten sich die beiden keines Blickes, und Susa blieb ein gutes Stück entfernt von ihm stehen.

»In etwa zweieinhalb Wochen möchte ich ein Fest veranstalten, so, wie wir es früher gemacht haben, nur ein bisschen anders. Kann ich an dem besagten Wochenende auf euch zählen?« Es war eigentlich eine rhetorische Frage.

Fricke witterte sofort Gefahr. »Was heißt 'n bisschen anders?«

»Am Plan für das Büfett arbeite ich noch«, antwortete Marieke ausweichend. »Wir bekommen das gemeinsam hin.« Dass er dabei kreativ sein musste, brachte sie ihm besser später bei. »Es gibt natürlich eine Zulage für euch«, fügte sie hinzu.

Fricke blieb misstrauisch. »Ich mach keine Fischsachen«, sagte er und hakte die Daumen seitlich in seine Kochschürze. »Nicht für so viel Leute.«

»Darüber reden wir noch. Aber wenigstens wird es nicht nur Buletten geben.«

»Es hat immer Buletten gegeben«, sagte Fricke. »Die Leute sind bestimmt enttäuscht.«

»Dann vielleicht Fischbuletten?«, fragte Marieke und meinte es halb im Ernst und halb im Spaß.

Fricke schüttelte den Kopf. »Nö, ich mach nur mit, wenn ich auch meine Sachen machen darf.«

Marieke dämmerte, dass sie hier zwar Chefin war, aber trotzdem mit allen zusammenarbeiten musste. Dennoch hatte sie gewonnen: Fricke sperrte sich nicht grundsätzlich, und die Idee, sowohl Rustikales als auch Feineres anzubieten, war gut. »In Ordnung«, sagte sie.

»Aye, aye, Mylady.« Er wandte sich wieder der Arbeit zu.

Susa sah erschrocken aus und schwieg.

»Was ist los mit dir?«, fragte Marieke.

»Ich tu, was ich kann.« Sie wich ihrem Blick aus.

»Freust du dich nicht?«, fragte Marieke verwundert. »Annegret hat mir erzählt, dass du so ein Fest wie früher auch sehr vermisst.«

»Aber es war sonst immer am Ende des Sommers«, sagte Susa.

»Diesmal ist es eben im Frühsommer. Und wenn es auch meinem Vater gut gefällt, können wir am Ende des Sommers ja noch etwas Größeres veranstalten. Der aufpolierte *Standstern* soll ein bisschen Glanz am Juister Himmel verbreiten. Die Pension kann ein bisschen Sternenstaub vertragen!«

»Ach so.«

Immer noch konnte Marieke bei ihrer Angestellten keine Spur der Zustimmung entdecken.

Fricke am Herd machte immerhin: »Hui!«

Marieke runzelte die Stirn. Sie hätte sich im Haus etwas mehr Begeisterung für ihr Vorhaben gewünscht.

Susa deutete ihren kleinen Knicks an. »Ich muss in den Speiseraum, die neuen Tischdecken draufmachen.« Sie ging hinaus, und die Tür klappte hinter ihr zu.

»Ist was mit ihr?«, erkundigte sich Marieke bei dem Koch.

»Die is seltsam heute, redet fast nichts. Kann aber mal vorkommen, schließlich scheint nicht jeden Tag die Sonne.«

»Mit dem Mittagessen kommt ihr klar?«

»Natürlich, min Deern. Zwölf Schnitzel sind verlangt. Mehr als die Hälfte der Gäste haben Mittagstisch bestellt. Weil sie meine Küche mögen.«

Marieke musste über den unverhohlenen Stolz in seiner Stimme lachen. »Gut, ich verlasse mich auf euch. Ich habe nämlich etwas zu erledigen.«

Über den Hinterausgang verließ sie das Haus, um von Josefine Jacobson nicht vielleicht doch noch aufgehalten zu werden. Erst auf dem Fahrrad wurde ihr bewusst, dass sie noch die staubige Arbeitshose trug. Vielleicht hatte die Diva, wie sie Josefine Jacobson im Stillen für sich nannte, sie deshalb so komisch angeschaut. In den Unterkünften, die sie sonst bewohnte, trugen die Chefinnen und Chefs sicherlich nur Anzüge oder Kostüme.

Wenige Minuten später war sie da, denn auf der Insel gab es zwischen den Bewohnern keine weiten Wege. Sie lehnte ihr Fahrrad an den Zaun des Einfamilienhauses. Es war nicht nötig, den Klingelknopf neben dem handgeschriebenen Schild mit dem Familiennamen *Reinders* zu drücken. Sie öffnete das Gartentor und sah, dass die Haustür einen Spalt offen stand.

»Klopf, klopf!«, rief Marieke, bevor sie eintrat. Im Flur begrüßte sie ein Durcheinander aus Jacken, Schuhen und Regenschirmen, und auch das Wohnzimmer zeigte deutliche Spuren eines turbulenten Familienlebens. Auf dem Couchtisch standen unberührt eine Teekanne, eine Tasse und ein Keksteller bereit. Niemand war zu sehen, doch aus der oberen Etage kamen Stimmen. Eine Tür wurde geöffnet und geschlossen. Nele kam die Treppe, die nach unten ins Wohnzimmer führte, herunter. Als sie Marieke in der Arbeitskleidung sah, lächelte sie müde. »Du siehst aus wie Bengt. Renovierst du die Pension neuerdings selbst?«

»Nein, aber ich führe mit meinem Vater einen Zweikampf in Sachen Entrümpelung«, antwortete Marieke. »Es ist echt anstrengend.«

»Mit mir willst du aber auch nicht tauschen. Kranke Kolleginnen in der Gemeindeverwaltung, ein Kind, das nicht zur Schule will, eine defekte Waschmaschine, ein kleiner Ehestreit. Was davon hättest du gern?«

Sie umarmten sich einen Moment. Wie gut das immer tat! Rückwirkend konnte Marieke nicht mehr begreifen, wie sie zehn Jahre lang auf diese Freundschaft hatte verzichten können. Im Streit waren sie nach dem Abitur auseinandergegangen, und sie war sauer gewesen, dass Nele mit ihrem Jugendfreund Bengt eine Familie gründen wollte, statt mit ihr in die aufregende Welt hinauszuziehen. Sie hatte Nele wortwörtlich vorgeworfen, eine spießige Trulla zu sein. Bis zu Mariekes Rückkehr im vergangenen Jahr hatten sie nicht mehr miteinander gesprochen. Irgendwann war der Damm gebrochen, nachdem Marieke sich unzählige Male entschuldigt und sie sich eine ganze Nacht lang bis zum Morgengrauen ausgesprochen hatten. Nele hatte ihr verziehen und war selbst unendlich erleichtert. Liebevoll zauste die Freundin ihr die Haare.

»Pass auf, da sind vielleicht Fahrradschmiere, Erde und Staub drin. Darf ich jetzt den Rest meiner Frisur behalten?«, fragte Marieke scherzhaft.

Nele ließ sich auf das Sofa fallen. »Setz dich zu mir. Ich wollte gerade einen Moment ausruhen. Kaya hält mich auf Trab.«

»Wieso ist sie nicht in der Schule?«

»Angeblich fühlt sie sich krank. Glaub ich aber nicht. Mit neun ist sie vielleicht schon in einer Vorpubertät oder so. Sie macht ein Höllentheater, wenn ihre Lieblingssachen nicht gewaschen sind, oder es geht ihr plötzlich schlecht.« Sie angelte sich einen Keks. »Die haben wir gestern jedenfalls gemeinsam in bester Laune gebacken. Nimm! Was gibt's bei dir so Neues?«

Marieke erzählt von ihrer Idee, bald eine kleine Veranstaltung auf die Beine zu stellen. »Bengt bräuchte ich vielleicht für den Aufbau und die Technik und dich – na ja, als Back-up für alles.«

»Moment.« Nele tippte schnell eine Nachricht an Bengt und bekam sofort eine Antwort. Sie lächelte. »Auch wenn wir gerade nicht viel miteinander reden, und egal, auf welcher Baustelle er gerade ist, diese Art von Kommunikation funktioniert immer. Er hat Zeit. Wir sind dabei. Bis dahin haben wir uns sicherlich schon mehrfach wieder versöhnt.«

»Was ist denn los?«

Nele winkte ab. »Kleinigkeiten, Sand im Getriebe einer Ehe eben. Es gibt aber auch Momente, da denke ich schon, ob du nicht das einfachere Leben gewählt hast.« Sie zog die Beine hoch, die in ihren uralten Lieblings-Jogginghosen steckten, und kuschelte sich in eines der großen Kissen auf der Couch. »Und dann sehe ich mich hier um und weiß, dass dieser chaotische, gemütliche Ort mein Zuhause ist.«

»Mama!« Kaya stand auf dem oberen Absatz der Treppe in einem Schlafanzug, aus dem sie deutlich herausgewachsen war. »Ich will einen Film gucken, darf ich?«

»Besser nicht, Liebes. Hattest du nicht gesagt, du hast Kopfschmerzen?«

»Aber mir ist langweilig. Hallo, Marieke!«

Marieke winkte der älteren Tochter zurück. Wie schnell sie groß wurde, und leider hatte sie bisher davon das meiste verpasst. Es war Sina gewesen, die bei Neles Heirat und der Geburt ihrer beiden Töchter dabei gewesen war, denn sie selbst hatte ja durch Abwesenheit geglänzt. Diesen Fehler, so stur gewesen zu sein, konnte sie sich selbst kaum verzeihen. Marieke lag es auf der Zunge, mit Nele über die Begegnung mit Sina und Niels auf der Fähre zu reden, denn bestimmt war Nele als Freundin in deren Kinderwunschpläne eingeweiht. Auch hätte sie ihr gern gesagt, dass ein Leben, ohne zu wissen, wo man hingehörte, auch nicht so einfach war, wie Nele es sich vorstellte, aber Kaya zog alle Aufmerksamkeit auf sich. Sie tat, als würde sie gleich in Tränen ausbrechen, und stampfte mit dem nackten Fuß auf. »Ich möchte aber einen Film gucken!«

»Ab ins Bett!«, rief ihre Mutter streng. Das Mädchen drehte sich um und warf die Tür hinter sich zu.

Nele seufzte leise und sah auf ihre Uhr. »Minipause zu Ende. Ich muss mich ums Mittagessen kümmern, den Gartenpavillon sauber machen und noch mal ins Büro. Bengt hat den Pavillon außen neu verkleidet, und ich habe ihn mit Efeu berankt, damit er romantischer wirkt. Jetzt ist er eine noch schönere Bleibe für Inselgäste, falls du mal jemanden unterbringen möchtest.«

»Das wird in der Hochsaison bestimmt mal passieren.« Marieke stand auf und wuschelte durch Neles Haar, so wie ihre Freundin es gerade mit ihr gemacht hatte. Da standen sie mit wirren Frisuren und nicht gerade schicken Hosen. Sie lachten und lasen gegenseitig ihre Gedanken: Auf dem Fest sehen wir aber anders aus!

Wieder nur wenige Minuten später kam sie bei Philipps Praxis an und lehnte auch hier das Fahrrad einfach an den Zaun, ohne es abzuschließen. In Hamburg war das undenkbar. Philipps hellblauer Golf stand vor dem Haus. Er war eine der wenigen Personen, die auf Juist Auto fahren durften, falls er zu einem Notfalleinsatz musste.

Die Praxis lag am Ausläufer einer Düne, nur einen Steinwurf vom Meer entfernt. Früher hatte dort eine wortkarge alte Dame gewohnt, aber längst war aus der windschiefen Hütte ein modernes Gebäude geworden. Von dem riesigen Fenster im Wartezimmer aus konnte man in Richtung Meer schauen und den großen weiten Himmel sehen, wo die Möwen ihre atemberaubenden Flüge vollführten, als wollten sie die wartenden Patienten damit unterhalten. Hinter dem Haus lag ein kleiner Garten, in dem sich Philipp in seiner Freizeit oft aufhielt. Er war niemand, der oft nach Gesellschaft suchte, und lediglich an einem halben Tag unter der Woche hatte er keine Sprechstunde. Am Abend kümmerte er sich meistens um die Buchhaltung und Abrechnung, hatte er Marieke erzählt. Bisher machte er den Job allein. Die meisten Patienten warteten lange und ohne Murren, wenn es sein musste. Sonst hätte sein Modell nicht funktioniert.

Marieke sah auf die Uhr. Es war schon die Zeit seiner Mittagspause, aber die hielt er nicht immer ein. Als sie auf den Eingang zuging, bemerkte sie, dass dort ein Zettel hing. Sie blieb davor stehen und las ihn. Wort für Wort sickerte in sie ein und machte ihre Kehle staubtrocken. Das Schlucken fiel ihr plötzlich schwer. Sie spürte ein Gefühl bodenloser Enttäuschung. Eine kleine Weile starrte sie den Aushang an, als wäre es ihr Todesurteil, und sie musste sich sehr wundern. Diese Reaktion war völlig unangemessen. Lediglich ein kleiner Ärger darüber, dass Philipp ihr von seinen Plänen nicht etwas früher erzählt hatte, stand ihr vielleicht zu. Oder nicht mal das. Seit wann musste er ihr Bescheid sagen, wenn er verreisen wollte?

Weil ich das Fest sonst vielleicht auf einen anderen Termin gelegt hätte!

Dann verschiebst du es eben, sagte die Stimme des Verstands in ihr.

Aber sie hatte ihren Helfern schon Bescheid gesagt. Mit welcher Begründung sollte sie das jetzt ändern? Nur weil Philipp nicht dabei sein würde? Sie atmete ein paar Mal tief ein und aus und hob und senkte dabei die Schultern, um ihre Enttäuschung abzuschütteln. So viel Bedeutung wollte sie ihm nicht beimessen. Dafür hatte sie sich schließlich entschieden! In solchen Momenten befahl sie sich, daran zu denken, wie unmöglich sie ihn anfangs fand. Sie hatte den neuen Arzt, der den alten Doktor Schenk abgelöst hatte, nicht ausstehen können. Philipp war es gewesen, der sie zurück nach Juist gerufen hatte, und war ihr mit seinen ständigen Ratschlägen und der Art und Weise, wie er sich um die Gesundheit ihres Vaters sorgte und sich in ihr Leben einmischte, ziemlich auf die Nerven gegangen. Mit manchen Bemerkungen tat er es auch heute noch.

Die vordere Tür war schon verschlossen. Sie trat einen Schritt zurück und zögerte. Vielleicht sollte sie erst einmal nach Hause fahren und ihn bitten, das Rezept am nächsten Tag mitzubringen, denn es war nicht so dringend. Ob sie wollte oder nicht, sie war nicht nur enttäuscht. Und es wäre – das entsprach ganz und gar Dr. Siemons ganzheitlichem Gesundheitsansatz, der immer predigte, man müsse über Gefühle reden – besser, ihren kleinen Ärger hierzulassen, als ihn durch den Tag zu schleppen. Entschlossen ging sie um das Haus herum und trat durch das quietschende Tor in den Garten. Philipp ölte es absichtlich nicht, um zu hören, wenn jemand unangemeldet kam, hatte er ihr augenzwinkernd erklärt.

Der Garten war von einer Ligusterhecke umgeben, die ihn von außen abschirmte. Sie war länger nicht hier gewesen und im Frühling noch nie. Sie sah sich um. In der sonnigen Ecke standen in einem Staudenbeet rosarote Pfingstrosen. Daneben wuchs ein Teppich aus weißem Storchenschnabel, der in ein blaues Meer glockenartiger Blüten überging, die ihre Köpfe im Wind wiegten. Außerdem waren in der Sonne ein paar Kräutertöpfe aufgereiht. Eine einzelne Liege stand neben dem Tisch mit den zwei Stühlen. Der große Vogelkäfig, in dem er im vergangenen Sommer Emma untergebracht hatte, war leer. Es hatte Spaß gemacht, sich um die gestrandete Möwe mit dem gebrochenen Flügel zu kümmern, bis sie wieder fliegen konnte. Ungefragt hatte Philipp Marieke in die Pflege mit eingebunden, und sie hatte nicht Nein sagen können. Warum auch? Sie liebte Tiere, auch die manchmal schrecklich nervigen Möwen, die schon mal etwas Essbares klauten, wenn man nicht aufpasste. So kam es, dass sie sich mit Philipp nicht nur um Rainulfs Gesundheit sorgte, sondern im Stillen anfing, den Arzt zu bewundern. Es war beeindruckend, wie gut er sich um seine Patienten und sogar um verletzte Vögel kümmerte. Mit jeder Begegnung war ihre abwehrende Haltung, die sie wie einen Schutzwall um sich trug, ein Stück weiter ins Wanken geraten, bis sie sich schließlich sogar eingebildet hatte, in ihn verliebt zu sein …

Das Haus lag still da. Marieke war unschlüssig. Sie ging auf die angelehnte Hintertür zu und klopfte leise mit den Fingerknöcheln dagegen. »Hallo?« Ihre Stimme krächzte wie die einer heiseren Möwe. Nichts regte sich. Sie trat ein und stand in dem dämmrigen Wohnungsflur, von dem die Türen in den Warteraum mit dem großen Fenster, in Philipps Wohnbereich und ins Badezimmer abgingen. Sie lauschte und hörte leises Wasserrauschen. Im nächsten Moment ging eine Tür auf, und Philipp kam mit freiem Oberkörper heraus. Mit dem Handtuch rubbelte er sich gerade die Haare trocken, und im Halbdunkel konnte sie erkennen, was sie schon wusste, denn sie hatte ihn natürlich schon ein paar Mal am Strand gesehen: Er war schlank, groß und muskulös, aber nicht übertrainiert. Gerit hingegen besaß einen Waschbrettbauch, für den er viele Stunden im Fitnessstudio geschwitzt hatte. Meistens war er es gewesen, der abends um neun noch zu tun hatte, manchmal im Büro einschlief oder ein gemeinsames Wochenende verstreichen ließ, weil ein Geschäftstermin dazwischenkam. Hätte er ihr öfter das Gefühl gegeben, dass sie ihm mehr bedeutete als seine Körperform oder die Arbeit, hätte sie vermutlich gar nicht erst mit dem Gedanken gespielt, wieder eine Weile überwiegend auf Juist zu bleiben. Natürlich war der Hauptgrund für diese Entscheidung gewesen, ihrem Vater zu helfen. Ein klein wenig aber hatte sie Gerit auch zeigen wollen, dass sie auch ohne ihn leben konnte.

Philipp blieb wie angewurzelt stehen. »Marieke!«, rief er überrascht. »Was machst du denn hier? Kannst du es bis morgen nicht erwarten?« Er lachte leise über seinen kleinen Scherz und merkte aber schnell, dass sie es weniger lustig fand. Mit dem Handtuch um den Hals kam er auf sie zu. »Was ist los? Was ist passiert? Ist etwas mit deinem Vater?« In seiner Stimme lag echte Sorge. Sie spürte einen Moment seine Hand auf ihrer Schulter. Als sie den Kopf schüttelte, nahm er sie wieder fort.

»Hi«, sagte sie. »Ich dachte nur, ich hole eben sein neues Rezept, er hat mich darum gebeten.« Trotz ihrer eins siebzig musste sie dabei den Kopf leicht in den Nacken legen, um ihn direkt anzusehen.

»Das solltest du nicht tun«, sagte Philipp fast ein wenig streng. »Er kann sich selbst auf das Fahrrad schwingen oder laufen. Jede Art leichter Bewegung tut ihm gut, nur schwere Anstrengung sollte er vermeiden. Darüber hätte ich mit dir noch mal gesprochen. Er weiß das eigentlich auch.«

»Deswegen willst du mich in der Strandbar treffen?«, fragte Marieke irritiert.

Philipp lächelte jetzt. »Natürlich nicht. Aber ich hätte es mit einer Anweisung für meinen Patienten verbunden.«

Auf einmal kam sie sich ziemlich blöd vor, extra hier vorbeigekommen zu sein. Sie trat einen kleinen Schritt zurück. »Dann teile ich meinem Vater mit, er soll es selbst holen. Ich sag ihm, die Praxis war schon geschlossen, und das ist ja auch nicht gelogen. Kein Problem.«

»Nein, warte. Ich habe wahnsinnig viel zu tun in den nächsten Tagen. Jede kleinste Aufgabe, die ich jetzt schon erledigen kann, ist mir nicht unrecht. Komm mit.« Er wandte sich ab und wollte zu der Tür, die ins Wartezimmer führte, doch etwas stimmte an der Situation nicht.

»Zieh dir besser was an«, bemerkte Marieke.

Philipp fuhr herum. In seinen Augen entdeckte sie etwas, das sie bei ihm schon lange nicht mehr gesehen hatte. Ein Flackern unbestimmter Art. Es war dann aber so schnell wieder weg, dass sie nicht zu sagen vermochte, ob es Unmut gewesen war, Aufbegehren oder – Begehren.

Wortlos sah er sie an.

»Ich meine, man kann von draußen ganz gut hier reingucken. Ein Arzt mit freiem Oberkörper, der einer Patientin oder Angehörigen während der Schließzeit Rezepte ausstellt, könnte etwas seltsam wirken …«

Philipp zog die Augenbrauen hoch und tat, als wäre ihm das überhaupt nicht bewusst gewesen. Was sie ihm, dem sonst so besonnenen, korrekten, höflichen Arzt, nicht abnahm. »Entschuldige«, sagte er. »Ein eindeutiges Zeichen dafür, wie sehr ich im Stress bin. Warum, das erzähle ich dir gleich, wenn du mir verrätst, warum du in Wirklichkeit hier bist.«

Verblüfft sah Marieke ihm hinterher, bevor sie sich schon wieder fast ärgerte, weil er ihr gegenüber immer so direkt und schlagfertig war, während er andere im Gespräch mit Samthandschuhen anfasste.

Keine Minute später hatte er sich ein Hemd übergezogen, und Marieke folgte ihm in den Warteraum, wo auch sein Empfangs- und Schreibtisch stand. Mit routinierten Handgriffen schaute er im Computer etwas nach und druckte das Rezept aus. Im Stehen beugte er sich über den Tisch und setzte seine Unterschrift darunter. Marieke konnte nicht umhin, ihn die ganze Zeit zu beobachten. Er wirkte lässig und selbstsicher. Das graue Hemd, das mit kleinen weißen umherfliegenden Vögeln gemustert war, stand ihm ausgezeichnet. Er bemerkte ihren Blick und sah an sich hinunter. Dann richtete er seine grauen Augen mit den grünen Sprenkeln auf sie. »Schick, nicht wahr? Meine Mutter hat zum Glück einen originellen Geschmack, was die Hemden ihres Sohnes angeht. Sie schickt mir immer wieder eins. Dies hier seien die Möwen von Juist, behauptet sie.« Er strich mit der einen Hand leicht über den Stoff des Hemds und hielt ihr mit der anderen das Rezept hin.

»Hat sie dich denn hier schon mal besucht?«, fragte Marieke.

Er schüttelte den Kopf. »Leider nein. Das ist auch einer der Gründe, warum ich … Weißt du es überhaupt schon? Ich reise nach München. Auch das wollte ich dir später erzählen. Dafür gibt es schöne und nicht so schöne Gründe.«

»Ja, ich hab den Aushang gesehen.«

»Eigentlich kann ich so spontan in dieser Jahreszeit gar nicht so lange weg, und ich muss alles Mögliche organisieren, damit es funktioniert. Wie durch ein Wunder und mit extrem vielen Überstunden und Verlegung einiger Termine und vielen Telefonaten wird es wohl klappen. Die Notfälle übernimmt die andere Praxis im Ort.« Er steckte die Hände in die Hosentaschen.

»Welche Ehre, dass du dann noch Zeit für die Strandbar hast.«

»So ist es«, griff er ihren leicht ironischen Ton auf und sah sie belustigt an. »Ich wollte einen Abend aus diesem Wahnsinn hier aussteigen und würde mich gern mal wieder in entspannter Atmosphäre mit einem netten Menschen unterhalten, und das nicht unbedingt nur über Krankheiten. Ich habe einfach an dich gedacht.«

Ein *netter Mensch*. Das war sie also für ihn, auch wenn sie sich keineswegs nett verhalten hatte. Für Philipp war offenbar Gras über die Sache gewachsen, und bei ihr sollte es besser auch so sein. Trotzdem hätte er sie wenigstens als nettes weibliches Wesen titulieren können. Marieke befahl sich, entspannt zu wirken und zu lächeln. »So war es nicht gemeint«, sagte sie. »Ich freue mich auf die Strandbar, oft bin ich da nicht. Deine Pause will ich dir jetzt aber nicht weiter nehmen.« Sie faltete das Rezept und steckte es in die große Seitentasche ihrer immer noch staubigen Arbeitshose.

Philipp ließ den Blick über ihre Figur gleiten. »Dir steht alles gut«, bemerkte er. »Legst du bei den Bauarbeiten in der Pension selbst Hand an? Dann pass bitte auf ...«

»Keine Sorge, wir sind jetzt fertig«, sagte Marieke. »Aber wie das so ist: Manche Aufgaben ziehen gleich neue nach sich. Was mich daran erinnert, wie viel ich heute noch zu tun habe.«

»Hast du nicht vielleicht Lust auf ein schnelles Backfischbrötchen bei Pauls Imbiss? Mittlerweile bin ich mittags Stammgast da.«

Mariekes Magen hatte gerade hörbar geknurrt, und sie hoffte, er würde es nicht wieder tun. Es war wie so oft: Philipp nahm ihr ganz leicht den Wind aus den Segeln. Gerade war sie noch ärgerlich gewesen, und nun wäre sie am liebsten mit ihm mitgegangen. »Nein danke, ich muss wirklich los.«

Er machte einen Schritt auf sie zu. »Nicht so schnell. Du wolltest mir noch verraten, warum du eigentlich hier bist.«

»Das hab ich doch schon.« Sie klopfte auf die Seitentasche ihrer Hose. »Alles Weitere kann ich dir auch beim nächsten Mal erzählen.«

»Sag es mir bitte jetzt.« Seine Tonlage hatte sich verändert genau wie der Ton seiner Augenfarbe, der sich seiner Gemütslage anzupassen schien. Als Arzt sah er sie definitiv anders an als jener Philipp, der er privat war. »Ich kenne dich ein bisschen. Du hast noch mehr auf dem Herzen.« Er umfasste ihren Arm mit sanftem Druck.

Mit einer langsamen Bewegung machte sie sich von ihm los. »Du musst mich nicht festhalten, ich sage es dir auch so. Ich wollte dich zu einem kleinen Fest im *Sandstern* einladen. Aber wie ich gerade lesen konnte, bist du dann nicht da, deswegen kann ich mir die Einladung ja auch sparen.«

Philipp stieß geräuschvoll die Luft aus. »Das ist aber schade! Warum hast du mir nicht eher davon erzählt?«

»Warum hast *du* es mir nicht eher gesagt?«

»Ich habe mich erst gestern endgültig zu der Reise entschieden – entscheiden müssen.«

»Siehst du«, sagte Marieke. »Ich habe das auch sehr kurzfristig entschieden. Dann ist die Erklärung ganz einfach: Es soll halt so sein.«

»So ein Quatsch«, sagte Philipp, und es war eines der wenigen Male, wo *er* kurz verärgert klang.

5. Kapitel

Am nächsten Abend hatte sich Marieke wieder völlig unter Kontrolle. Rückblickend kamen ihr die Gefühle, die Philipp in ihr aufwirbelte, wie verirrte Geister vor. Wenn das Licht rationaler Gedanken auf sie fiel, lösten sie sich in nichts auf.

Sie schlenderte über den Dünenweg hinunter zu dem Strand, der die gesamte Küstenlinie der Insel säumte und für seinen feinen Sand gerühmt wurde. Neben den Büscheln des borstigen Strandhafers entdeckte sie hier und da das Grün des Strandflieders, der in wenigen Wochen wunderschön violett blühen würde und auch Meerlavendel genannt wurde. Kaum umwehte sie das Rauschen der Brandung, durchtränkt von den Schreien der Möwen, seufzte Marieke erleichtert auf. Der *Sandstern* war manchmal wie ein schwarzes Loch, wenn auch kein furchterregendes. Sie ging zwar oft ans Wasser, das auf Juist von keinem Ort aus wirklich weit entfernt war, aber eben viel zu selten und zu kurz. Heute Abend hatte sie frei. Ab jetzt!

Die Strandbar war an schönen Abenden gut besucht. Sie bestand aus einer kleinen Holzhütte mit Verkaufstresen, um die ein kleiner Windschutz gebaut war. Drum herum luden Liegestühle und ein paar der obligatorischen Strandkörbe, die abends in Richtung Sonnenuntergang ausgerichtet waren, dazu ein, es sich gemütlich zu machen. Sicherheitshalber hatte Marieke eine Wolldecke in ihren Rucksack gepackt. Philipp war noch nicht da, und sie wählte zwei Liegestühle, die weiter unten an dem sanft abfallenden Strand standen. Ein Stück entfernt spielten ein paar Sportbegeisterte Beachvolleyball.

Kaum hatte sie es sich bequem gemacht, kam eine Nachricht auf ihrem Handy an. Ausgerechnet jetzt meldete sich Gerit. Wenigstens einmal pro Woche traten sie in Kontakt, sonst gab es keine Regel, existierten keine Erwartungen, keine Verpflichtungen. Nur diese eine Absprache, die sie eben vom Status eines klassischen Singles unterschied: keine Affären, bis sie wussten, ob sie wieder zueinanderfinden würden.

Die Nachricht bestand aus einem Foto, das eines der spektakulärsten und teuersten Hotels der Welt zeigte. Es war das *Marina Bay Sands* in Singapur, eingebettet in eine futuristische architektonische Landschaft unter dem im Abend- oder Morgenlicht schillernden Himmel. Auf drei imposanten Türmen thronte das Rooftop in Form eines schlanken langen Schiffes. Darauf befanden sich eine luxuriöse Pool- und Grünanlage mit Ausblick auf die City. Alles war gigantisch angelegt und strahlte einen ganz anderen Zauber aus als Töwerland, nämlich den der großen weiten Welt.

> *Wie wäre es für dich, vielleicht an Orten wie diesem hier zu arbeiten? Hatte heute ein erfolgreiches Meeting und musste beim Blick von oben öfter an dich denken. Das nächste Mal vielleicht gemeinsam auf Reisen …*

Dahinter hatte er einen Smiley und ein Dollarzeichen platziert. Ob sie sich tatsächlich auch wieder Herzen schicken würden?

Nun, da er sehen konnte, dass sie seine Nachricht gelesen hatte, musste sie ihm etwas zurückschicken. Sie machte ein Foto von dem eher unspektakulären Ausblick aufs Meer, über dem sich nachher mit etwas Glück ein ähnliches Farbspektakel ereignen würde wie in Singapur. Sie sandte das Foto mit herzlichen Grüßen zurück und merkte im gleichen Atemzug, dass dies zu wenig war. Gerit hatte in seiner Nachricht immerhin auf eine vielleicht spektakuläre gemeinsame Zukunft angespielt. Sie sah sich um und konnte Philipp nirgends entdecken. Es war noch ein paar Minuten vor der ausgemachten Zeit. Kurz entschlossen rief sie Gerit an. Es war ein paar Tage her, seit sie das letzte Mal miteinander gesprochen hatten, und meistens telefonierten sie nicht lange.

»Hey!« Er war sofort dran. Marieke registrierte einen winzigen Ruck in ihrer Brust. »Wie ist das Wetter bei euch?«, fragte er.

»Angenehm, und so soll es auch bleiben. Es ist völlig in Ordnung für diese Jahreszeit«, sagte sie und legte sich die Wolldecke auf die Knie, um es sich ein bisschen kuschelig zu machen. »Und du bist noch auf?«, fragte sie. In Asien war es sechs Stunden später, also schon kurz nach Mitternacht. Gerit hatte berichtet, früh schlafen zu gehen und sehr zeitig aufzustehen.

»Ich bin gerade an einem berühmten Strand. Überall sind schicke Bars und Cafés, alles ist erleuchtet.« Er lachte. »Ich kann dir ein paar Impressionen schicken.«

Mit Fotos aus fernen schönen Ländern war es so eine Sache. Marieke konnte sich mitfreuen, aber die Bilder weckten in ihr auch immer eine leise quälende Sehnsucht. »Dann schick ich dir noch welche von der der Nordsee.«

»Nein, bitte nicht! Erbarmen!« Gerit lachte, und Marieke lachte mit. Er machte kein Hehl daraus, dass er niemals an die norddeutsche Küste ziehen würde – auf scherzhafte Weise, was sie besser akzeptieren konnte als ein kategorisches Nein. Seit ihrer Trennung verstanden sie sich fast immer gut, wenn sie telefonierten.

»Musst du morgen nicht arbeiten?«, fragte sie.

»Nein, einen freien Tag brauche sogar *ich* mal. Die Meetings dauern lange und sind anstrengend. Die haben ziemlich viel Interesse an unseren IT-Produkten. Ich könnte hier was richtig Großes aufziehen. Mit meinem Start-up ginge es dann nur noch aufwärts.«

»Und dann reist du öfter nach Asien?«

Er zögerte. »Ich bin mein eigener Chef. Das wird sich zeigen. Kommt auch auf uns an. Vielleicht kommst du ja mit, Marie.«

Von fast allen, die sie in Hamburg kannte, wurde sie Marie genannt, so hatte sie sich zu Beginn auf dem Festland vorgestellt. In ihren Ohren klang es weltoffener als Marieke. Die Inselbewohner hingegen sprachen sie mit ihrem Taufnamen an, was sie nach ihrer Rückkehr anfangs nicht gemocht hatte. Jetzt hatte sie sich wieder daran gewöhnt.

»Mehr Arbeit, weniger Zeit. Diese Rechnung ist ganz einfach und gilt wohl überall auf der Welt. Wenn wir woanders so weitermachen wie in Hamburg, können wir es auch lassen«, sagte sie.

Gerit machte ein Geräusch, das sich wie ein leises Schnauben anhörte. »Ich glaube, du bist diejenige, die zum Ende unserer Beziehung hin kaum mehr Zeit hatte, sich auf einer Insel verschanzt und sogar ihre Wohnung in Hamburg untervermietet hat.«

Diese Unstimmigkeit zwischen ihnen war geblieben. »Ich musste das tun, weil die Pension meine Tatkraft brauchte«, stellte Marieke nicht zum ersten Mal klar. »Ein Familiennotfall, für den du wenig Verständnis hattest.«

»Im Nachhinein aber schon. Ich mache dir keinen Vorwurf mehr. Nur solltest du deine Karriere und vielleicht ein Leben mit mir deswegen nicht über Bord werfen. Das passt doch gar nicht zu dir! Du liebst es zu reisen, du magst den Umgang mit internationalen Gästen und das Leben in der Großstadt. Wie lange dauert der Notfall eigentlich noch?«

»Ich hatte gehofft, mein Vater würde sich langfristig noch mehr erholen, aber so ist es leider nicht. Jetzt wird die Insel immer voller, und er braucht meine Unterstützung jeden Tag. Das hat auch Dr. Siemon gesagt.«

»Der attraktive Inselarzt? Der schon wieder?«

»Attraktiv oder nicht, das ist eine ärztliche Meinung, auf die mein Vater offenbar immer mehr Wert legt.« Marieke registrierte einen gereizten Unterton in ihrer Stimme.

»Vergiss bei alldem bitte nicht *deine* Meinung«, sagte Gerit leise mahnend. »Es bleibt doch bei unserer Abmachung?«

»Natürlich. Die Arbeiten in der Pension sind so gut wie erledigt, und es wäre wohl das Beste, bis zum Ende des Sommers jemanden zu finden, den mein Vater fürs Management anstellen könnte«, sagte Marieke. »Ich habe einmal mehr kapiert, dass es wohl keinen anderen Weg gibt. Er wird das noch einsehen. Danach bin ich frei, mich noch mal zu entscheiden, wohin mein Weg – oder unser Weg – führen soll.«

Und den Restzweifel zu beseitigen, ob es richtig war, sich auf unsere Abmachung einzulassen. Marieke erschrak fast ein bisschen über die Deutlichkeit dieses Gedankens und nahm einen winzigen Augenblick das Handy vom Ohr. Danach schien Gerit nicht mehr dran zu sein. »Hallo, hallo?«, rief sie. Es klang, als hielte er das Telefon mit einer Hand zu. Es raschelte und rumorte, dann war er wieder da. »Ich muss Schluss machen, die Kollegen rufen mich. Wir sind gemeinsam unterwegs. Ist gut fürs Teambuilding.«

Und Kolleginnen. Natürlich wusste sie, dass auch Frauen in seinem Team waren. Wahrscheinlich begegnete er während seines Auslandsaufenthalts auch zahllosen zauberhaften Asiatinnen. Aber sie vertraute ihm: keine Affären. Wenn sie das nicht tat, konnte sie die Sache mit Gerit auch gleich vergessen.

»Na, dann einen schönen Abend und Grüße an alle Unbekannten«, sagte sie.

»Und von mir Grüße an deinen Vater und den attraktiven Inselarzt«, sagte Gerit.

»Du musst ihn nicht dauernd so nennen!« Das Gespräch schien zum Ende hin leider zu kippen. Offenbar wollte er sie provozieren. Ein bisschen hatte er aber auch das Recht dazu.

Gerit schwieg, und es war ein bedeutungsvolles Schweigen. Sie hörte heraus, dass er immer noch ein wenig misstrauisch war. Kein Wunder, denn kurz vor der Trennung hatte sie mehrfach erwähnt, dass Philipp sie ziemlich beeinflusst hatte. Zum einen in Hinblick darauf, dass sie ihren Vater zunächst nicht allein lassen konnte, mit dem Resultat, dass sie heute immer noch auf Juist war. Zum anderen, weil sie etwas zu schwärmerisch von ihm sprach, bis Gerit fragte, ob zwischen ihnen etwas gewesen sei. »Du darfst jetzt nicht lügen, Marie«, hatte er gesagt. »Sonst ist alles, was wir uns gemeinsam jemals erschaffen werden, auf Sand gebaut.«

Damit hatte er recht. Sie hätte ohnehin nicht gelogen. Aber Gerit schien ihr nicht ganz zu glauben, dass zwischen Philipp und ihr nicht viel passiert war. Vielleicht, weil es auch ihr als mehr vorgekommen war. Er hatte sie nur umarmt, und schon dachte sie: *Das ist es. Ich bleibe für immer bei ihm, und wir sind auf der Insel bis ans Lebensende miteinander glücklich.* Dann war sie zurückgerudert. Sie musste spinnen. So einfach konnte es doch nicht sein! Sie kannten sich gerade mal eine Handvoll Wochen, und sich von einer Beziehung nahtlos in die nächste zu stürzen, war ohnehin keine gute Idee. Sie hatte sich überhaupt nicht wiedererkannt! Ihr Verstand sagte ihr, dass eines von beidem nicht stimmte oder gestimmt hatte: ihre Gefühle für Gerit oder ihre Gefühle für Philipp. Angeblich sollte es zwar Menschen geben, die mehrere Personen liebten, für sie jedoch war es ein No-Go. Zu kompliziert und in ihren Augen auch nicht unbedingt wünschenswert. Gerits Vorschlag, »die Dinge in Ordnung zu bringen« und es dann vielleicht noch mal miteinander versuchen, klang wesentlich übersichtlicher, machbarer und vernünftiger.

»Jetzt mal ganz ehrlich: Warum soll ich Dr. Simeon von dir grüßen? Das ist eine ernst gemeinte Frage«, sagte Marieke betont ruhig.

Gerit stieg wieder in das Gespräch ein: »Nun, warum wohl? Dein Doktor sollte nicht wieder vergessen, dass es mich gibt. Und er soll ein bisschen zaubern, dass dein Vater ganz gesund wird. Den Gruß meine ich ganz ernst.«

Dein Doktor. Warum provozierte er sie immer weiter? Sie schloss kurz die Augen und atmete tief durch. *Nur nicht drauf einsteigen*, befahl sie sich.

»Ich will einfach nur, dass du wieder frei bist«, redete Gerit weiter. »In den Dreißigern sind wir noch zu jung, um uns für unsere Familie aufzuopfern. Lieber sollten wir uns eine solide Zukunft aufbauen. Ach, was sage ich! Solide klingt altbacken. Eine tolle Zukunft mit vielen Optionen. Hier in Asien, im Land der Düfte und Farben und auch des Geldes, wird mir das alles noch bewusster. Was für eine Zukunft erträumst du dir? Diese Antwort würde ich gern bald von dir hören.«

»Wenn du in Asien bleiben willst, dann sag es mir gleich.«

»Das hast du falsch verstanden. So etwas Großes würden wir natürlich gemeinsam entscheiden.«

»Ach, Gerit!« Sein Name stieg wie ein kleiner Stoßseufzer in ihr auf. Was er sagte, klang wahr und schön.

Am Strand von Singapur ging ein Feuerwerk los, oder zumindest musste es ganz in der Nähe sein, weil die Knallerei deutlich zu hören war.

»Ich wünsche dir einen wunderschönen Abend!«, rief Gerit ins Telefon. »Wir hören voneinander.«

Im Hintergrund vernahm Marieke in der kurzen Atempause des Feuerwerks ein schmeichelndes Frauenlachen. Dann war er weg, Tausende Kilometer entfernt an einem Ort, der sich von diesem hier wahrscheinlich unterschied wie die Jahreszeiten Sommer und Winter. Schlagartig fühlte sie sich einsam.

»Tschüss«, sagte sie laut. Vor ihrem inneren Auge sah sie Gerit in einer Beachbar sitzen. Sein Hingucker-Körper war gebräunt, blitzblaue Augen sahen sie unverwandt an, dazu dieses einnehmende Lächeln ... Schade, dass dieses Bild nicht auf Juist übertragbar war. Wer von woanders kam und enorm große Ziele hatte, zog im besten Alter eben eher nicht hierher – außer vielleicht ein Arzt wie Philipp, der es schaffte, sich in kürzester Zeit einzuleben und zu seinen Patienten und den Inselbewohnern erstaunlich schnell herzliche Kontakte zu knüpfen.

Auf einmal merkte sie, dass jemand neben ihr stand. Philipp schaute lächelnd auf sie herab. Sie hatte ihn nicht kommen hören. Schritte im Sand waren nun mal leise.

»Guten Abend, Marieke«, sagte er mit seiner privaten Stimme, die tief und weich war. »*Hier* hast du dich versteckt!«

»Philipp! Wie lange bist du denn schon da?«

»Einen kleinen Moment. Ich wollte dich nicht stören und habe gewartet, bis du fertig telefoniert hast.« Sein Gesichtsausdruck verriet ihr nicht, ob er mitbekommen hatte, mit wem sie gerade gesprochen hatte. Wenn Gerit wüsste, dass sie sich genau jetzt mit Philipp traf, wäre er am Ende sicherlich nicht so locker gewesen. Zuverlässig meldete sich ihr kleines schlechtes Gewissen. »Das war Gerit in

Singapur«, sagte sie, um es gleich wieder loszuwerden. »Er lässt dich grüßen.«

»Schön«, sagte Philipp und schob die Hände in die Hosentaschen. Er sah kurz aufs Meer hinaus und dann wieder zu ihr, sein Gesichtsausdruck war gleichbleibend freundlich. »Was möchtest du trinken? Ich hol uns was.«

Ein paar Meter weiter hatte sich ein Liebespaar in zwei Liegestühle gesetzt. An einer Hand hielten sie sich fest, in der anderen hatten sie ein Weinglas. Sie schauten sich tief in die Augen.

»Ein Bier aus der Flasche«, sagte Marieke.

Philipp nickte. »Das nehme ich auch. Ein Pils?«

»Ja, gern etwas Herbes.«

Marieke sah ihm über die Schulter hinweg nach, wie er aufrecht wieder nach oben zum Verkauf ging. Das Liebespaar nebenan küsste sich. Marieke verrückte ihren Stuhl ein winziges bisschen, sodass sie die beiden nicht die ganze Zeit im Augenwinkel hatte. Am Horizont entdeckte sie den ersten Hauch des Abendrots.

Als Philipp zurückkam und es sich mit etwas Abstand neben ihr bequem gemacht hatte, stießen sie mit ihren Bierflaschen an.

»Auf die Freundschaft!«

Sie lehnte sich zurück und zeigte mit dem Finger auf die Vögel, die durch die Luft segelten. »Ob Emma wohl dabei ist?«, fragte sie und spielte auf die Möwe an, die sie im vergangenen Sommer gesund gepflegt hatten.

»Ich denke schon.« Wie um seine Antwort zu bekräftigten, flog einer der Vögel dicht über sie hinweg und zeichnete einen großen Bogen in die Luft. »Das war sie«, behauptete Philipp, und sie lachten und tranken einen weiteren Schluck. Bei dem Liebespaar nebenan klirrten die Gläser, die Schreie der Seevögel wehten durch die Luft, die Wellen brachen sich am Strand, und das Gelächter der anderen Strandgäste wurde zu ihnen hingetragen. Marieke wurde bewusst, dass es ein ziemlich romantisches Setting war. Er las ihren Blick und sagte: »Als Arzt sucht man eigentlich nicht unbedingt den privaten

Kontakt zu den Patientinnen und Patienten, aber auf Juist lässt sich das nicht so leicht vermeiden. Es sei denn, ich möchte abends immer allein in meiner Hütte sitzen. Das war nicht unbedingt mein Traum, als ich hergekommen bin.«

Was ist denn dein Traum? Sie hätte es gern gewusst. Allerdings käme dann vielleicht die Gegenfrage, auf die sie im Moment keine Antwort wusste. Statt sich darüber klarer zu werden, lag ihre Zukunft immer noch im dichten Nebel. Umso schöner war die Gegenwart. Die Sonne sank tiefer, und der Himmel nahm eine Tönung in schönsten Pastellfarben an. Bei allen Grübeleien durfte sie nicht vergessen, das Hier und Jetzt zu genießen. Sie musterte Philipp von der Seite. Er schien so tief in Gedanken versunken zu sein, dass sie sich schon fragte, ob er vergessen hatte, dass sie da war. Sie räusperte sich. Durch ihn ging ein Ruck, und er lächelte sie an. »Entschuldige. Mein Kopf ist voller Dinge, seit ich weiß, dass ich nach München fahre.«

»Was machst du eigentlich da?«

»Ich bin auf eine Hochzeit eingeladen. Nun aber soll ich sogar Trauzeuge sein, weil jemand anderes aus einer Notlage heraus nicht teilnehmen wird. Das kann ich Jakob, dem Bräutigam, einem meiner ältesten Freunde, natürlich nicht abschlagen. Aber am Anfang war ich so überrumpelt, dass ich fast Nein gesagt hätte.«

»Magst du keine Hochzeiten?«

»Ganz ehrlich?« Philipp nahm einen großen Schluck und stellte die Flasche neben sich in den Sand. »Erst habe ich nur daran gedacht, dass ich die Praxis auf keinen Fall schließen kann. Aber das ist jetzt alles organisiert, und die meisten meiner Patienten sind verständnisvoll. Außerdem hatte ich längst vor, meine Eltern wiederzusehen, deswegen bleibe ich auch etwas länger. Sie wollten zu mir auf die Insel kommen, aber meine Mutter ist leider oft krank. So kann ich das mit der Feier und anderen Terminen in München gut verbinden.«

»Praktisch gesehen also kein Problem«, bemerkte Marieke.

»Na ja, sagen wir mal, es ist ein gelöstes Problem.« Philipp beugte sich vor und stützte sich mit den Ellenbogen auf den Knien ab. »Allerdings werden mich auch alle fragen, wie es mir geht, was ich mache, die ganze Litanei.«

»Ja, und?«

»Rückblickend kann ich sagen, dass es mir beruflich hervorragend geht, obwohl ich, wie du weißt, eine ziemlich einträgliche Stelle in einer Privatklinik aufgegeben habe. Manche haben mich für verrückt erklärt. Aber wenn ich die unpersönliche Abfertigung damals mit den herzlichen Patientenkontakten hier vergleiche, wird mir Tag für Tag bewusst, dass ich das Richtige getan habe.«

Marieke horchte auf. Diese Parallele war ihr bisher noch nicht aufgefallen. Weder ihre Chefin noch Gerit oder ihre Assistentin Tina konnten bis heute ganz nachvollziehen, wieso sie ihre lukrative Festanstellung als Bankettmanagerin aufgeben wollte. Nach den Wochen, als ihr Vater seine Herz-OP zu überstehen hatte und sich davon erholen musste, hatte sie kurz den Traum geträumt, in ihrer alten Heimat vollkommen glücklich werden zu können. Doch in Hamburg, wo sie gleich die Wohnung und den Arbeitsvertrag auflösen wollte, war sie wieder auf dem Boden der Tatsachen gelandet.

Ihre Chefin hatte sie fassungslos angesehen. »Liebe Frau Janssen, das sollten Sie sich gut überlegen. Unser Haus bietet große Aufstiegschancen mit unseren Partnern über Deutschland hinaus. Sie haben viele Jahre darauf hingearbeitet. Das wirft man nicht von heute auf morgen weg, um eine kleine Pension zu führen. Dafür finden Sie sicherlich jemanden, der das gut kann und macht, während Sie Ihre Karriere weiterverfolgen können. Später werden Sie froh darüber sein. Ich weigere mich, Ihre Kündigung anzunehmen, bevor Sie es nicht gut durchdacht haben.«

Auf diesen Gegenwind war Marieke nicht gefasst gewesen. Nach weiteren Besprechungen mit der Personalleiterin hatten sie sich darauf geeinigt, dass sie es sich ein Jahr anschauen und überlegen konnte, wie es für die Pension weiterging. Gleichzeitig war sie eingeladen, einzelne Aufträge anzunehmen und in Rechnung zu stellen. So viel Entgegenkommen!

Wie von einer übernatürlichen Kraft arrangiert, hatte Gerit dann in Asien zu tun. Statt total sauer zu sein, sagte er: »Du willst auf die Insel ziehen und alles aufgeben? Das ist verrückt. Lass uns die Dinge in Ordnung bringen, und dann schauen wir beide, wo wir stehen.«

Als auch noch ihre Assistentin Tina, die längst so etwas wie eine Freundin geworden war, in die gleiche Kerbe schlug, gab Marieke vorerst auf. »Eine Art Sabbatical für die Arbeit und für die Beziehung ist eine großartige Chance, um zu schauen, wo du hinwillst. Die musst du nutzen!«

Als Krönung reagierte sogar Philipp verständnisvoll: »Darauf war ich gefasst. Du bist innerlich noch gebunden. Alles braucht seine Zeit.« So war es ihr gelungen, mit großer Willensanstrengung von »verliebt« auf den Status »Freundschaft« umzuschalten. Ob die Sache mit Gerit eine gute Idee war, würde sich noch zeigen, aber im Beruflichen hatte sie etwas gelernt und konnte Philipp nur zustimmen: Die Gespräche mit den Pensionsgästen waren ihr tatsächlich lieber als der Umgang mit der anspruchsvollen und abgehobenen Klientel im Luxushotel. Die Begegnung mit Josefine Jacobson, die sich aus den Sphären des Jetsets zu ihnen verirrt haben musste, zeigte ihr das einmal mehr als deutlich. Manch andere Geschichte, die sich in der Pension abspielte, hatte sogar ein Happy End, und Marieke machte das glücklich. Einfach, weil es viel mehr Nähe gab. *Auf der Insel ist niemand eine Insel. In der Großstadt hingegen schon.* Dieser Gedanke fasste ihre persönliche Erkenntnis gut zusammen.

Philipp beugte sich ein Stück nach vorn, fischte eine kleine Muschel aus dem Sand und betrachtete sie. »Worauf ich überhaupt keine Lust habe, ist die Tatsache, dass ich einer der wenigen sein werde, die allein bei der Hochzeit erscheinen.«

»Du Ärmster«, rutschte es Marieke heraus. Es war halb ernst und halb spaßig gemeint, denn sie nahm in Philipps Stimme einen Hauch Selbstmitleid wahr. »Irgendjemand wird dich bestimmt trösten können.«

Er sah sie von der Seite an. »Fahr doch mit.«

»Was?« Marieke lachte auf.

»Jeder kann in Begleitung kommen. Ist sogar erwünscht!«

»Das geht nicht. Du hast gerade erst darauf hingewirkt, dass ich meinen Vater nicht so viel allein lassen soll.«

»Das stimmt nicht ganz. Ich habe festgestellt, dass es ihm nicht guttut, allein für die Pension verantwortlich zu sein, das meine ich ganz allgemein. So etwas erhöht die Stresshormone. Mit einem gesunden Herzen wäre es kein Problem. Sein Blutdruck ist nach wie vor zu hoch. Kein guter Dauerzustand.«

»Deswegen habe ich ihm auch vor drei Tagen versprochen, vorerst nicht nach Hamburg zu fahren.«

»Die Feier ist in München.«

»Sehr witzig. Darum geht es doch gar nicht.«

»Stimmt. Und dein Vater ist nicht der einzige Grund, warum du meinst, nicht mitkommen zu können. Du bist für mich ein offenes Buch, Marieke.«

Sie lachte auf, aber das Lachen war nicht ganz echt. Die Vorstellung, ein offenes Buch zu sein, war eher beängstigend, wenn man selbst nicht wusste, was in dem Buch eigentlich drinstand. »Ist das so? Dann sag mir den Grund.«

»Weißt du es selbst nicht?«

»Natürlich weiß ich das! Ich kann Gerit wohl kaum sagen: Ich fahre mit unserem Hausarzt zu einer Hochzeitsfeier nach München.« Marieke gab die Antwort lauter als nötig und viel zu schnell.

Philipp ließ sich nicht aus der Ruhe bringen. Er lehnte sich wieder nach hinten. »Zum einen ist es dein Vater, zum anderen ist es dein Fast-Ex, wie du ihn ja gern nennst, die dich hindern. Okay, das mögen Gründe sein.« Er machte eine bedeutungsvolle Pause. »Aber wenn ich nur dich, Marieke Janssen, losgelöst von deinem Familien- und Freundeskreis, frage: Würdest du mich auf die Feier begleiten wollen? Hättest du Lust? Wie wäre die Antwort?«

Marieke strich sich eine Locke hinters Ohr und starrte in den Sand, als stünde dort die Antwort geschrieben. Je länger sie haderte, desto klarer wurde ihr, dass Philipp wenigstens ein bisschen recht hatte. Sie schob Gründe vor, um erst gar nicht auf das Angebot eingehen zu müssen. Ob sie Lust hatte, mit Philipp zu verreisen, durch München zu schlendern, zu tanzen und zu feiern und neue Leute kennenzulernen? Was für eine Frage!

Philipp schien ein »Ja, ich will!« als Antwort zu erwarten. Das hatte er gut inszeniert, nur dass er damit das Gegenteil in ihr bewirkte. Sie wurde trotzig. Das war eine Eigenschaft, die sie nie abgelegt hatte.

»Das Leben ist nun mal kein Wunschkonzert. Das wissen wir alle. Ich finde deine Art zu fragen, ob ich mitkommen will, in dieser Situation völlig unangemessen.« Hätte sie gestanden, hätte sie die Hände in die Hüften gestemmt. Sitzend blieb ihr nur übrig, die Arme vor der Brust zu verschränken. »Außerdem bin ich in meinem Leben auf genügend Hochzeitsfeiern gewesen und werde es wohl auch noch sein, denn es ist mein Job, vielen Dank«, setzte sie ein wenig triumphierend hinzu. Falls er auf die Idee kommen sollte, sie tatsächlich überzeugen zu wollen …

Philipp beugte er sich ein kleines Stück zu ihr hinüber und legte eine Hand auf ihre Schulter. »Ist gut, Marieke. Du musst nicht noch mehr Gründe auffahren. Mir hätte die Vorstellung nur verblüffend gut gefallen.«

»Unsinn«, erwiderte sie und ärgerte sich ein wenig über ihr ungezügeltes Temperament, das manchmal mit ihr durchging. Was war schon dabei, mit einem Augenzwinkern zuzugeben, dass es ihr auch gefallen würde? Wegen einer solchen Äußerung musste sie Philipp ja nicht gleich heiraten! Gerit saß garantiert auch nicht jeden Abend allein im Zimmer, sondern ging aus und amüsierte sich. Sie trank das Bier aus und wollte schon aufstehen, doch Philipp bedeutete ihr mit leichtem Druck auf ihre Schulter, dass sie sitzen bleiben solle, und erhob sich. An der Stelle, an der seine Hand gelegen hatte, war die Haut warm geworden. Dabei hatte sie drei Lagen Kleidung an, und die Berührung war nur kurz gewesen.

Marieke starrte in den Himmel. Die rotgoldene Sonne näherte sich dem Wasser, die wenigen Wolken am Himmel badeten in hellen und dunkleren Orangetönen. Dabei einfach zuzuschauen, wirkte angenehm beruhigend. Philipp kam zurück, aber so richtig wollte das Gespräch nach dem Anstoßen nicht mehr in Gang kommen. Vielleicht würden sie sich nie mehr so gut unterhalten können wie im vergangenen Sommer, als sie dachte, sie könnten vielleicht ein Paar werden.

»Wie übernatürlich schön das ist. Die Sonne fällt ins Meer und befruchtet das Wasser. Über Nacht reift der Tag heran und wird morgens geboren«, sinnierte Philipp.

»Wow!« Marieke war beeindruckt. Plötzlich schoss ihr eine Frage durch den Kopf, und ehe sie darüber nachdenken konnte, hatte sie diese schon ausgesprochen. »Wie stehst du eigentlich zum Thema Kinder?«

Er machte eine vage Kopfbewegung, die weder wie ein Nicken noch ein Kopfschütteln aussah. »Ist im Moment kein Thema. Männer haben theoretisch auch ein bisschen mehr Zeit als Frauen. Und du?«

Sie nahm sich ein paar Augenblicke Zeit, bevor sie antwortete. »Viele Frauen sagen, ab dreißig fängt die Uhr an zu ticken.« Sie schloss kurz die Augen. »Ich weiß nicht genau, ob das bei mir auch so ist. Bisher war es jedenfalls still, und auch jetzt höre ich nichts. Ich bin nicht grundsätzlich dagegen, aber es käme auf den richtigen Partner an.«

»Käme? Was sagt denn dein Gerit dazu?«

Dein Gerit. Nun fing Philipp auch so an. »Keine Ahnung. Wir haben bis jetzt vor allem an unsere Karrieren gedacht. Im Übrigen ist er im Moment nicht *mein* Gerit.«

»Trotzdem bist du nicht ganz frei«, erwiderte Philipp. »Ein seltsamer Zustand …«

»Stimmt«, sagte Marieke nur, und mehr gab es dazu auch nicht zu sagen. Mit Philipp wollte sie bestimmt nicht über ihre Beziehung zu Gerit reden. In einem Meer aus Hellorange, Blutrot bis Dunkelviolett tauchte die Sonne langsam hinter den Horizont.

»In meinem alten Freundeskreis sind Kinder und Heiraten ein großes Thema«, bemerkte Philipp. »Vielleicht steckt es mich ja noch an. Jakob, bei dem ich Trauzeuge bin, hatte bis vor Kurzem niemals eine Hochzeit im Sinn. Es kam ganz plötzlich, dass er die Frau seines Lebens getroffen hat.«

»Na, dann wünsche ich dir ebenso viel Glück dabei, die Richtige zu finden. Hier auf Juist ist die Auswahl an heiratswilligen Kandidatinnen ja bekanntlich riesig«, versuchte sie zu scherzen. Als Philipp keine Miene verzog, schob sie hinterher: »Vielleicht ist das ein Grund für dich, bald wieder wegzugehen.«

»Nein. Ich habe die Stelle hier auf unbestimmte Zeit angetreten. So schnell werdet ihr mich nicht los«, Philipp grinste nun doch. »Außerdem war ich, als ich herkam, nicht so naiv, anzunehmen, dass ich auf einer kleinen Insel der Frau meiner Träume begegne.«

»Fehlt dir denn nichts?«, fragte sie. Sie selbst hatte kein Problem damit, eine Weile auf die körperliche Nähe eines Partners zu verzichten. Aber auf unbestimmte Zeit?

Das Licht schwand allmählich, und Philipp hatte den Kopf zur Seite gewandt. »Manchmal, klar«, sagte er. »Aber nach meiner letzten großen Enttäuschung vertraue ich lieber auf das Leben statt auf Worte, und das Leben hat mich nun mal hierhergeführt. Aber ich werde bestimmt auch nicht als Mönch enden. Mach dir da mal keine Sorgen.« Er lachte heiser. »Jeder muss eben seinen Weg finden …, falls er nicht schon darauf geht.«

»Ich mach mir keine Sorgen.« Marieke schüttelte den Kopf. »Aber du musst zugeben, dass Kinder nicht gerade ein unwichtiges Thema sind.« Sie stellte die Flasche in den Sand und steckte die kalten Hände unter die Wolldecke. Das Liebespaar nebenan war mit den Stühlen ganz eng zusammengerückt. »Aber … sag mal, was meintest du gerade mit deiner letzten großen Enttäuschung?«

Er wandte ihr so rasch den Kopf zu, dass sie ihren verletzten Gesichtsausdruck nicht mehr rechtzeitig verbergen konnte.

»Siehst du, du machst dir eben doch zu viele Gedanken um mich,

Marieke. Tatsächlich habe ich nicht dich mit der großen Enttäuschung gemeint, sondern meine Kollegin aus München. Ich habe dir die Geschichte mal erzählt. Ich war sehr verliebt, und sie hat mich glauben lassen, sie würde ihren Mann für mich verlassen. Das hat sie aber nicht getan. Und ich stand da wie ein Vollidiot mit gebrochenem Herzen. Das mit dir … war eine kleine Enttäuschung. Wir hatten uns ja nichts versprochen. Wir waren am Anfang vom Anfang. Ich kann dich verstehen, wenn du dein Glück da draußen suchst. Die Welt ist voller Verlockungen. Aber Momente wie dieser …«, Philipp zeigte mit einer ausschweifenden Geste übers Meer zum Horizont, »… bedeuten mir alles.«

Wie auf Kommando brach sich eine große Welle geräuschvoll am Strand. Im Osten konnte man schon die ersten Lichter von Norderney erkennen, und die Möwen verständigten sich nun mit kurzen, gedämpften Tönen, als sie sich für die Nachtruhe in kleinen Schwärmen vor den Dünen niederließen. Das Liebespaar nebenan erhob sich aus den Stühlen. Sie küssten sich zum hundertsten Mal, bevor sie eng umschlungen davonschlenderten. Philipp sah ihnen einen Augenblick hinterher. »Irgendwann stehe ich von hier auf und gehe nicht mehr allein nach Hause.«

Marieke runzelte die Stirn.

»Nicht, was du vielleicht meinst«, sagte er. »An Affären bin ich nicht interessiert. Und hier auf der Insel schon gar nicht.«

»Aber in München?« Die Frage schoss aus ihr heraus.

Er lachte heiser. »Bist du meinem Liebesleben nicht ein bisschen zu sehr auf der Spur?«

In der Dämmerung konnte er hoffentlich nicht sehen, dass sie ein bisschen rot wurde. »Entschuldige«, murmelte sie und zog die Decke ein Stück höher. Wie recht er hatte. Sie sollte aufhören, ständig um das Thema Liebe und Zukunft zu kreisen. Philipp hatte es vorhin klar und deutlich formuliert, so wie er häufig die richtigen Worte fand: *Jeder muss eben seinen Weg finden, falls er nicht schon darauf geht.*

»Kein Problem«, sagte Philipp. »Ich war ja auch mal eine Weile zu sehr daran interessiert, wie es um dein Verhältnis zu Gerit steht. Wir sind jetzt einfach quitt, oder?«

Marieke atmete auf. Das war ein gutes Angebot. Als sie im letzten Sommer auf die Insel gekommen war, war es genauso gewesen: Er hatte ihre Beziehung zu Gerit, die im Argen lag, ziemlich direkt infrage gestellt und damit oft ihren wunden Punkt getroffen.

Auch Philipp holte tief Luft. »Und jetzt mal ein anderes Thema. Wegen deines Fests …«

Weiter kam er nicht. Jemand rannte durch den Sand in ihre Richtung und rief: »Wo ist der Doktor, wo ist der Doktor?«

»Ich bin hier!« Schon war er aufgesprungen.

»Kommen Sie bitte, schnell!« Vor ihnen blieb ein älterer Jugendlicher stehen, der seine langen Haare hinten zu einem Schwänzchen zusammengebunden hatte. Er trug Sportsachen und war außer Atem.

»Was ist denn passiert?«, fragte Philipp und wandte sich bereits mit dem jungen Mann zum Gehen. Auch Marieke war aufgestanden.

»Die Aushilfe oben am Imbiss«, keuchte der junge Mann, »eine Schnittwunde an der Hand, sie blutet stark.« Er verfiel wieder in den Laufschritt, dem sich Philipp und Marie sofort anpassten. »Irgendjemand hat gesagt, dass Sie am Strand wären, und da bin ich einfach losgerannt. Mehr weiß ich auch nicht, ich hab's nur zufällig mitbekommen.«

Oben angekommen warf Philipp Marieke einen Blick zu. Sie verstand, dass er sie bat, zu bleiben und ihn zu unterstützen. Die verletzte junge Frau saß bleich und zitternd in einem Liegestuhl und hielt den Arm, um den ein blutiges Tuch gewickelt war, nach oben. Eine andere Frau kniete neben ihr im Sand und redete beruhigend auf sie ein, einige Gäste standen um sie herum, einer rief: »Gott sei Dank, der Herr Doktor!«

Philipp kniete sich dazu. »Katja, was machen Sie denn für Sachen! Vorhin haben Sie mich noch so nett bedient und jetzt das. Wo ist der Erste-Hilfe-Kasten? Zeigen Sie mal her. Da muss ich wohl einen Druckverband anlegen. Waren Sie denn allein im Imbiss?«

Offenbar kannte Philipp die Frau, die mit schmerzverzogenem Gesicht zu ihm aufsah, persönlich. »Der Kasten liegt unter dem Tresen. Der Chef ist mal kurz weg.«

»Ich hol die Sachen.« Marieke ging um das bereits erleuchtete Verkaufshäuschen herum zur Hintertür. Sie fand den Verbandskasten sofort und gab ihn einem der draußen stehenden Gäste. Auf der Durchreiche musste es passiert sein. Die Fläche war voller Blut.

Sie zog sich ein Paar der herumliegenden Gummihandschuhe an und säuberte die Fläche zunächst mit einer Lage Papierservietten. Jemand fragte, ob es noch Getränke gäbe. Marieke sah auf die Uhr und schüttelte den Kopf: »Es ist sowieso gleich Schließzeit, für heute ist Feierabend.« Von der privaten Marieke war sie mühelos in die Pensions-Marieke gewechselt, die immer wusste, was zu tun war. Sie beschloss, die restlichen Gläser zu spülen und alles aufzuräumen. Über dem Verkaufstresen entdeckte sie einen Zettel, auf dem der Name und die Handynummer des Besitzers standen. Sie klappte die Kasse zu, in der das Bargeld lag, und wählte die Nummer.

Draußen versorgte Philipp die Frau, und obwohl der Einsatz ein kleiner Schock war, musste sie lächeln. Ohne ihn sehen zu können, fühlte sich Marieke mit Philipp verbunden. Vielleicht, weil sie in diesem Moment ein super Team waren. Vielleicht aber auch nur, weil sie auf einer Insel wie Juist aus ihren Rollen nicht so leicht herauskamen.

6. Kapitel

Die frische Morgenluft trug Kinderlachen durch die geöffneten Fenster in den Speiseraum. Marieke zupfte ein paar welke Blätter aus den Blumenvasen und sah hinaus. Es mussten die beiden Mädchen der Familie Zimmermann sein, die seit vielen Jahren zu den lieb gewonnenen Stammgästen der Pension zählte und am Tag zuvor angereist war. Noch hatte sie sich mit ihnen gar nicht richtig ausgetauscht. Sie wollte fragen, wie es ihnen nach dem letzten Besuch auf Juist ergangen war, als sie überstürzt abfahren mussten, und auch, warum sie mit einem schulpflichtigen Kind drei Wochen bleiben wollten, obwohl noch keine Ferien waren. Ein feiner süßlicher Duft drang herein, und Mariekes Blick fiel auf den weißen Fliederbusch, den ihre Mutter so geliebt hatte. Er blühte prächtig und konnte ausnahmsweise einen kleinen Zweig entbehren.

Sie trat durch die Hintertür hinaus und wäre fast mit Jule Zimmermann zusammengestoßen, die um die Ecke geflitzt kam. Die Kleine sah mit geröteten Wangen und großen Augen zu ihr auf und legte einen Finger auf den Mund. »Psst, ich muss mich verstecken!«

Marieke schmunzelte. »So früh schon? Wo sind denn deine Eltern?«

»Psst, nicht so laut! Die sind noch oben, aber wir haben Opa Janssen im Garten gesehen und durften schon runter, und jetzt verstecken wir uns.« Die Kleine huschte an ihr vorbei. »Mach doch mit!«

Marieke sah ihr verwundert hinterher. Ihr Vater spielte morgens vor dem Frühstück mit den Kindern Verstecken? Sie konnte ihn jetzt zählen hören. Wahrscheinlich stand er an dem alten Nussbaum, den sie von hier aus nicht sehen konnte. Lächelnd ging sie zum Geräteschuppen und öffnete die Tür – und stieß sofort einen kleinen Schrei aus, weil sich in der dunklen Ecke etwas bewegte. Es konnte der Marder sein, der in manchen Jahren hier sein Unwesen trieb, vielleicht aber auch nur eine verirrte Katze. Egal, Tiere gehörten hier nicht hinein, und Marieke erschrak immer heftig, wenn sie auftauchten.

»Psst, leise!«, flüsterte ein aufgeregtes Stimmchen. Im Dämmerlicht erkannte Marieke die kleine Gestalt von Anna, der älteren der beiden Zimmermann-Mädchen. Sie hockte hinter den ausgedienten Sonnenschirmen, die an der Schuppenwand lehnten und die ihr Vater partout nicht weggeben wollte. »Opa Janssen zählt noch. Schnell, versteck dich auch!« Wieder die Stimme von Anna. Stolz hatte sie ihr erzählt, dass sie bald in die zweite Klasse käme.

»Achtundzwanzig, neunundzwanzig, dreißig, ich komme!«, rief Mariekes Vater draußen.

»Verstecken ist immer eine schöne Idee, aber ich muss das Frühstück vorbereiten und hab keine Zeit«, flüsterte Marieke Anna zu.

»Bitte!«, stieß die Kleine leise hervor. »Er hört uns sonst bestimmt, und außerdem ist es lustig. Bitte! Nur einmal!«

Marieke gab nach und zog die Tür hinter sich zu. Wo zum Himmel sollte sie sich auf die Schnelle verkriechen? Dann erinnerte sie sich. Sie öffnete die Tür des Geräteschrankes und kauerte sich dahinter. Früher hatte die Tür ihren gesamten Körper verdeckt. Erstaunt bemerkte sie, dass ihr Herz ein wenig schneller klopfte. Außerdem verspürte sie einen Hauch bittersüßer Traurigkeit. Der Geruch des Schuppens nach Holz und Stein, in dem es dunkel, kühl und feucht war und in dem sie sich ganz klein machte, katapultierte sie zurück in ihre Kindheit. Weil sie ein Einzelkind war, hatten ihre Eltern dafür herhalten müssen, mit ihr Verstecken zu spielen, und dies war ihr Lieblingsversteck gewesen. Wie oft hatten ihr Vater oder ihre Mutter so tun müssen, als hätten sie keine Ahnung, wo sie war. Durch ein paar Ritzen zwischen den Holzlatten fiel spärliches Licht herein. Sie ertappte sich dabei, wie sie genau wie früher ein wenig den Atem anhielt. In der Ecke kicherte Anna leise.

Es dauerte nicht lang, da kamen schwere Schritte näher. Die Tür wurde ein Stück aufgezogen, und eine Hand schlug laut gegen das Holz.

»Na, hier wird sich ja wohl niemand versteckt haben, oder doch? Im Schuppen wohnen doch die Geister und wilde Tiere. Wer sich hier versteckt, müsste schon ganz schön mutig sein!«, rief ihr Vater mit dröhnender Stimme.

Marieke lief ein kleiner Schauer über den Rücken. Natürlich nicht weil sie sich gruselte, sondern weil ihr Vater im Spiel mit den Mädchen dieselben Worte benutzte, die er vor mehr als zwanzig Jahren benutzt hatte, bevor er den Schuppen betrat, um sie zu »entdecken«.

Anna musste in ihrer Ecke leise husten. Rainulf schob langsam die Tür auf, die in diesem Moment filmreif in den Angeln quietschte, und ein Schwall Licht drang herein. Er machte einen großen Schritt in den Raum und zog die Tür ein Stück hinter sich zu, sodass das Innere des Schuppens wieder im Halbdunkel lag. Er redete nicht nur wie früher, er hielt auch genau die gleiche Abfolge beim Spiel ein. Das war der Moment, in dem Marieke es damals vor Spannung nicht mehr ausgehalten hatte. So musste es auch Anna ergehen, denn sie gab ein Geräusch von sich, das irgendwo zwischen Husten und Quieken lag.

»Ha, ein erkälteter Geist!«, rief Rainulf und zeigte mit dem Finger in ihre Richtung. Anna kreischte vor Vergnügen, als er einen der Schirme beiseiteschob, und sie krabbelte hervor. Marieke beobachtete, wie ihr Vater der Kleinen liebevoll über den Kopf strich. »Deine Schwester hat sich besser versteckt. Die suche ich noch.«

»Noch besser als hier?« Anna stemmte die Hände in die Hüften. »Das kann doch gar nicht sein. Und vielleicht ist hier ja noch jemand.«

»Das glaube ich kaum. Ihr seid in verschiedene Richtungen gelaufen.«

»Dann hast du gemogelt und geguckt!«

»Ich! Niemals! Das schwöre ich beim Klabautermann!« In dem Schuppen ertönte das vertraute tiefe, bärige Vaterlachen, während Marieke seine große Gestalt von schräg unten betrachtete, daneben die Silhouette des Mädchens. Tief brannte sich dieser Moment als Abbild ihrer Vergangenheit in sie ein. Vom Gefühl, sich an einem etwas unheimlichen Ort zu verstecken, bis hin zu dem Schwur, den ihr Vater eben geleistet hatte, wirkte das ganze Geschehen wie eine exakte Kopie von damals.

Damals war er ein rauer Vater gewesen, doch umso mehr hatte sie seine Zuwendung genossen, zu der er ebenso fähig war. Es gab Tage, da schwankte er zwischen den emotionalen Polen kalt und warm mehrfach hin und her. Erst später, als Marieke nach ihrer Ausbildung in Hamburg geblieben war, hatte sich ihr Verhältnis dauerhaft abgekühlt. Wobei »Kühle« ein beschönigendes Wort für die Kälte war, mit der er ihr nach dem Tod ihrer Mutter jahrelang begegnet war. Bis er körperlich zusammenbrach. Auf den ärztlichen Rat von Philipp hatten sie lange Strandspaziergänge unternommen und sich dabei Schritt um Schritt und Stück für Stück einander wieder angenähert. Ein tiefes Gefühl der Zärtlichkeit durchströmte Marieke, als sie ihren Vater mit Anna reden hörte. Was für ein Glück, dass sie wieder miteinander auskamen und das Beste füreinander wollten.

»Hier im Schuppen ist ein Geist«, behauptete Anna.

»Sag ich doch immer«, spielte Rainulf vergnügt mit.

Marieke empfand die Worte als ihren Einsatz. Sie stieß ein lautes »Huh!« hervor und kam ruckartig nach oben. Allerdings war ein Bein eingeschlafen und so taub, dass es während des Auftretens ein bisschen wegknickte, was wiederum bewirkte, dass sie nicht gerade zu stehen kam, sondern ein kleines Stück nach vorne schwankte. Dabei riss sie, um das Gleichgewicht zu halten, einen Arm noch oben. In der Hand hielt sie die Gartenschere.

Ihr Vater fuhr herum und schrie so erschrocken auf, dass Anna augenblicklich mitkreischte. Dabei durchzuckte auch Marieke ein Schreck, und sie schrie ebenso auf. Für einen Moment bebte der Schuppen. Wahrscheinlich waren in der Pension, deren Zimmerfenster zum großen Garten hin ausgerichtet waren, nun alle wach.

Ihr Vater taumelte und hielt sich an ihrer Schulter fest. Sie brauchte alle Kraft, um von seinem Gewicht nicht mitgerissen zu werden, und ließ die Schere fallen.

Er japste. »Herrgott, Marieke!«

»Mensch, Papa!«, entfuhr es ihr.

Ein Moment in der Schwebe. Auch das war wie früher. Manchmal, wenn Marieke etwas angestellt hatte, wusste sie nicht, wie er reagieren würde: wütend oder verständnisvoll? Instinktiv streckte sie die Arme nach Anna aus und zog sie an sich, so wie ihre Mutter es mit ihr getan hatte, um sie immer und überall zu schützen.

Da entspannte Anna die Situation. Sie fing lauthals an zu lachen. Marieke stimmte nach kurzem Zögern mit ein, ihr Vater wenige Sekunden später. Der große Schreck machte der Erleichterung Platz. Immer noch lachend traten sie nach draußen. Rainulf hielt in einer Hand seine graue Kappe, die er sich vom Kopf gerissen hatte. Die andere Hand hatte er auf seine Brust gelegt und rang nach Luft. Noch bevor Marieke etwas sagen konnte, erkannte er ihre Sorge und wehrte mit einer Handbewegung ab. »Es geht mir großartig. Ho, ho, ho! Ich … habe nur lange nicht mehr so gelacht. Ho, ho, ho! Wir sollten öfter am Morgen so lachen. Hi hi, hi!« Er wischte sich eine Träne aus dem Augenwinkel.

Jule kam angelaufen und wollte wissen, was los war. Die beiden Mädchen drängten sich zu beiden Seiten an Rainulf. »Noch mal! Jetzt musst du uns richtig suchen!«

Ihr Vater sah sie an. »Wir werden beide älter, Marieke«, sagte er plötzlich ernst, als er wieder Luft bekam. »Es erstaunt mich selbst, aber das hier macht mir richtig Freude. Wenn ich mit meinen Enkeln noch solche Sachen machen soll …« Er brach ab, weil Jule ungeduldig an seinem Ärmel zog. »Darf ich fragen, was du überhaupt im Schuppen gemacht hast?«

»Die Gartenschere …« Marieke konnte nicht weitersprechen, weil die Worte ihres Vaters sie tief trafen. Bisher hatte er mit keiner Silbe erwähnt, dass er sich wünschte, irgendwann mit seinen Enkeln spielen zu können. Niemals hatte er sie gefragt, ob sie Kinder haben wolle, dazu hatte lange zu viel Groll zwischen ihnen gestanden. Dass er jetzt durch eine Art Hintertür mit ihr darüber sprach, war typisch für ihn.

An dem offenen Fenster oben links erschien ein Kopf mit langen blonden Haaren. »Jule, Anna!«, rief Sophie Zimmermann nach unten. Sie erblickte die kleine Ansammlung vor dem Schuppen und wedelt mit den Händen. »Wer hat da so geschrien? Ist alles in Ordnung? Wir haben doch ausgemacht, dass ihr so früh leise im Garten seid! Wir kommen jetzt runter zum Frühstück.«

»Alles in Ordnung!«, rief Rainulf hinauf. »Das war meine Schuld. Die Kinder sind zwei Engel! Ich bringe sie gleich rein.« Er nahm die Mädchen an die Hand, und der blonde Schopf verschwand wieder. Ein Fenster weiter tauchte ein anderer Kopf auf. Mit ausdrucksloser Miene schaute Josefine Jacobson zu ihnen herunter. Sie hatte ihre Haare im Nacken zusammengebunden, war offenbar ungeschminkt und wirkte auf Marieke wie eine völlig fremde Person. Nach einem kurzen Augenblick verschwand auch ihr Gesicht wieder.

»Na gut.« Ihr Vater nickte Marieke zu und ging mit den hüpfenden Kindern davon.

Anna rief ihr im Weggehen zu: »Tante Marieke, du hast lustige schwarze Flecken!«

Sie sah an sich hinunter. Beim Hinkauern oder wo auch immer im Schuppen hatte sie sich die Hände schmutzig gemacht, und hübsche Abdrücke ihrer Finger zierten ihre Hose. Sie musste sich umziehen, bevor sie zu den Gästen ging, um sich für den frühen Krach zu entschuldigen.

Als sie eine kleine Weile später wieder nach unten kam, hörte sie schon aus einiger Entfernung laute Stimmen aus dem Speiseraum. Annegret redete wesentlich ruhiger als die andere Frau. Etwas war im Gange.

Marieke setzte ihr Guten-Morgen-Lächeln auf. Im Speiseraum erfasste sie die Lage sofort. Annegret stand am Tisch von Josefine Jacobson, die irgendetwas monierte. Zwei Tische weiter saßen die Zimmermanns. Jule und Anna spähten neugierig zu dem anderen Tisch. Josefine Jacobson hatte die langen Haare zu einem auf dem Kopf thronenden Knoten hochgesteckt und diesen mit einem giftgrünen Tuch umwickelt, das dieselbe Farbe wie ihre Bluse hatte. Die Diva trug heute einen Turban, und die Stoffe schimmerten wie feine Seide. Sie machte ihrem heimlichen Spitznamen alle Ehre. An den Ohren prangten goldene Seesterne, am Dekolleté glänzte eine auffällige Kette. Sophie und Jakob Zimmermann versuchten mit nicht ganz glücklichen Gesichtern, in Ruhe zu frühstücken.

»Ich kann mich nur wiederholen«, sagte Annegret. »Ich bürge persönlich dafür, dass auf dem morgendlichen Büfett alles stets frisch zubereitet ist. Nehmen Sie doch einfach nur das, von dem Sie sich sicher sind, dass Sie es vertragen. Ansonsten versuchen wir natürlich, besondere Bedürfnisse zu berücksichtigen.« Annegret hatte ihre gleichmütige Miene aufgesetzt, an der sie fast jeden morgenmuffeligen Gast abprallen ließ. Doch hier schien es um mehr zu gehen. Marieke straffte sich und trat an den Tisch.

»Gibt es irgendwelche Probleme?«, fragte sie freundlich.

»Ah, du bist da, das ist gut. Vielleicht findest du heraus, was wir hier noch tun können. Dann kann ich den Mädchen ihre Schoko-Flakes holen, die hatte ich vergessen.« Sie lächelte zum Zimmermann-Tisch hinüber.

»Guten Morgen, Frau Jacobson, schön, Sie heute beim Frühstück zu sehen«, löste Marieke Annegret ab. »Und Sie gehören zu den Ersten.« Mit der Hand wies sie in den Raum, als hätte ihr Gast möglicherweise selbst noch nicht gemerkt, dass die meisten Tische noch frei waren.

»Es ging mir die letzten Tage morgens nicht gut. Vielleicht ist ja auch das Essen schuld.« Josefine Jacobson verschränkte die Arme vor der Brust.

»Was glauben Sie denn, woran es gelegen haben könnte?«, fragte Marieke sachlich. Ihr Blick wanderte zu den auffälligen Ohrringen. Das Gesicht des anspruchsvollen Gastes wirkte heute natürlich, und die Augen, die etwas gerötet aussahen, zierte lediglich ein grüner Lidstrich.

Josefine Jacobson überlegte. »Eigentlich … habe ich vormittags nur Obst und Wasser zu mir genommen. Mehr bekomme ich meistens nicht runter.«

Marieke machte ein Gesicht, als hätte sie gerade eine großartige Erkenntnis. »Ach ja? Dann haben Sie morgens vielleicht zu wenig gegessen und nicht etwa irgendetwas, das Sie nicht vertragen. Das kann einem auch auf den Magen schlagen oder den Kreislauf schwächen, zumindest geht es mir manchmal so, wenn ich keine Zeit zum Frühstücken habe.«

Josefine Jacobson sah sie einen Moment verblüfft an. Aber sie dachte offensichtlich nicht daran, sich damit zufriedenzugeben. »Ich bin heute so früh dran, weil ich mehr oder weniger aus dem Bett gefallen bin.« Sie sah zum Tisch der Zimmermanns hinüber. »Der Garten scheint ja eine Art Abenteuerspielplatz zu sein …« Sie hob tadelnd eine ihrer Augenbrauen.

Marieke holte unauffällig tief Luft. Das half ihr, eine gesunde Distanz zu wahren, auch wenn sie Josefine Jacobson für noch verwöhnter hielt als die Damen, die sie von ihrer Arbeit aus dem *Albatros* kannte. »Für den Lärm entschuldige ich mich persönlich«, sagte sie. »Es war ein wenig meine Schuld und sicherlich eine Ausnahme. Wegen des Frühstücks kann ich Annegret allerdings nur zustimmen. Dass sich Gäste nach unserem Essen unwohl fühlen, kommt so gut wie nie vor.«

»Aha, aber nur so gut wie!« Josefine Jacobsons Augen blitzen angriffslustig. Nicht nur ein schwieriger, sondern ein *äußerst* schwieriger Gast, dachte Marieke. Diese Kategorie gab es auch noch, wenn auch zum Glück sehr selten. Es bedeutete, dass sie mit jedem Wort, das sie von sich gab, dreifach vorsichtig sein musste.

»Was können wir denn jetzt für Sie tun?«, fragte sie sanft.

»Ich vertrage keine Milch. Den Kaffee nehme ich ohne Koffein und mit Hafermilch …«

»Lactosefreie Produkte – diesen Wunsch erfüllen wir auf Anfrage unserer Gäste gern, ist doch kein Problem. Nach besonderen Essenswünschen fragen wir im Anmeldebogen, und da hatten Sie nichts eingetragen. Aber nun wissen wir Bescheid. Wir haben zwar koffeinfreien Kaffee momentan nicht parat, aber dafür viele verschiedene Teesorten, die Sie alle auf dem Büfett drüben finden, im Angebot.«

»Dann sollte sich das ändern! Koffeinfrei ist Standard! Es ist ein Lifestyle!«

Marieke beugte sich ein kleines Stück zu Josefine Jacobson hin und roch ein feines, teures Parfüm. »Vielleicht könnten Sie bitte etwas leiser reden?«, fragte sie in demonstrativem Flüsterton. »Wegen der anderen Gäste.«

»Bitte? Ich verlange doch auch nicht, dass die Kinder leiser spielen!«

Sophie Zimmermann sah mit gerunzelter Stirn herüber und fasste mit einer Hand über den Tisch nach der ihres Mannes.

»Weil ich keine Milch vertrage, hätte ich sicherheitshalber gern auch laktosefreien Joghurt.«

»Auch den haben wir nicht im Standardangebot«, antwortete Marieke geduldig, obwohl sie sich langsam etwas in ihrer Berufsehre gekränkt fühlte. Natürlich war das Büfett mit dem der großen teuren Hotels nicht zu vergleichen. Sie hatte jedoch viel darangesetzt, das Frühstücksangebot abwechslungsreicher zu gestalten, damit für jeden etwas dabei war. Die Gäste waren zufrieden. »Aber zum Beispiel haben wir …«

»Vielen Dank, ich habe mir das Büfett schon angesehen«, sagte Josefine Jacobson gerade, als ihr Handy auf dem Tisch einen Ton von sich gab. Marieke bemerkte, dass sich ihr Gesichtsausdruck blitzschnell veränderte. Hoffnungsvoll blickte Frau Jacobson auf das Display, um kurz darauf enttäuscht aufzuschauen.

Am Tisch nebenan jubelten die Mädchen auf. »Mit extra Schokostreusel!« Annegret hatte ihnen die Cornflakes an den Tisch gebracht und zwinkerte Marieke zu.

»Das wäre doch nicht nötig gewesen! Was für ein ausgezeichneter Service hier doch geboten wird«, sagte Sophie Zimmermann laut, und Jakob Zimmermann stimmte ihr ausdrücklich zu.

Josefine Jacobson schob den Stuhl zurück und stand auf. »Schön, dass andere zufrieden sind. Ja, wirklich, das meine ich so. Meinen Unmut nehme ich lieber mit nach draußen. Könnten Sie mir vielleicht einen Kräutertee in den Aufenthaltsraum bringen? Ich kann nicht schon wieder nach oben in das kleine Zimmer, auch wenn ich es manchmal ganz gemütlich finde«, sagte sie zu Marieke. »Außerdem ist das spärliche Licht im Eingangsbereich manchmal sogar passend. Dann bemerkt nicht jeder, dass ich eigentlich miserabel aussehe.«

Nun hätte Marieke fast aufgelacht. Offensichtlich hielt sich diese Frau für den Nabel der Welt, deren Aussehen für andere furchtbar wichtig war.

Drüben am Tisch hielten sich die Zimmermanns immer noch an der Hand und tuschelten miteinander. Wieder beobachtete Marieke, wie sich Josefine Jacobsons Miene änderte, als sie zu der Familie hinüberblickte. Jetzt schienen ihr sogar die Tränen zu kommen. Sie wischte sich mit dem Handrücken leicht über die Augen. Aber vielleicht war der ganze Auftritt einfach nur Show. Marieke beschloss, vor den Zimmermanns keine weitere Diskussion anzufangen, sondern Frau Jacobson gleich draußen in aller Ruhe nochmals klarzumachen, dass die Angestellten im *Sandstern* nicht die persönlichen Bediensteten der Gäste waren.

Josefine Jacobson war schon fast an der Tür, als Frau Sieve und die Wunderlichs lachend und schwatzend hereinkamen. Schwanzwedelnd beschnupperte Blacky den ihm wahrscheinlich noch unbekannten Menschen.

»Haustiere sind auch beim Frühstück erlaubt?«, fragte Josefine Jacobson wenig begeistert und hielt beide Arme nach oben, während der Hund sie umtänzelte.

»Blacky!« Frau Sieve pfiff ihn zu sich. »Kommst du her!« Er gehorchte, und Frau Sieve entschuldigte sich bei Josefine Jacobson. Diese strich mit beiden Händen imaginäre Falten aus ihrer Kleidung, wischte unsichtbare Flecken fort und rauschte hinaus. Unter den anderen umgänglichen Gästen wirkte sie mehr denn je wie ein Alien.

»Was hat sie denn?«, fragte Frau Wunderlich flüsternd, die sich bei ihrem Manni eingehängt hatte. Das Ehepaar war neben Marieke stehen geblieben und beobachtete die Szene.

Frau Sieve sah Josefine Jacobson ratlos hinterher und schickte Blacky unter den Tisch, wo er immer brav lag, wenn sie aßen. Selten hatte Marieke einen derart gut erzogenen Hund gesehen. »Wie kann man am frühen Morgen im Paradies nur so unglücklich schauen?«, fragte sie.

»Frau Janssen, das müssen Sie sich nicht bieten lassen«, sagte Sophie Zimmermann zu Marieke, die wie angewurzelt im Raum stand.

»Deren Probleme möchte ich haben«, setzte ihr Mann hinzu.

»Was ist denn mit dieser komischen Frau?«, fragte Jule.

»Sie sieht lustig aus«, sagte Anna und machte ein nachdenkliches Gesicht. »Nein, sie sieht reich aus. Aber gleichzeitig ist sie sauer.« Sie sah ihre Eltern an. »Das ist komisch, oder? Warum ist sie sauer?«

Sophie Zimmermann kniff ihrer Tochter leicht in die Wange. »Was du alles wissen willst! Da müsstest du sie schon selbst fragen. Und jetzt iss bitte weiter, mein Schatz.«

»Ja, vermutlich ist sie gut betucht«, bemerkte ihr Mann. »Und wahrscheinlich ist sie unglücklich. Beides zusammen ist für uns schwer vorstellbar, da hast du recht, meine Kleine.«

»Betucht wegen dem grünen Tuch auf dem Kopf?«, fragte Jule und brachte ihren Vater zum Lachen. Der Geräuschpegel im Raum stieg wieder an, aber auf eine angenehme Art und Weise. Marieke ging unbemerkt hinaus und steuerte die Küche an.

»Was würdest du tun?«, fragte sie Annegret. »Sollten wir wirklich allen Extrawünschen unserer Gäste nachkommen?«

Annegret wischte sich die Hände an der Schürze ab. »Ich glaube nicht, dass Frau Jacobson je wieder zu uns kommt. Mach es, wie du denkst. Wenn du es möchtest, dann bringe ich morgen einen laktosefreien Joghurt für sie mit. Gibt's im Supermarkt, das ist kein Problem.«

»Ich fürchte, sie wird eine schlechte Bewertung im Internet veröffentlichen.«

»Das ist manchmal nicht zu vermeiden, selbst wenn der Service perfekt ist. Die Welt ist transparent geworden. Wir können es nicht allen recht machen, und das müssen wir auch nicht. Die meisten kommen doch zu uns, weil es hier solide, herzlich und einfach zugeht. Das ist unser Markenzeichen. Und genau deswegen komme ich jeden Morgen mit guter Laune hierher. Noch mehr Gäste wie Frau Jacobson, und ich kündige«, schloss sie.

»Bloß nicht!« Marieke tat entsetzt, und sie wussten beide, dass es so weit nie kommen würde. Sie lachten. »Aber, sag mal: Seit wenn kredenzt du Schokocornflakes mit Schokostreuseln?«, fragte Marieke.

Annegret lachte noch mehr. »Meine Rechnung ist doch aufgegangen, oder? Die Mädchen waren begeistert, und ihre Eltern haben den Extraservice laut kommentiert.«

Marieke knuffte Annegret in die Seite. »Wenn ich euch alle nicht hätte!« Dann kam ihr eine Idee. »Sag mal, wir haben doch diesen Tee mit den handverlesenen Kräutern, den Susa für besondere Anlässe mitgebracht hat. Madame Jacobsen hätte gern einen Kräutertee. Ich möchte ihr etwas Besonderes anbieten.«

Annegret nickte anerkennend. »Typisch Marieke Janssen. Wenn schon, denn schon.« Sie zog eine Schublade auf und holte von ganz hinten eine dunkelgetönte Glasflasche heraus. »Es sind angeblich Wunschkräuter drin.«

Marieke sah sie fragend an.

»Wenn du deinem Gegenüber eine Tasse von diesem Tee anbietest, sollst du das mit stillen guten Wünschen für diese Person verbinden, und dann werden sich die Wünsche erfüllen … behauptet Susa.« Annegret zwinkerte ihr zu. »Ich darf den Tee nur rausgeben, wenn das Ritual befolgt wird.«

»Echt? Das hat sie mir gar nicht verraten.« Marieke nahm den Hinweis sogar ein wenig ernst. Nicht weil sie unbedingt an die Wunderkraft des Tees glaubte, sondern aus Respekt vor Susa, die wahrscheinlich enttäuscht wäre, würde sie sich die Anweisung nicht zu Herzen nehmen. Welchen Wunsch ihre Angestellte wohl für sie gehabt hatte, als sie ihr eine Tasse davon zu trinken gab? Susa hatte auch ein Hufeisen über der Eingangstür ihres Zuhauses angebracht und klopfte, wenn es um das Thema Gesundheit ging, lautstark auf Holz. Dazu legte sie eine rührende Ernsthaftigkeit an den Tag, die herzerfrischend sein konnte.

Als Marieke den Tee aufbrühte, duftete er so köstlich, dass sie sich selbst eine Tasse davon gönnen wollte. Auf einem Tablett balancierte sie zwei Becher, ein kleines Schälchen mit Honig und eine Schüssel mit selbst gebackenen Keksen hinaus. In der Diele blieb sie bei dem Pfosten stehen, von wo aus sie den Aufenthaltsbereich gut im Blick hatte, aber selbst nicht gleich gesehen wurde. Josefine Jacobson saß in einem der Sessel ein Stück entfernt von der großen Topfpflanze, einer Monstera mit tellergroßen dunkelgrünen Blättern. Sie hatte die Stehlampe angeknipst und die Beine übereinandergeschlagen. Das Handy hielt sie eine Armlänge von sich weg und redete mit dem Gerät. Marieke lauschte und überlegte gleichzeitig, welche Wünsche sie für diese Frau hätte, um das Ritual zu befolgen. Es war gar nicht so leicht, gute Gedanken für jemanden zu hegen, der so arrogant und unfreundlich auftrat.

»Okay, Leute, das war's für diesen Morgen. Ich sage euch nicht, wo genau ich untergekommen bin, das ist und bleibt ein Geheimnis, er soll mich ja suchen und finden, und es ist auch nicht ganz fair, wenn ich keine gute Werbung mache. Ich habe aber wirklich schon besser logiert, das wisst ihr, ihr kennt meine Welt, und ich frage mich, wie lange das hier gehen soll. Ich muss mich sogar darum streiten, einen koffeinfreien Hafermilchkaffee oder einen laktosefreien Joghurt zu bekommen! Aber das sind die kleinsten Probleme, die ich habe. Wie fändet ihr das denn, von dem Vater eures Kindes immer wieder vertröstet zu werden? Er vermisst mich anscheinend nicht mal, sonst sähe er sich meinen Blog ja wohl an und wäre ganz schnell da. Oder auch nicht, wenn ihm andere Dinge tatsächlich wichtiger sind. Ich halte euch auf dem Laufenden. Wenigstens kann ich meinen Kummer mit euch teilen, sonst habe ich hier niemanden. Schreibt mir etwas

Nettes in die Kommentare! Wie findet ihr mein Turban-Outfit? Dazu sehen die neuen Ohrringe besonders cool aus, wie ich finde. Die Kombi habe ich eben für euch improvisiert, nachdem ich quasi im Morgengrauen aus dem Bett gefallen bin. Aber das ist eine andere Geschichte. Ich danke euch. Ich liebe euch! Habt einen wundervollen Morgen! Eure Josy!« Sie hatte ohne Punkt und Komma geredet, winkte jetzt ins Handy und machte ein lautes Kussgeräusch.

Marieke hatte jedes Wort mitbekommen, denn Josefine Jacobson machte sich offenbar keine Gedanken, ob sie jemand hören konnte oder nicht. In ihrem Leben gab es also ein Kind und einen Vater, mit dem sie ein Problem hatte. Und sie redete von einem Blog, für den sie eben anscheinend einen Beitrag verfasst hatte, in dem die Unterkunft nicht gut wegkam. Das Tablett in Mariekes Händen begann zu wackeln. Sie sah nur zwei Möglichkeiten, um mit ihrem Ärger umzugehen. Entweder sie behandelte Josefine Jacobson weiterhin so neutral wie möglich und teilte sich die Tasse Tee jetzt mit jemand anderem. Oder sie sprang über ihren Schatten und glaubte an die Wirkung von Wunderkräutern.

In diesem Moment drehte sich Josefine Jacobson in ihre Richtung und entdeckte sie. »Oh!«, entfuhr es ihr, und sie stand ruckartig auf. Für einen Moment verrutschte die Kleidung, und sofort zupfte sie ihre giftgrüne Bluse zurecht. Zwischen Hosenbund und hochgerutschtem Oberteil sah Marieke einen Moment lang ein Bäuchlein hervorblitzen, das nicht zur ansonsten schlanken Figur passte. Schützend legte Josefine Jacobson die Hände über ihre Körpermitte. »Ich fass es nicht, kriege ich tatsächlich meinen Tee gebracht?«

Freundlichkeit, dachte Marieke. Ich wünsche ihr die Fähigkeit, freundlich zu sein, denn das scheint sie nicht zu können, und ich mache es ihr jetzt vor.

Sie stellte das Tablett auf den Beistelltisch neben dem Sessel. »Wenn Sie möchten, leiste ich Ihnen ein bisschen Gesellschaft.«

»Ja, das ist … Warum nicht?« Josefine Jacobson setzte sich wieder, und Marieke nahm im Sessel gegenüber Platz. Genau dort hatte ihre

Mutter oft gesessen und sich die Geschichten, Sorgen und Probleme der Gäste angehört. »Ratschläge darfst du nur geben, wenn du um Rat gefragt wirst, Marieke, das kannst du dir fürs Leben merken. Ansonsten sind sie so gut wie wirkungslos.« Marieke überkam augenblicklich eine große Ruhe, als stünde ihre Mutter hinter ihr und gäbe ihr Kraft.

Die beiden Frauen nippten an ihrem Tee, der blumig und würzig zugleich schmeckte. »Mhm«, machten sie gleichzeitig.

Marieke fasste sich ein Herz. »Es sieht so aus, als wären Sie es gewohnt, bedient zu werden. Aber die, die es tun, freuen sich bei uns auch mal über ein kurzes Dankeschön.« Ein inneres Gefühl sagte ihr, dass sie diese Frau entweder ganz in Ruhe lassen oder etwas wagen und ihr gleichzeitig die Hand reichen musste. Vielleicht hatte sie schlichtweg vergessen, wie Freundlichkeit ging.

Josefine Jacobson sah Marieke irritiert an. Dann entspannte sich ihr Gesicht »Sie haben recht. Danke für den Tee. Er schmeckt … außergewöhnlich gut.«

»Das freut mich. Sie finden ihn auch nicht auf dem Büfett.«

»Oh mein Gott! Aber er ist doch wohl gut verträglich?«

»Ich habe ihn schon mal getrunken und überlebt«, erwiderte Marieke ruhig. »Nur milde Kräuter.« Die Arme musste überempfindlich gegenüber allem sein!

Josefine Jacobson legte die freie Hand auf die Stelle, wo eben das Bäuchlein hervorgeschaut hatte. »Ich sorge mich nicht um mich allein. Außer mir und dem Vater des Kindes wissen es sowieso schon ganz viele in der Welt da draußen, und meine Follower sind begeistert. Warum soll ich es nicht auch Ihnen sagen: Ich bin schwanger.«

»Das ist doch schön«, sagte Marieke und hatte jetzt wenigstens offiziell eine Erklärung dafür, warum ihr Gast vielleicht so schwierig war. »Dann sollten Sie das Frühstück erst recht nicht ausfallen lassen. Oder zumindest schon mal einen Keks probieren.«

»Lieber nicht, ich halte es auch mit dem Zucker recht genau.« Immerhin nahm sie noch einen Schluck.

»Wie Sie mögen.« Wie oft hatte sie diesen Satz in ihrem Leben schon gesagt!

»Es ist nett, dass Sie sich zu mir setzen«, sagte Josefine Jacobson. Sie beugte sich vor und streckte ihr die Hand hin. »Fangen wir noch mal von vorne an. Bitte nennen Sie mich Josefine.«

Mit diesem Vorstoß hatte Marieke nicht gerechnet. Tat der Tee etwa tatsächlich schon seine wundersame Wirkung? »Und Sie mich Marieke.« Sie nahm die Hand, die sich kühl und schmal anfühlte, und drückte sie leicht. Dabei konnte sie die auffälligen Ringe spüren, die Josefine Jacobson trug. »Ich möchte nochmals um Verständnis bitten. Wir sind kein großes Hotel, wo es eine Heerschar von Angestellten gibt und jeder Wunsch erfüllt werden kann. Aber dafür finden Sie in unserer Pension immer ein offenes Ohr.«

Marieke wunderte sich selbst am meisten darüber, was sie erzählte. Als sie wieder auf die Insel gekommen war, hatte sie genau diesen Fehler gemacht und versucht, die gemütliche Pension in ein Haus mit höherem Hotelstandard zu verwandeln. Für sie hatten der perfekte Service in Bezug auf Sauberkeit, Zimmerausstattung, Verpflegung und die korrekte bürokratische Abwicklung im Vordergrund gestanden. Für alles, was darüber hinausging, hatte sie sich nicht zuständig gefühlt. Nun gingen sie in der Pension den berühmten Weg der Mitte: Sie hatte das Ambiente und die Küche etwas aufgewertet, aber nicht »überkandidelt«, wie ihr Vater gern sagte. Und sie suchte mit den Gästen das persönliche Gespräch, was oft zu warmem Dank führte. Im *Albatros* hingegen wurde Anerkennung zwar mit einem großzügigen Trinkgeld ausgedrückt, aber fast nie mit Herzlichkeit.

Wieder nahmen beide Frauen einen Schluck Tee. Marieke sah Josefine abwartend an. Diese stellte die Tasse ab und hob die Hände. »Ich bin gerade unleidlich. Ich mag mich selbst nicht. Ich bin ziemlich durch den Wind.«

Das waren viele Informationen auf einmal, und Marieke lehnte sich zurück. Statt weiterzureden, starrte Josefine schweigsam vor sich hin.

»Was machen Sie denn fürs Internet? Es hörte sich gerade danach an.« Es war das richtige Thema, denn Josefines verschlossenes Gesicht, das sich so oft veränderte wie das Wetter auf Juist an einem launischen Apriltag, öffnete sich wieder.

»Ich baue gerade einen Blog auf, ein paar Hundert Leute folgen mir schon. Es geht um Styling, Kleidung, Begebenheiten, Orte, Gedanken und vor allem Schmuck. Ich liebe Schmuck! Der Blog ist ein Hobby, Geld verdienen muss ich damit nicht. Aber ich produziere jeden Tag etwas, das gibt mir einen Sinn. Manchmal teile ich auch was Persönliches. Oder Schwieriges.«

»Ich hoffe, Sie meinen damit nicht Ihren Unmut wegen des *Sandsterns*?«

Josefine schüttelte den Kopf. »Sie haben also alles gehört. Es stimmt, ich habe mich ein bisschen beschwert, aber ohne Namen zu nennen, das machen anständige Blogger nicht. Mein Problem ist auch etwas anderes. Ich fühle mich ganz schwach, ich komme kaum aus dem Haus.«

»Mittags habe ich Sie zwei- oder dreimal rausgehen sehen«, stellte Marieke fest.

»Ja, mittags muss ich immer weg.«

Marieke wartete, ob sie noch mehr sagen würde, aber Josefine versank schon wieder in ihren Grübeleien. Marieke fasste einen Entschluss. Sie wollte diese leidende Diva zwar nach wie vor nicht unnötig bedienen, aber wenn ihre Schwäche und Gereiztheit daran lag, dass sie als Schwangere nicht genug aß, musste das geändert werden.

»Ich hole Ihnen ausnahmsweise etwas zu essen, keine Widerrede. Ein Obstsalat und ein Vollkornbrötchen mit Butter, Käse oder Honig, das kann bestimmt nicht schaden.« Sie erhob sich.

Josefine lehnte erschöpft in dem Sessel. »In Ordnung«, sagte sie leise und schloss die Augen. »Es tut gut, wenn sich mal jemand um mich sorgt.«

Im Frühstücksraum unterhielten sich die Gäste über die Tische hinweg und nahmen keine weitere Notiz von Marieke. Nur Anna und Jule schauten kichernd herüber. Sie stellte am Büfett rasch eine Kleinigkeit zusammen, ging wieder hinaus und platzierte den Teller neben den Keksen auf dem Tisch. Falls sie sich nicht täuschte, fehlte von dem Gebäck nun etwas, und sie schmunzelte innerlich. Josefine Jacobson wurde langsam zu einem normalen Menschen, und sie griff auch bei dem Frühstück zu. »Halte ich Sie nicht von der Arbeit ab?«, fragte sie zwischen zwei Bissen.

»Ist schon okay«, antwortete Marieke und dachte gleichzeitig mit tiefer Genugtuung: Das hier *ist* meine Arbeit!

Jemand hustete leise ganz in der Nähe, und plötzlich bewegten sich die großen Blätter der Monstera, die etwa drei, vier Schritte entfernt stand. Marieke sah genauer hin und entdeckte ein Persönchen mit einem Pferdeschwanz. Es musste eins der Zimmermann-Mädchen sein, die beide die gleiche Frisur trugen.

»Ich sehe dich! Spielt ihr schon wieder Verstecken?«, rief Marieke.

Anna trat hervor und kam langsam näher. »Nein, ich hab gesagt, ich muss auf die Toilette.«

»Die ist doch da«, antwortete Marieke und zeigte in die andere Richtung.

»Ich weiß, ich muss ja auch gar nicht, das hab ich nur so gesagt.« Anna blieb zwei Schritte entfernt von ihnen stehen und sah Josefine neugierig an. Diese wischte mit einer Serviette über den Mund und lächelte die Kleine an. »Wie heißt du? Ich bin Josefine. Du kannst auch Josy zu mir sagen.«

»Ich bin Anna. Ich wollte dich was fragen.«

»Da bin ich aber gespannt.«

Die Kleine streckte sich. »Ich hab mit meiner Schwester gewettet und gesagt, du bist reich, aber nicht glücklich. Das hat auch mein Papa gesagt. Dann hat Jule gesagt, das kann nicht sein. Weil, wenn wir Geld hätten, dann wären wir nämlich alle glücklich, Papa, Mama und wir auch, weil wir dann alles bekommen könnten, was wir uns wünschen, und verreisen würden, wohin wir wollen – Wer von uns hat gewonnen?«

7. Kapitel

Der eben noch lächelnde Mund von Josefine wurde zu einer schmalen Linie. Ernst sah sie erst Anna und dann Marieke an. »Wo bin ich hier eigentlich gelandet?«

»Willkommen im *Sandstern*«, antwortete Marieke. Die Worte fühlten sich für sie nicht nach einem aufgesetzten Spruch, sondern vollkommen echt an. Langsam war sie bereit, sich auch diesem schwierigen Gast wirklich zu widmen.

»Wer hat die Wette gewonnen? Jule oder ich?«, fragte Anna noch einmal und trat unerschrocken noch einen Schritt näher. »Du hast so schönen Schmuck. Darf ich den mal anfassen?« Sie streckte die Hand aus, und Josefine beugte sich ein Stückchen vor. »Der Seestern ist bestimmt echtes Gold«, sagte die Kleine. »Du bist wirklich reich!«

»Ich habe keine Geldsorgen, das stimmt.«

»Wir haben manchmal Sorgen«, sagte Anna und schob ein Stück die Unterlippe vor.

»Wirklich?«, fragte Josefine.

»Hoffentlich müssen wir dieses Mal nicht wieder früher weg«, sagte Anna, und ein trauriges Lächeln flog über ihr kleines Gesicht.

Marieke beschloss, einzuschreiten. »Jetzt seid ihr erst mal hier angekommen«, sagte sie schnell und erinnerte sich noch gut an das Drama, als die Zimmermanns im vergangenen Sommer überstürzt abreisen mussten, aber das ging Josefine eigentlich nichts an. Vor allem war Marieke das großzügige Verhalten ihres Vaters in Erinnerung geblieben. Sie selbst hatte von den Zimmermanns den vollen Betrag einfordern wollen, denn schließlich standen von heute auf morgen zwei Doppelzimmer leer. Ihr Vater jedoch hatte die Rechnung zerrissen. Er wusste damals besser als sie, wie wichtig es für die

Familie war, regelmäßig nach Juist kommen zu können, und er hatte Marieke damit einmal mehr demonstriert, dass ihm das Glück seiner Gäste manchmal mehr bedeutete als Geld. Die Pension konnten sich die Zimmermanns gerade so leisten – nun wollten sie in der schönen Jahreszeit aus Dankbarkeit sogar zweimal kommen.

Anna schielte zu den Keksen. »Darf ich einen haben?«

Lächelnd hielt Marieke ihr die Schale hin. »Wenn du deiner Schwester auch einen bringst, gern. Vielleicht gehst du lieber wieder zurück zu deinen Eltern? Sie warten bestimmt schon auf dich.«

»Aber ich hab noch nicht die Antwort!« Sie sah Josefine mit großen unschuldigen Augen an.

»Es ist kompliziert«, erwiderte diese leise. »Ich erkläre es dir vielleicht ein anderes Mal.«

Anna nahm die Kekse. »Kompe-li-ziert«, wiederholte sie, und es war ihr anzusehen, dass das Wort schwierig, aber durchaus so etwas eine Antwort für sie war. »Das merke ich mir.« Mit wippendem Pferdeschwanz ging sie davon.

»Kinder«, murmelte Josefine und sah dem Mädchen hinterher. »Ich wollte eigentlich keine, und für die meisten Frauen ist es das Schönste. Aber ich … ich habe Angst.« Sie sah Marieke an, als ob sie gleich eine ganz bestimmte Frage stellen wollte, die Marieke mit ihrem oft gesagten »Ich weiß es noch nicht« beantworten würde. Doch dann leuchtete das Display von Josefines Handy auf. Sie nahm es kurz in die Hand, legte es mit enttäuschtem Gesicht wieder hin und starrte es an. »Ich denke, wir bleiben tatsächlich die ganze Woche hier.«

»Wir?« Marieke fragte sicherheitshalber nach, obwohl sie sich denken konnte, was hinter dem Wir stand.

Josefine streichelte über ihr Bäuchlein. »Ich versuche mich schon mal daran zu gewöhnen, dass ich Entscheidungen bald nicht mehr nur für mich treffen kann. Und ich gehe auf keinen Fall schon zurück.«

»Zurück wohin denn?«

Aus Josefines Augen kullerten Tränen. »Das sag ich lieber nicht.« Sie nestelte ein Taschentuch hervor. »Es müssen diese Hormone sein. Aber dass sich alles so schlimm anfühlt ...«

Die Eingangstür öffnete sich mit einem Quietschen, und Mariekes Vater trat mit einem Schwall Morgenluft ins Haus. »Jetzt muss ich das schon wieder ölen«, sagte er zu sich selbst, nachdem er mit geübtem Blick die Quelle des Geräuschs ausgemacht hatte. Nach ein paar Schritten entdeckte er Marieke und Josefine in den Sesseln und kam näher. »Guten Morgen, Frau Jacobson«, grüßte er und warf Marieke einen bedeutungsvollen Blick zu: »Wir hatten ja schon die Ehre, als du mich vorhin mit der Gartenschere erdolchen wolltest.«

»Wie bitte?« Josefine richtete sich auf, und Marieke verdrehte die Augen. »Nur ein Scherz«, sagte sie.

»Gibt es neuerdings Frühstück im Aufenthaltsbereich?«, fragte er, als er das Geschirr auf dem Tisch stehen sah.

»Eine Ausnahme«, sagte Marieke.

»Ihre Tochter war so freundlich, sich ein wenig um mich zu kümmern. Mir geht es nicht so gut. Gleich kommt der Arzt.«

Marieke fuhr hoch. »Der Arzt?«

Fast im gleichen Atemzug fragte ihr Vater: »Dr. Simeon?« Er schien ebenso überrumpelt zu sein wie sie, was sie daran merkte, dass er ihre Entscheidung, Josefine ein Frühstück zu servieren, nicht weiter kommentierte.

»Ja, so heißt er wohl«, antwortete Josefine und fasste sich an den Kopf, um ihren Turban zurechtzurücken. »Ich wusste mir vorhin nicht anders zu helfen, als ihn anzurufen. Auch wenn es jetzt schon ein bisschen besser geht. Ich hatte wohl großes Glück, ihn zu erwischen. Für den *Sandstern* mache er gern eine Ausnahme, hat er gesagt, auch wenn es eigentlich zeitlich unmöglich sei.«

»Er kommt wirklich hierher?« Marieke konnte es nicht glauben, nachdem Philipp ihr am Abend am Strand erzählt hatte, was er vor seiner Abreise noch alles erledigen musste. Die Patienten standen quasi Schlange.

Nicht nur Josefine schaute sie irritiert an, sondern auch ihr Vater. »Was ist denn los, Marieke? Mich hat er hier doch schon zigmal besucht. Es ist offensichtlich, dass er gern hierherkommt, warum auch immer …«

»Bei Notfällen und zur Vorsorge, klar«, fiel Marieke ihm ins Wort. »Aber kurz vor seiner Reise?«

»Vorhin fühlte ich mich durchaus als Notfall!«, warf Josefine mit beleidigtem Unterton ein.

»Was denn für eine Reise?«, fragte ihr Vater.

Marieke fiel ein, dass sie es ihm noch gar nicht erzählt hatte. Dabei hatte Philipp sie darum gebeten, kurz bevor der gestrige Abend ziemlich abrupt zu Ende gegangen war. Philipp hatte die verletzte junge Frau mit in die Praxis genommen, und Marieke hatte auf den Besitzer der Strandbar gewartet und noch eine Weile mit ein paar dagebliebenen Gästen geplaudert. Sie war ihrem Vater erst vorhin im Schuppen begegnet und hatte es an diesem aufregenden Vormittag einfach vergessen, es ihm zu sagen. Schon trat der Verursacher der Turbulenzen ins Haus. »Guten Morgen!«, rief Philipp laut und ließ seinen Blick umherwandern.

»Wir sind hier!«, rief Rainulf, und Philipp kam mit großen Schritten in ihre Richtung. In der Hand trug er seine bauchige Arzttasche aus glattem braunem Leder, die fast schon antiquarisch aussah. »Oh, ein ganzes Empfangskomitee! Was ist passiert?«

Umständlich strich sich Marieke eine Haarsträhne zurück, die sich aus ihrem locker aufgesteckten Knoten gelöst hatte.

Philipp stellte seine Tasche ab, nickte ihrem Vater und ihr kurz zu und wandte sich an Josefine. »Ich bin Dr. Simeon. Haben Sie mich vorhin angerufen, sind Sie Frau Jacobson?« Er streckte ihr die Hand hin, und Josefine lächelte ihn an. »Guten Morgen. Ja, die bin ich. Dank Marieke geht es mir schon etwas besser, aber danke, dass Sie trotzdem gekommen sind.«

Philipp sah Marieke fragend an.

»Ich habe ihr etwas zu essen gebracht«, sagte sie.

»Oh!« Philipp runzelte die Stirn. »Dafür hätte ich ja wohl nicht kommen müssen.«

»Vielleicht nicht, aber eine Untersuchung kann trotzdem nicht schaden«, antwortete Josefine und legte die Hand an die Stirn.

Einen Moment lang hätte man in der Diele eine Stecknadel fallen hören können, wenn aus dem Frühstücksraum keine Geräusche gedrungen wären. Marieke beobachtete Philipp gespannt. Wie würde er auf Josefines Erscheinung und ihr divenhaftes Verhalten reagieren?

Philipp runzelte die Stirn. »Sie haben das Telefon heute früh dauerklingeln lassen, bis ich drangegangen bin. Ich musste nach ihrer Schilderung annehmen, es ginge Ihnen sehr schlecht, deswegen bin ich vor der offiziellen Sprechstunde ausnahmsweise hier. Kann ich also gleich wieder gehen? Ich habe viel Dringendes zu erledigen.«

Marieke hielt die Luft an. Selten hatte sie Philipp ärgerlich erlebt, und auch jetzt hatte er sich gut unter Kontrolle. Josefine Jacobson, die wahrscheinlich eine ausführliche privatärztliche Behandlung gewohnt war, schwieg verdattert.

Ihr Vater räusperte sich. »Herr Doktor, darf ich Sie etwas fragen? Ich habe gerade gehört, Sie machen eine Reise?«

»Du hast es ihm nicht erzählt«, stellte Philipp fest und sah kurz zu Marieke.

»Deinen Urlaub habe ich tatsächlich …«

»Vergessen«, fiel Philipp ihr ins Wort, bevor sie den Satz beenden konnte. Im Stillen ergänzte sie: *… vergessen, es meinem Vater zu erzählen. Dabei denke ich die ganze Zeit daran, weil ich so enttäuscht bin, dass du bei dem Fest nicht dabei sein wirst.*

»Urlaub?«, fragte Mariekes Vater so erstaunt, als wüsste er nicht, was dieses Wort überhaupt bedeutete. Urlaub kam in seinem Leben kaum vor. Er verließ die Insel nur, wenn es nicht anders ging. Genau das war ein kleiner Mangel in Mariekes Kindheit gewesen, der die Sehnsucht nach der großen weiten Welt in ihr genährt hatte. Es kamen so viele Gäste aus verschiedenen Ländern auf die Insel! Als Teenager hatte sie sich in den einen oder anderen Jungen verliebt, und sie wäre manchmal gern einfach mitgefahren, wenn die Familien abreisten in eine Welt, die garantiert größer, bunter und aufregender war als Juist, und sie mit einem schweren Herzen zurückließen. Diese Sehnsucht gab es in ihrer Erinnerung schon immer. Ihre Eltern hatten selten die nötige Zeit und auch nicht die Mittel gehabt, um die Pension eine Weile zu schließen und länger als eine Handvoll Tage zu verreisen.

Philipp legte eine Hand auf seine Schulter. »Urlaub ist zu viel gesagt. Ich habe ein paar Dinge in meiner alten Heimat zu erledigen. Bei Ihnen steht während meiner Abwesenheit kein Termin an, Herr Janssen, das habe ich schon geprüft, und ein neues Rezept habe ich ja gerade erst ausgestellt. Passen Sie einfach weiterhin gut auf sich auf. Ich bin nur ein paar Tage weg, Sie werden mich gar nicht vermissen.« Er wandte sich an Marieke: »Und du wohl auch nicht.«

Die Bemerkung machte sie sprachlos. Dafür hatte Josefine Jacobson ihre Stimme wiedergefunden. Interessiert verfolgte sie das Gespräch. »Sie beide kennen sich wohl sehr gut?«, fragte sie.

Hastig griff Marieke nach dem Geschirr und stellte es auf das Tablett. Mit aller Konzentration wischte sie ein paar Krümel vom Tisch, als wäre dies die wichtigste Sache der Welt. Weder vor einer fast Fremden noch vor ihrem Vater würde sie zeigen, wie nervös sie wurde, wenn Philipp in ihrer Nähe war. Am allerwenigsten wollte sie es vor sich selbst zugeben. Langsam dämmerte ihr, dass das Schwanken ihrer Gefühle, die Gerit betrafen, immer noch – oder schon wieder? – mit Philipp zu tun hatte. Nele predigte ihr das schon lange. Ein kurzes Schweigen entstand. Alle sahen sie an. Dann begann Josefine zu husten. Erst leise, dann immer lauter. Alle Aufmerksamkeit, die eben plötzlich auf Marieke gerichtet gewesen war, wurde wieder der angeblich Kranken zuteil. »Vielleicht untersuchen Sie mich doch«, stieß Josefine hervor und versuchte leicht schwankend aufzustehen.

Sofort waren Philipp und Mariekes Vater zur Stelle und stützten sie auf beiden Seiten. »Schaffen Sie es in Ihr Zimmer?«, fragte Rainulf.

»Ich denke schon«, flüsterte Josefine. Sie hakte sich bei ihm unter, und sie gingen zur Treppe.

Philipp hob seine Tasche auf und zögerte, bevor er ihnen folgte. Er wandte sich noch einmal um. »Entschuldige die Bemerkung eben, ich weiß gar nicht, wieso ich das gesagt habe. Vielleicht bin ich ein bisschen enttäuscht, weil ich bei der Planung für das Fest nicht berücksichtigt worden bin. Ich wäre gern dabei gewesen. So viele gesellschaftliche Anlässe gibt es für mich hier schließlich nicht, und ausgerechnet jetzt überschneiden sich zwei.«

Marieke hielt das Tablett mit den Händen fest umklammert. »Es ist dumm gelaufen.«

»Wie auch der Abend gestern. Unvorhergesehene Fälle häufen sich gerade. Katja hatte einen echten Schock. Es war gut, dass ich sie in die Praxis und dann nach Hause gebracht habe. Es ist spät geworden.«

Trotzdem hättest du mir eine Nachricht schicken können, dachte Marieke und nickte. Da war wieder, diese leise unvernünftige Eifersucht, weil Philipp allen Menschen und vor allem seinen Patienten immer so viel Zeit schenkte. Wenn diese dann auch noch weiblich und attraktiv waren wie die blonde Aushilfe, pikste es noch mehr. Es fühlte sich seit ihrer Rückkehr vor fünf Tagen so an, als ginge alles wieder von vorne los. Genau genommen hatte es mit Philipps Nachricht angefangen, die sie auf der Fähre überrascht hatte. Sie hätten sich privat nicht treffen sollen. Vielleicht war es sogar gut, dass er beim Fest nicht dabei sein würde.

Sie nickte. »Ist doch gut, dass wir vor Ort waren. Der Abend war bis dahin ja trotzdem ganz schön.«

»Ganz schön«, wiederholte Philipp. Seine teichgrünen Augen wirkten unruhig, als ginge ein Sturm durch sie hindurch, der sich aber ein paar Sekunden später wieder legte. »Ich untersuche die Dame jetzt, und wenn es was Ernstes ist, reden wir noch mal. Ansonsten muss ich sofort weiter. Die nächsten Tage sind, wie gesagt, die Hölle.«

Marieke überlegte, ob sie ihm berichten sollte, dass Josefine schwanger war, aber das würde die Patientin ihm sicherlich gleich selbst mitteilen. »Viel Erfolg«, sagte sie und sah ihm nachdenklich hinterher, wie er hinter ihrem Vater und Josefine aufrecht die Treppe hochging. Warum hatte er diese Bemerkung gemacht, dass sie ihn nicht vermissen würde? Wirkte sie ihm gegenüber so gleichgültig? Hatte er nicht behauptet, er könne in ihr lesen wie in einem Buch? Er schien sich zu täuschen. Ihre Arme wurden schwer, weil sie immer noch mit dem Tablett dastand. Rasch ging sie in die Küche, wo Annegret sie augenzwinkernd fragte: »Und? Hat der Tee gewirkt?«

»Es war ein guter Anfang.«

Marieke hatte gerade erst die Tassen in die Spülmaschine geräumt, da kam ihr Vater auch schon herein und legte los: »Ich geh ja sonst nicht in die Zimmer, wenn die Gäste da sind, aber eben musste es ja kurz sein«, sagte er kopfschüttelnd. »In dem von Frau Jacobson liegt auf jeder freien Stelle irgendwas rum, Kleider, Wäsche, Schuhe und überall Schmuck, als wäre das da oben eine Boutique! Und nun wird sie auch noch krank. Langsam frage ich mich schon, wo sie herkommt und was das hier werden soll.«

»Ein Rätsel«, sagte Marieke. »Aber eins darf ich euch bestimmt verraten, denn es wissen schon ganz viele: Sie ist schwanger.«

Annegret ließ alles stehen und liegen und wischte sich die Hände an der Schürze ab. »Wirklich? Darauf hat für mich nichts hingedeutet – außer ihre Extrawünsche beim Essen vielleicht. Wenn ich das gewusst hätte, wäre ich noch gnädiger gewesen als sowieso schon.«

»Und wundert euch außerdem nicht: Sie ist Influencerin«, sagte Marieke.

»Eine was bitte?«, fragte ihr Vater. Was das Internet betraf, lebte er hinterm Mond. Immerhin hatte er in den vergangenen Monaten gelernt, Mails zu lesen und zu beantworten und das digitale Buchungssystem zu bedienen.

»Was das ist, kannst du in den nächsten Tagen bestimmt live beobachten und es dir selbst von ihr erklären lassen«, erwiderte Marieke lächelnd. »Die Wahl unserer Pension, die ihr nun als Kulisse dient, ergab sich wohl eher zufällig, als sie mit dem Monster unterwegs war.«

»Monster?«, fragten ihr Vater und Annegret unisono.

»Ihr goldener Monsterkoffer mit einer halben Boutique drin. Damit wurde sie ja vom Herrn des Hauses, der ein Faible für attraktive und anspruchsvolle weibliche Gäste hat, sozusagen auf der Straße aufgelesen.«

Ihr Vater sah sie mit blitzenden Augen an. »Ab und zu ein Gentleman zu sein, gehört zum Geschäft, und es macht sogar Spaß.«

»Vielleicht ist Frau Jacobson ja eine der Personen mit zwei Gesichtern. Am Anfang machen sie einen weniger sympathischen Eindruck, und wenn sie abreisen, tut es einem leid. Manchmal kommt mir der *Sandstern* vor wie eine Bühne, auf der die Gäste mit ihren Geschichten auf- und wieder abtreten«, sagte Annegret.

»Und wir sind das Ensemble!« Mariekes Vater grinste und tippte an seine Kappe. »Ich bin im Garten.«

Kaum war er hinaus, erschien Susas Name auf dem Display ihres klingelnden Handys. Marieke legte die Stirn in Falten, denn ihre Angestellte rief eigentlich nur an, wenn sie nicht zur Arbeit kommen konnte. Und das passierte so gut wie nie. Sturmfluten auf der Insel gab es wahrscheinlich öfter.

»Guten Tag, Susa, ist was passiert?«, fragte Marieke.

Aus dem Telefon kam ein lautes Räuspern. »Hallo, Marieke. Bist du da?«

»Ich bin in der Pension, warum?«

»Wollt nur sichergehen, dass du nachher nich verreist bist. Is wichtig und dringend«, erklärte Susa.

»Ich bin doch noch nie weggefahren, ohne es mit dir vorher zu besprechen, hm? Die nächsten Wochen könnt ihr sogar jeden Tag mit mir rechnen.«

»Ein Glück.« Susas erleichtertes Stöhnen war durch die Leitung zu hören. »Ich komm 'n bisschen früher als sonst, damit nix durcheinandergeht. Und Annegret darf auch noch da sein und dein Vater lieber nich, wenn wir reden. Bis gleich.«

Marieke seufzte leise und steckte das Telefon weg. Das klang nach einem Problem. »Irgendwas ist mit Susa. Sie war neulich schon so komisch.«

»Wenn du mich fragst, ist was mit ihr und Fricke«, antwortete Annegret. »Sonst turteln sie gern rum, wenn sie glauben, dass es keiner sieht, aber davon war gestern keine Spur. Sie haben ernst und leise miteinander geredet und kaum gelacht.«

»Die erste Beziehungskrise?«

Annegret lachte. »Hoffentlich nicht. Aber vielleicht sollten die beiden erst einmal offiziell machen, dass sie zusammen sind.«

Marieke kam am späten Vormittag zurück. Sie hatte länger gebraucht als geplant, weil sie bei den Besorgungen im Dorf um den einen oder anderen Plausch nicht herumgekommen war. Unter den Einheimischen kannte nun mal fast jeder jeden, und man winkte, grüßte und fragte nach dem Wohlbefinden, wenn man sich begegnete. Bei dieser Gelegenheit hatte sie Gretje Hoferland und ihren Mann zum Fest eingeladen, ein befreundetes Ehepaar ihrer Eltern, das von der Idee ganz begeistert war. »Deine Mutter wäre bestimmt stolz auf dich«, hatte Gretje gesagt.

Gerade wollte Marieke durch den Garten zum Haus eilen, als Fricke angeradelt kam und sein Fahrrad am Zaun abstellte. »Moin, min Deern!«, grüßte er wie immer.

Sie sah auf die Uhr. Der Koch erschien normalerweise nie früher, als er musste. »Du bist heute aber zeitig dran.«

Fricke schüttelte den Kopf mit den wenigen Haaren, die um seine Glatze wuchsen. Es war ein ungewohnter Anblick, weil er in der Küche immer seine Kochmütze trug. »Ist extra heute.«

»Was ist denn heute?«, fragte Marieke in der Hoffnung, ein bisschen mehr darüber zu erfahren, was sie erwartete. Aber Fricke hob nur die Hände. Etwas stand ins Haus, und ihr wurde langsam mulmig.

Marieke ging direkt zur Küche, und er folgte ihr. Als sie die Tür öffnete, saß Susa mit Annegret am Tisch und sprang sofort auf. Sie tauschte über ihren Kopf hinweg mit Fricke einen Blick, den Marieke nicht deuten konnte. Sie wirkte fast erschrocken.

»Hast du es ihr schon erzählt, Frieder?«, fragte sie.

»Nö«, sagte Fricke, der eigentlich nur von Susa mit seinem richtigen Vornamen angesprochen wurde, und das auch noch nicht so lange.

Marieke stellte die schwere Einkaufstasche ab und rieb sich die Schulter. »Sagt es mir lieber gleich und ohne drum herumzureden. Ich muss langsam das Schlimmste befürchten!« Sie schaute zu Annegret, die mit Susa vielleicht schon darüber gesprochen hatte, was los war. Um Annegrets Mundwinkel spielte ein kaum wahrnehmbares Lächeln, und Marieke atmete innerlich ein wenig auf.

Susa trat einen Schritt vor. Fricke stand an der Seite und kratzte sich die grauen Bartstoppeln. Annegret saß mit den Händen im Schoß da und wartete. »Also«, sagte Susa, »die anderen haben gesagt, ich soll ruhig nach Italien fahren.«

»Oh!«, entfuhr es Marieke. Alles Mögliche hatte sie erwartet, vielleicht sogar, dass Susa plötzlich in ihren reifen Jahren überraschend Mutter werden würde, so sehr, wie das Thema sie in diesen Tagen verfolgte und so geheimnisvoll, wie alle taten. Aber eine Italienreise? »Ja. Das Land soll sehr schön sein«, antwortete sie etwas ratlos. »Trotzdem verstehe ich nicht …«

»Aber leider schon in ein paar Tagen, und das für zwei Wochen.«

»Was?« Marieke verschränkte die Arme. »Das ist ein bisschen knapp ohne vorherige Absprache. Die Pension ist langfristig ausgebucht.«

»Das weiß ich doch. Ich wollte deswegen auch nich fahren und auch niemandem was sagen. Aber ich hab es Frieder dann doch gesagt, und jetzt hängt der Segen schief.« Susa knetete die ganze Zeit ihre Hände und wirkte wie ein Schulmädchen, das etwas ausgefressen hatte, zumal sie sich heute die Haare zu Zöpfen geflochten hatte.

Marieke fuhr sich mit der Hand über die Stirn. »Liebe Susa, könntest du bitte von vorn erklären, warum du ganz eilig nach Italien musst? Das wäre hilfreich.«

Susa nickte. »Meine Mutter macht doch immer gern Rätsel und

Preisausschreiben. Und nun hat sie was Großes gewonnen. Eine Kreuzfahrt mit ganz vielen Städten und Häfen. Sie war noch nie in Italien, und ich auch nich.« Susa sah zu Fricke, der mit unbewegtem Gesicht zuhörte. Nichts deutete in diesem Moment darauf hin, dass die beiden ein Liebespaar sein könnten.

»Aber seit wann wisst ihr das denn?«

»Schon länger. Aber um mich gings ja nich. Die Freundin meiner Mutter ist plötzlich verhindert, und allein macht meine Mutter das nich. Ein so großes Schiff, die vielen fremden Menschen. Das würd ich auch nich allein tun. Und jemand anders als mich oder ihre Freundin will sie nich. Wegen der geteilten Kabine und so.« Susa sah auf die Uhr an der Küchenwand. »Ich muss bald zusagen oder absagen. Jetzt denk ich auch, dass man das nicht so verfallen lässt. Der Wert der Reise is so viel, wie ich hier in drei Monaten nich verdien.«

»Puh«, machte Marieke. »Bis wann müsstest du es wissen?«

»Am besten gleich. Hab ja gesagt, es is wichtig und dringend.«

Marieke ging ein paar Schritte auf und ab. »Wie soll ich das denn ohne vorausschauende Planung auf die Schnelle entscheiden?« Sie verspürte den Impuls, Nein zu sagen. Auch wenn ihr Verhältnis zu Susa, Fricke und Annegret in der Pension ein wenig über ein normales Arbeitsverhältnis hinausging und sie ihnen gerne einen Gefallen tat, genau wie umgekehrt: Von heute auf morgen eine Reise für zwei Wochen gutheißen, das genehmigte fast kein Arbeitgeber ohne Magengrummeln. In einem Hotel wie dem *Albatros* wäre eine solche Bitte ein undenkbares Ansinnen. Nicht weil man es den Angestellten nicht gönnte, sondern weil es organisatorisch ein Umstand war, der nicht sein musste. Deswegen gab es schließlich Fristen. Dazu stieß ihr noch etwas anderes auf: »Moment mal«, sagte Marieke. »In zwei Wochen ist unsere Veranstaltung. Das ist unmöglich, Susa. Ohne dich …« Sie brach ab. Ein Lob auf Susas Arbeitskraft war jetzt nicht angebracht.

Susa war rot geworden. »Siehst du, Frieder«, murmelte sie Richtung Fricke, »ich hab doch gesagt, das gibt Ärger. Das wollt ich nich. Ich muss bei dem Fest helfen.«

»Du sollst lieber sagen, was du willst, und nicht, was du nicht willst oder was du musst«, sagte Fricke streng.

»Wie weise«, kommentierte Marieke und erntete von Fricke einen verärgerten Blick.

Susa hob den Kopf und zog die Schultern ein Stück nach hinten. »Gut. Also. Meine Mutter würde sich schon sehr freuen. Und, ehrlich gesagt, ich auch. Weil so eine Chance nich wieder kommt, das sagt auch Annegret.«

Marieke wurde immer unwohler. »Du hast es schon gewusst?«, fragte sie ihre zweite unverzichtbare Angestellte.

»Ich habe es wie du eben erst erfahren. Aber mein erster Gedanke war, dass wir es irgendwie hinkriegen. Wer gewinnt schon eine Reise auf einem Luxusschiff mit allem Drum und Dran? Ich kann Susa natürlich nicht ganz ersetzen, aber ich könnte hier und da bestimmt etwas länger arbeiten.«

»Du weißt, dass das nicht reicht. Selbst wenn auch ich jeden Tag von früh bis spät im Einsatz wäre, hätten wir genau die Situation, die wir nicht mehr wollten: Mein Vater würde voll einspringen. Ich habe ihm versprochen, dass er das nicht mehr muss. Natürlich kann mal jemand einen oder zwei Tage fehlen. Aber zwei Wochen?« Marieke blieb stehen und schüttelte den Kopf. »Das schaffen wir nicht.« Kurz spielte sie mit dem Gedanken, das Fest abzusagen. Aber nun wussten es schon viele, und eigentlich war sie dazu auch zu stolz. Es wäre eine Art Rückzieher vor ihrem Vater, und Philipp würde vielleicht denken, sie täte es auch seinetwegen.

Susa sank wieder ein Stück in sich zusammen. »Wir sind aber auch nich böse, wenn ich bleiben tu«, sagte sie.

»Wir?« Fricke klang verärgert.

»Meine Mutter und ich«, ergänzte Susa. »Es war ja nur so eine Idee, dass ich vielleicht mitkomm.«

»Aber *ich* bin böse«, rief Fricke. »Ich will nich, dass wir völlig umsonst gestritten haben.« Er sah Marieke an und legte die Stirn in Falten. »Min Deern! Susa bittet nie um was. Sie is die treueste Seele der Welt, und sie ist keine Leibeigene, die nicht auch mal was Eigenes machen darf. Ob ich es toll finde, wenn sie weg ist, dazu sag ich nix. Aber wenn gute Menschen bestraft werden, weil sie immer loyal sind und damit nicht aus ihrer Haut können, is das nicht gerecht.« Er wandte sich um und fing an, am Herd zu hantieren. Seine Meinung stand wie ein Elefant im Raum. Marieke hätte gern gewusst, warum Susa und Fricke gestritten hatten, doch er hatte schon klargestellt, dass er darüber nicht sprechen wollte.

»Er hat recht«, bemerkte Annegret. »Susa bittet nie um was. Marieke, komm, wir führen hier doch kein Grandhotel. Ich höre mich auf der Insel um, ob uns jemand unterstützen kann. Meine Tochter wird sechzehn, sie kann auch ein bisschen helfen.«

Mariekes Entschluss, Nein zu sagen, schmolz dahin. Es war zwar ihr gutes Recht, doch wenn sie sich jetzt durchsetzen würde, wäre die Stimmung auf dem Tiefpunkt. Fricke konnte tagelang schweigen, und sie käme sich völlig herzlos vor. Die Bemerkung mit der Leibeigenen traf sie zusätzlich.

Stille breitete sich im Raum aus. Die Uhr tickte an der Wand. Ihr blieb keine große Wahl. Es gab immerhin noch die Möglichkeit, über die Vermittlungsagentur eine Fachkraft zu buchen, was sie ohnehin längst ausprobieren wollte – ausprobieren musste! Vielleicht war es sogar ein Wink des Schicksals. Mit etwas Glück würde es so kurzfristig klappen.

Sie richtete sich zu ganzer Größe auf und überragte Susa ein gutes Stück. »Na gut.«

Susa klatschte in die Hände. »Ich wusste nich, frag ich erst dich oder Rainulf. Aber so is es, glaub ich, richtig gewesen.«

»Moment, es gibt eine Bedingung!« Marieke legte eine leichte Strenge in ihre Stimme, um wenigstens ein bisschen Autorität zu wahren, nachdem ihre drei Angestellten sie innerhalb weniger Minuten davon überzeugt hatten, Susa gehen zu lassen, und sie das nun ihrem Vater beibringen musste.

Alle hielten den Atem an. Susa richtete sich auf und sah aus, als wäre sie auf die schlimmsten Auflagen gefasst. »Ja, Marieke.« Alles Schüchterne war von ihr abgefallen. Sie stand da wie eine Soldatin, die vor einer großen Schlacht auf den letzten Befehl wartete.

»Bevor du gehst, möchte ich mit dir noch die Wäschekammer von oben bis unten gründlich durchgehen. Außerdem!« Marieke hob einen Zeigefinger, und Susa sah ihr fest in die Augen. »Du schreibst uns bitte mindestens eine Postkarte!«

8. Kapitel

»Herzlichen Dank für die schnelle Hilfe!«

Erleichtert beendete Marieke das Telefonat. An diesem Vormittag hatte sie viel erledigt, und die Anfrage bei der Vermittlungsagentur, die für Notfälle auch an einem Samstag erreichbar war, war sofort erfolgreich gewesen. In zwei Tagen würde sich die Aushilfe, die Susa ersetzen sollte, vorstellen und bestenfalls gleich anfangen. Ein ausgebildeter Hotelfachmann um die vierzig mit einer vorzeigbaren beruflichen Vita, dessen Gehaltsvorstellung nicht zu hoch war. Er hatte in großen Häusern und kleineren Hotels gearbeitet, kannte also die Bandbreite von Ansprüchen und Aufgaben. Lediglich einmal runzelte Marieke die Stirn: Nirgends war er länger als ein paar Wochen oder Monate geblieben. Es war ein bisschen ungewöhnlich, aber als sie das Foto von ihm sah, wischte sie die kleine Irritation zur Seite. Marc Nasswetter wirkte mit seinen kurzen braunen Locken und dem offenen Blick adrett und freundlich. Nur der Name klang nicht gerade ansprechend. Wenn er wenigstens Sonnenschein oder so ähnlich heißen würde! Marieke wollte es gleich ihrem Vater mitteilen und verließ das kleine Büro.

In der Diele blieb sie kurz stehen. Fast hatte sie sich schon daran gewöhnt, dass Josefine Jacobson am Vormittag mit ihrem Handy im Sessel saß und die Stehlampe brannte. Diesmal war sie nicht allein. Anna zupfte an ihr herum, und Jule hielt ihr einen großen Handspiegel hin, in dem die Influencerin sich betrachtete.

»Ihr seid toll«, sagte sie gerade zu den Mädchen, die es sich nicht nehmen ließen, den Schmuck, den Josefine täglich wechselte, aus der Nähe zu betrachten. Von *Josys schmuckem Blog* waren sie hin und weg.

Marieke hatte vermutet, Josefine würde von der Belagerung durch die Kinder genervt sein und sich bei ihren Aufnahmen beeinträchtigt fühlen, doch das Gegenteil war der Fall. Die Wangen der Mädchen glühten vor Stolz. Für sie war der illustre Gast zweifellos so etwas wie ein Superstar.

Josefine entdeckte Marieke und winkte ihr zu. An diesem Morgen ging es ihr anscheinend blendend, und die Untersuchung am Tag zuvor hatte nichts Ernstes ergeben, zumindest nichts, wovon sie irgendjemanden in Kenntnis gesetzt hätte. Sie hatte ganz normal gefrühstückt, und nicht nur das: Sie hatte sogar bei Anna und Jule am Tisch gesessen, wie Annegret berichtet hatte. Offenbar taute das Eis auf beiden Seiten.

»Anna, Jule!«, riefen die Eltern schon von der Treppe aus, als sie ihre Kinder in der Diele sahen. »Ihr wolltet doch im Garten spielen!«

Die Sprösslinge nahmen sie überhaupt nicht zur Kenntnis, und unten angekommen gesellten sich Sophie und Jakob Zimmermann zu Marieke. Eine kleine Weile beobachteten sie die Szene gemeinsam.

»So was haben wir noch nie erlebt«, sagte Sophie Zimmermann leise. »Die Kinder haben uns beim Frühstück so lange angebettelt, zu Frau Jacobson an den Tisch zu dürfen, dass wir sie kurzerhand an unseren eingeladen haben. Sie hat uns ihren Blog gezeigt. Der ist Geschmackssache, aber sie selbst ist viel netter als gedacht.«

Josefine gab ein Handzeichen, und alle wurden still. »Ich mache jetzt die Aufnahme, bitte ein bisschen Ruhe. Anna, rück die Lampe noch ein kleines Stück näher, damit der Schmuck schön funkelt.«

Jakob Zimmermann räusperte sich und trat einen Schritt vor. »Einen Moment, bitte«, sagte er. »Wir wollten mit den Kindern an den Strand und zum Mittagessen wieder zurück sein. Deswegen müssen wir jetzt auch gleich los.«

Die Mädchen stießen beide einen unwilligen Laut aus. Josefine ließ das bereits in die Höhe gehaltene Handy wieder sinken. »Wirklich? Lassen Sie die Kinder doch einfach bei mir. Ich passe schon auf sie auf.«

Neben Marieke sog Sophie Zimmermann hörbar die Luft ein. »Das geht doch nicht«, sagte sie und trat ebenso einen Schritt vor.

»Und warum nicht?«, fragte Josefine und schaute so verblüfft, als hätte ihr jemand gerade gesagt, dass sie zwei Nasen im Gesicht hätte.

»Ja, warum nicht? Wir wollen das aber«, quengelte Anna.

»Wir wollen nicht zum Strand«, rief Jule und stampfte mit dem kleinen Fuß auf. »Wir helfen lieber beim Film!«

»Jetzt kommt mal her«, sagte ihre Mutter, ging in die Knie und breitete die Arme aus. Doch aus zwei Kinderkehlen erscholl ein einhelliges: »Nein! Wir bleiben bei Josy!«

Sophie Zimmermann kam aus der Hocke wieder nach oben. Sie und ihr Mann sahen sich ratlos an.

»Kaum sind Handys im Spiel, sind die Kinder nicht zu bremsen«, sagte er. »Kommt jetzt bitte her! Anna, du weißt genau, dass wir jeden Tag am Meer spazieren gehen sollen.«

»Anna soll sich hier im Reizklima von ihrer schlimmen Bronchitis erholen«, erklärte seine Frau. »Sie war wochenlang krank und ist von der Schule befreit.«

»Ja, heute Nachmittag«, antwortete die Ältere selbstbewusst. Nun schmiegte sich die Kleinere auch noch an Josefine, als wären die Eltern Ungeheuer und Josefine wäre die Beschützerin.

Marieke folgte ihrer Intuition und wandte sich an das Ehepaar: »Sie sind nicht die ersten Eltern, die ihre Kinder für kurze Zeit in Obhut geben. In der Regel ist das kein Problem. Ich und die Angestellten sind ja auch noch da.«

»Und ich kann schon mal für die Zukunft üben«, sagte Josefine.

»Üben?«, fragten die beiden neben Marieke gleichzeitig.

Josefine erhob sich aus dem Sessel. Sie trug ein wallendes langes Kleid in Blautönen, das an der Taille locker von einem breiten Gürtel gehalten wurde. Dessen Schnalle stellte einen fein gearbeiteten Fischkopf dar. Dazu zierten silberne Hänger, die – natürlich – die Form von Fischen hatten, ihre Ohren. Die hellblauen Pumps passten perfekt zu ihrem Outfit.

Marieke fragte sich, wie so viele Sachen in den Koffer hineinpassen konnten, den sie die Treppe hochgewuchtet hatte.

Josefine drehte sich einmal um sich selbst und hielt dabei den Stoff so drapiert, dass einen Moment lang deutlich ihr Bäuchlein zu sehen war. Den Zimmermanns warf sie dabei einen bedeutungsvollen Blick zu, der gleichzeitig besagte, dass die Schwangerschaft ein kleines Geheimnis war. Die Mädchen jedenfalls konnten die Botschaft nicht entschlüsseln, dazu waren sie noch zu klein, und der Moment war zu kurz.

»Du siehst aus wie eine Meerjungfrau«, flüsterte Anna bewundernd.

»Herzlichen Glückwunsch!«, entfuhr es Sophie Zimmermann.

»Hast du Geburtstag?«, erkundigte sich Jule.

Josefine strich ihr über den Kopf. »Ich glaube, deine Mama beglückwünscht mich zu dem schönen Aussehen als Meerjungfrau.«

Marieke rollte verstohlen die Augen. Zum Glück machte Josefine ihre Eitelkeit durch ihre zunehmende Freundlichkeit wieder wett.

»Also gut, ausnahmsweise«, sagte Jakob Zimmerman ergeben und legte den Arm um seine Frau. »Dann sind wir eben mal für uns. Vielleicht auch nicht verkehrt.«

Die Mädchen jubelten, Josefine setzte sich wieder, und Jule brachte sich mit dem Spiegel in Position.

»Aber das wird jetzt nicht die Regel, hört ihr?«, fügte er hinzu.

»Papa! Wir brauchen Ruhe«, sagte Anna ernst.

Jetzt musste auch Herr Zimmermann über den Feuereifer seiner Sprösslinge schmunzeln. »Rufen Sie uns bitte an, wenn es Probleme gibt«, sagte er mit einem Lächeln zu Marieke und wandte sich mit seiner Frau zum Gehen.

»Mach ich«, versprach sie. »Viel Spaß!«

Zufrieden sah sie dem Paar hinterher. Es war ein gutes Gefühl, den Gästen über den üblichen Service hinaus einen Gefallen tun zu können und als Dank ein solches Lächeln zu bekommen.

»Dann lass ich euch einen Moment mit eurer Josy allein«, sagte Marieke zu den Kindern. »Ihr bleibt schön hier in der Diele, in Ordnung?«

Sie ging davon und bemerkte an der Tür, dass ihr jemand mit klappernden Absätzen folgte.

»Psst, einen Moment«, machte Josefine hinter ihr, und Marieke wandte sich erstaunt um.

»Wegen gestern«, wisperte Josefine. »Ich hoffe, ich konnte Ihnen helfen.« Sie zwinkerte ihr zu.

Marieke runzelte die Stirn. »Ich verstehe nicht ...«

»Der Hustenanfall.«

»Der Hustenanfall?«

»Ich musste doch sehr husten, und das war ein bisschen übertrieben. Ich habe gemerkt, wie es zwischen Ihnen und Dr. Simeon geknistert hat, aber mitbekommen sollte es keiner, hab ich recht? Er ist ein sehr sympathischer und attraktiver Mann. Wenn ich länger auf der Insel leben würde, würde ich mich vielleicht noch öfter untersuchen lassen.« Sie lachte. »Kleiner Scherz. Ich hab ihm versprochen, ihn wirklich nur noch im Notfall anzurufen.«

Marieke blieb fast die Luft weg. Blitzschnell sortierte sie ihre Gedanken, ohne sich anmerken zu lassen, wie konsterniert sie war. Tatsächlich hatte Josefines Hustenanfall die etwas unangenehme Situation am vorigen Morgen aufgelöst, als Philipp gesagt hatte, Marieke würde ihn während seiner Reise wohl nicht vermissen. Josefine hatte ihr helfen wollen – auf die Idee wäre sie niemals gekommen. Diese Frau steckte voller Überraschungen. Ein perplexes Dankeschön lag ihr schon auf den Lippen, doch vor diesem besonderen Gast, den sie kaum kannte, zuzugeben, dass sie richtiglag, war keine gute Idee.

Marieke entschied sich für ihr professionellstes Lächeln. »Sie haben das vielleicht nett gemeint, aber mit dem scheinbaren Gefallen haben Sie sich leider getäuscht. Bitte spielen Sie uns nichts mehr vor, und achten Sie gut auf sich, um Doktor Simeon nicht unnötig zu bemühen.«

»Josy, jetzt komm doch!«, rief Jule.

»Wirklich?« Josefines Stirn legte sich kurz in Falten, und sie musterte Marieke in einer Weise, als hätte sich von einem Prinzen in einen Frosch verwandelt. Dann drehte sie sich achselzuckend um und schwebte in ihrem blauen Kleid wie eine sanfte Welle auf dem Meer zu ihrem Platz.

Marieke tat die kleine Abfuhr leid, aber nur einen winzigen Augenblick. Wenn sie diese Privatsache mit ihr teilen würde, dann wüsste es später vermutlich die halbe Welt.

Sie begann, nach ihrem Vater Ausschau zu halten, und erledigte dabei noch hier und da ein paar Handgriffe. Leider konnte sie ihn nicht über das Handy erreichen, denn Rainulf Janssen hatte bezüglich moderner Kommunikation natürlich seine eigene Einstellung. »Ich hab mein Gehirn im Kopf und lagere es nicht in ein Gerät aus, das ich dann ständig mit mir herumtrage«, sagte er gern. Es war selten, dass er einfach so verschwand.

Vielleicht war er ausnahmsweise mal zum Dünenfriedhof gegangen. Als Marieke eine kleine Weile später nach erfolgloser Suche wieder in die Diele trat, traf sie die Mädchen allein an. Sie hatten sich Bücher aus dem Regal genommen und fläzten sich in den Sesseln.

»Aber wo ist denn Frau Jacobson?«, fragte sie erschrocken, denn es sah so aus, als wären die Kinder nicht erst seit eben allein.

Anna sah auf. »Josy ist es plötzlich schlecht geworden. Den Beitrag haben wir aber geschafft. Ihren Followern hat sie am Ende gesagt, oje, es geht wieder los, und sie meinte, wir sollen hier lesen, warten und auf keinen Fall weggehen.«

Innerlich seufzte Marieke. Jetzt musste *sie* sich also um die Kinder kümmern.

»Mir ist langweilig«, verkündete Jule auch schon. »Können wir malen?«

»Klar«, sagte Marieke. »Das ist eine gute Idee. Wir gehen ins Speisezimmer, da habt ihr genug Platz.« Kurz dachte sie an die frisch gestärkten weißen Tischdecken und an die Worte ihres Vaters.

»Die Jacobson bringt bei uns bestimmt noch einiges durcheinander«, hatte er gemutmaßt. Käme er herein und würde etwas an ihrem Job als Babysitterin auszusetzen haben, könnte sie ihm den Wind aus den Segeln nehmen und etwas Ähnliches wie Josefine erwidern: *Ich übe schon mal für die Zukunft.* Das wünschte er sich doch. Einen Moment lang starrte sie vor sich hin.

»Tante Marieke! Ist dir auch schlecht?«, fragte Jule, und Marieke schüttelte über sich selbst den Kopf. Seit Sina sie auf der Fähre über ihren Kinderwunsch ins Vertrauen gezogen hatte, dachte sie ständig über dieses Thema nach oder wurde irgendwie darauf gestoßen.

»Nein. Es geht mir bestens«, murmelte sie und lief los, um Papier und Stifte zu holen.

Ihren Vater traf Marieke zwei Stunden später wieder, als sie vom Büro in den Speiseraum ging. Er kam von draußen, und an seinem abwesenden Gesichtsausdruck konnte sie erkennen, dass ihn etwas stark beschäftigte. Ihn direkt danach zu fragen, hatte erfahrungsgemäß keinen Sinn. Aber noch etwas anderes fiel ihr auf: »Papa, du trägst ja dein gutes Hemd für besondere Anlässe! Wo warst du denn?«

Er sah an sich hinunter und strich mit einer Hand über den weißen Stoff, als wäre er selbst verwundert, dass er es anhatte. »Das erzähl ich dir ein anderes Mal, vielleicht schon bald.«

»Da bin ich aber gespannt.« Marieke lächelte ihn an und forschte in seinem Gesicht nach einer Spur, die verriet, um was es sich handeln könnte. Er brütete etwas aus, und sie konnte absolut nicht erraten, was es war.

»Ist das Büro frei?«, fragte er und überraschte sie einmal mehr. Es war überhaupt nicht seine Zeit, dort etwas zu erledigen. »Ich möchte kurz ungestört sein.«

»Ich bin erst einmal fertig. Gibt's irgendwelche Schwierigkeiten?«

Endlich lächelte er ein wenig zurück. »Nein, im Gegenteil. Geh du zu den Gästen.«

»Warte. Erst muss ich dir was sagen. Ich konnte eine Aushilfe finden, die sich vielversprechend anhört. Es ist ein Mann mittleren Alters mit viel Erfahrung. In zwei Tagen schon könnte er anfangen, und dann sehen wir ja, ob das ein Zukunftsmodell wäre.«

»Und wenn ich ihn nicht leiden kann?«

»Zunächst soll er nur Susa ersetzen. Aber wenn es gut klappt, könnte er …« Marieke brach ab, weil es in ihren Ohren plötzlich viel zu konkret klang.

»… auch dich ersetzen?« Rainulf hob seine buschigen Augenbrauen. »Vergiss nicht, was du mir versprochen hast. Du wolltest die nächste Zeit hierbleiben, noch brauche ich dich.«

»Natürlich!«, versicherte Marieke ihm hastig.

Eine Tür ging auf und zu, und aus dem Speiseraum drang der Mittagslärm. Es war weder der richtige Ort noch der richtige Zeitpunkt für ein so wichtiges Gespräch. Sie legte ihrem Vater kurz die Hand auf die Schulter. »Wir reden später, Papa. Ich schau mal nach den Gästen.«

Im Speiseraum konnte Marieke mit eigenen Augen beobachten, wovon Annegret am Morgen berichtet hatte. Die vier Zimmermanns saßen einträchtig mit Josefine am Tisch. Sie hatte Marieke bei der Kinderbetreuung nach einer halben Stunde zwar noch blass, aber tapfer wieder abgelöst. Die Kinder hatten unterdessen unzählige Bögen Papier bemalt. Sie winkten ihr zu. »Komm zu uns, Tante Marieke!«

Der Vater der Mädchen stand auf und holte einen Stuhl herbei. Marieke setzte sich ausnahmsweise einen Moment zu ihnen.

»Ich esse Rohrkost«, sagte Jule und zeigte auf den kleinen Teller vor ihr, auf dem Scheibchen von Möhren und Sellerie in Form von Herzen und Sternen lagen. Sonst war der Tisch schon fast abgeräumt.

»Das heißt Rohkost, mein Schätzchen«, sagte ihre Mutter und schnappte sich ein Herz von ihrem Teller.

»He!«, rief die Kleine und hielt schützend ihre Händchen darüber.

»Ein großartiger Einfall«, sagte der Vater. »Jule würde nie rohes Gemüse anrühren. Aber mit Gruß aus der Küche und in dieser Form ist das was ganz anderes.«

Susa räumte gerade den Nachbartisch ab und sah lächelnd herüber. Es musste ihre Idee gewesen sein, denn Fricke brachte Marieke beim besten Willen nicht mit diesem fantasievollen Einsatz zusammen. Sie nahm sich vor, ihrer tollen Mitarbeiterin vor der Reise unbedingt noch einen kleinen Urlaubsbonus zuzustecken.

Anna legte die Zeichnungen auf den Tisch, die sie neben sich auf der Bank deponiert hatte, und zeigte sie herum. Auf einer war eine Meerjungfrau mit langen braunen Haaren zu sehen, die auf ihrer Schwanzflosse stand, ein anderes Bild zeigte eine Frau mit gelben Haaren, großen blauen Augen und einem lachenden Mund. Die Erwachsenen bedachten die Zeichnungen mit viel »Oh« und »Ah«. Die lachende Frau stand vor einem Haus mit Garten am Meer, aus dessen Fenster ein Mann mit Bart und einer grauen Kappe herauswinkte. Vorsichtshalber schrieb Anna mit einem Stift Mariekes Namen auf die Brust der Frau und malte ein Herz darum. »Für dich!«

Gerührt betrachtete Marieke die Zeichnung. So also wurde sie von den Kindern gesehen. Mit einem Blick zu den Nebentischen, wo die Wunderlichs und die Sieves saßen, erfasste sie, dass auch die anderen Gäste gemalt worden waren. Frau Wunderlich hielt die Zeichnung kurz hoch und zeigte sie ihr lachend.

In diesem Moment erschien Mariekes Vater. Mit großen Schritten kam er an ihren Tisch. »Herr Zimmermann«, sagte er mit ernster Stimme, »Sie werden am Telefon verlangt.«

»Was, ich?« Jakob Zimmermanns Gesicht verzog sich, und die fröhliche Stimmung am Tisch war wie weggeblasen. Dass jemand, der nicht zur Familie gehörte, am Haustelefon verlangt wurde, kam fast nie vor: Im *Sandstern* hielten sich die Gäste an die Bitte von Rainulf Janssen, die Handys während der Essenszeit nicht zu benutzen, um andere nicht zu stören. Wenn der Anruf über die andere Leitung kam, musste es also dringend sein. Marieke wollte schon aufstehen, aber Sophie Zimmermann sah sie flehend an. »Bleiben Sie bitte bei uns.«

»Was ist denn los?«, erkundigte sich Josefine.

»Es kann eigentlich nur eins bedeuten.« Frau Zimmermann ließ den Kopf hängen. »Ich habe gebetet, dass nichts passiert.«

»Ist Oma wieder krank?«, fragte Anna ängstlich.

Ihre Mutter versuchte zu lächeln, doch es gelang ihr mehr schlecht als recht. »Ich glaube, Papa wird uns das gleich sagen. Malt doch noch mal was Schönes, hm?«

Die Mädchen schüttelten den Kopf.

»Wir möchten aber nicht nach Hause!«, erklärte Jule mit Tränen in den Augen und verschränkte die Arme vor der Brust.

»Hattet ihr überhaupt schon Nachtisch, Kinder?«, schaltete sich Marieke ein. »Oder esst ihr wie die Kaninchen jetzt nur noch Mohrrüben?«

Auch dieser Versuch der Ablenkung misslang. »Wir wollen hierbleiben.« Auch Anna sah so aus, als würde sie gleich weinen. Gleichzeitig fing sie an zu husten.

Ratlos sah Josefine in die Runde. »Ich weiß zwar nicht, was los ist, aber ich möchte auf keinen Fall, dass ihr abreist. Ihr seid doch gerade erst angekommen und helft mir so wunderbar. Was bedeutet der Anruf denn?«

Sophie Zimmermann seufzte. »Vielleicht so was wie im letzten Sommer … wie so oft. Sie macht es uns schwer … einfach mal nur an uns zu denken.«

»Warten wir erst mal ab«, sagte Marieke und fragte sich, warum Frau Zimmermann nicht besorgter schien. Schließlich konnte es sich auch um eine sehr schlimme Nachricht handeln, wenn es so dringend war.

»Sie wundern sich vielleicht, warum ich hier so ruhig sitze.« Offenbar hatte sie ihre Gedanken gelesen. »Anfangs habe ich mir bei jedem Anruf gleich Sorgen gemacht. Es geht ihr oft nicht gut, wenn wir uns nicht ständig bei ihr melden. Sie braucht viel Aufmerksamkeit und macht daraus auch gar kein Geheimnis.«

Jakob Zimmermann kehrte nach kurzer Zeit zurück. Mariekes Vater blieb an der Tür stehen und schaute ihm hinterher. Bis dahin war es nur Spekulation gewesen. Das verschlossene Gesicht von Herrn Zimmermann sprach jedoch Bände.

»Es ist wieder so weit. Diesmal ist sie gestürzt.« Er blickte seine Kinder fest an. »Macht euch keine Sorgen. Das heilt wieder, und sie muss nicht operiert werden. Aber sie ist zur Beobachtung kurz im Krankenhaus, und die Katzen sind zu Hause allein.«

»Dafür gibt es doch Nachbarn«, sagte Marieke, die sich längst wieder an die Hilfsbereitschaft der Juister gewöhnt hatte. Und auch in der Großstadt war es nicht ungewöhnlich, dass die Nachbarn einen Schlüssel zur Wohnung hatten und sich in der Not aushalfen.

»Theoretisch ja, wenn man sich nicht mit den Mitmenschen zerstreiten würde«, murmelte Sophie Zimmermann. In ihren Augen standen Tränen. »Dann müssen wir wohl in den sauren Apfel beißen. Leider steht der Umzug meiner Schwiegermutter zu uns nach Duisburg noch bevor. Sie wohnt ziemlich weit weg von der Nordsee, das ist nicht mal eben schnell zu erreichen.«

Josefine reichte ihr ein Taschentuch über den Tisch. »So etwas ist schon mal passiert?«, fragte sie.

Sophie Zimmermann nickte. »Letzten Sommer waren wir hier im *Sandstern*, als sie am Blinddarm notoperiert werden musste. Aber dafür konnte sie ja nichts. Es war ein echter Notfall.« Sie blickte zu Marieke und lächelte schwach. »Herr Janssen hat uns damals nur die Tage, die wir hier waren, in Rechnung gestellt und uns den Rest erlassen. Das vergessen wir ihm nie. Aber wir können nicht erwarten, dass er das jedes Mal für uns tut, oder?«

Anna hustete nun immer stärker. Ihre Mutter zog sie zu sich auf den Schoß und drückte sie an sich. »Wir haben uns alle auf diese zusätzliche Auszeit gefreut, nachdem wir beim letzten Mal zu kurz gekommen sind.«

»Ich fahre allein, und ihr bleibt wie geplant«, sagte Jakob Zimmermann entschlossen.

»Meinst du?« Seine Frau blinzelte eine Träne weg.

»Das klingt vernünftig«, schaltete sich Josefine ein und wandte sich an die Mädchen. »Es müssen ja nicht alle zurück. Bestimmt wird sich eure Oma rasch erholen, und euer Papa kommt so bald wie möglich wieder.« Sie beugte sich ein Stück vor, um Jule ins Gesicht zu schauen, die traurig vor sich hinstarrte. »Der Inselflieger geht mehrfach am Tag, da bekommt er sicher einen Platz.«

Da war sie wieder, die etwas zu forsche Josefine Jacobson. In ihrem Leben ließ sich wahrscheinlich vieles auf die Schnelle regeln und nach ihren Wünschen gestalten. Ein bisschen ärgerte sich Marieke nun über sie, weil sie sich so arglos einmischte und den Kummer der Zimmermanns dadurch bestimmt nicht leichter machte.

»So schnell geht es eher nicht«, sagte Jakob Zimmermann leise.

»Und warum nicht?«, fragte Josefine. »Wenn Ihre Mutter gut versorgt ist oder bald wieder in ihre Wohnung kann, wäre es doch kein Problem?« Sie gestikulierte so heftig, dass ihre Armreifen klimperten. »Oder man könnte jemanden engagieren!« Nun war sie wirklich wieder die verwöhnte Frau, die vergessen hatte, dass nicht alle Menschen ein gut gefülltes Bankkonto besaßen. »Ich hatte früher wechselnde Betreuerinnen, wenn meine Eltern keine Zeit für mich hatten und leider sogar auch wenn ich länger krank war. Sie waren viel unterwegs. Zu viel.« Die letzten Worte klangen ein wenig bitter.

Marieke horchte auf. Es war ein interessanter Hinweis auf ihre Herkunft, aber dem würde sie ein anderes Mal nachgehen. Hier ging es vor allem darum, ein akutes Problem zu lösen.

Sophie Zimmermann schüttelte den Kopf. »Wir haben jeden Cent für unseren Aufenthalt hier gespart. Eine private Pflege können wir uns bestimmt nicht leisten. Und mal eben so hin- und herfliegen schon gar nicht. Allein das neue Bahnticket wird teuer. Wir haben schon lange vorher die Sparpreise gebucht.«

Josefine überlegte einen Moment. »Wissen Sie was?«, sagte sie dann. »Den Inselflieger übernehme ich. Und wie wäre es mit einem Anschlussflug statt einem neuen Bahnticket? Noch heute Abend können Sie in jeder Ecke von Deutschland sein, Herr Zimmermann.« Sie nickte Anna, die endlich aufgehört hatte zu husten, aufmunternd zu. »Du bleibst mit deiner Mama und Jule hier, und dein Papa kommt wieder zurück, sobald es geht. Wie wäre das?«

Diesmal jubelten die Mädchen nicht gleich, sondern schauten eingeschüchtert zu ihren Eltern, die einen langen Blick tauschten. Es war ihnen anzusehen, dass sie nicht wussten, wie sie mit dem ungewöhnlichen Angebot umgehen sollten. »Ich weiß nicht …«, begann

Jakob Zimmermann, und seine Frau führte den Satz fort: »... ob wir das annehmen können.«

Josefine lehnte sich auf ihrem Stuhl zurück. »Ich möchte Jule und Anna nicht so unglücklich sehen – und Sie natürlich auch nicht.« Sie verschränkte die Arme vor der Brust. »Bitte nehmen Sie es an. Ich würde es ohne euch alle in der Pension vielleicht gar nicht so gut aushalten. Außerdem: Was ich in diesen Tagen nicht für meinen sonstigen Lifestyle ausgebe, das ist jetzt quasi übrig. Ich könnte mir davon ein tausendstes Schmuckstück kaufen oder eine Familie in Not glücklich machen. Das ist Charity!«

Wieder herrschte Schweigen, doch es war jetzt ein anderes. Eben hatte schwere Stille auf allen gelastet, nun war eine große Erleichterung spürbar.

»Jaaaa!«, jubelten die Mädchen und warteten die Antwort ihrer Eltern erst gar nicht ab.

»Wow«, sagte Marieke. Sie hatte den extravaganten Gast völlig falsch eingeschätzt. Das spontane Hilfsangebot war eine großzügige Geste, wie man sie nur selten fand. Am Nebentisch hatten die Wunderlichs alles mitbekommen, denn beide klatschten in die Hände und riefen: »Bravo!«

Sophie Zimmermann wischte sich verstohlen eine Träne aus dem Augenwinkel. Ihr Mann räusperte sich mehrfach, bis er etwas sagen konnte. »Ich würde wirklich liebend gern so bald wie möglich wiederkommen. Am besten fahre ich gleich heute ab, falls es doch schlimmer ist, als wir vermuten.«

Josefine zog das Handy aus ihrer Handtasche. »Hier drin ist ein kleines Reisebüro. In ein paar Minuten habe ich das gebucht. Sobald Sie wissen, wann Sie zurückkommen können, geben Sie mir Bescheid, und ich buche dann den Rückflug.«

»Das klingt einfach toll.«

Josefine lachte. »In einer Sache dulde ich allerdings keine Widerrede: Ich buche immer nur erste Klasse. Ich finde, das klingt noch besser.«

9. Kapitel

»Wohin so eilig?«, fragte Herr Sieve, der fast mit Marieke zusammengestoßen war, als sie aus der Tür trat und er nach seiner üblichen Runde mit dem Hund wieder ins Haus wollte. Blacky sprang übermütig um sie herum.

»Inselgeheimnis«, antwortete Marieke spontan und meinte es ein bisschen auch so. Sie aß gern, was im *Sandstern* auf den Tisch kam. Aber ab und zu ging sie fremd. Dann musste es etwas ganz Bestimmtes sein. Das Wasser lief ihr im Mund zusammen, wenn sie nur daran dachte. Sie hatte Backfisch in Hamburg und sonst wo gegessen, doch keiner schmeckte so gut wie die einfache Variante mit Ketchup und Mayo an einem ganz bestimmten Schnellimbiss hier vor Ort, garniert mit der frischen Juister Luft. Herr Sieve lachte freundlich, und jeder ging seines Weges.

Eigentlich hatte sie Nele und Bengt an diesem Montagabend zum Essen einladen wollen, um sich bei ihnen für den Gefallen zu bedanken, dass sie den neuen Mitarbeiter in ihrem Gartenpavillon wohnen ließen. Wie so oft hatte ihre Freundin aber nur wenig Zeit, und das Lieblingsrestaurant war vorübergehend geschlossen. Also hatte Nele ein kurzes Treffen in der Mittagspause vorgeschlagen. »Besser eine halbe Stunde als gar nicht, und dann können wir alles Weitere besprechen«, hatte sie gesagt.

Marieke schnappte sich ihr Fahrrad und fuhr zu Pauls Schnellimbiss an der Strandstraße, wo sie sich als Teenager oft den Bauch vollgeschlagen hatte. Einer der Stehtische war noch frei, und um die anderen Tische gruppierte sich eine Handvoll Touristen, die an ihrer bunten Freizeitkleidung gut als solche zu erkennen waren. Zudem schnatterten sie in einer Sprache durcheinander, die Marieke nicht verstand. Paul trug ein blau-weißes Seemannshemd, von dem er mehrere besitzen musste, denn nie hatte Marieke ein anderes an ihm gesehen. Darüber eine blaue Schürze, und er hatte ein immer freundliches Lächeln im zerfurchten Gesicht.

»Marieke, min Deern. Immer schön, wenn du kommst!« Er grinste sie an und zeigte dabei seine Zahnlücke links oben. Wie Fricke sprach er sie manchmal auf diese Weise an, und wie Fricke war er viele Jahre zur See gefahren und konnte das beste Seemannsgarn spinnen. Ihre Gesichter waren wettergegerbt von einem langen Leben auf oder an der See. In zwei Dingen aber unterschieden sich die beiden etwa gleich alten Männer wie Tag und Nacht: Paul liebte Fisch, Fricke machte einen Bogen darum. Und: Paul war immer gut gelaunt, Fricke war in diesen Tagen noch wortkarger als sonst.

Seine schlechte Laune hatte bestimmt mit Susas bevorstehender Abreise zu tun, und Marieke grübelte seit der Begegnung in der Küche über sein Verhalten nach. Gönnte der Koch Susa die Reise nicht? Das allerdings passte nicht dazu, wie er sich mit seiner flammenden Rede für sie eingesetzt hatte. Ziemlich sicher drückte die Aussicht, nun mit einer Aushilfe zusammenarbeiten zu müssen, zusätzlich auf seine Stimmung. »Auch noch ein Mann!«, hatte er geächzt, während Susa gesagt hatte: »Zum Glück keine Frau!«

Gelacht hatten sie dabei allerdings nicht, doch das würden sie hoffentlich wieder bald tun. Auch wenn sie die beiden deswegen ermahnt hatte, Marieke vermisste das Geturtel und Gekicher schon jetzt ein bisschen.

Paul hatte gerade die Hände frei und rief zu ihr herüber: »Wie immer, Marieke?«

»Danke, ich warte noch auf jemanden«, rief sie zurück und sah auch schon Nele und Bengt auf ihren Fahrrädern näher kommen. Nele betätigte ihre Klingel und winkte ihr zu, gleichzeitig fuhr eine der Pferdekutschen, die auf Juist nicht wegzudenken waren, vorbei. Mit dem klappernden Geräusch der Hufe, die rhythmisch auf den Boden schlugen, würde Marieke wohl ihr ganzes Leben lang ein wohliges Heimatgefühl verbinden. Sollte ich jemals heiraten, dann fahre ich in einer Kutsche, ging es ihr in diesem Moment durch den Kopf.

Die Freundinnen umarmten sich. Bengt trug seine Handwerkerhose und hatte einen kleinen grünen Farbklecks im Gesicht, den Nele ihm lachend wegwischte. Er erwiderte den liebevollen Übergriff, indem er ihr durch die Haare wuschelte. Die beiden hatten ihre Streitigkeiten anscheinend bereits beigelegt, und etwas anderes hatte Marieke von ihnen auch nicht erwartet. Nele und Bengt waren als Teenager schon ineinander verliebt gewesen, hatten sich dann aber, als er auf dem Festland seine Ausbildung machte, getrennt. Doch lange hielten sie es nicht aus. Bengt war zurück auf die Insel gekommen, sie hatten geheiratet und lebten nun in dem behaglichen Haus mit Garten, in dem Bengt aufgewachsen war. Damals hatte Marieke so etwas nicht nachvollziehen können, heute dachte sie anders darüber. Ihre Kindheitsfreundin hatte ihre kleine Oase in der chaotischen Welt und einen Partner an ihrer Seite gefunden. Wenn die beiden sich ansahen, wirkten sie immer noch ineinander verschossen. Und auch wenn der Alltag mit ihren Töchtern Kaya und Lilly stressig war, redeten sie selten genervt miteinander. Zumindest hatte Marieke das noch nicht miterlebt.

»Ich hab einen Mordshunger!«, verkündete Bengt.

»Oh, da kommt noch jemand!« Nele sah über Mariekes Schulter hinweg und strich sich die Haare glatt, die Bengt durcheinandergebracht hatte. »Hast du noch jemanden eingeladen?«

Marieke musste unwillkürlich schlucken. »Warum sollte ich?«, fragte sie und warf einen Blick über die Schulter. Ein paar Meter entfernt kam Philipp mit seinem Fahrrad zum Stehen und stellte es zu den vielen anderen – Drahtesel zählten neben echten Pferden zu den wichtigsten Fortbewegungsmitteln auf der autofreien Insel.

»Warum nicht?«, fragte Nele zurück. Sie machte keinen Hehl daraus, wie gut sie es fände, wenn Marieke Gerit für immer den Laufpass geben und jemanden auf der Insel wählen würde. Allein deswegen hatte sie gejubelt, als Marieke sich im letzten Sommer fast ein wenig in Philipp verliebt hatte. Doch so einfach lagen die Dinge nicht, auch wenn Nele standhaft das Gegenteil behauptete: »Liebe muss nicht kompliziert sein. Schau mich und Bengt an, wir sind der lebende Beweis.«

Auf einmal wurde Marieke misstrauisch. »Hast *du* Philipp etwa Bescheid gesagt?«

Nele hob beide Hände. »Nein, das würde ich nicht ungefragt tun. Du hast doch uns eingeladen, schon vergessen?«

Marieke versuchte, ihr zu glauben. Gleichzeitig ertappte sie sich dabei, wie sie nervös mit einem Bein wippte. Sie befahl sich stillzuhalten und hatte keine Ahnung, ob sie sich mehr freute oder sich mehr wünschte, Philipp würde vielleicht woanders hingehen. Im Rücken konnte sie spüren, dass er direkt auf ihren Tisch zukam.

»Hallo in die Runde«, sagte er fröhlich. »Schon bestellt?« Er begrüßte Bengt mit einem Handschlag, was ziemlich ungewohnt aussah. »Tut dir vom Training auch noch alles weh?«

»Ein Handwerker kann sich Muskelkater eigentlich nicht leisten«, lachte Bengt und sah zu Marieke. »Ich habe Philipp davon erzählt, dass wir heute Mittag zum Imbiss hier sind. Ist doch kein Problem, oder?«

Philipp würde also mit ihnen essen! »Ich wusste nicht, dass ihr befreundet seid«, antwortete Marieke.

»Wir treffen uns manchmal im Fitnessstudio«, erklärte Philipp. »Außerdem komme ich mindestens jeden dritten Tag hier vorbei. Ich behaupte, ein mit Appetit gegessenes Fischbrötchen kann nicht schaden, wenn sonst auf ausgewogene Ernährung geachtet wird.«

Ihre Oberarme streiften sich flüchtig, als er sich neben sie stellte, was sofort einen kleinen Schauer über ihren Rücken laufen ließ.

»Hallo, Marieke«, begrüßte er sie jetzt richtig.

Sie wich ein winziges Stück zurück. »Hallo, Philipp. Gut, dann bestelle ich einfach mal für alle.«

»Ich revanchiere mich.« Philipp bedachte sie mit einem langen Blick aus seinen Augen, die je nach Tageslicht mal mehr ins Graue oder Grüne changierten. Gerade brach die Sonne aus dem wolkenverhangenen Himmel hervor, schien in sein Gesicht und ließ seine Iris leuchten.

Marieke schob sich an ihm vorbei zu dem offenen Fenster, aus dem Paul heraus verkaufte. Wenn es regnete, drängten sich die Kunden unter der Markise, die heute jedoch nicht ausgefahren war. Sie wollte schon bestellen, als im letzten Moment wie aus dem Nichts ein Mann auftauchte und den Tresen einen Tick früher erreichte. Er war ein paar Jahre älter als sie, trug eine goldumrandete Brille und hatte seine dunklen Haare mit Gel bearbeitet, sodass sie flach am Kopf anlagen. Irgendwie kam ihr sein Gesicht bekannt vor, aber sie wusste nicht, woher.

»Guten Tag«, grüßte er und ließ seinen Blick in aller Ruhe über Pauls Verkaufstresen und über die Werbetafeln mit dem Wochenangebot schweifen. »Was empfehlen Sie als Ihre Spezialität?« Er sprach mit einer hohen Stimme, die nicht recht zu ihm passte. »Ich nehme an, bei Ihren Fischprodukten handelt es sich um Tiefkühlware?«

Marieke seufzte innerlich. Hoffentlich war es nicht einer dieser komplizierten Kunden, die alles genau wissen wollten. Am besten auch noch, aus welchen Gewässern der Fisch stammte und wie er gefangen wurde, obwohl dieses Interesse natürlich berechtigt war. Sie atmete tief durch und sah zu den anderen, die sich angeregt unterhielten. Mist. Sie bekam davon nichts mit, weil dieser Typ da jetzt stand.

»So ist es«, antwortete Paul. »Das hat mit den Preisen zu tun. Meinen Backfisch soll sich jeder leisten können. Und trotzdem ist es der beste Snack weit und breit. Hier steht eine Stammkundin, die kann das bezeugen.« Er zwinkerte Marieke zu. »Sie finden alles auf der Speisekarte«, sagte er und wies auf die Werbetafeln an der Wand. »Fischbrötchen, Krabbenbrötchen, Kibbeling … und eben den Backfisch.«

»Welche Saucen gibt es zur Auswahl?« Der Mann warf Marieke einen kurzen Blick über den Rand seiner goldenen Brille zu, nickte kaum merklich und schickte sich an, sein Interview auszudehnen.

»Ketchup, Mayo und Remoulade«, antwortete Marieke wie aus der Pistole geschossen, in der Hoffnung, den Dialog etwas abkürzen zu können.

Der Mann sah nicht begeistert aus. »Man könnte etwas mehr erwarten«, brummte er.

Marieke wurde ungeduldig. Es stimmte zwar nicht, aber sie hatte das Gefühl, er hätte sich vorgedrängelt.

»Was ist bitte das dritte Fischmenü von oben?«, fragte der Mann, und Paul fing an, ihm die angebotenen Varianten seelenruhig zu erklären.

Es war nicht ihre Art, aber sie mischte sich trotzdem ein: »Entschuldigen Sie, würde es Ihnen etwas ausmachen, wenn ich meine Bestellung kurz aufgebe? Es geht ganz schnell, und der Küchenchef kann Sie gleichzeitig weiter beraten. Meine Freunde und ich haben nur eine kurze Mittagspause.« Sie setzte ihr freundlichstes Lächeln auf.

Die Augen des Brillenmannes wurden schmal.

Paul reagierte sofort. »Vier mal Backfisch traditionell ist fast schon fertig. Und der Herr kann so lange gern das Angebot weiter studieren. Hier steht alles genau drauf, inklusive Konservierungsstoffe und dem ganzen Kram.« Er schob dem Kunden die laminierte Speisekarte hin.

Der Mann tippte mit dem Finger auf den Tresen. »Ih, fettig!«, stellte er mit angewiderter Miene fest.

»Nun ja, das kann bei einem beliebten Imbiss in der Mittagszeit bei vielen Bestellungen eben passieren«, sagte Marieke.

»Sollte es aber nicht!« Der Mann musterte sie kritisch. »Mischen Sie sich immer überall einfach so ein? Sie haben sich vorgedrängelt. Ist das die viel gerühmte feine Juister Art?«

Marieke reckte ihr Kinn vor. »Die berühmte Juister Art ist es, offen, direkt und gern auch herzlich zu sein. Ich gehöre zu den Menschen, die auf der Insel hart arbeiten, damit die vielen Gäste sich wohlfühlen. Deswegen habe ich Sie freundlich gebeten, mir den Vortritt zu lassen.«

»Das ist eine etwas beschönigende Betrachtungsweise. Ich würde Ihr Verhalten eher als unhöflich bezeichnen. Sie haben meine Beratung einfach unterbrochen.«

Paul bereitete mit geübten Handgriffen die Fischbrötchen zu. »Das hat die Marieke nicht so gemeint«, sagte er über die Schulter hinweg.

Der Mann schaute verkniffen. »Da bin ich mir nicht sicher. Ich empfehle mich«, sagte er. »Guten Appetit, die Dame.« Damit drehte er sich um und ging davon.

»He, ich wollte Sie nicht vertreiben!«, rief Marieke ihm hinterher, doch er reagierte nicht. Immerhin hatte er sich nicht weiter aufgeregt.

»Entschuldige«, sagte sie zu Paul. »Jetzt habe ich dir einen Kunden vergrault.«

Paul zuckte mit den Schultern. »Dem wäre mein Essen wahrscheinlich sowieso nicht gut genug gewesen. Redet wie ein feiner Herr aus dem vorletzten Jahrhundert und sieht aus wie geleckt.« Er fuhr mit dem Finger über den Tresen. »Das bisschen Fett! Wahrscheinlich speist er sonst nur von einem Silbertablett – was er hier allerdings hätte haben können.« Er legte die vier Fischbrötchen auf ein Tablett aus Aluminium, tat ein paar Servietten dazu und reichte es Marieke. Sie zwinkerten sich zu.

Die anderen unterhielten sich immer noch angeregt, als sie an den Tisch zurückkam. »Habt ihr den Typ mit der Gelfrisur eben mitbekommen?«, fragte Marieke, aber der Mann war schon verschwunden, und niemand am Tisch hatte ihn bemerkt. Jeder biss in sein Brötchen, und ein »Mmh« stieg als sattes Geräusch in den Himmel mit den wild dahinziehenden Wolken auf.

»Der Imbiss ist ein erster Dank für eure spontane Hilfe wegen der Unterkunft«, sagte Marieke, während sich alle die Lippen leckten, weil beim ersten Bissen nun mal die Saucen hervorquollen. Genau das gehörte bei diesem Fischbrötchen-Ritual dazu.

Philipp wusste nicht, worum es ging, und Marieke erklärte ihm die Sache mit der Aushilfe. »Alles hört sich gut an, und Herr …« Sie stockte, weil sie wusste, alle würden gleich lachen, aber das wiederum kam ihr in diesem Moment gegenüber dem Unbekannten nicht fair vor. »Der Herr hatte den Wunsch nach einer Unterkunft im Stil einer gut ausgestatteten Ferienwohnung. Das wäre für zwei Wochen nicht ganz billig gewesen, und hier kommen Nele und Bengt ins Spiel: Er kann bei ihnen im Gartenpavillon unterkommen.«

»Den habe ich eigenhändig renoviert, und nun ist er auch von außen noch schöner. Drinnen ist es klein, aber fein«, sagte Bengt. »Weil die Aushilfe der erste Mieter im neuen Ambiente ist, sozusagen ein Testmieter, gibt es besondere Konditionen. Und danach vermieten wir ihn zu einem ebenso fairen Preis.«

»Die Mädchen sind schon ganz neugierig, wer da kommt«, erzählte Nele.

»Seine Privatsphäre ist dem Mann sehr wichtig«, erinnerte Marieke sie. »Das war die Bedingung.«

Bengt zuckte mit den Schultern. »Der Garten ist groß genug.«

»Ich werde ihm trotzdem anbieten, auch mal mit uns zu essen«, sagte Nele. »Wenn wir Juister Besuch haben, dann sind wir auch gastfreundlich, etwas anderes will ich uns nicht nachsagen lassen.«

»Das stimmt«, sagte Philipp. »Ich habe euch Inselmenschen allesamt ins Herz geschlossen.« Er sah Marieke einen Augenblick länger als alle anderen an und hob seine Wasserflasche, um allen zuzuprosten. »Nicht ganz stilecht, aber auch ich möchte mich symbolisch bedanken, dass ich auf der Insel so gut aufgenommen wurde. Ich habe tatsächlich nur Gutes zu erzählen, wenn ich in München bin.«

»Man wird dich aber nicht nur nach dem beruflichen Erfolg fragen«, bemerkte Nele.

Es entstand eine kurze Pause. Alle kauten und warteten auf Philipps Antwort. Er wischte sich den Mund mit einer Papierserviette ab und nickte. »Aber wenn ich nun noch verkünden würde, ich hätte zum Job meines Lebens gleich noch die Frau meines Lebens dazubekommen, wäre es auch ein bisschen viel auf einmal.«

»Warum nicht?«, fragte Bengt. »Ich glaube an das Recht, mit jemandem rundum glücklich zu sein, ohne das halbe Leben lang danach zu suchen.« Er legte einen Arm um Nele und sah an sich hinunter. »Ich stecke Tag für Tag in einer Handwerkerhose, aber mein Job macht mir Spaß. Ich liebe meine Heimat und meine Frau und meine beiden Kinder natürlich.« Er zog Nele eng an sich. »Ich muss nicht noch mal in die Welt hinaus, um zu finden, was ich gesucht habe.«

»Was hast du denn gesucht?«, fragte Marieke leise, die sich oft ein wenig verloren fühlte, wenn es um so große Themen ging.

»Freundschaft, Familie, Liebe, Glück, ein bisschen Wohlstand – das Übliche eben«, sagte Bengt und grinste. »Alles auf 16,41 Quadratkilometern zu haben und wesentlich leichter zu finden als auf einer Oberfläche von 357588 Quadratkilometern, wenn wir nur mal von Deutschland sprechen.«

Alle schmunzelten, denn Bengt hatte ein phänomenales Zahlengedächtnis und war ein geübter Quizspieler, wo er diese Fähigkeit gern einsetzte.

»Da magst du recht haben«, antwortete Philipp. »Viele Möglichkeiten erhöhen auch die Chance, das Falsche zu wählen. Es ist schön, zu sehen, dass es Menschen wie euch gibt, die sich auch ohne großes Ausprobieren finden. Meiner Erfahrung nach gibt es aber öfter solche, bei denen es hakt und hapert und die sich nicht ganz sicher sind, ob sie wirklich zueinanderpassen«, sagte er und sah wieder zu Marieke. »Oder die Liebe muss sich noch entwickeln, oder, oder, oder …« Er hob beide Hände.

Nele wollte etwas dazu sagen, aber Marieke stieß sie unter dem Tisch leicht an. Die Freundinnen kannten sich gut genug, dass Nele das Signal richtig deutete und sich, statt zu sprechen, nur räusperte. Marieke fühlte sich ein bisschen angegriffen. Philipp spielte wahrscheinlich auf Gerit an, mit dem es seiner Ansicht nach hakte und haperte. Dabei konnte in einer selbst verordneten Beziehungspause gar nichts haken, weil ja nichts stattfand. Oder sie reagierte viel zu empfindlich, und Philipp meinte seine Worte ganz allgemein. Natürlich hatte er recht: Beziehungen waren so vielfältig wie die Menschen selbst.

Philipp holte sein vibrierendes Handy aus der Hosentasche, machte ein bedauerndes Gesicht und trat zur Seite.

»Ich hol mir noch ein Brötchen und uns allen einen Kaffee«, sagte Bengt und verließ den Tisch.

»Wieso stößt du mich an?«, flüsterte Nele. »Ist doch ein interessantes Thema. Männer sprechen viel zu wenig drüber, und ich wäre gern noch einen Satz dazu losgeworden.«

»Aber du ziehst mich mit rein. Für mich ist das Thema Beziehung gerade eher belastend«, flüsterte Marieke zurück.

»Ist was mit Gerit?«

»Nein. Ich weiß nur überhaupt nicht, was ich gerade sagen soll, und fühle mich aber, wenn Philipp davon redet, so, als müsste ich mich rechtfertigen.«

»Blödsinn. Du musst gar nichts sagen. Außerdem glaube ich, Philipp meinte eben eher eure Beziehung und nicht die mit Gerit«, sagte Nele leise.

»Was für eine Beziehung? Die gab es zwischen uns nie und gibt es jetzt nicht.«

»Sei doch nicht so spitzfindig!«

»Was ist denn daran spitzfindig? Jetzt willst du uns doch wieder verkuppeln«, zischte Marieke und hatte Mühe, nicht lauter zu reden.

»Tu ich doch gar nicht. Du siehst Gespenster«, sagte Nele nun auch etwas lauter, um wieder flüsternd anzufügen: »Man kann auch unbewusst verliebt sein.« Dafür erntete sie von Marieke einen ärgerlichen Blick.

Philipp, der ein Stück entfernt telefonierend ein paar Schritte auf und ab gegangen war, kam zurück zu ihnen. »Sprecht ihr von Gespenstern?«, fragte er, erwartete aber keine Antwort, denn er klopfte gleichzeitig mit den Fingerknöcheln auf den Tisch und sagte: »Ich muss leider schon wieder los. War aber eine nette Abwechslung in der Mittagspause. Das nächste Mal hoffentlich mit mehr Zeit. Vor der Reise ist unglaublich viel zu tun.« Er zwinkerte Marieke gut gelaunt zu, verabschiedete sich von Nele, Bengt und Paul und war so schnell weg, wie er gekommen war – wie die Sonne, die an diesem Tag immer nur kurz hinter den Wolken hervorblitzte.

Marieke sah ihm nachdenklich hinterher. Langsam bekam sie eine Ahnung davon, dass Philipp in München vielleicht ein anderer gewesen war als der, den sie hier auf der Insel kennengelernt hatte: Statt ruhig und besonnen wirkte er fast ein bisschen aufgekratzt. Er schien sich sehr auf die Auszeit zu freuen, und vielleicht merkte er es jetzt, wie sehr er die Großstadt vermisst hatte. Am Tisch war sie jedenfalls diejenige gewesen, die das am besten nachvollziehen konnte, und Philipp vermittelte ihr das, was ihr gerade fehlte. Etwa das kribbelnde Gefühl beim Flirten, das ihr mit Gerit am Ende etwas abhandengekommen, aber noch nicht verloren war. Und sosehr sie ihre Heimat wieder lieben gelernt hatte, in diesem Moment überfiel sie das altbekannte Fernweh. Das musste der Stich sein, den sie gerade spürte. Eine passendere Erklärung fiel ihr nicht ein.

Sie starrte in die Richtung, in die Philipp davongeradelt war.

»Marieke? Bist du noch da?«, fragte Nele und holte sie aus der großen Welt zurück an den Fischimbiss auf Juist, wo es beschaulich zuging.

»Ich denk nur darüber nach, was ich noch alles zu organisieren habe, bevor der Neue kommt«, sagte Marieke. »Ich muss los. Wir sehen uns gegen Abend, wenn ich mit ihm zu euch komme. Bis dann!«

Bengt trat mit drei Pappbechern an den Tisch. »Du musst schon weg? Und dein Kaffee?«

Marieke schüttelte den Kopf. »Du nimmst doch gern von allem zwei Portionen.«

»Und du lebst in zwei Welten«, sagte Nele. »Eine Weile geht das, aber auf Dauer macht es nicht glücklich.«

*

Nachmittags war die ruhigste Zeit in der Pension, und Marieke hatte es geschafft, sich eine kleine Weile in ihr Zimmer zurückzuziehen. Sie lag auf dem Bett und starrte an die Decke, doch von Entspannung keine Spur. Die Begegnung mit Philipp klang in ihr nach, und wie üblich hatte es sie aufgewühlt, wenn sie ihn traf, zufällig oder nicht. Nele würde sicherlich behaupten, das sei ein Indiz dafür, dass Marieke verliebt wäre – unbewusst, wie witzig. Sie jedoch hatte dazu eine eigene Theorie: Es war ein »Insel-Effekt«, denn schließlich lebte sie, seit sie mehr oder weniger nach Juist zurückgekehrt war, in einer selbst auferlegten Abstinenz, die schon viele Monate andauerte. Wenn sie dann mal auf einen attraktiven Mann traf, von denen es auf der Insel ihrem Geschmack nach nicht allzu viele gab, ging es eben nicht spurlos an ihr vorbei. Was, wenn Gerit plötzlich auftauchen würde? Sie zuckte zusammen, denn ihr Handy gab den Signalton von sich, den sie eingestellt hatte, um sich an den bevorstehenden Termin erinnern zu lassen. Rasch fantasierte sie mit geschlossenen Augen noch die Situation mit Gerit zu Ende und stellte sich vor, er würde vor der Tür stehen. Erleichtert nahm sie wahr, dass ihr Herz sofort ein wenig schneller klopfte. Allerdings konnte es auch daran liegen, dass sie wegen des Termins ein bisschen nervös war. Es ging ja nicht nur darum, Susa für zwei Wochen zu ersetzen, sondern ihren Vater generell von der Möglichkeit zu überzeugen, die Pension künftig mit Aushilfen zu managen. Am Morgen hatte er etwas gesagt, das Marieke beunruhigte, weil es so pessimistisch klang: »Sagen wir der Aushilfe besser ab, es macht wahrscheinlich keinen Sinn mehr.«

»Wie bitte?«, hatte sie entgeistert gefragt. »Das geht nicht! Ich habe mit der Vermittlungsagentur vereinbart, dass der Neue herkommt. Das kann ich nicht einfach so rückgängig machen. Der Mann hat sich darauf eingestellt, wahrscheinlich ist er schon auf den Weg zu uns. Was ist denn plötzlich los? Warum machst du einen Rückzieher?«

»Rückzieher? Ich wollte das nie!« Ihr Vater hatte die Arme vor der Brust verschränkt und sie mürrisch angesehen. Wie so oft in ihren Streitgesprächen hatte sie sich gezwungen, ruhig zu bleiben.

»Die Aushilfe ist eine Option, und wir probieren sie aus. Wir trinken gemeinsam eine Tasse Tee, dann zeige ich ihm das Haus, und später bringe ich ihn zu Nele in sein Quartier. Bitte sei freundlich. Wir sollten es zwei Wochen miteinander aushalten. Mindestens.«

Als Antwort hatte sie das typische Rainulf-Grummeln erhalten. Hoffentlich konnte sie sich gleich auf ihren Vater verlassen! Sie traute ihm glatt zu, dass er die Aushilfe durch seine schrullige Art in die Flucht schlug.

Marieke wechselte ihre Kleidung und wählte den teuren Hosenanzug, den sie manchmal im *Albatros* trug. Der erste Eindruck zwischen Arbeitgeber und Arbeitnehmer war der wichtigste, und Marc Nasswetter, an dessen Name sie sich schlecht gewöhnen konnte, sollte sie von Beginn an, gerade weil sie zehn Jahre jünger war, als Autoritätsperson wahrnehmen. Sie polierte ihre halbhohen Schuhe, die sie schon länger nicht getragen hatte, band sich die Haare straff zusammen und nickte ihrem Spiegelbild zu.

Zehn Minuten vor der verabredeten Zeit stand sie an der Rezeption, die keine war, zumindest keine, wie eine professionelle Arbeitskraft der Gastronomie sie vielleicht erwarten würde. Sie setzte sich auf den einsamen Stuhl und trommelte mit den Fingern auf ihre Knie. Ihr Vater hatte versprochen, ein bisschen früher unten zu sein, aber vielleicht war er eingeschlafen. Sie machte sich schon Vorwürfe, nicht rechtzeitig nach ihm gesehen zu haben, doch dann hörte sie, wie die Hintertür aufging und seine Schritte den Gang entlangkamen. Er hatte auf seine Kappe verzichtet, sich die Haare gekämmt und ein frisches Hemd angezogen, was Marieke freute.

»Gehen wir mit ihm erst einmal in den Speiseraum, dort können wir uns in Ruhe kennenlernen. Hier in der Diele ist es zu öffentlich und im Büro zu eng«, schlug sie vor. »Ich organisiere den Tee.«

»Drehen wir eine Runde im Garten und setzen uns auf die Terrasse«, antwortete ihr Vater. »Da kann er einfacher flüchten, falls es ihm bei uns nicht gefällt.«

Marieke beließ es bei einem genervten Blick, drehte sich um und ging in die Küche. Susa hatte sie freigegeben, damit sie ihrer Mutter bei den Reisevorbereitungen helfen und sie selbst dem Neuen schon mal in Ruhe ein paar Handgriffe zeigen konnte. Fricke schrubbte in der Spüle gerade ein paar Töpfe. »Würdest du uns bitte gleich drei Tassen Tee rausbringen?«, fragte sie den Koch.

»Wohin?«, fragte er knapp.

»Wir sind entweder im Speiseraum oder auf der Terrasse«, antwortete Marieke. »Das entscheiden wir noch.«

»Ich soll mit dem Tablett rumrennen, die Herrschaften suchen und den Tee servieren«, stellte Fricke fest.

»Ja, das sollst du. Und bitte sei dabei freundlich«, bat Marieke. »Es ist der Grundstein für eure Zusammenarbeit.«

»Wenn jemand von woanders kommt, muss der sich den Gepflogenheiten anpassen und nicht umgekehrt.« Fricke warf den Putzschwamm in die Spüle, stapfte in die andere Ecke der Küche und stellte den Wasserkocher an. Eine kleine Weile betrachtete sie seine große Gestalt von hinten, doch er dachte nicht daran, sich zu ihr umzudrehen. Das hieß für ihn, es war alles gesagt. Aber nicht für sie.

»Fricke, hör bitte zu. Du bist ein herbes Nordlicht und vom Seewind gegerbt, wir mögen dich, wie du bist. Für jemanden, der nicht von unseren Inseln kommt, ist deine Art aber vielleicht gewöhnungsbedürftig. Bitte gib dir Mühe.«

»Ich beiß schon nicht.« Er machte mit dem Kinn über die Schulter hinweg eine Bewegung in Richtung Tür, die bedeutete, dass er sie verstanden hatte.

»Danke«, sagte Marieke und verließ erleichtert die Küche.

In der Diele war ihr Vater nicht mehr allein. Marc mit dem komischen Nachnamen war einen Tick zu früh dran, und er stand mit dem Rücken zu ihr, als sie auf die Rezeption zuging. Schon wurden ihm die ersten Dinge erklärt, die sicherlich anders als anderswo waren. »Das Wichtigste ist das Reservierungsbuch«, sagte ihr Vater gerade. »Aber da schreibe nur ich allein etwas rein. Oder meine Tochter.«

»Sie führen ein Buch? Gibt es denn hier für solche Sachen keinen Computer?« Die Antwort der Aushilfe klang völlig entgeistert.

»Natürlich buchen wir auch elektronisch!« Marieke kam lächelnd von hinten und schickte sich an, mit der ausgestreckten Hand eine herzliche Begrüßung zu zelebrieren. Der Mann wandte sich ihr zu, und mitten in der Bewegung gefror sie zu Eis. Die Gelfrisur vom Mittag!

»Sie!«, stieß sie aus, und auch ihr Gegenüber schien von ihrem Anblick überrumpelt und echote: »Sie!«

Sie starrten sich an, und er fand zuerst die Fassung wieder. Mit einer Hand strich er sich über das kurze Haar, die andere behielt er bei sich, sodass Marieke gezwungen war, ihre hingestreckte Hand auch erst einmal wieder zurückzuziehen.

»*Sie* sind das also?«, fragte er.

»Ich wundere mich auch«, antwortete Marieke. »Auf dem Agenturfoto sehen Sie anders aus.«

»Locken und keine Brille, das stimmt«, antwortete er wie aus der Pistole geschossen. »Eine Typänderung tut mal gut. Auf der Webseite Ihrer Pension, wo Sie die Besucher in Ihrem Namen in einer netten Ansprache begrüßen, wirken Sie ebenso anders als bei unserer ersten Begegnung. Etwas höflicher.«

»Höflichkeit ist in unserer Branche sehr wichtig«, sagte Marieke, die noch um Fassung kämpfte, und räusperte sich.

»Mein Arbeitsgrundsatz«, erwiderte er.

Es war kein guter Start, aber Konfliktlösungsstrategien gehörten zu ihrem Beruf. »Fangen wir noch mal an«, schlug sie vor und streckte ihm wieder ihre Hand hin. Diesmal musste er sie nehmen, denn sonst hätte er seine eigene Aussage, Wert auf Höflichkeit zu legen, ad absurdum geführt. »Marieke Janssen. Herzlich willkommen im *Sandstern*!«

Sein Händedruck war schlaff und kurz. »Marc Nasswetter. Nennen Sie mich aber bitte gern nur beim Vornamen.«

Marieke zögerte. »Vor dem Du möchte ich meine Mitarbeiter eigentlich immer erst besser kennenlernen«, sagte sie.

Ihr Gegenüber hob eine Augenbraue. »Ganz meine Meinung. Ich würde natürlich beim Sie bleiben wollen. Den Vornamen biete ich Ihnen dennoch an, mit Verlaub, es ist ein Erfahrungswert. Ich finde es unerträglich, hinter dem Rücken zu meinem Namen ständig die unangemessenen Kommentare und albernes Gelächter zu hören, was leider allzu oft passiert. Praktizieren wir es also lieber so, wenn es den Herrschaften ebenso recht ist.«

Wieder fiel Marieke die hohe Stimme des Neuen auf, aber vor allem irritierte sie, wie er sich nun ausdrückte: etwas gestelzt.

Auch ihr Vater hörte verblüfft zu und mischte sich nun ein. »Sie möchten mit Verlaub bitte *was* praktizieren?«, fragte er.

Marieke konnte an seinem Gesicht ablesen, dass er keinen besonders guten ersten Eindruck hatte. »Ich bin und bleibe für Sie aber Herr Janssen. Und jetzt wüsste ich schon gern, woher Sie beide sich bereits kennen?« Er sah von Marc zu Marieke.

»Wir sind uns mittags zufällig am Fischimbiss über den Weg gelaufen«, antwortete sie schnell.

Das Gesicht ihres Vaters hellte sich etwas auf. »Beim besten Backfisch aller nordfriesischen Inseln. Das ist immer gut!«, sagte er und gab sich mit der Antwort zufrieden.

Marc schwieg dazu, und Marieke verbuchte im Stillen einen Pluspunkt für ihn, weil er nicht gleich erzählte, wie sie sich – nun ja, im Nachhinein gab sie es zu – ein klein wenig vorgedrängelt hatte. Es sprach für eine gewisse Diskretion.

»Warum haben Sie uns eigentlich nicht gesagt, dass Sie schon früher auf der Insel sind?«, fragte Marieke.

»Ich wollte mich ein wenig umschauen«, antwortete Marc. »Und in Ruhe etwas essen.« Jetzt wäre die Chance gewesen, das Ganze mit einem Lachen aufzulösen, doch er machte ein undurchdringliches Gesicht und blieb steif stehen.

»Aha«, sagte Marieke. »Nehmen Sie einen Tee?«

»Danke, eigentlich bevorzuge ich Kaffee.«

»Wer auf einer Nordseeinsel arbeitet, sollte Tee mögen«, bemerkte

Rainulf, der in seinem Inneren vielleicht gerade auch so etwas wie ein Punktekonto für Marc anlegte. »Eine Tasse Tee hält zusammen.«

»Das war in der Stellenbeschreibung leider nicht erwähnt«, entgegnete Marc ganz ruhig und machte Marieke einmal mehr baff. Geschickt teilte er seine Spitzen aus, ohne dabei unfreundlich zu sein. »Ich könnte mir natürlich vorstellen, ausnahmsweise einen Tee zu mir zu nehmen«, setzte er gnädig hinzu.

»Ach! Bevorzugen Sie dabei frische Luft, oder möchten Sie den Ausnahme-Tee lieber drinnen zu sich nehmen?«, griff Rainulf den gestelzten Ton ein wenig belustigt auf.

Marc zuckte nicht mit der Wimper. »Das überlasse ich ganz Ihnen, sehr geehrter Herr Janssen.«

In diesem Moment kam Fricke mit dem Tablett in die Diele und blieb in einiger Entfernung stehen. »Wohin?«, blaffte er laut, und ein kurzes Zucken ging nicht nur durch Marieke, sondern auch durch den neuen Mitarbeiter.

»Wir trinken den Tee draußen!«, rief sie mit betonter Fröhlichkeit, während drei Männergesichter sie nicht gerade freundlich ansahen. Es blieb ihr nur zu hoffen, sie würden irgendwie miteinander auskommen.

10. Kapitel

Als Tinas Name auf dem Display des Telefons erschien, zögerte Marieke. Sonst ging sie immer sofort dran, wenn sich ihre Festland-Freundin meldete. Wie sollte sie ihr beibringen, dass sie den ganzen Sommer auf Juist verbringen würde? Sie stand auf und schloss hinter sich die Bürotür, die meistens ein kleines Stück offen stand. Da war das Klingeln schon wieder verstummt, und Marieke konnte Tinas Ungeduld geradezu spüren. Sie setzte sich aufrecht in den Drehsessel und rief zurück.

»Hey, na endlich, da bist du ja! Hat es dir die Sprache verschlagen? Also was sagst du dazu? Ist doch super, oder?«, sprudelte es zur Begrüßung aus Tina heraus.

»Entschuldige, aber ich habe die Mail noch nicht gelesen«, antwortete Marieke, und sofort schallte ihr ein lautes »Wie bitte?« entgegen.

Sonst war Marieke sehr gewissenhaft und reagierte sofort, wenn es um die Arbeit im *Albatros* ging. Die Anfragen für ihre temporären Einsätze als Bankettmanagerin trudelten regelmäßig ein. »Die nächste Hochzeit wird eine echte Herausforderung, dagegen war die letzte, die wir gemacht haben, harmlos. Es ist allerdings ziemlich kurzfristig, und deswegen habe ich einen Extrabonus für dich ausgehandelt«, redete Tina gleich weiter. »Ich dachte, du machst Luftsprünge, und nun hast du es dir nicht mal angeschaut?«

»Tut mir leid. Ich glaube, ich sage alle Aufträge erst einmal ab. Ich werde hier gebraucht.«

Tina stieß hörbar die Luft aus. Nach ein paar Schrecksekunden schlug sie vor: »Du solltest dir das Angebot vielleicht erst mal durchlesen.«

»Fast egal, was drinsteht. Ich muss meinem Vater zur Seite stehen.«

»Was ist denn passiert?«

»Ich mache mir neue Sorgen. Mein Vater ist anderes, seit ich wieder hier bin. Ich habe ein komisches Gefühl und will ihn nicht auch noch viel zu früh verlieren.«

Tina wusste sofort, was sie meinte. Sie war in ihren Hamburger Jahren nicht nur Mariekes treue Assistentin gewesen, sondern auch zur Vertrauten und Freundin geworden. Marieke hatte sich in den vergangenen Monaten bei ihr im Gästezimmer einquartiert, wenn sie in der Hansestadt arbeitete, weil ihre eigene Wohnung für ein Jahr untervermietet war – eben für die Zeit, in der sie sich darüber klar werden wollte, wie ihr weiteres Leben aussehen sollte. Mit Tina konnte sie mittlerweile über fast alles reden und andersherum genauso.

»Du kannst nichts dafür, dass deine Mutter tot ist. Verbann das Schuldgefühl endlich aus deinem Kopf und deinem Herz. Sie ist morgens nicht mehr aufgewacht, und es ist pures Wunschdenken, dass du denkst, du hättest sie retten können, wenn du auf deinen eigenen Lebensweg verzichtest und mehr in der Pension geholfen hättest. Außerdem bist du doch immer nur ein paar Tage im Monat weg, und bisher ging es doch auch?«

»Dinge ändern sich eben. Mein Vater hat mich darum gebeten, in den nächsten Wochen voll und ganz für die Pension da zu sein. Ich betone: gebeten! Das wäre in etwa so, als würde in der Mail ein Honorarangebot in Millionenhöhe stehen. Ich kann ihm das nicht abschlagen.«

Marieke spürte, wie Tina zwischen Verärgerung und Verständnis hin- und hergerissen war, und ließ ihr kurz Zeit.

»Und wann bitte wolltest du mich davon in Kenntnis setzen?«, schnappte ihre Hamburger Freundin schließlich. »Ich bestehe darauf, dass du es dir überlegst. Nach dem Event mache ich übrigens ein paar Tage frei, und weißt du was? Ich wollte zu dir kommen!«

Marieke lachte auf, aber es war kein heiteres Lachen. »Wann genau ist die Veranstaltung?«

Tina nannte das Datum, und Marieke konnte ohne schlechtes Gewissen sagen: »An diesem Wochenende könnte ich sowieso nicht. Ich plane ein kleines Fest in der Pension.«

»Davon hast du ja noch gar nichts erzählt!« Tina seufzte. »Schade. Trotzdem will ich endlich mit eigenen Augen sehen, warum du deine Karriere auf Eis gelegt hast. Irgendein Zauber muss an dem legendären Töwerland ja dran sein. Und an deinem ominösen Arzt natürlich.«

Marieke drehte sich auf dem Bürostuhl hin und her. »Wie kommst du denn jetzt auf Philipp?«

»Den einen Abend – weißt du noch, wir waren auf dieser Party und haben ein bisschen zu viel getrunken – hast du mir bis zum Morgengrauen lang und breit von ihm vorgeschwärmt. Das habe ich nie vergessen. Über Gerit hast du nie solche Loblieder gesungen.«

»Ach, hör auf. Wie du schon sagtest: Wir waren angeheitert. Die Schwärmerei ist längst passé. Außerdem würdest du ihm beim Fest sowieso nicht begegnen.« Als sie die Tatsache, dass Philipp nicht dabei sein würde, aussprach, fühlte es sich an wie ein Schatten, der jetzt schon auf das Fest fiel.

»Warum denn nicht?«

»Er ist verreist.«

»Oh, dann scheinen die Bande zwischen euch ja wirklich nicht sehr eng zu sein.«

»Mmh«, machte Marieke nur. Weder ein Ja noch ein Nein passte als Antwort auf Tinas sachliche Feststellung.

»Warum bist du so wortkarg? Gibt's denn was Neues vom Fast-Ex?«, fragte Tina.

»Nein, was soll sein. Der amüsiert sich nach wie vor in Singapur. Scheint ihm dort gut zu gefallen. Er schickt mir immer neue Bilder von hübschen Stränden, imposanten Gebäuden und Straßenszenen von bunten Märkten und Frauen mit Blumen im Haar.« Das Gespräch diente nicht gerade dazu, ihre Laune zu heben. Ein Besuch von Tina hingegen wäre ein Lichtblick. »Hör zu, es freut mich, wenn du mich besuchen willst. Wenn es wirklich passt, komm her, wenn du diese große Sache im *Albatros* hinter dich gebracht hast. Allerdings müsste ich dich wahrscheinlich woanders unterbringen, aber die Wege auf der Insel sind alle nicht weit.«

Tina senkte ihre Stimme ein wenig. »In diesem Fall würde ich vielleicht ein romantisches Doppelzimmer bevorzugen. Weißt du da was?«

»Huch, hab ich was verpasst? Oder redest du von deiner Wochenendbekanntschaft?«

»Ich rede davon, dass aus der Wochenendbekanntschaft, die übrigens Max heißt, diesmal etwas mehr werden könnte.«

Diesmal. Das hörte sie von Tina öfter. Sie verliebte sich ziemlich oft und war so das genaue Gegenteil von ihr, was die Bereitschaft zu Affären anging. Marieke ließ es dabei bewenden, und sie plauderten noch etwas, bis sie sich verabschiedeten: »Dann bis bald auf der Zauberinsel.«

Mit einem Lächeln auf den Lippen wandte sich Marieke wieder der Künstlerkartei zu, über die sie gerade eine Violinistin und ein Sängerduo gefunden hatte. Vielleicht war der Aufwand für das kleine Fest etwas übertrieben, dennoch schickte sie die Bestätigungsmails ab. »So!«, sagte sie zufrieden und bemerkte den Luftzug, der durch den kleinen Raum ging. Die Tür war hinter ihr aufgegangen.

»Tochter. Hast du Zeit für einen kleinen Spaziergang?«

»Jetzt?« Sie wandte sich überrascht um. Wenn ihr Vater sie so nannte, hatte er etwas Außergewöhnliches auf dem Herzen.

Er stand im Türrahmen und sah sie ernst an. »Oder später, Hauptsache heute. Außerdem waren wir schon ein paar Tage nicht mehr gemeinsam unterwegs.«

Marieke nickte. »Ja. Es ist gar nicht so einfach, unsere gute Angewohnheit über längere Zeit aufrechtzuerhalten.«

Anfangs hatten sie bei den Spaziergängen ihren Groll aufeinander immer noch mitgeschleppt: Ihr Vater war ihr gegenüber unzugänglich, weil er ihren radikalen Weggang von der Insel noch nicht verschmerzt hatte. Marieke war ihm gegenüber verschlossen, weil sie sich von ihm nicht verstanden fühlte: Niemand sollte von seinen Kindern erwarten, dass sie die Träume der Eltern lebten, diese Einstellung vertrat sie fest.

Mit der Zeit lernten sie, nicht nur nebeneinander, sondern miteinander spazieren zu gehen. Die ständigen Möwenschreie, die schäumende Gischt, der launische Wind, der faszinierende Himmel und der unendliche Horizont hatten kräftig dazu beigetragen, dass sie sich bei den vielen Stunden und Schritten am Meer Stück für Stück ausgesprochen hatten. Seitdem kamen sie ganz passabel miteinander aus, von den Rangeleien, die die Belange der Pension betrafen, einmal abgesehen.

Was es wohl diesmal war? Marieke klappte ihren Laptop zu. Wenn ihr Vater mitten am Tag anklopfte, musste es etwas wirklich Wichtiges sein. Sie nahmen die Windjacken vom Haken, die im Büro ihren festen Platz für spontane Einsätze hatten, und gingen los. Außerdem nahm ihr Vater seinen Spazierstock mit.

Zunächst liefen sie am nahen Tennisplatz vorbei und erkannten Herrn und Frau Wunderlich, die sich mit athletischen Körpern, braun gebrannten Armen und in weißer Sportkleidung ein tolles Match lieferten. Sie sind ein sprichwörtlich gut eingespieltes Team, dachte Marieke. Sie hätte gern gewusst, ob die beiden miteinander einfach nur Glück hatten oder ob sie viel dafür getan hatten, um im Alter so harmonisch zu wirken. Ihr Vater wollte weiter, und Marieke schickte sich an, den üblichen Weg zum Strand einschlagen, den sie meistens abends gingen, wenn kaum noch Spaziergänger unterwegs waren, aber er schüttelte den Kopf. »Heute mal zum Gratis-Freiluftkonzert ohne Menschen.«

Wenig später befanden sie sich auf einem der schönsten Pfade Juists, der den Namen des Naturkundlers Otto Leege trug, dessen Name unwiderruflich mit der Juist vorgelagerten Vogelinsel Memmert verbunden war. Der Lehrpfad führte von den Salzwiesen am Watt durch die typische Juister Dünenlandschaft bis zum Strand. Er verstand sich als ökologisch-künstlerischer Lehrpfad und war mit beschrifteten Tafeln zur Flora und Fauna des Eilands sowie mit originellen Naturkunstwerken bestückt. Streckenweise bestand der Pfad aus einem auf Holzstelzen gebauten Bohlenweg, was ihm einen besonders reizvollen Charakter verlieh.

»Was ist also los?«, fragte Marieke nach einer gefühlten Ewigkeit, die sie schweigend mit langsamen Schritten abmaßen, als müssten sie die richtige Stelle finden, um mit dem Gespräch zu beginnen.

Ihr Vater blieb stehen und steckte die Hände in die Hosentaschen. Die Kappe hatte er tief ins Gesicht gezogen. »Wie läuft es mit dem Neuen?« Er hatte schon angekündigt, sich weitgehend herauszuhalten und die Einarbeitung und Beaufsichtigung eher Marieke zu überlassen.

»Marc macht seine Schicht heute ganz gut. Gestern hatte ich nach unserem ersten Gespräch noch Bedenken, dass er sich vielleicht für manches zu schade ist, aber ich glaube, er kann Susa ersetzen. Sie fährt morgen. Ich habe ihr schon freigegeben. Da fällt mir ein, dass ich eigentlich nicht allzu lange wegbleiben will, weil es sein erster ganzer Tag ist.«

Vom Meer wurde das Krächzen der Möwen herübergetragen, und ihr Vater schaute in Richtung Strand, wo nicht nur die Vögel, sondern auch ein paar bunte Drachen in der Luft tanzten. »Vielleicht ist er gut, was das Fachliche betrifft. Ich habe ihn schon beobachtet. Er macht keine falsche Handbewegung, aber ist mit seinen Gedanken woanders. Dass er einen Draht zu den Gästen aufbauen kann, bezweifle ich.«

Eine Böe ging über sie hinweg, und Marieke steckte die Hände nun auch tief in die Taschen.

»Das lässt sich beim besten Willen noch nicht beurteilen, Papa.«

»Wir werden sehen. Und wie steht es ums Fest?«

»Auch gut. Gerade habe ich die Musiker gebucht. Lass dich überraschen. Es wird klein, fein und geschmackvoll.«

Er hob seine buschigen Augenbrauen, und sie wappnete sich

schon für die Frage nach den Kosten. Durch ihre Hamburger Beziehungen bekam sie einen Sonderpreis, und die Agentur verlangte in diesem Fall fast keine Provision.

Zu ihrer Überraschung erwähnte er das Thema Geld nicht, und sie bekam eine ganz andere Antwort: »Geschmackvoll ist gut.« Ihr Vater ging weiter.

Erst stand Marieke wie angewurzelt da, dann stürmte sie hinter ihm her. »Was war das gerade? Willst du etwa sagen, dass du dich langsam für meine Pläne begeistern kannst?«

Der kurze Blick, den er ihr zuwarf, war erschreckend. Er kam ihr furchtbar bekannt vor. Marieke brauchte einen Moment, um ihn mit der jetzigen Situation in Verbindung zu bringen. So traurig hatte sie ihren Vater nur einmal gesehen: bei der Beerdigung ihrer Mutter.

»Um was geht es eigentlich? Reden wir um den heißen Brei herum? Ist jemand gestorben?«, fragte sie erschrocken.

»Wie kommst du denn darauf!« Nun wirkte er fast empört.

Weil du so schaust, als wäre etwas ganz Schlimmes passiert, wollte sie antworten. Doch als hätte jemand einen Vorhang zugezogen, war der tieftraurige Ausdruck im Gesicht ihres Vaters schon wieder verschwunden.

»Es geht um etwas völlig anderes. Ich möchte dir bald jemanden vorstellen«, sagte er. »Vielleicht sogar beim Fest? Ich weiß nur nicht, ob der Zeitpunkt klug ist. Es ist schließlich ein gewaltiger Einschnitt, und es hat etwas Endgültiges an sich.«

Wieder blieb Marieke stehen, während er weiterlief. Plötzlich machte alles Sinn. Sein Verhalten, das gute Hemd, das er neulich hervorgeholt hatte, seine gelegentliche Geheimnistuerei, das plötzliche Interesse für das Fest und sein Unbehagen wegen Federica D'Amico, die sich angekündigt hatte. Sie hatte es bisher nicht zu denken gewagt, aber es könnte eine Frau im Spiel ein. Hatte ihr Vater nach fünf Jahren Witwerdasein genug davon?

»Aber, Papa, das ist doch kein Problem. Lad sie ein! Ich freue mich, sie kennenzulernen!«, rief Marieke und ging ihm hinterher.

Nun blieb er wiederum stehen, schob die Kappe ein Stück hoch, drehte sich um und sah sie mit in Falten gelegter Stirn an.

»Weißt du schon davon? Wie hast du das gemacht?«

»Nein, ich ahne es nur. Und ich bin sehr gespannt, wer es sein könnte.«

Ein ungläubiges Lächeln erschien auf seinem Gesicht. Hatten seine Augen eben traurig geschaut, blickten sie nun erfreut. Ihr Herz wurde warm, und es war so ein Erkenntnismoment: Ihr größter Wunsch war es, dass ihr Vater sein restliches Leben glücklich und zufrieden verbringen konnte. Er und sie, sie und er, das war nur eine kleine Familie, aber es war immerhin eine. Spontan umarmte sie ihn. Er ließ es nicht nur geschehen, sondern drückte sie sogar kurz zurück, wenn auch nur eine Sekunde lang.

»Ich habe nur eine Erklärung, dass du mir schon wieder einen Schritt voraus bist, denn ich habe wirklich niemandem ein Sterbenswörtchen davon erzählt. Aber solange die Interessenten sich nicht zu tausend Prozent und zu meinen Bedingungen sicher sind, wollte ich keine Pferde scheu machen. Hast du im Büro etwas entdeckt, eine Mail, einen Hinweis oder etwas aufgeschnappt?«, fragte er, und sie gingen weiter. Es war nur noch ein kleines Stück bis zur Lieblingsstelle auf dem Pfad.

Interessenten oder Interessentin? Sie hatte es nicht genau verstanden, aber Marieke musste innerlich lächeln. So nannte er das also. Und die Bedingungen stellte er – das klang ganz nach Rainulf Janssen und ein bisschen danach, als hätte ihr Vater tatsächlich eine Bekanntschaftsanzeige aufgegeben oder auf eine reagiert. Kein Wunder, dass er ein kleines Geheimnis darum machte. Dieser Schritt war ihm sicher nicht leichtgefallen.

»Wo denkst du hin? Ich würde doch niemals etwas Privates von dir lesen«, entgegnete Marieke mit leisem Vorwurf.

»Na ja, als privat würde ich das nicht unbedingt bezeichnen, eher höchst geschäftlich. Vor dir will ich es keinesfalls länger geheim halten.«

Marieke fiel keine Antwort auf seinen Einwand ein, an dem irgendetwas nicht stimmte – ganz und gar nicht stimmte! Sie gingen einige Meter schweigend, und mit jedem Schritt dehnte sich das Unbehagen zwischen ihnen wie eine der Schlechtwetterfronten aus, die manchmal ziemlich schnell über der Insel aufzogen. Auf einmal kapierte Marieke, dass der Gedanke, dass ihr Vater eine neue nette Frau finden würde, die mit ihm glücklich auf der Terrasse tanzte und vielleicht sogar noch den *Sandstern* managte, und dass er sie, seine Tochter, für das Fest von Herzen loben würde, einfach zu schön war, um wahr zu sein. Trotzdem wollte sie sich dieser Vorstellung noch einen Augenblick lang hingeben und hob die Hand, weil ihr Vater gerade zum Reden ansetzen wollte. »Warte. Lass uns erst ein bisschen lauschen, dann erzählst du mir alles noch mal ganz genau und von vorne, in Ordnung?«

Auf dem gepflasterten Weg vor ihnen stand die Windharfe, eine zwei Meter hohe drehbare Holzskulptur, die allein durch natürliche Luftbewegungen zum Klingen gebracht wurde. Marieke liebte die schrägen Töne, die das Instrument im Zusammenspiel mit dem Wind von sich gab. Sie berührte das kühle Holz und drehte die Harfe ein Stück hin und her, wodurch sich die Tonlage leicht veränderte. Bis sich ihr Vater, der hinter ihr stand, laut räusperte.

»Ich hätte nie gedacht, dass ich für die Pension ein solch gutes Angebot bekommen würde«, sagte er.

Marieke drehte sich um und starrte ihn fassungslos an. Sie hatte jetzt schon Tränen in den Augen. »Ist nur der Wind«, murmelte sie und wischte sich mit dem Ärmel über das Gesicht. »Was für ein Angebot?«

»Die Zahlen zeige ich dir noch, ich wollte dich sowieso nach deiner Meinung fragen. Die professionelle Geschäftsfrau bist mittlerweile du. Ich bin nur ein Nostalgiker, der an der Vergangenheit festhält und nicht möchte, dass sich die Dinge ändern. Ich habe endgültig eingesehen, dass ich ein Narr bin, wenn ich mir wünsche, dass du meine Träume wahr machst.«

»Träume?«

»Jeder Mensch hat so was. Connie und ich haben uns immer gewünscht, du würdest bei uns bleiben, einen guten Mann finden und eine Familie gründen. Wir lagen im Bett, schauten aus dem Dachfenster in den Sternenhimmel und haben uns alles genau ausgemalt. Ein Junge und ein Mädchen …« Seine Stimme wurde heiser, und er brach ab. »Marieke, ich habe jetzt viele Nächte wach gelegen und aus diesem Dachfenster geschaut. Wie habe ich mit mir gerungen! Zuerst habe ich abgelehnt, aber die Rietmüllers sind hartnäckig, es sind erfolgreiche und erfahrene Unternehmer. Meine Kraft nimmt ab, und du wirst ja doch weggehen, weil du andere Träume hast. Die alten Zeiten kommen nie wieder. Ich verkaufe die Pension.«

Die Windharfe stieß zeitgleich mit den letzten Worten ihres Vaters eine Art Klagelaut aus. Marieke ging in die Knie und stützte sich mit den Fingerspitzen auf dem Boden ab.

»Kleines!«, rief Rainulf, und schon spürte sie seine kräftigen Hände unter ihren Armen, die sie wieder nach oben zogen. »Aber du musst es doch geahnt haben, so wie du gerade geredet hast!« Er stellte sie wieder auf die Beine und hielt sie eine Armlänge entfernt an den Schultern fest.

Es lag ihr auf der Zunge, ihm zu sagen, was sie vermutet – was sie sich von Herzen für ihn gewünscht – hatte. Sinn machte es keinen, höchstens den, dass ihr Vater an ihrem Verstand zweifelte, so falsch, wie sie mit dem Gedanken an eine neue Frau gelegen hatte. »Nein«, war das erste Wort, das sie hervorbrachte. Sie schüttelte seine Hände ab. »Wir wollten zunächst probieren, eine passende Aushilfe zu finden. Es ist der erste Tag, und du redest schon von Verkauf!«

»Ich habe dir von Anfang an gesagt, es bereitet mir Bauchschmerzen, mit Fremden zusammenzuarbeiten. Ich will das nicht. Ich müsste die Person, der ich mein Vertrauen schenke, schon besser kennen, das funktioniert nicht innerhalb ein paar Wochen. Ist doch logisch.«

Ihre Wangen brannten, obwohl ihr der Wind kühl ins Gesicht blies. Auch die Sonne hatte sich hinter den Wolken verkrochen, als wüsste sie, dass angesichts der vier Worte, die als Echo eines Donnerschlags in Marieke widerhallten, nicht der richtige Zeitpunkt für einen strahlenden Auftritt war: *Ich verkaufe die Pension.*

»Ich war auch überrumpelt. Ich habe nicht nach einem Käufer gesucht, zumindest noch nicht. Herr Rietmüller kam, als du in Hamburg warst, mit diesem unglaublichen Angebot auf mich zu. Er ist ein Geschäftsmann und Juist-Liebhaber. Seine Frau ist Feuer und Flamme für die Idee, die Pension weiterzuführen.«

»Haben sie denn Erfahrung?«, wollte Marieke wissen.

»Sie haben vor allem eins: viel Geld. Damit lässt sich bekanntlich fast alles machen.«

»Wie kannst du das tun!«

Manchmal gab es Momente, da wirkte Telepathie. Ihr Vater erwiderte nichts, und doch empfing sie durch seine stumme Mimik und Gestik eine Antwort: *Das habe ich mich bei dir auch immer gefragt. Wie konntest du uns und deine Heimat verlassen und nicht mal dann zurückkommen, als deine Mutter gestorben ist. Erst als ich krank wurde, hast du getan, was jede gute Tochter tun würde.*

Trotzdem. Selbst wenn der *Sandstern* irgendwann verkauft werden musste, durfte es nicht so nebenbei passieren und schon gar nicht, wenn nicht alle anderen Möglichkeiten ausgeschöpft waren. Ihr war heiß und kalt zugleich, als sie den unfassbaren Gedanken aussprach. »Das ist irgendwie Erpressung. Entweder ich übernehme die Pension, oder sie wird verkauft.«

Eine Gruppe Spaziergänger näherte sich von der anderen Seite. Die Augen ihres Vaters verengten sich zu Schlitzen. »Ich habe dich nie erpresst, und ich werde das auch nie tun. Ich geh zurück.« Abrupt wandte er sich ab.

Die vier unheilvollen Worte von eben hatten ein Messer in Mariekes Brust gerammt, es war schmerzhaft genug. Die Reaktion ihres Vaters bewirkte aber noch Schlimmeres. Jetzt fühlte es sich an, als bewege jemand das Messer hin und her. Sie hätte das eben nicht sagen dürfen.

»Papa!« Sie stürzte hinter ihm her, aber er reagierte nicht. »Wir müssen reden. Bitte!«

Er ging einfach weiter, und es blieb ihr nichts anderes übrig, als ihn entweder festzuhalten, klagend hinter ihm herzulaufen oder sich ihm in den Weg zu stellen. Sie tat Letzteres und bremste ihn aus. Wie ein Bock stand er mit gesenktem Kopf vor ihr und starrte auf den Boden. Sie versuchte nochmals, ihn zu umarmen, doch er blieb steif.

»Ich habe das nicht so gemeint, es tut mir leid«, stammelte Marieke. »Ich bin so … wahnsinnig überrascht. So schnell! Auf einmal! Unsere Pension soll an irgendwelche Menschen gehen, die ich nicht kenne!«

Jetzt sah er sie an, und die Kälte in seinen Augen schmolz dahin. »Kind, was hast du dir denn vorgestellt? Dass ich das mache, bis ich achtzig bin und vor Erschöpfung umkippe? Du warst zehn Jahre nicht da und hast auf deine Weise gezeigt, was du willst oder nicht willst. Wie es mit der Pension weiterging, war dir egal.«

Wieder stiegen ihr Tränen in die Augen, und sie blinzelte sie fort. Leider konnte sie ihrem Vater nicht widersprechen. Mit seiner Sichtweise hatte er überwiegend recht, was die Vergangenheit betraf.

»Aber jetzt ist es mir nicht mehr egal«, murmelte sie. »Seit dem vergangenen Sommer tue ich, was ich kann. Ich hatte gehofft, du würdest wieder ganz gesund.«

Er schüttelte den Kopf. »Wirklich bleiben willst du aber nicht. Das hast du zwar mal gesagt, aber das da draußen ist stärker. Es zieht dich weg.« Er zeigte mit der Spitze des Spazierstocks irgendwo in die Luft ins Unbestimmte und schlug dann mit dem Stock auf die Steine. »Ich möchte dir das Ehepaar Rietmüller vorstellen.«

Was für ein bitteres Missverständnis!

»Von ihnen hast du eben also gesprochen, als du sagtest, du möchtest jemanden zum Fest einladen, den oder die ich nicht kenne«, murmelte Marieke.

Er runzelte die Stirn. »An wen dachtest du denn? An den Weihnachtsmann?« Er griff nach ihrem Arm, und sie hakte sich ein. »Du wirst nicht leer ausgehen, Marieke. So viel Geld brauche ich auf meine alten Tage gar nicht.« Sofort sie drückte seinen Arm so fest, dass er aufschrie. »He!«

»Sag so was nicht, solange das letzte Wort nicht gesprochen ist«, bat sie. »Gib mir noch ein bisschen Zeit.«

»Zeit wofür?«

»Um ...« In Mariekes Kopf herrschte Chaos. Tausend Gedanken rasten in ihr durcheinander, und keiner ließ sich fassen. »Um ... um ... um die richtige Lösung zu finden.«

Wieder ließ ihr Vater seinen Spazierstock lautstark auf den Boden sausen. »Was ist falsch an einem lukrativen Verkauf?«

»Ich kann es dir noch nicht sagen. Hast du denn gedacht, ich falle dir um den Hals?«

»Warum nicht. Dann bist du alle Sorgen los, du musst nicht immer wieder herkommen oder hierbleiben, du bist frei wie der Wind. Das wolltest du doch immer.«

»Ja, schon. Ich kann trotzdem nicht glauben, dass du zu diesem Schritt bereit bist.« *Denn ich habe eben deinen tiefen Schmerz in den Augen gesehen, auch wenn du ihn vor mir verstecken wolltest,* dachte Marieke.

»Dich soll mal jemand verstehen.«

Den Rest des Weges hingen sie ihren Gedanken nach. Sie winkten den Wunderlichs auf dem Tennisplatz zu, als wäre nichts geschehen, und erreichten das Tor, wo das Blechschild mit der Aufschrift *Sandstern* fröhlich im Wind schaukelte.

Plötzlich sah Marieke das Haus und den Garten mit anderen Augen: Es würde der Tag kommen, da würde sie nicht mehr selbstverständlich hier hereinspazieren. Die plötzliche Gewissheit zog ihr den Boden unter den Füßen weg, und sie umklammerte den Arm ihres Vaters, bis sie an der Haustür ankamen.

Drinnen holte sie die Gegenwart sofort ein. An der Rezeption standen Marc und Josefine Jacobson und boten einen kuriosen Anblick. Marc stand kerzengerade da, hatte das Reservierungsbuch in der Hand und fuchtelte mit der anderen Hand, in der einen Stift hielt, in der Luft herum. Josefine sah aus wie ein wandelnder Weihnachtsbaum. Ihr leicht geschlitzter eng anliegender Rock sowie die dazu passende Bluse waren dunkelgrün, die halbhohen Lederstiefel von mittlerem Braun, und sie war über und über mit Schmuck behängt.

»Was machen Sie denn da?«, rief Rainulf, ging schnurstracks zu Marc und nahm ihm unsanft das Reservierungsbuch aus den Händen.

»Pardon?«, fragte Marc irritiert.

Rainulf hielt sich das Buch vor die Brust, als wäre es ein Schutzschild. »Ich habe Ihnen doch gesagt, in das Buch schreibe nur ich etwas rein!«

Marc schaute pikiert. »Ich habe nichts hineingeschrieben, ich habe nur hineingesehen. Frau Jacobson ist an mich herangetreten, um zu fragen, ob sie länger hierbleiben könnte. Ich sah es als meine Pflicht an, ihr eine Antwort zu geben, da weder Sie noch Ihre Tochter anwesend waren. Wenn Sie nicht wünschen, dass ich verantwortungsvoll handele, dann lassen Sie mich doch bitte an meinem ersten Arbeitstag nicht allein.«

Bäng! Marieke musste schlucken, denn das war eine Ansage, und er hatte leider ein wenig recht. Sie hätte nicht einfach so weggehen dürfen. Doch wie seltsam er alles vortrug. Als spräche er mit einer Wand oder als spräche durch ihn das Programm einer künstlichen Intelligenz. Emotionslos und korrekt. Ihr selbst fehlten in diesem Augenblick die Worte.

»Recht hat er«, pflichtete ihm Josefine bei. »Am helllichten Tag sollte ein Ansprechpartner vor Ort sein, Sie sind doch zu zweit! Ich wollte sicherstellen, dass ich nicht nur eine weitere, sondern zwei weitere Wochen bleiben könnte, sollte es nötig sein.« Sie klimperte mit ihren Armreifen und schaute drein, als ginge es um Leben und Tod. Warum sie sich – mit mehreren Kreditkarten ausgestattet, wie sie beim Buchen des Flugs von Jakob Zimmermann demonstriert hatte – nicht irgendwo eine Suite leistete, blieb ein Rätsel.

»Sie machen dann weiterhin Ihre Modeauftritte mit Kamera und so?«, fragte Rainulf leicht misstrauisch.

»Unbedingt«, sagte Josefine. »Es ist mir wichtig, und es hilft mir Tag für Tag. Wie versprochen sage ich kein Sterbenswörtchen darüber, wo ich wirklich bin. Im Bild ist nichts Genaues zu erkennen.« Sie wies mit der Hand in Richtung Aufenthaltsbereich. »Es ist für mich die perfekte Tarnung.«

Marieke brauchte nach der Hiobsbotschaft von ihrem Vater alle Kraft, um souverän aufzutreten. »Gut!«, sagte sie laut und energisch, nachdem sie ihre Sprache wiedergefunden hatte. »Wir hatten eben etwas sehr, sehr Wichtiges zu besprechen. Ich entschuldige mich, weil wir nicht da waren. Eine Ausnahme.« Sie sah ihren Vater ernst an, und er brummte zustimmend. »Was die Verlängerung Ihres Aufenthalts angeht, Josefine, kann ich Ihnen sagen, dass zwar eine Anfrage für das Einzelzimmer eingegangen ist, ich sie aber noch nicht bestätigt habe. Sie fragen rechtzeitig. Schön, dass Sie so lange bei uns bleiben möchten.«

»Ein Glück! Das habe ich auch der Familie Zimmermann versprochen. Aber auch ohne sie …« Josefine brach ab und verzog das Gesicht, als dächte sie an etwas sehr Bewegendes. »Ach«, seufzte sie. »Mir wird ganz schwindelig.«

Sofort griff Marc nach Rainulfs Stuhl, der neben ihnen an der Rezeption stand, und rückte ihn zurecht. »Nehmen Sie doch Platz, wenn es Ihnen nicht gut geht. Bitte schön!« Er hielt ihr den Arm hin und half ihr, sich hinzusetzen. Mit einer dritten unsichtbaren Hand hatte er plötzlich ein Taschentuch herbeigezaubert, das er Josefine reichte. Es geschah alles so schnell, dass Marieke sich wie eine Zuschauerin in einem Theaterstück vorkam, bei dem die Handlung zwischen dem Gentleman und der Lady schon festgelegt war und sie nicht eingreifen konnte. In dem Drehbuch stand scheinbar auch, dass sich Josefine geschmeichelt fühlte und lächelnd sagte: »Das ist aber aufmerksam von Ihnen!« Dann folgte, was folgen musste: »Sie sind für die Pension ein echter Gewinn.« Mit stummer Anklage musterte

Josefine ihren Vater, der Marc gerade äußerst unfreundlich behandelt hatte.

Marc senkte leicht den Kopf und sagte: »Ich danke Ihnen. Wie Sie meinen, gnädige Frau.«

Gnädige Frau! Marieke schüttelte innerlich den Kopf. In Marc hatte Josefine bestimmt jemanden gefunden, der ihr gern die Sachen hinterhertrug.

»Ich hole Ihnen ein Glas Wasser«, sagte er auch schon, drückte Rainulf den Stift in die Hand, den er immer noch hielt, und verschwand in Richtung Küche.

In diesem Moment zweifelte Marieke an ihrer Wahl, denn Marc entpuppte sich nicht gerade als der Wunschkandidat, um ihren Vater zu überzeugen, dass die Pension mit fremder Hilfe geführt werden könnte. Allerdings hatte sie ihren Vater auf dem Spaziergang gerade selbst belehrt, er könne den Neuen an seinem ersten Tag noch nicht beurteilen.

Rainulf legte das Buch auf den Tisch der Rezeption, schlug es auf und beugte sich darüber. Auf seinem Stuhl saß jetzt Josefine, und er machte sich mit leichtem Missfallen ans Werk und notierte die weitere Verlängerung.

»Ich kann selbst kaum glauben, dass ich so lange hier bin«, sagte Josefine, und wieder einmal umgab sie diese leichte Traurigkeit wie der Hauch eines teuren Parfüms. Marieke nahm sich vor, jetzt, wo sie sich etwas besser kannten, in der richtigen Situation danach zu fragen, was eigentlich mit ihr los war. Bei ihrer Ankunft hatte sie sich noch gewünscht, sie möge so schnell wie möglich wieder abreisen, und Josefine hatte sich entsetzt darüber gezeigt, wie jemand drei Wochen im *Sandstern* wohnen konnte. Jetzt plante sie es selbst.

Doch erst einmal standen Mariekes eigene Probleme an. »Ich trage die Verlängerung auch gleich im Computersystem ein«, sagte sie, und es war ein guter Vorwand, um im Büro einen Moment lang für sich zu sein. Für später hatte sie sich vorgenommen, die Gästeliste anzulegen, und darauf hatte sie sich schon gefreut. Nun existierte plötzlich ein Unternehmerpaar, das wie aus dem Nichts aufgetaucht war und die Pension übernehmen wollte. Keinesfalls würde sie die Namen der Rietmüllers auf die Liste schreiben. Es war schon der zweite Schatten, der auf das Fest fiel, und sie würde ihren Vater eindringlich bitten, sie nicht einzuladen. Denn unmöglich konnte sie an dem Festtag sonst ein fröhliches Gesicht machen.

11. Kapitel

»Gnädige Frau, ich wünsche Ihnen einen guten Appetit.«

»Meinen herzlichsten Dank, lieber Marc.« Josefine Jacobson neigte das Kinn fast bis zum Dekolleté, das eine Kette mit silberner Nixe schmückte. Es hätte nur noch gefehlt, dass sie dem Kellner die Hand gereicht hätte, damit er einen Kuss darüber hauchte.

Marc trat einen Schritt zurück und blieb noch einen Augenblick stehen. »Hat der Tisch noch Wünsche?«

»Der Tisch?«, fragte Jule verwundert, und Sophie Zimmermann musste lachen. »Er meint uns, die wir hier sitzen.«

Marieke machte gerade ihre Runde, um zu hören, ob alle Gäste zufrieden waren, als sie die kleine Szene beobachtete und langsam nicht mehr wusste, was sie von Marcs übertrieben höflichem Auftreten halten sollte, das er auch an seinem zweiten Arbeitstag vor aller Augen zelebrierte. Allerdings war es ausschließlich Josefine, die er mit »gnädige Frau« ansprach, und das war gut so, denn Marieke selbst hätte sich dagegen gewehrt. Josefine aber fühlte sich sichtlich geschmeichelt. Überraschenderweise war sie zum Mittagessen erschienen. Bisher hatte sie um diese Zeit immer das Haus mit einem goldenen Rollkoffer verlassen, der eine kleinere Ausgabe des Monsters war, den Marieke mit großer Mühe die Treppe hochgehievt hatte. Wo kommt der kleinere Koffer her, fragte sie sich. Beim Einchecken hatte Josefine ihn nicht bei sich gehabt, da war sie sich sicher. Nachmittags kehrte Josefine dann mit dem Rollkoffer wieder zurück. Wohin sie ging und was sie in der Zwischenzeit machte, gehörte zu dem Geheimnis, das den ungewöhnlichen Gast umgab.

Als Marc den Speiseraum verlassen hatte, trat Marieke an den Tisch am Fenster, an dem Jule und Anna zusammen mit ihrer Mutter und Josefine saßen.

»Wir sind die besten Helferinnen der Welt, hat Josy gesagt«, berichtete Anna stolz und nahm einen Schluck von der Zitronenlimonade, die Fricke nach Susas Rezept selbst hergestellt hatte.

Wenn die Influencerin in der Zeit zwischen Frühstück und Mittagessen in der Diele einen neuen Blogbeitrag produzierte, unterstützten die Mädchen sie nun mit Feuereifer. Während der Vorbereitung plapperten sie wild durcheinander, bei der Aufnahme lauschten sie dann ehrfürchtig und waren mucksmäuschenstill.

»Gibt es etwas Neues?«, fragte Marieke und sah Frau Zimmermann an.

»Mein Mann brauchte ein bisschen Zeit, um alles zu regeln, aber er kommt jetzt so schnell wie möglich wieder her«, sagte Sophie Zimmermann und lächelte Josefine an. »Dank Ihrer Großzügigkeit.«

»Ich muss mich bei *Ihnen* bedanken. Ihre Töchter helfen mir wirklich sehr. Sie verbreiten gute Laune, und wenn ich richtige Assistentinnen bezahlen müsste, wäre das ziemlich teuer. Ich fühle mich durch die Mädchen regelrecht inspiriert! Sie beraten mich auch mit gutem Geschmack bei der Schmuckauswahl.«

»Sie hat sooo viel Schmuck!« Jule zeichnete mit der Hand einen großen Bogen in die Luft.

»Haben Sie das eigentlich alles mit auf die Insel gebracht?«, fragte ihre Mutter und stellte damit die Frage, die auch Marieke auf der Zunge lag.

»Nicht alles«, antwortete Josefine, und über ihr Gesicht huschte der traurige Ausdruck, den Marieke schon ein paar Mal bei ihr gesehen und der irgendetwas mit den Gründen zu tun hatte, warum sie im *Sandstern* gestrandet war. Weiter sagte sie nichts dazu.

So hat jeder seine Geheimnisse und Probleme, dachte Marieke. Sie selbst schleppte nun die Sorge wegen des Verkaufs der Pension mit sich herum. Wenn sie ihren Vater davon abbringen wollte, musste sie eine Alternative parat haben. Dann sollte es wenigstens mit Marc rundlaufen, um ihren Vater davon zu überzeugen, dass es möglich war, jemand Passendes für die Pension zu finden. »Wie findet ihr den Ersatz für unsere Susa, die sonst hier arbeitet?«, fragte sie in die Runde.

Die kleine Anna runzelte die Stirn. »Er redet komisch.«

»Susa soll wiederkommen«, erklärte ihre Schwester. »Sie hat immer so schön mit mir gespielt.«

Sophie Zimmermann wiegte unentschlossen den Kopf hin und her.

»Er macht einen ausgezeichneten Job«, sagte Josefine. »Ich würde ihn auf jeden Fall im Auge behalten.«

Marc kam wieder herein und stellte zwei Teller mit dem Tagesgericht auf den Tisch, wo die Wunderlichs saßen. Er machte eine kleine Verbeugung und ging aufrecht, als hätte er einen Stock im Rücken, wieder hinaus. Er sprach nicht nur komisch, er bewegte sich auch ziemlich steif. Wenn Susa hingegen ihren Knicks machte, wirkte es natürlich und herzerfrischend.

Amüsiert sah Margarete Wunderlich Marc hinterher, und ihr Mann schüttelte leicht den Kopf.

Marieke ging auch zu ihrem Tisch. »Ist bei Ihnen alles in Ordnung?«, fragte sie.

»Ihr Service lässt keine Wünsche offen«, antwortete Herr Wunderlich. »Das Essen kommt nun auch immer sehr schnell.«

»Aber er lacht nicht«, bemerkte Frau Wunderlich und hielt den Blick auf die Teller gerichtet. »Manni, du hast viel weniger bekommen. Wir können tauschen, wenn du magst.«

»Haben Sie denn eine kleine Portion bestellt?«, fragte Marieke, weil auf dem einen Teller die Fleischmenge deutlich geringer aussah als auf dem anderen Teller.

»Nein, das mache ich nie. Ich stehe meinem Mann im Appetit in nichts nach.« Sie fasste über den Tisch, und er griff lächelnd ihre Hand. »Zum Glück«, sagte er. »Sonst würde es mir nur halb so gut schmecken.«

»Soll ich den Teller auffüllen lassen?«, fragte Marieke.

Frau Wunderlich winkte ab. »Nein, lassen Sie nur. Ich will keinen Ärger machen.«

»Ich frage trotzdem nach dem Grund«, sagte Marieke. »So etwas sollte nicht vorkommen.«

Rasch lief sie zur Küche und drückte die Tür auf. Sofort registrierte sie die angespannte Stimmung. Sie hatte zwar nicht erwartet, dass Fricke Marc mit offenen Armen empfangen würde, hier aber ging es um mehr: Von Anfang an lag diese Feindseligkeit in der Luft, was sie nicht ganz verstehen konnte. Schließlich war Fricke es gewesen, der darauf gedrängt hatte, dass Susa die Kreuzfahrt mit ihrer Mutter antrat. Dass er nun derart schlechte Laune verbreitete, war irgendwie unfair.

»Einer der Teller hatte nur halb so viel Fleisch wie der andere, war das Absicht?«, fragte Marieke in den Raum hinein, denn es war die Aufgaben beider, darauf zu achten, dass die Portionen korrekt serviert wurden.

Fricke sah sie über die Schulter hinweg missmutig an. »Sag ich doch. Fragen Sie den da.« Mit dem Kinn machte er eine Bewegung zu Marc hin, der wie ein Wachsoldat ein Stück entfernt an der Wand stand und sich nicht rührte.

»Was soll das heißen?«, fragte Marieke.

»Er mopst.«

Jetzt erwachte Marc aus seiner Starre. »Das ist unglaublich!« Er warf Fricke, der sich wieder dem Herd zugewandt hatte, einen wütenden Blick zu. »Vielleicht hat der Koch kein richtiges Augenmaß.«

»Wie bitte?« Fricke fuhr herum. »Mein Augenmaß is, seit ich hier arbeite, stets in Ordnung gewesen. Ich hab dich dafür in der Speisekammer erwischt, was nicht in Ordnung is!«

»Ich verbitte mir, von Ihnen geduzt zu werden! Und geben Sie sich doch bitte ein bisschen mehr Mühe mit der Sprache!«

»Na gut, der erlauchte gnädige Herr! Das macht einen Dieb auch nicht besser, wenn er so fein daherreden tut!«

»Das ist eine Unverschämtheit!« Marcs Augen funkelten böse. Marieke erschrak fast ein bisschen, als er sie anstarrte. Einen Moment später hatte er sich wieder unter Kontrolle und sagte in ruhigem Ton:

»Ich hatte darauf hingewiesen, dass zu wenig auf dem Teller ist. Herr Koch, Sie verhalten sich schon die ganze Zeit so, als wäre ich Luft. Sie sind anmaßend!«

Fricke fuhr herum. »Ich heiß nicht Herr Koch! Und lügen tut er auch!«

Marc trat einen Schritt vor. »Ich kann nichts dafür, dass Sie mich nicht mögen, und ehrlich gesagt ist es mir egal. Die Professionalität sollte Sie jedoch dazu anhalten, neutral mit anderen umzugehen. Hier geht es nicht um Ihre Launen, sondern um gute Arbeit. Jemand wie Sie ist mir noch nie untergekommen, und ich habe mit vielen schon die Ehre gehabt.«

»Ihr Verhalten nennen Sie Ehre? Sie machen hier doch alle verrückt mit Ihrem Getue!« Fricke stemmte die Hände in die Seiten und machte sich noch größer, als er ohnehin schon war. Weil er so hager war, wirkte es jedoch wenig imposant. Marc zuckte mit den Schultern und sah Marieke gleichmütig an, Fricke machte noch einen Schritt auf Marc zu.

»Moment, Moment!«, ging Marieke entsetzt dazwischen. Der Koch wirkte so wütend, wie sie ihn noch nie gesehen hatte. »Was ist hier los? Ich möchte jetzt eins nach dem anderen erfahren!«

Fricke sackte wieder ein Stück zusammen, als hätte jemand die Luft aus ihm herausgelassen. Er drehte sich um und hantierte weiter, und Marieke kannte ihn gut genug, um seine Botschaft zu verstehen: Er wollte nichts mehr sagen, denn er scheute Konflikte wie ein Vampir das Licht. Doch das konnte sie ihm in diesem Fall nicht durchgehen lassen.

»Ich möchte wissen, wie eine halbe Portion auf den Teller kommt.« Marieke konnte streng klingen und glaubte, beide leicht zusammenzucken zu sehen, aber niemand antwortete ihr. Die Luft war zum Schneiden.

»Na gut«, sagte sie. »Ihr wollt nicht miteinander reden, dann erwarte ich ein Vieraugengespräch. Wer weiß, vielleicht müsst ihr auch länger miteinander auskommen, als euch lieb ist.« Die Bemerkung rutschte ihr so heraus, vielleicht in der Hoffnung, dass Marc sich tatsächlich gut einarbeiten würde.

Fricke fuhr herum. »Wieso, was ist mit Susa?«

»Nichts, es ist alles in Ordnung. Das war gerade nur so ein Gedanke.« Marieke floh aus der Küche, denn es kamen ihr Tränen, die niemand sehen sollte.

Wenigstens hatte ihr Vater von dieser Szene nichts mitbekommen. Seit dem Spaziergang hielt er sich auffällig oft in der Wohnung auf, und sie selbst überkamen immer wieder Wellen der Verzweiflung. Einen Monat Bedenkzeit hatte er mit den Rietmüllers ausgehandelt. Marieke hatte sich das erste Angebot angesehen. Soweit sie es einschätzen konnte, war das, was das Unternehmerpaar zahlen wollte, ein echter Liebhaberpreis. Es machte ihr einmal mehr klar, wie wertvoll die Pension war.

Sie brauchte dringend etwas frische Luft und ging hinaus in den vorderen Teil des Gartens, wo sich um diese Zeit selten jemand aufhielt, der keine kleinen Kinder hatte. Am Sandkasten bückte sie sich nach einem der Förmchen, setzte sich auf eine der Liegen und hielt es gedankenverloren in den Händen.

Wenn hier mal die Enkel meines Vaters aufwachsen sollen, wie er es sich erträumt hat, wie kann er dann nur daran denken, die Pension zu verkaufen?, schoss es ihr durch den Kopf. Doch wieder einmal dachte sie in der falschen Reihenfolge. Sie hatte ja nicht einmal einen festen Partner, und von Kindern hatte sie bisher noch nicht wirklich geträumt. Überhaupt war plötzlich alles in Unordnung geraten: Sie hatte vorgehabt, sich nach dem Sommer mit Gerit zu treffen und sich darüber klar zu werden, ob sie es noch mal miteinander versuchen wollten. Wenn sie nun ihrem Vater das Versprechen gab, sich langfristig um die Pension zu kümmern, damit er sie nicht vorschnell verkaufte, kam dies einer Absage an Gerit gleich. Es fühlte sich nicht richtig an, und er würde zu Recht bodenlos enttäuscht sein und ihr für immer den Laufpass geben. Andererseits konnte sie von ihrem Vater nicht erwarten, das lukrative Kaufangebot auszuschlagen, nur weil sie sich immer noch nicht darüber klar war, ob sie Gerit noch liebte oder nicht.

Marieke ließ das Förmchen in den Sand fallen und kauerte sich einen Augenblick zusammen. Ein Dilemma! Da war guter Rat teuer.

Sie holte das Handy hervor und wählte Neles Nummer.

Die Freundin ging sofort dran. »Wenn du mich auf der Arbeit anrufst, gibt's was Dringendes. Zufällig hab ich gerade fünf Minuten.«

»Ich weiß nicht mehr weiter …«, gestand Marieke ihr. »Stell dir vor: Mein Vater denkt darüber nach, die Pension zu verkaufen. Er hat ein überraschend gutes Angebot bekommen. Ich bin aus allen Wolken gefallen!«

»Oh.«

Marieke presste den Hörer ans Ohr und wartete auf tröstende oder wegweisende Worte, aber sie blieben aus. »Nele?«

»Ich bin noch da. Nur weiß ich nicht recht, was ich dazu sagen soll. Ich kann Rainulf ehrlich gesagt verstehen. Ist doch klar, dass das irgendwann passieren würde.«

»Aber doch nicht jetzt! Ich dachte, mit Marc öffnet sich eine Tür. Ich wäre ja nicht ganz aus der Welt, und mein Vater könnte sich immer wieder Hilfe holen und die Pension so lange wie möglich betreiben. Der *Sandstern* ist doch sein Leben!«

Nele machte ein leises zischendes Geräusch. »Marc ist ziemlich komisch. Bengt und ich haben ihn vorgestern zum Abendessen zu uns eingeladen, aber es blieb förmlich. Wir waren froh, als er wieder weg war. Die Mädchen machen einen Bogen um ihn, und am liebsten verschanzt er sich im Pavillon, statt abends den herrlichen Garten zu genießen.«

»Seine Art mag gewöhnungsbedürftig sein, aber er ist sehr aufmerksam und gut im Service, und das ist das Wichtigste«, erwiderte Marieke.

»Vielleicht. Ich glaube nur, er ist nicht der Richtige, um mit Rainulf warm zu werden. Zumindest nicht innerhalb von zwei Wochen. Marc wirkt wie tiefgefroren, der braucht Zeit zum Auftauen.«

»Genau! Auch ich bräuchte mehr Zeit, um meinen Vater zu überzeugen, dass er noch nicht verkaufen soll. Aber die habe ich plötzlich nicht mehr.«

»Warum soll er das eigentlich nicht tun?«

»Irgendwann mag es eine Option sein. Aber doch nicht so Hals über Kopf!«

»Okay, das verstehe ich. Vielleicht kommt er ja bei dem Fest auf andere Gedanken.«

»Wie meinst du das?«

»Na, denk doch mal nach! Es muss so schön werden, dass alle davon schwärmen und sich bei ihm bedanken. Vielleicht bringt er es dann nicht fertig, kurz danach zu verkaufen, und du hast ein bisschen Zeit, um endlich herauszufinden, was du eigentlich willst. Offenbar hast du da eine ziemlich lange Leitung.«

Marie atmete tief durch. Ein Hoffnungsschimmer tat sich auf. Neles letzten Satz überhörte sie einfach. »Ich wollte an dem Abend sowieso eine kleine Lobrede auf den *Sandstern* halten, wie er den Jahren getrotzt und sich entwickelt hat. Ja, vielleicht könnte das Fest etwas bewirken.«

Vor ihrem inneren Auge erschien auf der Terrasse und im Garten ein Meer aus Blumen und Lichtern, Ballons, Lampions und Kerzen. Der Himmel trug dazu ein purpurfarbenes Gewand, bestickt mit Sternkristallen. Wenn sie Glück hatten, würde es einer dieser magischen Abende werden, an denen vieles möglich war. Diese Hoffnung gab ihr Kraft. »Ich werd's versuchen«, sagte sie.

»He, wo ist meine optimistische Marieke hin? Du sollst es nicht versuchen, du sollst es schaffen! Jetzt sind es schon zwei meiner Freundinnen, die sich im Tal der Verzweiflung ansiedeln, obwohl noch nichts entschieden ist.«

»Ich mach das Beste draus, ich verspreche es.« Hellhörig geworden fragte sie noch nach: »Mit der anderen Freundin meinst du wohl Sina?«

»Ja, sie ist furchtbar nervös und niedergeschlagen, weil der vierte

Versuch, schwanger zu werden, unbedingt klappen soll. Weißt du was? Vielleicht kannst du sie ins Fest mit einbinden, um sie ein bisschen abzulenken.«

»Gute Idee. Ich will sowieso bei ihr vorbei, um mich wegen der Blumenarrangements beraten zu lassen. Ich wünsche mir, wennschon, dennschon, eine wundervolle Dekoration!«

»Und das Büfett soll sich unter Leckereien biegen! Ich werde wie eine Weltmeisterin Kuchen backen.«

Mariekes Herz wurde warm. »Ach, Nele! Wenn ich dich nicht hätte.«

»Wir hatten uns ja lange genug nicht … Hör zu, Marieke, ich glaube, du wirst es bereuen, wenn die Pension verkauft wird. Zehn Jahre hast du dich in der Großstadt rumgetrieben, das ist immerhin ein Drittel deines Lebens. Trotzdem weißt du immer noch nicht, was du willst. Aber ich kann dir sagen, dass du heute zehnmal glücklicher und entspannter wirkst als bei deiner Ankunft im letzten Sommer.«

»Rumgetrieben?« Marieke runzelte die Stirn. Ganz so sorglos waren die Hamburger Jahre nicht gewesen, aber Nele drückte es absichtlich so aus, weil sie manchmal gern provozierte. Statt jedoch darauf einzugehen, sagte sie: »Diesmal halten wir Kontakt, selbst wenn ich mich am Nordpol niederlassen sollte! Das verspreche ich dir. Du bist mir doch auch wahnsinnig wichtig. Aber im Gegensatz zu mir hast du den Mann gefunden, mit dem du leben möchtest, und ich stehe zu meiner Abmachung mit Gerit.«

Nele schwieg, und trotzdem hörte Marieke, was ihr im Kopf herumging. Ihre Freundin mochte Gerit nicht sonderlich, vor allem weil er sich kein bisschen bemühte, Juist kennenzulernen und zu mögen. Gerit stand für ein Lebensmodell, das völlig anders war als ihres: Großstadtglitzer oder der verhaltene Charme von Töwerland, die Verlockung einer internationalen Karriere oder die zauberhafte Beschaulichkeit der Insel und die Ehe mitsamt Familie oder die Werte von Unabhängigkeit und Freiheit. Eigentlich war es ganz ähnlich wie früher, nur eben umgekehrt. Damals war Marieke es gewesen, die

Neles bodenständiges Lebensmodell nicht guthieß. Mit dem Unterschied, dass sie es ihrer Freundin beleidigend vor die Füße geworfen hatte. Nele war wenigstens so taktvoll, meistens zu schweigen und sie ihren Weg gehen zu lassen – wenn sie Marieke nicht gerade mit Philipp neckte, wie sie es gerade erst wieder beim Fischimbiss getan hatte. Als wäre Philipp ein Frosch, den sie nur richtig zu küssen brauchte, und dann nahm schon alles seinen rechten Weg mit dem Prinzen. Neles Inselmärchen!

Nach dem Telefongespräch ging Marieke wieder ins Haus, um noch einen Blick in den Speiseraum zu werfen. Alle Tische waren gut bedient, und in der Küche verrichteten Fricke und Marc stumm ihre Arbeit.

»Ich muss ein paar Dinge erledigen. Wenn etwas ist, ruft ihr mich bitte sofort an«, tat Marieke kund. Fricke nickte kaum merklich, und Marc neigte den Kopf.

Fünf Minuten später stellte Marieke ihr Fahrrad vor der »Blumeninsel« ab und betrat den kleinen Laden, in dem jedes freie Fleckchen von einem Blumenkübel eingenommen wurde. Marieke liebte den frischen Duft, der hier herrschte, und bemerkte erstaunt, dass aus einem Lautsprecher das Gezwitscher exotischer Vögel erklang. Sofort fühlte sie sich in eine andere Welt versetzt, weit weg von der herben Landschaft hier.

Fast hätte Marieke ein solches Paradies wirklich besucht – wenn sie die gemeinsame Karibikreise mit Gerit im vergangenen Sommer hätte antreten können. Doch kurz vor dem Abflug hatte sie der Anruf von Philipp erreicht, der sich als neuer Hausarzt vorstellte und sie beschwor, nach Juist zu kommen und sich um ihren kranken Vater zu kümmern. Gerit war allein geflogen, und sie hatte ihn vertröstet, wollte ihm wenige Tage später folgen. Aber dann waren immer neue Dinge passiert, die ihre Abreise verzögerten. Genau genommen ging das bis heute so …

»Hallo«, rief Marieke in den Laden hinein. »Ist jemand da?« Sie war die einzige Kundin und konnte Sina nirgends sehen, hörte aber Geräusche aus Richtung des Tresens, wo die Kasse stand und die Sträuße gebunden wurden. Als sie näher trat, entdeckte sie, dass Sina in der Ecke hinter dem Tresen halb verdeckt auf einem Stuhl saß. Es sah so aus, als würde sie gerade aufwachen.

»Hast du geschlafen?«, fragte Marieke.

Sina wischte sich mit dem Ärmel über das Gesicht, das müde und verquollen aussah. »Ach, *du* bist es. Schön dich zu sehen.« Ihre Stimme klang matt. »Bei dir brauche ich ja keine Allergie zu erfinden. Ich hasse es zu lügen. Heute fragt mich wirklich fast jeder, ob ich krank wäre, aber es ist einfach ein besonders schlechter Tag. Als würden die Kunden das spüren, kommt auch kaum jemand.« Sie deutete auf einen kleinen Hocker, der in der anderen Ecke stand. »Setz dich doch, oder hast du es eilig?«

»Nein, gar nicht. Ich wollte schauen, wie es dir geht, und ein kleines Angebot für unser Fest einholen.«

Sina langte nach einer Packung Papiertaschentücher und putzte sich schnaubend die Nase, bevor sie weitersprach. »Ich kann kaum schlafen und denke die ganze Zeit nur daran, was ist, wenn es wieder nicht klappt …«

»Aber das bringt doch nichts!«, unterbrach Marieke sie. »Warte doch erst mal ab.«

Sina tat so, als hätte sie ihren Einwand nicht gehört. Ihre Lippen zitterten. »Dann … Dann rückt mein Wunschtraum wieder einmal in weite Ferne.«

Marieke betrachtete das gequälte Gesicht und hatte eine innere Eingebung, die sie einfach aussprach: »Wenn es so schlimm ist, dass sich ein sehnlicher Wunsch nicht erfüllt, dann sollte man sich nach einem Traum umschauen, der greifbarer ist.« Einen Moment später bereute sie es, denn Sina fühlte sich sofort angegriffen und startete eine Retourkutsche, mit der sie ins Schwarze traf.

»Du hast leicht reden! Was ist denn dein Lebenstraum, der greifbar ist?«

Meinen Vater glücklich machen, eine Familie gründen, die Pension weiterführen. Wie schön wäre es, wenn sie dies sagen und damit die Wahrheit ausdrücken könnte. Wohin aber mit dieser diffusen Sehnsucht nach der weiten Welt, die sie seit ihrer Kindheit begleitete und die immer wieder in ihr aufbrandete, süß und schmerzlich zugleich? Sie musste diese Sehnsucht endlich verstehen, einfangen und stillen, irgendwann und irgendwo. Ihr Gefühlsleben war launisch wie die Nordsee, die sich mal glatt, blau und schmeichelnd und einen Tag später grau, wütend und aufgepeitscht zeigte. In manchen Momenten war sich Marieke sicher, dass sie es mit Gerit noch einmal versuchen wollte, in anderen wieder nicht. Mal kam es ihr verrückt vor, ihre Karriere in der gehobenen Hotellerie abrupt unterbrochen zu haben, dann wiederum saß sie nach einem arbeitsreichen Tag in der Pension mit den Gästen abends auf der Terrasse und war rundum glücklich, wenn diese sich wohlfühlten. Mal wollte sie sofort ins Flugzeug steigen und auf einen anderen Kontinent fliegen, mal ging sie am Strand von Juist spazieren und wusste, dass ein Sonnenuntergang anderswo auch nicht schöner sein konnte. Manchmal begann ihr Herz zu klopfen, wenn sie Philipp traf, und kurz darauf wünschte sie sich, die Küsse zwischen ihnen wären nie passiert, weil sie sich in seiner Gegenwart oft befangen fühlte. Ihr Innenleben war wie die Gischt, die im Wechsel von Ebbe und Flut auf den Wellen tanzte, es war immer in Bewegung, immer in Veränderung, nie am Ziel und den Kräften der wechselnden Gezeiten ausgeliefert.

»Hat es dir die Sprache verschlagen?«, fragte Sina, weil Marieke nicht gleich Antwort gab.

Ein seltsamer Tag, dachte Marieke. Erst hatte ihr Nele auf den Zahn gefühlt, und nun tat es Sina. Angestoßen hatte sie die Gespräche allerdings selbst.

»Ich glaube, ich möchte einfach meinen Platz finden, an dem ich tiefer und länger ankern kann«, erwiderte sie nachdenklich.

»Schönes Bild«, sagte Sina. »Im Volksmund läuft man in den Hafen der Ehe ein, und das ist auch so. Niels und ich sind glücklich miteinander, und ich frage mich nicht jeden Tag, ob er mich noch liebt. Aber es fehlt uns einfach etwas. Wenn ich diese Leere nicht mit Kindern füllen kann, was soll ich dann tun? Weitere Blumenläden eröffnen? Eine Muschelzucht beginnen? Verletzte Möwen retten?«

Sofort erschien Philipp vor Mariekes innerem Auge, so wie sie beim Anblick der heimischen Seevögel öfter an ihn dachte, weil es nun mal eine Möwe gewesen war, wegen deren gebrochenem Flügel sie nah nebeneinander auf dem Boden gehockt hatten. Da hatte sie das erste Mal seine Anziehungskraft gespürt. Marieke nahm den Hocker und stellte ihn neben Sinas Stuhl. Sie setzte sich, griff ihre Hand, die sich eiskalt anfühlte, und blickte ihr in die Augen. »Komm, mach dir lieber gute Gedanken. Es ist ganz schlecht fürs Immunsystem, sich unnötig zu sorgen. Dein Körper braucht jetzt jede Unterstützung und keine Schwarzmalerei. Du solltest in diesen Tagen schöne Dinge machen und nicht in der Ecke hocken.«

»Das könnte auch von Dr. Simeon stammen.«

Marieke musste lächeln. »Sein ganzheitlicher Gesundheitsansatz. Damit hat er meinem Vater und mir aber tatsächlich geholfen. Er weiß über deine Behandlung im Kinderwunschzentrum Bescheid?«

»Natürlich. Mit ihm kann ich über fast alles reden, er ist ein toller Arzt. Beim nächsten Termin, den ich bei ihm habe, geht es dann ums Ergebnis.« Sie machte mit der freien Hand eine Bewegung mit dem Daumen nach oben und nach unten. »Aber jetzt ist er ja erst mal weg. Schade. Du hättest ihn zu eurem Fest einladen können.«

»Das Fest«, sagte Marieke hastig, denn sie wollte gar nicht länger über Philipp sprechen. Der Gedanke, dass er am nächsten Tag seine Reise antreten würde, deprimierte sie. »Ich brauche jede Menge Blumen, auf der Terrasse, auf dem Büfett, im Eingangsbereich, ach, überall. Vielleicht magst du dich mit einbringen? Nele hilft auch, wo sie kann.«

Endlich lächelte Sina. »Warum nicht? Das würde mir auf jeden Fall guttun. Ich überleg mir was Schönes und schicke dir heute noch ein Angebot, okay? Eine zusätzliche Lieferung müsste ich nämlich bald bestellen.«

Die Tür öffnete sich, und Sina und Marieke erhoben sich gleichzeitig. Frau Wilke, eine ältere Juisterin, kam herein. Sie humpelte leicht. »Ach, die Rike ist auch da!«, sagte sie verwundert, als sie näher kam und Marieke hinter dem Verkaufstresen entdeckte. Manche, die sie von klein auf kannten, nannten sie so.

Sina wischte sich die Hände an ihrer grünen Schürze ab, und Marieke schlüpfte an ihr vorbei. »Sie brauchen wieder Blumen für das Grab?«, fragte Sina die Kundin.

»Nein, diesmal ein kleines Sträußchen für einen Lebenden. Für den Herrn Doktor als Dank, bevor er wegfährt, er hat mir so sehr geholfen.« Sie sah an sich hinunter. »Mein Fuß. Er ist sogar zu mir nach Hause gekommen, obwohl er doch gar keine Zeit hat vor seiner Reise. Seine Fürsorge ist die beste Medizin.«

»Aber Dr. Simeon wird nicht viel von den Blumen haben, wenn er morgen verreist«, bemerkte Sina.

»Blumen verwelken zwar, aber die Geste bleibt in Erinnerung. Man weiß nie, ob jemand wiederkommt. Ich hätte gern gelbe Rosen, weiße Nelken und Schleierkraut. Und könnten Sie ihm das Sträußchen nachher bringen?«

Sina schüttelte den Kopf. »Heute bin ich von früh bis spät ganz allein. Meinen Lieferservice kann ich erst morgen wieder anbieten.«

»Oh! Dann muss ich jemand anderes finden.«

Marieke war schon fast an der Ladentür und blieb stehen. Überall hörte sie Loblieder auf Philipp, und vor allem die weiblichen Patientinnen schienen von ihm angetan. *Man weiß nie, ob jemand wiederkommt.* Das war nun wirklich Schwarzmalerei. Man wusste ja auch nie, ob einem nicht vielleicht ein Blumentopf auf den Kopf fiel. Trotzdem bewegten die Worte etwas in ihr.

Seit dem Treffen am Imbiss hatte sie übermäßig oft auf ihr Telefon geschaut und gehofft, dass Philipp sich bei ihr meldete. Hatte er nicht. Sie drehte sich um.

»Wenn es schnell geht, kann ich es machen«, sagte sie. »Ich radele einfach kurz vorbei.«

»Wirklich? Der Strauß ist sofort fertig!«, rief Sina erfreut.

Unterdessen holte Marieke der alten Dame den Hocker, auf dem sie eben noch gesessen hatte, und unterhielt sich mit ihr über die Neuigkeiten auf der Insel. Zwischendurch schaute sie immer wieder zu Sina, die die Blumen mit ein bisschen Grün zu einem hübschen Sträußchen band und wieder in ihrem Element war. Zum Glück schien es ihr schon ein wenig besser zu gehen.

»Fertig«, sagte Sina und reichte Marieke das kleine Gebinde.

Frau Wilke lachte. »Danke, ihr beiden. Rike, die Juister Hilfsbereitschaft hast du da draußen zum Glück nicht verloren.«

12. Kapitel

Mariekes Herz klopfte schneller, als sie vor Philipps kleinem Haus am Rand der Dünen hielt. Sie lehnte ihr Rad gegen den Gartenzaun, atmete tief durch, griff sich die Blumen und ging auf die Eingangstür zu. Anders als sonst war sie verschlossen. Marieke überlegte, ob sie den Weg durch die hintere Tür nehmen sollte, aber sie hatte Philipp vor ein paar Tagen nur halb bekleidet überrascht, und das wollte sie nicht noch mal riskieren. Sie trat an das große Glasfenster des Warteraums und sah ihn ein Stück dahinter durch die geöffnete Tür in seinem Behandlungszimmer auf und ab laufen. Als sie gegen die Scheibe klopfte, drehte er sich um, formte mit den Lippen »Du?« und kam zur Tür.

Philipp öffnete ihr, und sie streckte ihm wortlos die Blumen entgegen.

»Oh, danke«, sagte er. »Was verschafft mir die Ehre?« Grinsend sah er auf den kleinen Strauß aus gelben Rosen, Nelken und Schleierkraut. »Soweit ich die Blumensprache kenne, ist das nicht gerade ein Ausdruck brennender Leidenschaft …«

Marieke musste lachen. »So einen Geschmack traust du mir zu? Das ist von Frau Wilke. Ich hab sie zufällig in Sinas Geschäft getroffen. Sie ist noch nicht so gut zu Fuß, und deshalb überbringe ich dir diesen ›kleinen Dank für einen großartigen Arzt‹, wie ich dir ausrichten soll. Bei der Gelegenheit wollte ich dir einfach nur eine gute Reise wünschen.«

Philipp lächelte und kratzte sich am Kinn, auf dem dunkle Bartstoppeln wuchsen. Neben dem linken Mundwinkel zeigte sich sein Grübchen. Unter seinen Augen lagen Schatten, und die Haare waren etwas zerzaust. Nicht zum ersten Mal ertappte sie sich dabei, wie sie ihn mit Gerit verglich, der viel Wert auf einen stets akkuraten Kurzhaarschnitt legte. Darin verfing sich kein Wind, und Bartstoppeln leistete er sich viel zu selten, obwohl Marieke das leichte Kratzen beim Küssen gern mochte. »Das ist nett – von euch beiden. Dann komm doch rein«, sagte Philipp.

Weil er die Blumen nicht nahm, drückte sie den Strauß an ihre Brust, als müsse sie sich mit ihnen schützen. »Nein danke, ich will dich nicht aufhalten und habe auch selbst noch etwas zu tun.«

Der Blick, mit dem Philipp sie ansah, bescherte ihr eine Gänsehaut. Seine Augen waren ein graues Meer mit tiefem grünem Grund und weckten in ihr den Wunsch, darin zu versinken. In manchen Momenten aber wurde das Meer unruhig und gefährlich. Sie versuchte, ruhig zurückzuschauen, und es kostete sie viel Kraft. Wieder hielt sie ihm die Blumen hin, doch er machte keine Anstalten, sie zu nehmen.

»Du hast recht«, sagte er in plötzlich sachlichem Ton. »Ich hab überhaupt keine Zeit. Wenn du so pragmatisch für mich mitdenkst, dann tu mir doch bitte den Gefallen und stell die Blumen in eine Vase. In der Küche ist bestimmt eine.« Er drehte sich um und ging wieder in das Behandlungszimmer.

Marieke stand da wie vor den Kopf geschlagen. Sie dachte daran, die Blumen einfach auf seinen Schreibtisch zu legen und zu verschwinden. Doch etwas hielt sie zurück. Sie trat ins Haus, zog die Tür und folgte ihm.

»Warum bist du so … reserviert?« Sie hörte selbst, wie ihre Stimme zitterte.

Philipp warf ihr einen kurzen Seitenblick zu. »Weil du immer wieder so tust, als wäre ich ein Fremder. Haben wir nicht doppelt und dreifach ausgemacht, dass wir Freunde sind? Ich kann dich also nur zurückfragen: Warum bist *du* so?«

Marieke legte die Blumen auf eine freie Fläche neben allerlei Tuben mit Salben und medizinischen Fläschchen. »Die Vase kannst du dir selbst holen. Ich bin nicht deine Haushälterin.« Sie trat einen Schritt zurück und stieß mit den Beinen gegen die Patientenliege. Darauf hatte sie gelegen, als sie sich den Fußknöchel verknackst und

Philipp sie mit geübten Berührungen behandelt hatte. Und nicht nur das war an diesem bedeutungsvollen Tag passiert …

Ihr Vater hatte sich damals einigermaßen von der Herz-OP erholt, und sie hatte in ihr altes Leben nach Hamburg zurückzukehren wollen. Sie hatte schon vor der Fähre gestanden, aber die hatte dann ohne sie abgelegt. In letzter Sekunde hatte sie es doch nicht fertiggebracht, ihren Vater und den *Sandstern* wieder allein zu lassen. Zudem hatte ihr Vater endlich ausgesprochen, wie sehr er ihre Hilfe schätzte. Etwas, worauf sie die vielen Tage zuvor vergeblich gehofft hatte.

Philipp trat auf sie zu, und sie machte sich groß. »Was passt dir nicht an meinem Verhalten?«, fragte sie.

»Du kommst extra hier vorbei und gibst aber vor, keine Minute Zeit zu haben. Irgendwas stimmt daran nicht. Ich werde aus dir nicht schlau, Marieke Janssen. Was willst du eigentlich?«

Sie stöhnte innerlich auf. Philipp war nun schon der Dritte, der sie an diesem Tag Sachen fragte, die sie nicht beantworten konnte. Er blieb nah vor ihr stehen und sah sie eindringlich an.

Aus ihren Beinen wich langsam die Kraft. Sie hätte sich gern auf die Liege gesetzt, doch sie zwang sich, stehen zu bleiben. Mit der Erinnerung an damals wäre es ziemlich unpassend gewesen.

Philipp las mal wieder ihre Gedanken. Oder er hatte dieselben. »Es kommt mir vor, als wäre es sehr lange her, aber genau hier haben wir uns geküsst. Du hast gesagt, dass du darüber nachdenken würdest, was du willst.« Er steckte die Hände in die Hosentaschen. »Manche Menschen brauchen ihr Leben lang, um herauszufinden, was sie wollen. Es kann dann aber auch mal zu spät sein«, sagte er leise. Er stand so nah vor ihr, dass sie fast seine Körperwärme spüren konnte.

»Ich wollte gerade nicht unfreundlich sein, im Gegenteil«, sagte Marieke. »Ich dachte nur, du hättest sicherlich sehr viel zu tun.«

Philipp nickte. »Stimmt. Aber wenn ich dich hereinbitte, dann meine ich das auch so, dann ist das keine Floskel. So gut solltest du mich mittlerweile kennen.« Er fuhr sich mit der Hand über das Haar, und einen Moment lang blitzte seine Müdigkeit durch. »Vielleicht hab ich überreagiert. Tut mir leid. War doch ein bisschen viel in den letzten Tagen ... Es ist noch nicht mal richtig gepackt.«

Jetzt musste sie sich doch kurz setzen. Das Papier, das als Unterlage für die Patienten diente, raschelte, als es unter ihr verrutschte. Es klang laut, weil es sonst so still war.

Im Vorzimmer klingelte das Telefon. Philipp reagierte nicht darauf, sondern hielt den Blick gesenkt. Plötzlich sah Marieke ihn ganz anders. Einen Moment lang war er nicht der besonnene, smarte, immer einsatzbereite Arzt, sondern ein überlasteter Mann, der alles allein stemmen musste. Auf einmal wollte sie nicht mehr gehen, sondern ihm helfen.

»Dann mach ich mal weiter«, murmelte er.

»Hast du denn schon gegessen?«, fragte Marieke. Jeder Ärger war verflogen. *Man weiß nie, ob jemand wiederkommt.* Frau Wilkes Satz hallte in ihr nach. »Soll ich ... uns was vom Imbiss holen?«

»Hast du auch Hunger?« Philipps Miene hellte sich auf. »Dann hab ich eine bessere Idee. Es wird vielleicht kein Festmahl, aber ich hasse es, Nahrungsmittel wegzuwerfen. Wir machen uns hier schnell was. Bist du dabei?« Er streckte ihr lächelnd die Hand hin. »Damit du es nicht vergisst: Wir sind Freunde!«

Sein Händedruck war warm und fest und keine Sekunde zu lang. Erleichtert folgte sie ihm in die Küche und griff im Vorbeigehen nach den Blumen. Sie schauten in den Kühlschrank – die Ausbeute war bescheiden. Eine Lauchzwiebel, ein paar Kirschtomaten, eine halbe Paprika, ein Rest Kopfsalat, Eier, ein Stück Käse und eine fast leere Milchtüte.

»Mit den richtigen Kräutern ist alles zu retten«, erklärte Philipp und legte alles samt einem Schneidebrett und Messer auf den Tisch. »Ich hole kurz welche aus dem Garten.«

Marieke warf einen Blick auf ihr Handy und überlegte kurz, im *Sandstern* anzurufen und mitzuteilen, dass sie etwas länger wegbliebe, ließ es dann aber. Der Betrieb musste auch laufen, wenn sie nicht da war, deswegen hatte sie Marc schließlich eingestellt. Und sie leistete sich sogar einen kleinen Luxus: Sie schaltete das Telefon auf lautlos. Eine kleine Pause an diesem gesprächsreichen Tag würde ihr guttun.

Philipp kam mit einer Handvoll Petersilie und Schnittlauch zurück und hielt ihr die aromatischen Kräuter unter die Nase. »Wenn du hier schon hereingeschneit bist und die Botin spielst, kann ich dich vielleicht um einen Gefallen bitten. Für den unwahrscheinlichen Fall, dass es keinen Tropfen regnen sollte, könntest du gern nach den Kräutertöpfen im Garten sehen. Eine Gießkanne mit Wasser stelle ich dir hin.«

»Na klar«, sagte sie. Solch einen Gefallen tat man sich auf der Insel gern.

»Was zaubern wir?«, fragte er.

»Gemüseomelette mit geriebenem Käse und dazu einen Beilagensalat mit Kräuterdressing«, hatte Marieke bereits entschieden. Sie zog ihre Windjacke aus, hängte sie über einen der Stühle am Tisch und krempelte die Ärmel ihrer Bluse hoch. »Ich kann das alles schnell zubereiten, wenn du Wichtigeres zu tun hast.«

Wieder sah Philipp sie seltsam an. Sein Blick wurde einen kurzen Moment lang leer, als zöge sich etwas in sich zurück, wie die Wellen am Strand. Doch dann verdichtete sich der Blick wieder, wurde intensiv und fest, und der Ausdruck kam zurück. »Jetzt fängst du schon wieder an! Du denkst, das Packen wäre mir wichtiger?« Er wandte sich um, drehte das Wasser in der Spüle auf und wusch das Gemüse und trocknete es ab. »Außerdem bist du nicht meine Haushälterin oder so, wie du eben gerade richtig angemerkt hast. Wenn wir gemeinsam kochen, sparen wir übrigens auch Zeit, die ich dann woanders einsetzen kann, falls dir das so wichtig ist.«

Marieke griff nach dem Messer und schnitt das Gemüse klein. »Entschuldige«, sagte sie nur, doch wahrscheinlich hörte er es nicht, weil er gerade den Salat und die Kräuter wusch. Mehr fiel ihr auch nicht ein. Sie konnte ihm ja schlecht den Grund mitteilen, weswegen sie so verhalten reagierte: Einerseits genoss sie es, mit ihm in der Küche zu sein, andererseits sagte ihr eine Stimme, es wäre besser, nicht zu lange zu bleiben. Dann gab es noch eine gemäßigte Stimme in ihr: Freundschaft zeichnet sich schließlich dadurch aus, dass man auch mal etwas zusammen macht und sich nicht nur gegenseitig beteuert, rein theoretisch befreundet zu sein.

Ein paar Minuten später zog der Duft gedünsteter Zwiebel durch den Raum. Marieke gab das Gemüse in die Pfanne, briet es leicht an und schlug die Eier mit einem Schuss Milch schaumig. Philipp bereitete mit geübten Handgriffen den Salat zu und rieb den Käse. Das Brutzeln und Klappern ersetzte mühelos die Kommunikation, ohne dass es sich seltsam anfühlte, weil sie kaum miteinander sprachen. Philipp stellte die Teller auf den Tisch, sie behielt den Herd im Auge.

»Einen kleinen Rest Rosé habe ich auch noch«, sagte er plötzlich hinter ihr. »Wäre schade drum.«

»Für mich lieber nicht«, sagte sie, ohne sich umzudrehen.

»Es wäre unverantwortlich von dir, mich allein trinken zu lassen«, erklärte Philipp mit gespielt strengem Unterton. »Ich habe heute noch einiges vor, und du wolltest mich doch unterstützen. Es ist auch nicht viel.«

Er konnte zum Glück nicht sehen, wie ihr in diesem Moment das Blut in den Kopf stieg. Eine ebenso schlagfertige Antwort fiel ihr nicht ein. Nun wurde sie doch langsam nervös. Sie hörte, wie Philipp sich hinsetzte und den Wein eingoss. Im Rücken spürte sie, wie er sie betrachtete.

Schließlich durfte das Omelett keine Minute länger in der Pfanne bleiben, und sie gab den geriebenen Käse darüber, den Philipp ihr in einem Schälchen hingestellt hatte. Sie drehte sich um, und der Tisch war gedeckt, mit weißen Stoffservietten und zwei halb gefüllten Weingläsern. Fehlte nur noch eine Kerze. Den Salat hatte er in zwei Schüsseln angerichtet und mit Kräutern und Croûtons bestreut. »Gute Teamarbeit!« Sie stellte die Pfanne auf den Tisch. »Falls du den Arztberuf an den Nagel hängen solltest, kannst du bei uns im *Sandstern* anfangen«, sagte sie lachend und setzte sich.

Philipp grinste und zeigte seine geraden weißen Zähne. »Wie

läuft es überhaupt mit dem Ersatz für Susa, von dem du am Imbiss erzählt hast?«

»Uff«, machte sie. »Er polarisiert, so würde ich das nennen. Manche sind begeistert, die anderen genervt. Ich werde für das nächste Mal weitersuchen.«

»Das musst du auch. Wenn du nicht mehr auf der Insel bist, kann ich nicht täglich zum Blutdruckmessen vorbeikommen und möchte keine weiteren Schwächeanfälle deines Vaters mehr behandeln. Ein paar Stunden Arbeit sind gut für ihn, aber kein Dauereinsatz von früh bis spät.«

»Das habe ich verstanden«, erwiderte Marieke sanft. Es war das erste Mal, dass sich bei diesem Thema kein Widerstand in ihr regte, weil Philipp sie viel zu oft darauf hinwies. Aber diesmal merkte er es wohl selbst.

»Entschuldige«, sagte er. »Das Wohl meiner Patienten liegt mir einfach sehr am Herzen. Manchmal vielleicht zu sehr.« Er hob das Glas.

Marieke überlegte, ob sie ihm von der Hiobsbotschaft erzählen sollten, dass ihr Vater einen Verkauf der Pension ins Auge gefasst hatte, aber sie wollte in diesem schönen Moment nicht daran denken. Sie hatte noch etwas Zeit, ihren Vater davon zu überzeugen, das Richtige zu tun. Auch sie hob das Glas.

»Trinken wir … auf die Pension«, sagte Philipp.

»Auf die Pension?« Es hätte sie nicht gewundert, wenn er mit seinem feinen Gespür schon etwas ahnte.

»Dass alles gut wird. Oder bleibt. Irgendwie«, antwortete er.

Die Gläser klirrten leise, und bevor sie sich wieder auf den Grund seiner Meeresaugen verirrte, löste sie den Blick, nahm einen Schluck und griff nach dem Besteck. »Es wird kalt. Guten Appetit.«

Philipp rückte mit dem Stuhl ein weniger näher an den Tisch, und dabei streifte er mit seinem Bein kurz ihr Knie. Die leichte Berührung durchfuhr sie wie ein Stromschlag. Weil sie gerade einen ziemlich großen Bissen kaute, verschluckte sie sich und fing an zu husten. Philipp wollte sofort aufstehen, aber sie bedeutete ihm mit einem Handwedeln, dass es ihr hervorragend ginge, während sie weiterhustete und einige Schlucke Wein brauchte, bis es aufhörte.

»Du lässt dir nicht gern helfen«, stellte er fest, als sie sich beruhigt hatte. »Hilfe anzunehmen, heißt nicht, schwach zu sein. In manchen Situationen ist es eher klug.«

Schon jetzt spürte Marieke die entspannende Wirkung des Alkohols, denn sie hatte an diesem Tag noch nicht viel gegessen. »Ja, Herr Oberlehrer!«

Sonst hätte sie sich wegen seiner Bemerkung aufgeregt. Doch schließlich war es auch ein Zeichen von Freundschaft, nicht alles auf die Goldwaage zu legen.

»Oje, hab ich es wieder getan?« Philipp lachte. »Der Beruf geht einem irgendwann ins Blut über. Es ist selten, dass ich mein Verantwortungsgefühl vergessen kann. Nimm's mir nicht übel.«

Im Hintergrund klingelte in der Praxis wieder das Telefon, und auch sein Handy hatte schon mehrmals Signaltöne von sich gegeben und piepste auch jetzt.

Philipp seufzte. »Da rufen dauernd noch Patienten an, die sich ab heute mit der automatischen Ansage begnügen müssen, dass die Praxis ein paar Tage geschlossen ist. Außerdem meldet sich München. Ich wusste gar nicht, dass ich dort so vermisst werde«, sagte er, stand auf und ging zu dem Handy, das er beiseitegelegt hatte.

»Wer vermisst dich denn?«, fragte sie, obwohl es sie nun wirklich nichts anging.

»Familie, Freunde. Mein altes Leben. Ich stelle auf lautlos.«

»Hab ich auch gemacht«, bemerkte sie leichthin.

Er fuhr herum. »Wirklich?« Anstatt weiterzuessen, faltete er, als er sich wieder gesetzt hatte, die Hände unter dem Kinn und sah sie unverwandt an. Von einem Moment auf den anderen hatte sich die Atmosphäre im Raum verändert. Die Luft knisterte. »Warum hast du das getan?«

»Weil … ich in Ruhe essen möchte. Ständig will irgendjemand

etwas von mir.« Sie legte Messer und Gabel hin. Erst der Hustenanfall und nun Philipps Blick – sie konnte keinen Bissen mehr herunterkriegen.

»Das ist der einzige Grund?«

Marieke strich sich eine Haarsträhne aus der Stirn. Ihr war ziemlich heiß. Sie hätte gern den obersten Knopf ihrer Bluse geöffnet, doch das ging nun wirklich nicht. Wahrscheinlich war ihr Kopf vom Husten und vor Hitze ganz rot. »Kannst du bitte ein Fenster aufmachen? Es ist stickig hier drin.«

»Findest du?« Philipp stand auf und öffnete das Küchenfenster, das zum Garten hinausging. Er drehte sich zu ihr um und blieb dort stehen. »Ich sage dir gern meinen Grund, warum ich das Handy auf lautlos gestellt habe.«

Sie saß still da und wartete.

»Weil ich die Zeit mit einem meiner Lieblingsmenschen auf der Insel genießen will«, fügte er hinzu.

»Lieblingsmensch«, wiederholte sie und legte den Kopf schief. »Neulich war ich bei dir nur ein netter Mensch.«

»Dann merkst du dir das alles ja ziemlich genau. Mir hat der Abend in der Strandbar bis auf den blutigen Schluss ziemlich gut gefallen. Es war an der Zeit, dass wir uns mal wieder getroffen haben. Nach unserer Geschichte, die keine wurde, brauchte ich etwas Distanz, um die kleine Enttäuschung zu verarbeiten. Jetzt geht's wieder. Nur bilde dir nicht zu viel ein!« Er zwinkerte ihr zu. »Ich bin jetzt eineinhalb Jahre auf der Insel, aber ich pflege nicht viele private Kontakte. Du bist eben einer der wenigen. Und jetzt bist du dran.«

»Womit bin ich dran?«, fragte sie verwirrt. Verwirrt, weil er ihr ein riesiges Kompliment gemacht hatte und es gleich wieder einschränkte. Lieblingsmensch, wiederholte sie im Inneren. Was für eine schöne Bezeichnung!

»Mir deinen Grund zu sagen, warum du das Handy leiser gestellt hast.«

»Habe ich doch gerade.«

Er schüttelte den Kopf, als redete er mit einem trotzigen Kind. »Ich kann dich lesen, Marie.«

Bewusst oder unbewusst verwendete er in diesem Moment ihren anderen Namen, so wie Gerit es tat, was sie noch mehr aufwühlte. »Es geht nicht nur um eine ungestörte Nahrungsaufnahme. Ist es nicht vielleicht deswegen, weil auch für dich diese Zeit kostbar ist?«

»*Fishing for compliments*!«, platzte es aus ihr heraus. Was bildete er sich ein?

Sein Mund umspielte ein lässiges Lächeln. »Nein, ganz bestimmt nicht. Ich suche keine Komplimente, ich suche die Wahrheit. Immer wieder versuchst du, mir das Gefühl zu geben, ich wäre dir nicht so wichtig. Seit ich dich kenne, Marie. Bis auf diesen Tag, wo du eigentlich abreisen wolltest und dir deinen Knöchel verknackst hast. Da stimmte es überein, was du gesagt und getan hast. Du bist dageblieben, und du hast ernsthaft darüber nachgedacht, dich von Gerit zu trennen, zumindest an diesem einen Tag und vielleicht auch noch am nächsten. Dann haben dich andere und die äußeren Umstände davon überzeugt, dass es überstürzt wäre – Gedanken, die auch nachvollziehbar sind. Bis heute habe ich aber immer wieder das Gefühl, dass es immer noch so ist: Was du sagst und tust, ist nicht eins. Auf die Dauer kann man so nicht glücklich werden. Es zerreißt einen.«

Marieke konnte Philipp nur anstarren, weil er so gut in ihr Inneres blicken und sogar ihren Zustand benennen konnte. Zerrissenheit. Sie *sollte* hier nicht sein, aber sie *wollte* hier sein. Sie tat so, als bedeutete ihr diese Stunde nicht viel mehr als eine nette Ablenkung, aber die Wahrheit war eine andere.

Sie verschränkte die Hände vor der Brust. Nun meldeten sich ihr Trotz und Widerstandsgeist mit voller Wucht. »Woher weißt du denn immer, was die Wahrheit ist! Du hast sie wohl gepachtet?« Ihre Stimme war zu laut.

»Wenn sich zwei Menschen mögen, ist es nicht so schwer, zu erkennen, was wirklich wahr ist. Das hat die Natur so eingerichtet, nicht ich.«

»Du hast wirklich auf alles eine Antwort!« Sie schob den Stuhl zurück und stand auf.

»Du wirst schnell wütend«, stellte er ruhig fest.

»Nur bei dir.« Sie hätte sich gern auf die Lippen gebissen, weil er sie immer weiter aus der Reserve lockte und sie Dinge sagen ließ, die sie nicht sagen wollte – die aber wahr waren. »Und das mag ich nicht.«

Philipp beobachtete sie wie ein interessantes Tier. Oder den interessanten Fall einer durchdrehenden Patientin. Sie musste sich beherrschen, nicht die Fäuste zu ballen, sondern entspannt zu wirken. Womit er wieder recht hatte: Was sie kommunizierte und tat, stimmte nicht überein. Sie wurde immer wütender. Nicht auf ihn. Auf sich selbst. Sollte sie einfach gehen? Es wäre ein schaler Abgang. *Man weiß nie, ob jemand wiederkommt.* Der Satz verfolgte sie. Sie hatte das Gefühl, als ob sie mit Philipp vor seiner Reise noch dringend etwas zu klären hatte. Nun fiel ihr auch ihre Mutter mit ihrem Lieblingsspruch ein: Bedenke immer das letzte Wort, das du beim Abschied an jemanden richtest, den du magst. Das hatte sie ihr liebevoll eingebläut. *Spießige Trulla*, das hatte Marieke Nele vor ihrem endgültigen Umzug nach Hamburg entgegengeschleudert, bevor sich die lange Funkstille über sie gesenkt hatte wie eine endlose kalte Winternacht. An dem Abend, bevor ihre Mutter für immer eingeschlafen war, hatte sie am Telefon zum Glück von ihr noch gehört: »Ich hab dich sehr, sehr lieb, Mariekchen, für immer und ewig und egal, was du tust.«

Ihr kamen die Tränen, und mit dem Handrücken wischte sie über ihre Wange. Sie wollte gehen. Sie wollte nicht gehen. Sie hatte keine Ahnung, was sie Philipp zum Abschied Nettes und Ehrliches sagen sollte.

»Marie!« Philipp schien ehrlich überrascht. »Was ist denn plötzlich los? Was magst du nicht?« Er öffnete die Arme, blieb aber am Fenster stehen. Was sollte sie tun?

Es war nicht ihr Verstand, der die Frage entschied. Ihr Körper stand auf, ihre Beine gingen zu ihm, und ihre Arme streckten sich ihm entgegen. Es war eine vorsichtige Umarmung, in die sie hineinglitten. Sie legte ihre Wange an seine Schulter, und seine Hände strichen leicht über ihren Rücken. Wie schön es war, nur die gemeinsamen Atemzüge zu hören. Irgendwann hob sie den Kopf und drückte ihren Mund auf seinen. Seine Lippen waren warm und weich und gaben ein bisschen nach. Sie sog seinen Geruch nach Meer und Wind ein, spürte seine Finger in ihrem Nacken, berührte sein festes Haar. Er zog sich ein kleines Stück zurück und wollte sich von ihr lösen, doch sie hielt ihn fest. Ein paar Sekunden schwebten seine graugrünen Augen dicht vor ihr, und darin spiegelten sich seine Verwunderung, sein Begehren und eine große Frage. Sie stellte sich auf die Zehenspitzen und küsste ihn wieder. Er zögerte kurz, dann reagierte er. Seine Hände glitten an den Seiten hinab zu ihren Hüften. Jetzt öffneten sich Marielkes Lippen zeitgleich mit allen Blutgefäßen des Körpers. Eine große warme Welle durchflutete sie, während durch das offene Fenster, an dem sie standen, die frische Luft hereinwehte. Draußen sangen die immer nach irgendetwas rufenden und suchenden Möwen ihr krächzendes Lied. Der Augenblick war himmlisch und dauerte ewig …

… bis er die Hände auf ihre Schultern legte und sie sachte ein kleines Stück von sich wegschob. Einen Moment lang berührte ihre Stirn noch sein stoppeliges Kinn, was einen weiteren Wohlfühlschauer durch sie hindurchschickte. Dieses schöne Kratzen auf der Haut, diese Wärme, die immer noch von ihm zu ihr floss! Sie hätte ewig so stehen können oder zumindest so lange, bis sie wieder festen Boden unter den Füßen hätte.

Philipp sah sie mit tausend Fragezeichen im Gesicht an. »Was soll das werden, Marie?«

Die Verlegenheit kam über sie wie ein Regenguss. Sie strich ihre Bluse glatt und fuhr sich durchs Haar. Ihre Lippen prickelten noch. »Man weiß ja nie, ob jemand wiederkommt. Sagt Frau Wilke«, fiel ihr als Erstes ein, und dummerweise sagte sie es.

Philipp runzelte die Stirn. »Von Frau Wilke sollst du mir nicht nur Blumen überbringen, sondern mich auch noch küssen?« Er versuchte, es in lustigem Ton zu sagen, aber es misslang. Ernst sahen sie sich an.

»Nein. Es tut mir leid.«

Seine Miene gefror. »Herrgott, Marieke! Du kannst doch nicht einfach so mit mir spielen!«

Sie registrierte, wie er wieder in die andere Anrede zurücksprang, und konnte seinem Blick nicht mehr standhalten. Er war von ihrer Antwort bitter enttäuscht. Wieder einmal.

»Du hast recht. Es war – ich weiß es nicht«, sagte sie zu dem Küchenboden vor ihr. »Ich weiß gar nicht mehr, wie das ist, jemanden zu küssen.«

»Jemanden. Na toll. Ich bin nicht dein Versuchsobjekt!« Philipp trat zur Seite, und die Tatsache, dass er ihrer Hand auswich, die sich selbstständig machen und ihn unbedingt wieder berühren wollte, schmerzte wie eine Ohrfeige. Sie holte Luft und wollte sich schon wieder für ihre Wortwahl entschuldigen. Dann ließ sie es bleiben. Mit jedem Versuch, ihm zu erklären, was los war, würde sie sich nur noch mehr verhaspeln. Entweder sie küsste ihn jetzt richtig oder …

Philipp ging noch einen Schritt zurück auf Sicherheitsabstand. »Wir haben unsere Standpunkte klar ausgetauscht. Ich bin für eine Inselaffäre nicht zu haben, und du willst deinen Gerit nicht loslassen. Wir hatten uns darauf geeinigt, Freunde zu sein. Aber wenn das auch nicht möglich ist, dann beschränken wir den Kontakt eben auf das Nötigste.«

»Das Nötigste?«, krächzte Marieke.

Er zuckte mit den Schultern, wandte sich um und ging in Richtung Eingangstür. »Dein Vater. Natürlich steht dir die Sprechstunde offen, wenn auch du mal krank sein solltest. Oder mir Blumensträuße von anderen Frauen bringen willst.«

Marieke begann, sich ein paar Strähnen wieder festzustecken, die sich aus dem Haarknoten gelöst hatten, und merkte, wie ihre Hände dabei leicht zitterten. »Das ist zu wenig! Wir sind und bleiben Freunde.« Sie folgte ihm. »Warte!«

Er blieb stehen, drehte sich aber nicht um.

»Du hast recht mit dem, was du gesagt hast«, sagte sie zu seinem Rücken, der sie vorwurfsvoll anzustarren schien. »Ich bin zerrissen. Ich will mich endlich richtig fühlen. Das kann ich aber noch nicht. Die Abmachung mit Gerit – es ist, wie es ist.«

»Ich begleite dich zum Ausgang.« Er ging zur Tür und öffnete sie. Käme jemand vorbei, so sähe dieser Jemand den Inselarzt einer Patientin gegenüberstehen. Völlig unverbindlich. Er verabschiedete sie mit einem Kopfnicken. »Geh jetzt.«

Sie fühlte sich furchtbar. Als müsste sie nun tatsächlich für immer von Philipp Abschied nehmen und sie würden sich nie wiedersehen. »Also dann, gute Reise«, murmelte sie.

Sein Blick ging über sie hinweg in die Ferne. Sie rührte sich nicht aus Angst, auch dieser Moment könnte zerbrechen wie die fragile Nähe, die eben zwischen ihnen entstanden war, und er könnte einfach so die Tür schließen. Irgendetwas wollte sie noch von ihm hören. Irgendwas!

»Eins weiß ich, Marie, Marieke oder wer immer du bist«, sagte er. »Sollte es noch ein einziges Mal dazu kommen, dass wir uns wieder küssen, dann kannst du danach nicht einfach wieder gehen und so tun, als wäre nichts passiert. Oder es gibt zwischen uns wirklich keine Freundschaft mehr.«

13. Kapitel

Es war ein ungewöhnlich warmer Abend, und die meisten Gäste blieben länger als sonst auf der Terrasse sitzen. Sonst wurde es um diese Zeit in der Pension meistens schon ruhig, heute flackerten auf den niedrigen Tischen vor den Korbstühlen noch die Kerzenflammen in den Windlichtern. Als Marieke aus dem Büro kam, wo sie sich mit dem bevorstehenden Fest beschäftigt hatte, war es fast dunkel. Im Juni würde die Sonne zum Monatsende hin sogar erst nach zehn Uhr abends untergehen. Es war eine magische Zeit. Lücken bei den Zimmerreservierungen gab es fast nicht mehr. Die Sieves und Tepperweins waren abgereist, und neue Gäste waren gekommen.

Ihr Vater saß an diesem Abend bei den Wunderlichs, die ihren letzten Tag auf der Insel verbrachten und in den frühen Morgenstunden vom Pferdetaxi abgeholt werden würden.

»Marieke, komm mal her«, rief er und winkte sie heran.

Margarethe und Manfred Wunderlich nickten erfreut. »Ja, setzen Sie sich doch einen Moment zu uns, Frau Janssen, bevor wir nach oben gehen.«

»Gern!« Sie ging zum Getränkekühlschrank, aus dem sich auf der Terrasse jeder selbst bediente. Das Geld wurde einfach in die kleine Kasse gelegt, die wie eine Piratenschatzkiste in Miniaturform aussah. Man sah der kleinen Blechbox, die auf dem Beistelltisch neben den Gläsern stand, den jahrelangen Gebrauch an. Sie war etwas verbeult und hatte kleine Rostflecken, was überhaupt nicht störte, im Gegenteil: Das gab ihr eine ganz bestimmte Patina, die nicht nur die Beschaffenheit der Oberfläche betraf. Das leicht ramponierte Stück besaß auch deswegen viel Charme, weil im Laufe der Jahre eine unüberschaubare Gästezahl ihren Obolus hineingetan hatte, um dann einen schönen Urlaubstag auf der Terrasse ausklingen zu lassen. Niemand hatte je unbefugt auch nur einen Cent daraus entnommen, beteuerte Rainulf vor Gästen, die sich wunderten, dass die Pensionsleitung die Bezahlung nicht genauer kontrollierte. Wer etwas aus dem Kühlschrank nahm, legte etwas in die Kasse hinein und machte einen Strich auf dem Block, der ebenso auf dem Tisch lag. Bei einer neuen Getränkebestellung glich Rainulf die Striche mit einem zufriedenen Nicken ab. Vielleicht rührte diese besondere Patina der Kasse, die mehr spürbar als sichtbar war, auch noch daher: von dem ungewöhnlichen Vertrauen, das dort verwahrt wurde. Manchmal, wenn es keine größere Summe war, lag das Geld sogar mehrere Tage darin, weil es zum Wechseln diente. Der Schlüssel für das kleine Ding war längst verloren gegangen. Marieke nahm sich eine Limo aus dem Kühlschrank, machte einen Strich bei *Privatentnahme* und ging zu den anderen.

»Wir haben viel Interessantes erfahren. Jetzt kennen wir fast die ganze Geschichte des *Sandsterns*«, sagte Frau Wunderlich zu Marieke und strich sich ihr helles Haar aus dem Gesicht. »Welch ein Juwel Sie da bis heute erhalten haben! Bewahren Sie diese Kostbarkeit. Er ist etwas Besonderes.«

Ihr Vater hatte die alten Fotoalben auf dem Schoß, die er manchen Gästen zeigte. Marieke versuchte, in seinem Gesicht zu lesen, was genau von ihrer Familiengeschichte er den Wunderlichs erzählt hatte – auch den Teil von der abtrünnigen Tochter, die erst nach zehn Jahren wiedergekommen war und nun abermals neu über ihren Lebensweg entscheiden wollte? Oder war die Bemerkung von Margarethe Wunderlich ganz allgemein gemeint gewesen?

»Was für ein niedliches Mädchen Sie waren!« Frau Wunderlich lächelte sie an. »Und was für eine schöne junge Frau Sie heute sind. Es tut mir aufrichtig leid, zu hören, dass Ihre Mutter gestorben ist. Was für ein Unglück. Manchmal scheint das Leben nicht gerecht.«

»Marga, nun lass sie doch erst einmal durchatmen, bevor du sie mit deiner Bewunderung und Anteilnahme überrumpelst«, sagte Herr Wunderlich, der dicht neben ihr saß. Die beiden teilten sich einen Zweisitzer.

»Überrumple ich Sie?«, fragte Frau Wunderlich überrascht und wandte sich dann erst an ihren Manfred: »Wichtige Sachen müssen sofort gesagt werden. Der Abend ist fast zu Ende, morgen früh reisen wir ab, worauf soll ich warten?«

Er küsste sie rasch auf die Wange. »Natürlich, Liebes, du hast ja recht.«

»Es ist alles gut«, sagte Marieke, obwohl sie sich von der offenen Art tatsächlich etwas überfahren fühlte. Im positiven Sinn. »Ich würde mich sehr freuen, wenn Sie wiederkämen.« Etwas angespannt wartete sie auf die Reaktionen, sowohl von ihrem Vater als auch von dem älteren Ehepaar. Denn falls er Andeutungen über einen möglichen Verkauf gemacht hatte, würde sich das jetzt in den Antworten zeigen.

Ihr Vater schaute ein wenig unbehaglich drein, das Gesicht von Margarethe Wunderlich strahlte unbeirrt weiter. Die Gäste nebenan erhoben sich und wünschten eine gute Nacht. Marieke musste ein Gähnen unterdrücken, der Tag war lang gewesen – und nicht ganz so schön wie sonst. Genau wie der vorherige Tag und der davor und der davor. Philipp war den fünften Tag nicht mehr auf der Insel. Die Momente, in denen sie innehielt und nicht mit irgendetwas beschäftigt war, fühlten sich seltsam leer an. Da konnte auch die Serie neuer Fotos, die Gerit aus Asien geschickt hatte, nicht viel ändern, obwohl sie nach wie vor ihre Sehnsucht weckten, einmal in einer ganz anderen Kultur zu leben und zu arbeiten.

Herr Wunderlich klopfte mit dem Knöchel leise auf den Tisch. »Ich glaube, ich möchte bald schlafen gehen. Ich begleiche vorne eben noch die offene Rechnung, Herr Janssen.«

»Dann komme ich gleich nach«, sagte Frau Wunderlich und sah den beiden Männern lächelnd hinterher.

Marieke blieb mit ihr allein, und sie fasste sich ein Herz. Frau Wunderlich hatte sie von Anfang an mit ihrer offenen, sympathischen Art beeindruckt. »Ich möchte Ihnen gern etwas sagen. Ich habe Sie immer wieder beobachtet«, begann sie, ohne genau zu wissen, wie sie es spontan formulieren sollte.

»Ach ja?« Frau Wunderlich klang amüsiert.

»Ich bekomme viel von unseren Gästen mit, ob ich das will oder nicht.« Marieke lächelte zurück. »In Ihrem Fall war es bereichernd. Ich bewundere, wie Sie beide miteinander umgehen und was für ein tolles Paar Sie sind. Ein gutes Team, nicht nur beim Tennisspielen, so ist jedenfalls mein Eindruck. Ich weiß nicht, wie ich fragen soll, es klingt so banal. Aber – gibt es ein Geheimrezept?«

Frau Wunderlich legte den Kopf in den Nacken und lachte in den Abendhimmel. Ihre silbrigen Haare leuchteten in der Dämmerung. »Da ist das eine«, antwortete sie. »Die Heiterkeit pflegen. Ein Tag, an dem mein Mann und ich nicht miteinander lachen, ist kein guter Tag. Davon gab es nicht viele, denn auch in dunkleren Zeiten haben wir die lichten Stunden hochgehalten.«

Marieke lehnte sich zurück und wartete ab.

»Das Zweite, was mir einfällt: sich Zeit füreinander nehmen, und zwar mehr, als der Alltag auf den ersten Blick hergeben will.«

»Oh ja«, entfuhr es Marieke. Wenn Gerit und sie noch eine Chance hätten, dann nur, wenn sie genau dies beherzigen würden, das war sonnenklar. Dann durften Ausreden wie: »Ich schaffe es heute nicht mehr«, oder: »Es wird später, ich bin noch im Büro«, nur noch ganz selten vorkommen.

»Wobei wir es in puncto Zeit leichter hatten als vielleicht andere Paare«, fügte Frau Wunderlich hinzu.

»Warum?«, fragte Marieke neugierig.

»Wir haben keine Kinder.«

»Wirklich? Das hätte ich nicht gedacht.« Marieke stellte die Flasche, aus der sie gerade trinken wollte, wieder hin. Eine kleine Übersprunghandlung, weil sie so erstaunt war.

»Ja, wirklich. Die meisten reagieren wie Sie … Als wäre es ganz selbstverständlich, dass Kinder zum großen Glück dazugehören«, sagte Frau Wunderlich leise.

»Zumindest trifft man selten Paare, die nicht so denken«, entgegnete Marieke.

»Das stimmt. Davon lebt der Mythos schließlich auch. Wobei ich fest daran glaube, dass, wenn die Kinder erst einmal auf der Welt sind, sie sehr wohl viel Glück schenken. Aber es ist eben auch so, dass das Leben auch ohne Nachwuchs Erfüllung zu verschenken hat, vor allem wenn man die Zeit mit einem Partner auf Augenhöhe teilen kann. Als dritter Punkt sind meiner Meinung nach auch gemeinsame Interessen wichtig. Wir reisen für unser Leben gern, wir spielen Tennis, wir lieben Konzerte und Lesungen.«

Heiterkeit, Zeit, gemeinsame Interessen. Wenn dieses Rezept für alle galt, mussten sie und Gerit an den Zutaten für das Gelingen noch ganz schön arbeiten.

»Treue«, nannte Frau Wunderlich als Nächstes. »Manche gehen damit offener um, aber ich bin in diesem Punkt altmodisch, und mein lieber Manni ist es zum Glück auch.«

»Was ist mit einem Kuss?«, wagte Marieke, für die sich das Gespräch immer vertraulicher anfühlte, zu fragen.

»Ach, ein Kuss. Wenn es wirklich nur das und nicht viel mehr ist, dürfen Sie das auch für sich behalten.« Frau Wunderlich zwinkerte ihr zu, und Marieke fühlte sich dadurch fast ein wenig befreit.

»Auf den vielleicht wichtigsten Punkt kommen Sie selbst«, sagte Frau Wunderlich vergnügt.

»Sie machen es aber spannend«, erwiderte Marieke lachend. Es tat gut, über dieses Thema mit etwas mehr Leichtigkeit zu sprechen als sonst. »Bitte verraten Sie es mir doch.«

»Nein.« Frau Wunderlich schüttelte den Kopf.

»Äh … also …« Sie kam ins Stottern, weil Frau Wunderlichs Nein so resolut klang. Marieke fiel noch der Punkt Familiensinn ein, aber die ältere Dame hatte ihn gerade schon entkräftet. Etwas anderes kam ihr in den Sinn: »Nun, also, ich glaube … ein gemeinsamer Freundeskreis und Freundschaften überhaupt sind wichtig.«

Sie nickte. »Ja, das ist auch ein Punkt. Gemeinsame Freunde, Unternehmungen mit anderen.«

Marieke wurde wieder nachdenklich. In dieser Sache mussten

Gerit und sie ebenso einiges nachholen. Als sie ein festes Paar gewesen waren, hatten sie sich meistens zu zweit in seinem Apartment in der Hafencity getroffen, eben weil ihre Freizeit so knapp bemessen war. Die gemeinsamen Stunden waren dann aber umwerfend schön gewesen: mit Ausblick über die Stadt, Diners mit Kerzenschein auf der Terrasse und langen Liebesnächten.

»Viele Paare gehen nicht sehr freundschaftlich miteinander um, weil sie sich zu selbstverständlich nehmen«, erklärte Frau Wunderlich.

»Wahrscheinlich«, pflichtete Marieke ihr bei und dachte nun auch an Philipp. Fast hätte sie seine Freundschaft verspielt.

»Der wichtigste Punkt ist immer noch nicht genannt.« In Frau Wunderlichs Gesicht tanzten unzählige Lachfältchen, weil ihr das Gespräch offensichtlich viel Freude machte.

»Puh«, machte Marieke. »Helfen Sie mir bitte!«

Margarethe Wunderlich beugte sich ein wenig vor und Marieke ebenso. Verschwörerisch sahen sich an.

»Die Liebe natürlich, die im Herzen wohnt«, flüsterte Frau Wunderlich, als verriete sie ihr gerade ein echtes Geheimnis. »Wir sollten die Liebe immer wieder beim Namen nennen. Auf die Liebe müssen Sie ganz besonders achtgeben und ihren Ausdruck in verschiedenen Situationen immer wieder neu erkennen. Die Liebe ist kostbar und vielseitig, zerbrechlich und stabil, scheu und stark, klar und verträumt.«

Herr Wunderlich erschien an der Terrassentür und signalisierte mit einem Winken, dass er fertig wäre. »Ich komme gleich«, rief seine Frau und schenkte Marieke jetzt ihr gütigstes Lächeln. »Nicht allen passiert die Liebe auf den ersten Blick, vielleicht sogar den wenigsten. Oft treibt sich die Liebe eine Weile im Vorraum des Herzens herum. Aber wenn Sie sie einladen, bei Ihnen einzuziehen, dann tut sie das auch und bleibt. So war es bei uns.« Frau Wunderlich erhob sich. »Ich wünsche Ihnen eine gute Nacht und viel Glück. Das gehört nämlich auch ein bisschen dazu.«

*

Am nächsten Morgen streckte Mariekes Vater den Kopf durch die Bürotür. »Hast du das Geld aus der kleinen Kasse genommen?«

Sie war gerade dabei, die Bestellmengen für das Büfett auszuklügeln, das sie mit Fricke noch besprechen musste, am besten gleich nachher. Es waren nur noch vier Tage bis zum Fest. »Nein, das machst du doch immer«, antwortete sie, ohne den Blick vom Display zu nehmen.

Der Kopf verschwand wieder, und sie dachte sich nichts weiter dabei. Umso mehr erschrak sie, als ihr Vater gleich wiederkam, diesmal nachdrücklich die Tür hinter sich schloss und sich auf den Stuhl fallen ließ. Bleich, mit großen Augen, aufgeregt. Ein Schwächeanfall? Ernstere Herzprobleme?

Marieke sprang auf. »Papa! Soll ich Philipp anrufen?« Genau so ein Anfall war seit der Herz-OP im vergangenen Jahr schon mal passiert. Erst ein Atemzug später wurde ihr bewusst, dass Philipp nicht wie sonst zur Stelle sein würde.

»Nein, nein!«, wehrte ihr Vater ab. »Mir geht's gut – nein, mir geht es nicht gut, wenn es tatsächlich so ist: Du hast das Geld wirklich nicht?«

»Na hör mal«, antwortete sie und stemmte die Hände in die Hüften. Dann wurde ihr langsam die Tragweite seiner zweiten Nachfrage bewusst. »Das Geld ist weg?«

»Weg. Die Kasse ist leer. Ich hatte drei oder vier Tage nichts herausgenommen, ein paar Scheine und einige Münzen waren drin. Das Geld ist weg.«

Marieke schüttelte den Kopf. »Vielleicht hat Marc sich wieder selbst eine Aufgabe gegeben, die nicht seine ist? Gestern hat er sogar den Boden gewischt, obwohl er damit nicht beauftragt war. Auch wenn man es ihm nicht ansieht, er ist sich für nichts zu schade. Er hasst es, nicht ausgelastet zu sein, hat er zur Begründung gesagt.«

Ihr Vater schnaubte. »Ihn habe ich natürlich als Erstes gefragt, und er fühlte sich gleich auf den Schlips getreten.«

»Fricke, Annegret?«

»Warum sollten sie sich nach so vielen Jahren plötzlich um das Geld kümmern?« Ihr Vater rieb sich mit den Händen das Gesicht. »Ich habe sie natürlich trotzdem gefragt. Das ist ein böser Traum. Marieke, träume ich?«

»Moment.« Sie verließ das Büro und ging mit schnellen Schritten hinaus auf die Terrasse. Alle Gläser waren aufgeräumt, die kleine Kasse stand auf dem Tisch. Sie schaute hinein. Sonst lagen immer wenigstens ein paar wenige Euro als Wechselgeld darin, doch nur ein paar Kupfermünzen waren übrig geblieben. Mit unruhiger Hand stellte sie das Kistchen wieder hin und schaute sich um, als könnte sie den Dieb noch auf frischer Tat ertappen – wenn es denn wirklich einen gab. Vielleicht ließ sich der Fall ganz anders lösen …

Als sie zurückkam, hatte ihr Vater den Stuhl an den Schreibtisch gerückt und den Kopf auf die Hände gestützt. Er wirkte vollkommen verzweifelt.

Sie blieb bei ihm stehen und legte vorsichtig eine Hand auf seine Schulter. »Du träumst nicht, die Kasse ist leer, verdächtig leer«, sagte sie. »Wenn es die anderen nicht waren …« Es war nicht leicht, was sie jetzt fragen wollte, und sie senkte ihre Stimme, damit sie leise und weich wurde und ihm zeigte, dass sie ihn nicht angreifen wollte. Ihr Vater war in letzter Zeit vergesslicher als sonst, und sie musste die Nachfrage wagen: »Bist du dir denn sicher, dass du das Geld nicht doch genommen hast? Gestern Abend, vielleicht warst du übermüdet und hast es einfach vergessen?«

Er richtete sich auf und schüttelte ihre Hand ab. »Du hältst mich für senil? Das wüsste ich doch wohl. Da kannst du mich auch gleich begraben!« Er schlug mit der flachen Hand auf den Tisch, und Marieke zuckte zusammen.

»Ich will nur ausschließen, was wir beide nicht denken wollen«, sagte sie so sachlich wie möglich. Vielleicht hatte sich in der Nacht ein Passant verlaufen, ein nächtlicher Irrgänger, jemand, aus dem die Gelegenheit einen Langfinger gemacht hatte.

Tatsächlich hatten ihre Eltern morgens ganz selten mal jemanden auf der Terrasse vorgefunden, der dort nicht hingehörte, obwohl sie leicht über den Garten zugänglich war. Oder es handelte sich um einen Streich. Oder eben doch um einen gezielten Diebstahl, und die letzte Möglichkeit war die bitterste. Unter den Gästen waren neue Gesichter, aber keines, dem sie so etwas zutrauen würde, und denen, die sie bereits kannte, sowieso nicht.

»Das ist im *Sandstern* noch nie passiert.« Rainulfs Stimme bebte. »Es ist ein sehr schlechtes Omen.«

»Quatsch!«

»Doch! Das Kistchen steht doch für unsere besondere Tradition. Jetzt ist nichts mehr gut. Jemand hat das Geld gestohlen.«

»Papa …«

»Lass mich! Es ist meine Art von Aberglauben.« Er stand auf und wirkte irgendwie gebrochen. Seine Schultern hingen herab, er sah vor sich hin auf den Boden. »Wie gehen wir vor?«, fragte er tonlos. »Kaufen wir eine neue, abschließbare Kasse, und wenn die Gäste fragen, warum das jetzt plötzlich so ist, was sagen wir dann?«

In diesem Moment wurde Marieke die ganze Tragweite des Vorfalls bewusst. Es ging mitnichten nur ums Geld oder um einen Aberglauben, es ging vor allem um den Ruf des Hauses. »Lassen wir zunächst alles, wie es ist. Nur das Geld nehmen wir von heute an jeden Abend raus.«

»Mir ist richtig schlecht«, sagte ihr Vater und setzte sich wieder auf den Stuhl.

»Warte hier. Ich gehe noch mal in die Küche«, sagte Marieke. »Es muss einfach mehr herauszufinden sein.« Bevor ihr Vater widersprechen konnte, stürmte sie aus dem Büro.

Fricke knöpfte sich gerade erst die Kochjacke zu, als sie eintrat, und Marc räumte das Frühstücksgeschirr aus der Maschine. Die Stimmung war eisig.

»Mein Vater hat euch ja von der Sache erzählt«, sagte Marieke. »Wir stehen vor einem Rätsel. Hat jemand von euch irgendwas Verdächtiges bemerkt?«

»Ich schon lang«, murmelte Fricke und machte eine Kopfbewegung Richtung Marc, der seine Arbeit verrichtete, als wäre nichts geschehen, und kaum aufsah.

»Wie bitte?«, entfuhr es Marieke, während Marc sie gleichmütig ansah. »Holen Sie lieber die Polizei, wenn Sie beunruhigt sind«, sagte er.

»Natürlich bin ich beunruhigt«, sagte Marieke. Aber Polizei? Schließlich handelte es sich nicht um wirklich viel Geld, und es war offen zugänglich gewesen. »Ich will vor den Gästen nicht den Anschein erwecken, es wäre etwas richtig Schlimmes vorgefallen. Aber ich möchte, dass alle mithelfen, herauszufinden, was passiert sein könnte.«

»Sicher doch«, sagte Marc und machte seine kleine Verbeugung, an die sich Marieke fast schon gewöhnt hatte. »Mit Verlaub: Draußen steht noch etwas auf dem Büfett. Ich hole es mal eben.«

Kaum war er hinausgegangen, schnaubte Fricke wie eines der Zugpferde auf der Insel. »Er war es, das spüre ich.«

»Du kannst ihn nicht leiden«, entgegnete Marieke. »Deswegen darfst du ihn aber nicht gleich verdächtigen. Schon gar nicht ohne Beweis. Fricke, hör zu, ich weiß, du hast ihn in der Speisekammer beim Stöbern ertappt, und er hat sich rausgeredet, okay. Sonst noch was?«

»Seine Art. Seine Fassade. Sein ständiges Anbiedern. Solche Menschen haben was zu verstecken, dat is so.«

»Ein paar Tage musst du es noch mit ihm aushalten«, sagte Marieke. »Und wenn du heute fertig bist, komm bitte ins Büro, ich möchte mit dir über das Büfett sprechen.«

»Und wenn er die Gäste auch beim Fest beklaut?«

»Hör auf«, sagte sie mahnend und erschrocken zugleich. Es war eine katastrophale Vorstellung, die sie lieber gleich wieder verdrängte. »Bitte denk so was nicht einmal.«

Nun war auch zwischen ihnen die Luft wie gefroren. Marc kam mit zwei Schüsseln herein, und Marieke musterte ihn, ob sie irgendeine Unsicherheit an ihm feststellen könnte, eine Geste, die ihn verriet oder entlarvte, falls Fricke recht haben sollte.

Marc registrierte ihren Blick, doch an seiner glatten Oberfläche prallte alles ab. Die Haare waren perfekt mit Gel bearbeitet, das knitterfreie Hemd und die Krawatte trug er tadellos, keine Falte, kein Fleck und kein Fussel deutete darauf hin, dass er heute vielleicht etwas anderes getan hatte als an anderen Tagen.

»Bitte redet zunächst mit niemandem darüber, bis wir nicht mehr herausgefunden haben«, bat sie.

»Natürlich nicht«, sagte Marc.

»Pff«, machte Fricke.

Auf dem Weg von der Küche zum Büro fühlte sich für Marieke jeder Schritt so an, als hätte sie Gewichte an den Füßen. Sie war froh, dass Josefine an diesem Vormittag gerade einmal nicht in der Diele saß. Mit ihren Antennen hätte sie bestimmt mitbekommen, dass etwas nicht stimmte. Soweit sie wusste, war auch die gesamte Familie Zimmermann an diesem Vormittag nicht im Haus, sondern glücklich vereint am Strand. Ihren Vater fand Marieke in sich zusammengesunken vor, als hätte sich gerade eine Sturmflut angekündigt, die keinen Stein mehr auf dem anderen lassen würde, und es gäbe nicht den geringsten Hoffnungsschimmer, mit dem Leben davonzukommen.

»Bring mich nach oben«, murmelte er.

»Vielleicht ist es doch gar nicht so schlimm«, sagte Marieke leise. »Vielleicht klärt sich alles noch auf.«

Er erhob sich schwerfällig. »Diese ganze Last bin ich ja bald los.«

Marieke biss sich auf die Zunge, um nicht sofort zu widersprechen. Sie schob eine Hand unter seinen Arm, um ihn zu stützen, und er wehrte sich nicht. Seine Trübsal steckte sie langsam an. Fieberhaft suchte sie nach einem Lichtblick, den sie ihm bieten, einen Rettungsring, den sie einem in seiner Verzweiflung Ertrinkenden zuwerfen konnte. Sie dachte an das Fest, aber für ihn war es eher ein rotes Tuch, und das Einzige, was seine Stimmung vielleicht aufhellen konnte, konnte sie ihm leider nicht versprechen: dass sie aus ganzem Herzen in seiner Nähe bleiben würde. Wenn er später allerdings die Pension nicht mehr hätte, was würde er mit seinem Leben anfangen? War es nur eine Traumvorstellung, dass er vielleicht eine neue Lebenspartnerin finden würde? Sie machte sich immer größere Sorgen um ihn.

»Wäre doch nur alles schon über die Bühne«, murmelte Rainulf. Er sprach wie zu sich selbst, was Marieke noch mehr beunruhigte.

»Papa, rede mit mir. Was meinst du damit?«

»Alles. Unsere Veranstaltung. Federica. Der Verkauf. Ich bin manchmal so unendlich müde …«

»Freust du dich denn gar nicht auf den Besuch der Italienerin? Letztes Jahr hat es dir am Ende doch ganz gut gefallen, dass sie bei uns hereingestolpert ist. Weißt du noch, wie sie auf der Suche nach ihrem Sohn war, und am Ende hat er – Marco hieß er, oder? – seine Laura geheiratet, und es wurde eine richtig schöne kleine Traumhochzeit, die wir für sie ausgerichtet haben.«

Sie hoffte, ihren Vater mit der Erinnerung an das gelungene Fest ein wenig abzulenken. Allerdings schien er gerade in seinem Leben nur die Schattenseiten zu sehen.

»Ich weiß nicht«, antwortete er. »Diesmal kommt sie ja allein. Wahrscheinlich möchte sie jeden Tag von mir unterhalten werden. Es wird bestimmt anstrengend, und im Moment fehlt mir dazu die Kraft.«

»Dann soll sie sich begleiten lassen«, antwortete Marieke spontan. »Wir geben ihr das größere Einzelzimmer, das wir aufstocken können, ohne dass es zu eng wird. Wir laden sie ein, jemanden mitzubringen, ganz ohne Aufpreis. Sie hat eine große Familie, wie wir ja wissen, da findet sich bestimmt jemand. Wie wäre das?«

Ein kleiner Ruck ging durch ihren Vater. Er stand wieder ein wenig aufrechter da, und sein Gesicht hellte sich auf. »Du hast ja Ideen! Wenn ich dich nicht hätte, Mariekchen.«

14. Kapitel

»Mit Verlaub, das hat es in meiner Laufbahn noch kein einziges Mal gegeben: Ich bitte darum, die Arbeit kurz unterbrechen zu dürfen. Ich muss in meinem Quartier sofort etwas nachschauen, damit ich weiß, ob sich mein Verdacht bestätigt. Nur ist es wahrscheinlich überflüssig, denn mein Verstand funktioniert tadellos.«

»Wie bitte? Worum geht es denn?« Marieke hätte sich fast die Augen gerieben, weil Marc plötzlich vor ihrem Schreibtisch stand und auf sie einredete. Sie hatte keine Ahnung, wovon er sprach, aber es klang beunruhigend.

»Das möchten Sie lieber noch nicht wissen«, antwortete Marc.

Marieke legte den Stift hin und schob das halb beschriebene Blatt unter einen Stapel Papiere. Jeden Tag zerbrach sie sich den Kopf über die kleine Rede, die sie halten wollte. Es sollte ein Dank an ihre Gäste und Mitarbeiter sowie eine Hommage an den *Sandstern* sein, die ihren Vater so berührte, dass er seine Entscheidung, die Pension zu verkaufen, zumindest eine gute Weile aufschieben würde. An diesem Tag konnte sie sich noch weniger als sonst darauf konzentrieren. Die Sache mit der Kasse hatte auch ihr den Boden unter den Füßen weggezogen. Außerdem brütete sie über einer Antwort an Gerit, der in aller Frühe nicht nur ein Foto von einem exotischen Blumengarten, sondern dazu auch eine Nachricht geschickt hatte, die sie nachdenklich machte.

Hältst du dich an unsere Abmachung?

Der berühmte siebte Sinn! Als hätte er gespürt, dass sie in Philipps Armen gelegen hatte und wieder viel zu oft an ihn dachte. Was sollte sie am besten antworten? Und nun zeigte sich, dass der Tag noch mehr Herausforderungen für sie bereithielt.

»Marc, ich bitte Sie. Ich bin Ansprechpartnerin für alle Belange, die in diesem Haus vorgehen. Wenn es Probleme gibt, reden Sie mit mir«, sagte Marieke.

Mit verkniffenem Gesicht schüttelte er den Kopf. »Ich möchte keine Pferde scheu machen. Entschuldigen Sie mich eine halbe Stunde. Dann sehen wir weiter.«

Marieke zögerte. »Kann der Betrieb Sie denn im Moment entbehren?«

»Was meine Dienste betrifft, gibt es durch eine kurze Abwesenheit meinerseits keine Versäumnisse. Ihr Koch ist außerdem froh über jeden Moment, in dem er sich durch meine Anwesenheit nicht behelligt fühlt.«

»Ich würde mich freuen, wenn Sie sich beide endlich bemühen würden, das Kriegsbeil zu begraben.«

»Nie grub ich es aus! Ich bin selten einem derart mürrischen Menschen begegnet wie ihm.«

Nie grub ich es aus. Wäre Marc nicht ein so bierernster Typ, hätte sie mit ihm gern gemeinsam darüber gelacht, wie er manchmal daherredete. »Wo haben Sie eigentlich so sprechen gelernt? Ihre Ausdrucksweise ist … ungewöhnlich.«

»Einer meiner Ausbilder hat mich mit dieser Ausdrucksweise zutiefst beeindruckt. Er hat es sich bis ins reife Alter bewahrt, den Gästen nicht nur durch den Service, sondern auch durch Worte und Gesten Wertschätzung entgegenzubringen.« Marc verbeugte sich leicht. »Mit Verlaub, ich möchte ungern Zeit verlieren und über meine Vergangenheit reden. Dürfte ich mich kurz empfehlen?«

»Wenn Sie so schnell wie möglich wieder hier sind …«, antwortete Marieke ergeben.

Mit einem Seufzen lehnte sie sich zurück, kaum war er hinaus. Jetzt konnte sie sich bestimmt nicht mehr auf die Rede konzentrieren, bei der jedes Wort stimmen musste. Sie stand auf und beschloss, den Getränkevorrat zu inspizieren. Mit dem gerade gelieferten Champagner musste er für das Fest komplett sein. Einmal wenigstens sollte es so etwas Besonderes auch im *Sandstern* geben! Ein Gläschen nach der Rede zum Anstoßen, und danach tat es auch ein guter Sekt.

Im Aufenthaltsbereich der Diele saß Sophie Zimmermann in einem der Sessel und las ein Buch. Sie winkte Marieke zu sich. »Ich möchte mich bedanken«, sagte sie freundlich.

»Wofür?«, fragte Marieke und blieb etwas entfernt stehen. Es freute sie, wenn jemand in dem Bücherangebot schmökerte, das ihre Mutter den Gästen hinterlassen hatte, und sie wollte nicht stören.

»Wir fühlen uns immer sehr willkommen.« Frau Zimmermann legte das Buch in den Schoß, und Marieke erkannte, dass es kein Buch aus der kleinen Hausbibliothek war. Der Umschlag war auffällig gestaltet, und sie hatte ihn noch nie gesehen. »Wir können uns hier immer richtig gut erholen und neue Bekanntschaften schließen. Dafür haben wir zu Hause kaum Zeit. Wir werden versuchen, so oft wie möglich mit den Mädchen zu Ihnen nach Juist zu kommen.«

Marieke wurde es wieder einmal flau im Magen. Jedes Lob, das sie über die Pension hörte, versetzte ihr neben der Freude darüber nun einen Stich und ließ die bange Frage aufblitzen, wie lange es die Pension, so wie die Zimmermanns sie liebten, noch geben würde. Ein neuer Besitzer würde vielleicht vieles verändern. Hieße die Pension dann überhaupt noch so, oder würde der *Sandstern* aus der Juister Geschichte einfach gelöscht? Außerdem, dachte Marieke, würde ich das sympathische Paar und seine quirligen, fröhlichen Töchter wahrscheinlich nie mehr wiedersehen. »Das ist schön zu hören«, sagte sie mit belegter Stimme.

Sophie Zimmermann hatte ihren Blick bemerkt, den sie auf das Buch geworfen hatte. »Sogar das hier kann ich endlich mal lesen.« Sie hielt es hoch, und Marieke trat näher. *Beziehungsratgeber* stand auf dem Cover, das von Wettersymbolen wie Sonne, Blitz, Wolken und Regen geziert wurde. »In einer Ehe gibt es ja leider nicht nur Sonnenschein«, fügte sie hinzu. »Setzen Sie sich doch einen Moment, wenn Sie Zeit haben.«

Innerlich fühlte sich Marieke für einen Plausch zu unruhig. Aber genau dies, die persönlichen Gespräche mit den Gästen, waren der Teil ihrer Arbeit, der ihr mittlerweile am besten gefiel. Sie konnte sich genauso gut auf diese Weise die Zeit vertreiben, bis Marc wiederkam, und die Getränkevorräte später kontrollieren. »Ist es ein gutes Buch?«, fragte sie und nahm in einem der Sessel Platz.

»Man sollte nie aufhören, sich in einer Partnerschaft um den anderen zu bemühen«, sagte Frau Zimmermann, machte ein Eselsohr in die Seite, die sie gerade las, klappte das Buch zu und legte es auf den Tisch. »Manchmal schmieden Krisen auch wieder zusammen. Als mein Mann weg war, haben wir gemerkt, wie sehr wir uns vermissen. Umso kostbarer ist uns die gemeinsame freie Zeit hier. Oft denke ich, es geht uns nicht wirklich gut, weil wir wenig Geld haben. Ständig müssen wir sparen, vieles können wir uns nicht leisten ... Das ist nicht leicht für die Kinder. Mit Josy möchte ich allerdings auch nicht tauschen. Sie scheint einsam zu sein.«

»Einsam und nicht ganz glücklich, das ist mir auch aufgefallen. Wahrscheinlich wissen Sie mittlerweile mehr über sie als ich«, sagte Marieke.

»Ein bisschen vielleicht«, entgegnete Sophie Zimmermann. »Aber auch nicht viel. Sie wartet auf ein ganz bestimmtes Ereignis. Welches das ist, das verrät sie nicht. Aber wir würden es sicherlich mitbekommen, wenn es so weit wäre, denn es wird im *Sandstern* stattfinden, meinte sie.«

»Das klingt ja immer mysteriöser. Ganz ehrlich, vor allem frage ich mich, warum sie überhaupt bei uns bleibt. Anfangs war sie von unserem Haus wenig begeistert, und nun will sie gar nicht mehr fort.«

»Es liegt wohl auch an den Mädchen, die sie vergöttern. Josy hier und Josy da! Wir waren von ihr anfangs auch nicht gerade angetan. Ich dachte, sie wäre total arrogant, aber das war nur der erste Eindruck. Ich bin völlig baff, wie toll sie mit den Kindern umgeht. Von ihrer Großzügigkeit ganz zu schweigen! Anna und Jule wollen immer mit, wenn sie anderen Schmuck und neue Kleider holt, aber das dürfen sie nicht. Das sei Geheimsache, sagt Josefine jedes Mal.«

»Holt?«, fragte Marieke. »Woher denn? Gibt es auf der Insel eine geheime exklusive Boutique für die unglaublichen Sachen, die sie so trägt?«

Sophie Zimmermann lachte. »Das frage ich mich auch manchmal. Aber auch darum macht sie ein Geheimnis, und ich frage da nicht weiter nach.«

Marieke nickte eilig. Sie wollte auf keinen Fall aufdringlich wirken, auch wenn ihre Neugier mit jedem Detail, das sie über Josefine erfuhr, neu geschürt wurde. Nun wusste sie, was in dem goldenen Koffer war, mit dem sie täglich das Haus verließ und zurückkam. Darauf hätte sie auch selbst kommen können.

»Haben Sie ihren Blog mal gesehen?«, fragte Frau Zimmermann.

»Nein, aber ich glaube, ich bekomme genug mit, wenn sie hier unten sitzt und ihre Aufnahmen macht«, erwiderte Marieke. »Sogar mein Vater hat sich an die Show in der Diele gewöhnt.«

Sophie Zimmermann lächelte. »Ich schaue mir den Blog nur an, weil die Mädchen darauf bestehen. Er richtet sich an Frauen, die sich jeden Tag fragen, was sie anziehen und welchen Schmuck sie tragen sollen. Nicht meine Welt ...« Sie sah an sich herunter und dann zu dem Buch. »Ich habe vor allem Jeans und Blusen im Schrank. Manche Frauen denken wohl, wenn sie toll aussehen, ist auch das Leben toll. Na ja, ich habe andere Probleme. Wenn ich mal Zeit habe, lese ich lieber so was wie diesen Ratgeber hier. Es steht so viel Interessantes drin. Das habe ich zum Beispiel gerade gelesen: Wenn wir uns auf das Gute konzentrieren, können wir mehr Gutes sehen. Andersherum funktioniert das natürlich genauso. Schauen wir auf das, was uns im Leben oder in der Liebe fehlt, entdecken wir noch mehr Mängel.« Sie nahm das Buch wieder zur Hand.

Marieke sah sie verblüfft an. »Ich ahne, was vielleicht noch drinsteht«, sagte sie. »Um miteinander glücklich zu sein, muss man sich Zeit füreinander nehmen, auch wenn es im Alltag oft nicht möglich zu sein scheint. Stimmt's? Außerdem sind gemeinsame Interessen wichtig, viel miteinander reden und sich zuhören. Der Humor darf auch nicht fehlen.« Sie überlegte, was Frau Wunderlich ihr noch mit auf den Weg gegeben hatte. »Es klingt banal, aber man sollte den Zustand der Liebe pflegen, denn das ist alles andere als selbstverständlich. Und Treue kann nicht schaden.«

»Wozu kaufe ich mir überhaupt teure Bücher, wenn ich im *Sandstern* umsonst ein Coaching bekomme?« Sophie Zimmermann lachte.

Marieke lachte auch, wenngleich ein Teil in ihr alles andere als fröhlich war. Hier saß sie und tat so, als wüsste sie genau, wie eine gute Beziehung funktionierte, dabei steckte sie mitten im Chaos! Sie wusste nicht mal, ob sie Gerit vermisste oder nicht. Wenn er ihr ein neues Foto schickte, spürte sie zwar diese leichte Aufregung, aber vielleicht war es gar nicht Gerit, der diese auslöste, sondern das Versprechen auf ein aufregendes Leben irgendwo jenseits der Insel, das ein bisschen Adrenalin freisetzte. Ihre ewige Sehnsucht, da draußen etwas zu finden, was sie schon so lange suchte.

Außerdem trieb sie die Frage um, warum sie Philipp erst so dringend küssen musste, um ihm im Nachhinein zu sagen, dass es ihr leidtäte. Wie sehr sie es bereute – wobei sie nicht einmal wusste, was genau sie bereute: den Kuss oder die Tatsache, dass sie sich dafür entschuldigt hatte? In diesem Moment hätte sie Sophie Zimmermann gern um Rat gefragt, denn das Gespräch mit ihr war recht persönlich geworden.

Doch sie musste die Grenze zwischen privatem Umgang und ihrer Rolle als aufmerksame Gastgeberin wahren. »Wo ist eigentlich Ihr Anhang?«, fragte sie und sah sich um.

»Anna hat leider ihren Geldbeutel verloren, wahrscheinlich irgendwo am Strand. Sie suchen gerade an der Stelle, wo wir gestern waren, aber das bringt wahrscheinlich nichts. Josy hilft mit, aber ich selbst brauchte mal eine kleine Pause von Sand und Wind. Die Kleine hat das Portemonnaie neu bekommen und war sehr stolz darauf, weil es so damenhaft aussieht. Zumindest hat Josy das gesagt.«

Marieke sah sie verständnisvoll an. »Das tut mir leid. War denn viel Geld drin?«

»Ein Monatstaschengeld. Für Anna ist das ein Vermögen. Hoffentlich passiert ein Wunder, und sie finden es. Eigentlich hatte sie die Geldbörse am Strand gar nicht dabei, schwört Anna. Aber sie ist nun mal weg, Kinder verlegen oder verlieren ja schnell etwas. Vielleicht aber hat sie sie auch irgendwo liegen gelassen.« In der Jacke, die Sophie Zimmermann auf die Sessellehne gelegt hatte, klingelte ein Handy. Sie nahm es heraus und ging ran. »Jakob, habt ihr … Anna, du bist es.« Sie machte ein unglückliches Gesicht. »Anna, Liebling, nicht weinen. Wir finden das Portemonnaie noch, und wenn nicht, dann bekommst du ein neues …«

Mit einem Nicken gab Marieke zu verstehen, dass sie sich aus dieser kleinen Familientragödie, bei der sie wenig ausrichten konnte, zurückziehen würde. Wieder im Büro, war eine weitere Nachricht von Gerit eingetroffen, der sich rückversicherte, ob sie seine Frage nach der Abmachung noch beantworten würde.

Sorry, es ist total viel zu tun. Natürlich steht die Abmachung! Warum fragst du?

Nachdenklich blickte sie auf ihre Worte. Doch ein Kuss war keine Affäre, das hatte ihr sogar Frau Wunderlich bestätigt. Sie schickte die Nachricht ab und wartete auf den Hinweis, ob Gerit ihre Antwort gleich las, was er nicht tat. Etwas an seinem Verhalten war seltsam. Dann holte sie die halb fertige Rede hervor, um sie bald darauf wieder unter die Papiere zu schieben, weil jemand an die Tür pochte. Es war Marc, und er brachte schlechte Neuigkeiten. Sie merkte es, bevor er zu sprechen begann, weil sie es an seiner Miene ablesen konnte.

Er streckte den Arm vor, zog den Ärmel seines tadellosen Hemdes ein Stück hoch und kam gleich zur Sache: »Meine Uhr ist gestohlen worden. Ein Irrtum ist ausgeschlossen. Ich habe es gerade gewissenhaft überprüft.« Auf seinem Handgelenk, das er ihr hinhielt, zeichnete sich der Schimmer eines Abdrucks ab, wo er das Stück getragen haben musste. Sie erinnerte sich an seine Uhr, weil sie ein bisschen protzig ausgesehen hatte.

»Wann haben Sie das denn bemerkt?«, fragte Marieke.

»Vorhin. Ich trage sie nicht täglich von früh bis spät, meine Haut ist etwas empfindlich. Aber so oft wie möglich.«

»Aber dann kann es doch sein …«, begann sie, doch Marc fiel ihr ins Wort: »Nein. Die Uhr ist nicht im Quartier, wo ich gerade sofort nachgeschaut habe. Sie ist nicht an meinem Arm. Sie ist nicht in meinem Spind. Sie ist nicht in der Küche, wo ich sie nur ganz selten ablege, wenn es sein muss. Vielleicht, als ich den Zusatzdienst erledigt habe. Dann müsste ich jemanden aus dem Haus verdächtigen, sie genommen zu haben, jemand, der Zutritt zur Küche hat. Das wäre bestimmt nicht in Ihrem Sinn.«

Der Schreck ging Marieke durch und durch. Marc sprach von einem Verdacht gegenüber Fricke? Annegret? Ihrem Vater? »Was für ein Zusatzdienst?«

»Sie baten darum, die großen Töpfe zu schrubben, damit sie beim Fest wie neu glänzen.«

»Das hätte Fricke tun sollen.«

»Ich habe die Bitte gehört und das Gesicht des Kochs gesehen. Er äußert sich im Allgemeinen nicht gerade positiv zu der bevorstehenden Veranstaltung. Kurzerhand habe ich die Töpfe übernommen. Auch auf Ihre Bitte hin, sehr geehrte Frau Janssen, und auch, um den Zwist zwischen dem Koch und mir zu besänftigen. Mit Verlaub, ich dachte, es wäre eine sinnvolle Geste. Den Dank sehe ich hier.« Wieder streckte er ihr das leere Handgelenk entgegen.

»Lassen Sie das, ich bin ja nicht blind«, entfuhr es Marieke. Wie sehr ihr die gestelzte Ausdrucksweise in diesem Moment auf die Nerven ging! Dazu diese versteckte Anschuldigung gegenüber Fricke. Wahrscheinlich erwartete Marc in diesem Moment ein Lob statt eines Tadels, wenn es tatsächlich so gewesen war, dass er dem Koch einen Gefallen hatte tun wollen. Doch aus irgendeinem Grund nahm sie Marc die gute Absicht nicht ab. Zunächst hatte sie aber den Ruf des Hauses und ihren langjährigen Mitarbeiter zu verteidigen: »Bitte, Marc, ich kann das nicht so stehen lassen. Niemand von uns würde

Ihnen die Uhr stehlen, das kann nicht sein. Fricke ist vielleicht unfreundlich, aber ganz bestimmt kein Dieb!«

Marc sah sie kühl an. »So ist es allein mein Problem?«

»Nur weil Sie Ihre Uhr nicht finden, muss sie nicht zwangsläufig gestohlen worden sein.«

»Ich bin sehr gewissenhaft mit meinen Sachen!«

»Das glaube ich Ihnen gern. Trotzdem.«

Marieke fiel das Geld aus der Kasse ein, das ebenso verschwunden war wie das Portemonnaie der kleinen Anna. Aber alles das kann immer noch Zufall sein, sagte sie sich. Was hatte Frau Zimmermann noch gesagt? Man sollte nicht so viel schwarzsehen, denn sonst gesellten sich ähnliche Begebenheiten dazu. Bisher mussten weder die Sache mit der Kasse noch die mit der Uhr noch die mit der Geldbörse etwas miteinander zu tun haben. Als Chefin hatte Marieke Ruhe zu bewahren und diplomatisch vorzugehen. »Geben wir uns ein bisschen Zeit. Schauen Sie noch mal überall nach. So was passiert manchmal.«

»Ich wurde bestohlen«, beharrte Marc.

»Schauen Sie bitte noch mal überall nach«, wiederholte sie geduldig. »Ich werde ebenso die Augen offen halten. War die Uhr sehr wertvoll?«

Marcs Mundwinkel zuckten ein wenig, und vielleicht sollte es ein Lächeln sein. »Eine winzige Genugtuung bleibt. Die Uhr ist eine perfekte Kopie einer teuren Marke. Das Original ziehe ich bei nobleren Anlässen an. Der Dieb, der hier sein Unwesen treibt, wird daraus keinen großen Nutzen ziehen.«

»Das ist ein kleiner Albtraum.«

Ihr Vater lief in seiner Küche unter dem Dach auf und ab wie ein Tier in einem Käfig. Marieke hatte das ganze Haus auf den Kopf gestellt. Es gab keine Spur von einer verschwundenen Uhr und auch nicht von Annas verlorener Geldbörse, nach der sie nebenbei Ausschau gehalten hatte. »Erst die Getränkekasse, jetzt das, und was kommt als Nächstes?«, fragte er.

»Findest du jemand von den neuen Gästen verdächtig?«, wagte sich Marieke vor. An einen bedeutungslosen Zufall konnte sie, sosehr sie sich auch bemühte, positiv zu denken, und je mehr sie über die Vorfälle nachdachte, immer weniger glauben.

»Dass ich mir so eine Frage überhaupt stellen muss!« Ihr Vater starrte sie kurz an, um dann weiter seine Runden zu laufen. »Unsere Gäste sind solide Ehepaare oder jüngere Paare, Kleinfamilien, unsere Monteure, mal ein Schriftsteller oder Künstler, selten eine wie Frau Jacobson. Klauen passt zu niemandem hier. Schon gar nicht zu unseren Mitarbeitern, wobei ich Marc nicht so recht traue. Ist so ein Gefühl. Aber ich mochte den Schnösel von Anfang an nicht.«

»Er ist doch selbst ein Opfer. Behauptet er zumindest.«

Marieke stand an einen der Holzbalken gelehnt, die der Wohnung im Obergeschoss die gemütliche Atmosphäre verliehen. Draußen war es schon dunkel, die meisten im Haus schliefen wahrscheinlich schon, und sie war vor dem Zubettgehen noch mal zu ihrem Vater gegangen, um die Lage zu besprechen. Jetzt spürte sie, wie erschöpft sie war, und setzte sich an den Tisch. »Ich werde ihm anbieten, die Uhr zu ersetzen, damit er Ruhe gibt.«

»Bist du verrückt?« Ihr Vater blieb wieder stehen.

»Nein, nur vorausschauend. Er war ziemlich aufgebracht, und ich möchte ihn besänftigen. Solange wir die Lage nicht überblicken können, sollen die Gäste sich keine Sorgen machen müssen. Er hat mir schon verraten, dass die Uhr nicht teuer war. Mach dir deswegen keine Sorgen. Und bitte hör auf, im Kreis herumzurennen.«

Ihr Vater kam zu ihr und setzte sich auf den anderen Stuhl. Ernst sah er sie an. »Es ist nicht nur das Gefühl, einen Dieb zu beherbergen, Marieke. Ich komme mir schlecht vor.«

»Du? Dafür gibt's gar keinen Grund!«

»Doch. In drei Tagen ist das Fest, und wir müssen dabei so tun, als wäre alles in bester Ordnung. Nicht nur wegen des Verdachts. Auch wegen des Verkaufs. Da passt eine Feier so wenig wie dreißig Grad auf Juist an Weihnachten.«

Marieke stützte den Kopf in die Hand. »Jetzt verstehe ich das. Deswegen warst du von Anfang an nicht begeistert über meinen Plan«, murmelte sie. »Um fast sechzig Gästen abzusagen, die sich auf den Abend freuen, ist es jetzt allerdings zu spät. Du hättest mich eher ins Vertrauen ziehen sollen.«

»Ich habe etwas gebraucht, um das Angebot überhaupt zu begreifen. Herr Rietmüller hat aus dem Nichts angerufen, und die Entscheidung fällt mir noch immer nicht leicht, Marieke. Aber ich muss sie allein treffen, weil ich dich … nicht erpressen will, wie du gesagt hast.«

Sie stöhnte, als ihr das ganze Ausmaß der misslichen Lage bewusst wurde. Leider verschärfte die Sache mit dem verschwundenen Geld und den Gegenständen, die sich in Luft aufgelöst hatten, das Problem zusätzlich. »Ich wollte dich nie erpressen, und ich habe mich entschuldigt. Papa, du hast mir zugesichert, dass für die Entscheidung, ob die Pension jetzt verkauft wird oder nicht, noch etwas Zeit ist.«

»Ja, ein bisschen ist es noch hin. Aber was soll sich bis dahin noch groß ändern?«

Verzweifelt knetete sie die Finger ihrer linken Hand, als stecke in jedem von ihm eine Lösung, die sie herausholen und ihrem Vater präsentieren konnte. Am liebsten hätte sie diese alle aufgezählt: Das Fest könnte so toll werden, so schön, dass du es dir doch noch anders überlegst, weil du es nicht mehr übers Herz bringst. Du könntest über Nacht plötzlich gesund werden und Bärenkräfte entwickeln. Das Ehepaar könnte plötzlich das Interesse verlieren. Und vielleicht findet sich eine Aushilfe, von der du völlig begeistert bist und die alles genauso macht, wie es sein soll. Oder mir fällt noch eine andere wundersame Lösung ein, bei der die Abmachung mit Gerit nicht infrage gestellt wird.

Nichts von ihren Gedanken konnte Marieke äußern, weil ihr Vater nun mal ein absoluter Realist war. Sie biss sich auf die Lippen. »Willst du auf dem Fest schon davon sprechen?«

»Lieber nicht. Aber ich versuche, es nun so zu sehen: Wenn der

Verkauf dann ganz schnell gehen muss, haben wir wenigstens noch eine letzte Veranstaltung im *Sandstern* gehabt.« Er atmete laut aus, drückte sich hoch und schwankte leicht. »Mit Champagner.« Er lachte bitter auf. »Ich geh ins Bett. Morgen ist ein neuer Tag. Gute Nacht.«

»Gute Nacht, Papa.« Marieke sah ihm hinterher, wie er im dunklen Flur verschwand. Eine Weile saß sie still da. Ein Holzbalken knackte, durchs gekippte Fenster hörte sie einen Nachtvogel rufen, die Schlafzimmertür klappte zu. Langsam und mit schweren Gliedern erhob sie sich und schlich aus der Wohnung.

Wie gelähmt stand sie in ihrem dunklen Zimmer, machte kein Licht. Sie konnte sich an diesem Abend nicht einfach schlafen legen wie an einem gewöhnlichen anderen Tag. In ihrem Kopf tobte das Chaos. Sie fühlte sich wie eine Nussschale im aufgepeitschten Meer, die unterzugehen drohte. Sie brauchte einen Rettungsanker, an dem sie sich festhalten konnte, einen wegweisenden Gedanken, der ein wenig Licht in ihr inneres Dunkel brachte, irgendwas!

Sie griff nach ihrem Telefon. Vielleicht konnte Gerit ihr irgendwie helfen, ihr Trost spenden oder einen Rat geben. Das sollte so sein, wenn sie wieder zusammenfinden wollten. Sie hatte schon die ersten Zahlen getippt, als ihr einfiel, dass es bei ihm in Asien etwa fünf Uhr früh war. Nicht die beste Zeit, um ihn gut gelaunt zu erreichen. Außerdem konnte sie sich eigentlich denken, was er sagen würde: »Dein Vater verkauft die Pension? Großartig! Dieses Problem wäre gelöst …«

Nele aus dem Bett zu klingeln, war auch keine gute Idee. Sie schlief um diese Zeit schon, weil sie immer als Erste aufstand, um ihre Familie zu versorgen. Die nächste Person, die ihr einfiel, mit der sie gern reden würde, war … Philipp. Allein bei dem Gedanken, sie könnte gleich seine Stimme hören, klopfte ihr Herz schneller. In München war er bestimmt sehr beschäftigt, aber vielleicht war er ja noch wach, sie konnte es jedenfalls probieren. Dafür waren Freunde schließlich da. Sie musste nur seine Nummer wählen …

Wieder spürte sie diese Leere, weil Philipp nicht auf der Insel war. Hätte sie in diesem Augenblick gewusst, dass er nur einen Kilometer entfernt in seinem Haus wäre, hätte sie sich ein kleines bisschen besser gefühlt, selbst ohne mit ihm zu sprechen. Wenn sie ehrlich war, tat der Gedanke, dass er ohne sie in München war, sogar etwas weh. Mit der Frage, ob sie ihn begleiten wolle, hatte er sie auf eine ziemlich verrückte Idee gebracht. Sie setzte sich aufs Bett und ließ sich nach hinten sinken, starrte ins Dunkle und sah sein Gesicht vor sich: seine graugrünen Augen, unruhig wie das Meer und doch vertrauenerweckend. *Man weiß nie, ob jemand wiederkommt.* Sie wollte den hartnäckigen Gedanken verscheuchen, doch er hatte sich in ihr festgesetzt. Marieke legte die Hände aufs Gesicht und flüsterte: »Mama, hilf mir bitte!« Tief horchte sie in sich hinein.

Plötzlich richtete sie sich auf. Eben war sie noch aufgewühlt und verwirrt gewesen, doch jetzt hatte sie etwas verstanden. Der Satz, den sie bei Frau Wilke im Blumenladen aufgeschnappt hatte, wollte ihr etwas sagen, und weil sie sich so lange taub gestellt hatte, tauchte er immer wieder auf. Es war doch ganz einfach: Wenn Philipp nicht auf der Insel war, wollte sie hier auch nicht sein. Ohne ihn fühlte sich das Leben auf Juist ziemlich leer an. Punkt. Sie hatte nicht sehen wollen, was offensichtlich war. Dass aus ein paar Tagen, die sie ursprünglich in ihrer alten Heimat hatte bleiben wollen, eine so lange Zeit geworden war, hatte eben doch viel mehr mit ihm zu tun, als sie sich eingestehen wollte.

Marieke spürte, wie sie zu lächeln begann. Was sie gerade endgültig und mit langer Verspätung begriffen hatte, war zwar nicht die Lösung aller Probleme, aber ein Lichtschimmer in ihrem inneren Nebel. Immer noch kannte sie ihren genauen Weg nicht, aber den richtigen nächsten Schritt: Wenn Philipp nach dem Fest aus München zurückkam, würde sie ihm erzählen, was ihr klar geworden war. Nicht am Telefon, sondern in Ruhe und von Angesicht zu Angesicht. Ein Stück Wahrhaftigkeit leuchtete in ihr auf und glänzte wie der Stern am Nachthimmel, den sie durch das Fenster sehen konnte.

Ohne sich auszuziehen, kuschelte sie sich unter die Decke. Die inneren Wogen glätteten sich, und ein paar Atemzüge später war sie eingeschlafen.

15. Kapitel

Mit unbewegtem Gesicht legte Marc die Kaufquittung auf den Schreibtisch. Er hatte sich die Uhr ein paar Tage vor Beginn seiner Tätigkeit in der Pension gekauft, und der Preis war zweistellig. Marieke spürte, wie er sie nicht zum ersten Mal intensiv musterte, was ihr von Tag zu Tag unangenehmer wurde. Doch das war kein Kündigungsgrund, und sie brauchte jede helfende Hand, um den Ablauf zu bewältigen. Das Fest würde übermorgen stattfinden. Sie sah auf. »Es ist reine Kulanz«, sagte sie. »Ich überweise Ihnen das Geld.«

»Gut«, antwortete er knapp.

Sie hielt seinem Blick stand, bis er zuerst wegsah. »Dann tue ich weiter meine Pflicht. Sämtliche Gläser sind poliert und in Kartons bereitgestellt. Die Getränke sind ordentlich im Schuppen gelagert, bis ich sie am Samstagmorgen kalt stelle. Jetzt überprüfe ich das Geschirr.«

»Danke. Danach fragen Sie bitte meinen Vater, ob er Unterstützung bei der Vorbereitung des Gartens braucht.«

»Ich helfe ihm selbstverständlich, die Plane über der Terrasse anzubringen und die Tische und Stühle aufzustellen. Und die Stehtische.«

»Bitte überprüfen Sie alles auf Schmutz oder Stockflecken. Manche Sachen waren lange gelagert.«

»Natürlich.« Er machte seine übliche kleine Verbeugung und ging hinaus.

Wieder allein, studierte Marieke zum gefühlt hundertsten Mal die Vorbereitungsliste und die Wettervorhersage. Weder ausgiebiger Regen noch Kälte waren angesagt, sondern gemischtes Inselwetter, und mit einem spontanen Schauer würde sie fertig. Fricke hatte sich fast allen Anweisungen gefügt, nur für die Fischhäppchen hatte sie eine zusätzliche Bestellung bei Pauls Imbiss gemacht. Nele wollte heute mit dem Kuchenbacken beginnen, Bengt und Niels würden die technische Betreuung übernehmen, Sina kümmerte sich um den Blumenschmuck, Annegret und ihre Tochter Edda wollten darauf achten, dass die Tische sauber und einladend aussahen. Sie selbst hatte vor, mit den Zimmermanns und Josefine den Garten rund um das reetgedeckte Haus zu schmücken und eine wundervolle Atmosphäre zu schaffen, wie ihre Mutter es früher getan hatte. Auf der Terrasse würde sie gemeinsam mit ihrem Vater am frühen Abend die Gäste empfangen und ihre kleine Rede halten. Anschließend gäbe es Livemusik, und das Büfett würde eröffnet. Jeder wusste, was zu tun war, und alle Mitarbeiter legten ab heute Sonderschichten ein. So war neben dem normalen Betrieb alles gut zu schaffen, und ohnehin kam es ihr organisatorisch wie eine Kleinigkeit gegenüber den Events vor, die sie sonst in Hamburg verantwortete. Nur die vermeintliche Diebstahlserie machte ihr noch Sorgen, und richtig freuen konnte sie sich nicht, weil sie ständig an das Unternehmerehepaar denken musste, das irgendwo im Hintergrund lauerte, um die Pension an sich zu reißen. Der Gedanke entsprach in seiner Dramatik natürlich nicht ganz der Wirklichkeit, aber für sie fühlte es sich so an.

Ihr Handy klingelte – wie ständig an diesem Tag –, und Neles Name erschien auf dem Display. Ihre Freundin klang anders als sonst. Atemlos. »Du musst mal eben herkommen, geht das?«

»Was ist denn los?«, fragte Marieke.

»Das besprechen wir, wenn du da bist. Vielleicht dauert es nicht lange, aber Lilly will dir was erzählen.«

»Hat sie ein Problem?«

»Komm einfach her, das ist besser.«

Das klang nicht gut, auch wenn sich Marieke nicht vorstellen konnte, was die Fünfjährige auf dem Herzen hatte, das sie dringend etwas anging.

Alarmiert machte sie sich auf den Weg und war schon fast aus der Tür, als sie hinter sich jemand rufen hörte: »Frau Janssen! Frau Janssen!« Marieke drehte sich um. Josefine stand auf dem oberen

Treppenabsatz und trug ein knöchellanges Kleid aus zartrosa anschmiegsamem Stoff, und eine silbrig schimmernde Stola mit langen Fransen lag über ihren Schultern. Das erste Mal war die Wölbung ihrer Körpermitte gut erkennbar. »Mein Tag ist gekommen!«, rief sie zu einem imaginären Publikum hinunter in die Diele.

Einen Moment lang verlor sich Marieke in dem Anblick. Josefine trug passende silberfarbene Riemchensandalen mit hohen Absätzen und warf sich den heruntergefallenen Zipfel der Stola mit nonchalanter Bewegung über die Schulter. Schritt für Schritt kam sie die Treppe heruntergeschwebt und strahlte Marieke an, als wäre sie geradewegs auf dem Weg zu einer Oscar-Verleihung. »Ich möchte Ihnen endlich alles erzählen!«

Fast wäre Marieke ihr entgegengeeilt, um ihr die Hand zu reichen und sie zu ihrem Sessel zu geleiten. Etwas war mit Josefine geschehen, und zu gern hätte sich Marieke mit ihr hingesetzt und neugierig zugehört. Leider ging das jetzt nicht. Bedauernd schüttelte sie den Kopf. »Sie sehen glücklich aus, und das freut mich, aber ich muss kurz weg. Ich versuche jedoch, so bald wie möglich wieder da zu sein.«

»Aber jeden Moment kommt …«

Mehr hörte sie von Josefines Worten nicht, weil sie mit einem Bein schon aus der Tür war. Auf dem Gartenweg rief sie ihrem Vater zu, sie käme gleich wieder, schwang sich aufs Rad und fuhr, so schnell sie konnte, denn von nun an zählte jede Minute, die sie von den Vorbereitungen zum Fest abknapsen musste, doppelt.

Das Gartentor zu Neles Haus stand ein Stück weit offen, und die Haustür war wie tagsüber üblich nicht abgeschlossen. Im Flur lag Kuchenduft in der Luft. Marieke folgte dem köstlichen Geruch in die Küche, wo Nele gerade ein Blech mit Apfelstreusel aus dem Ofen holte. Lilly saß am Küchentisch und malte in sich versunken mit ihren Buntstiften vor sich hin.

»Hey, hier bin ich«, sagte Marieke und blieb in der Tür stehen. »Hm, das riecht lecker! Aber deswegen hast du mich wahrscheinlich nicht angerufen. Wo brennt's denn?«

Nele stellte das Blech ab und blies sich eine Strähne aus der Stirn. »Das hier ist der Erste, und übermorgen werden es ganze sieben sein«, sagte sie. »Setz dich. Einen Tee?«

»Klar, aber viel Zeit hab ich nicht«, antwortete Marieke und ließ sich auf der Küchenbank nieder, wo neben Lilly ein großer Kuscheltierlöwe saß.

»Na, du Künstlerin?«, sagte Marieke. Lilly, die sonst kein bisschen scheu war, sah nur kurz auf und malte mit zusammengepressten Lippen weiter.

Nele stellte die Teetassen auf den Tisch. »Süße, jetzt kannst du noch mal erzählen, was du gesehen hast.«

»Der Mann war im Haus.« Lilly hielt den Kopf gesenkt und malte weiter.

Nele ging zu ihr und setzte sich auf die andere Seite der Bank neben sie. Die Kleine ließ den Stift fallen und schlang die Ärmchen um den Hals ihrer Mutter.

»Du brauchst keine Angst haben, wir beschützen dich.« Nele zog das Mädchen auf ihren Schoß. »Komm, erzähl es noch mal.«

»Hab ich doch. Der Mann war im Haus, und ich hatte Angst. Ich hab mich versteckt.« Lilly sah Marieke an, und in ihren großen Kinderaugen schimmerten Tränen.

»Sie war heute ausnahmsweise nicht im Kindergarten, und ich bin vorhin kurz weggegangen, um noch ein paar Sachen zum Backen zu besorgen«, erzählte Nele. »Marc ist unbefugt ins Haus gekommen und hat sich wohl umgesehen.«

»Wie bitte?« Marieke saß kerzengerade da. »Vorhin? Aber er macht heute doch nach dem regulären Dienst noch eine Sonderschicht. Jetzt gerade. Alle müssen mithelfen!«

»Ohne Pause?«

Marieke überlegte. »Essen tut er immer außerhalb. Ich weiß natürlich nicht genau, wo er dann hingeht, aber er war kurz nicht im *Sandstern*. Und Lilly hat ihn gesehen?«

»Vielleicht war er in seiner Essenspause in der Nähe und hat gesehen, wie ich das Haus verlassen und nicht abgeschlossen habe.« Nele wiegte den Kopf. »Ich habe keine Ahnung, wann er kommt und geht, er bewegt sich wie ein Schatten. Er konnte jedenfalls nicht ahnen, dass eine der Töchter heute da ist. Sie war sehr tapfer.«

Langsam begann Marieke zu begreifen, was sie gleich noch hören sollte. Lilly wirkte immer noch verängstigt. »Tapfer – so kenne ich dich«, sagte sie aufmunternd. »Was für eine Heldentat kannst du berichten?« Neles jüngere Tochter war bekannt für ihren Wagemut. Sie balancierte gern auf schmalen Mauern, kletterte auf hohe Bäume und ließ sich in der wilden Brandung von den Wellen hin und her werfen. Oft hatte sie Schrammen und blaue Flecken oder auch mal eine Platzwunde und war stolz darauf, nur selten zu weinen. Bei Philipp war sie eine Art Dauerpatientin.

»Ich habe ihn durchs Fenster kommen sehen und mich versteckt. Ich hab Angst vor ihm. Er hat komische Haare. Er spielt nicht mit uns. Er ist immer im Gartenhaus. Er lacht nie.« Sie griff nach ihrem Kuschellöwen. »Leo hat mich beschützt.«

»Mir ist er auch nicht ganz geheuer«, warf Nele ein. »Er redet nur das Nötigste. Er ist dabei superhöflich, klar, aber völlig unnahbar. Kein besonders sympathischer Gast. Auf die Frage, ob er sich bei uns in dem kleinen Gartenparadies wohlfühlt, hat er nur geantwortet, es würde seinen Grundbedürfnissen genügen.« Nele spitzte affektiert die Lippen und klimperte mit den Wimpern. »Zweimal hat sich der Herr beschwert, die Mädchen sollten nicht so laut in seiner Nähe spielen. Die Kinder nennen ihn nur ›den komischen Mann‹ und machen einen Bogen um ihn.«

Marieke strich Lilly über den Kopf. »Und dann? Was ist dann passiert?« Die Kleine schwieg wieder, und Marieke hoffte, mit einem kleinen Trick mehr aus ihr herauszubekommen: »Und dein Löwe Leo, der dich beschützt hat? Was hat er denn gesehen?«, fragte sie.

Es funktionierte. Lilly sah sie an und lächelte endlich ein wenig. »Er ist reingekommen. Ganz leise. Im Wohnzimmer hat er die Türen vom Schrank aufgemacht und in die Schubladen geguckt. Dann hat er den Kopf zu mir hingedreht, und ich hab mich hinter Leo versteckt und mich ganz klein gemacht und die Augen zusammengekniffen. Als ich sie wieder aufgemacht hab, war er weg.«

Das Herz klopfte in Mariekes Brust, als lauschte sie einem spannenden Krimi. »Von wo aus konntest du ihn denn sehen?«

Die Kleine wies mit dem Finger in Richtung Treppenhaus. »Aus unserem Versteck.«

»Komm mit«, sagte Nele und gab Lilly einen Kuss auf die Wange. »Du kannst mir so lange malen, wie der nächste Kuchen aussehen soll, ja?«

Die beiden Frauen gingen in den Flur, von wo die Treppe ins erste Stockwerk und die andere Tür ins ebenerdige Wohnzimmer führte. Sie stiegen nach oben bis zu der Stelle, wo Kaya neulich gestanden und mit dem Fuß aufgestampft hatte, weil sie keinen Film sehen durfte. Über dem Treppengeländer hingen zwei große Handtücher, und zwischen den Handtüchern gab es einen winzigen Schlitz. Marieke kauerte sich neben Nele und konnte durch den kleinen Spalt nach unten ins Wohnzimmer blicken. »Die Mädchen basteln sich das so hin und spähen uns im Spiel aus«, flüsterte Nele. »Ich glaube nicht, dass sie sich das ausgedacht hat. Ich habe Lilly völlig verängstigt mit Leo im Arm unter ihrer Bettdecke gefunden, als ich vom Einkaufen wiederkam.«

»Ja«, sagte Marieke nur. Sie hatte jetzt keinen Zweifel an Lillys Geschichte, während sie hinter den Handtüchern hockte. Es war der ideale Beobachtungsposten, »Fehlt denn etwas aus dem Wohnzimmer?«

Nele hob die Schultern. »Unsere Wertsachen sind oben. Auf den ersten Blick fehlt nichts. Zum Glück ist Marc nicht raufgekommen und hat Lilly entdeckt. Die Vorstellung, dass er hier rumstöbert, ist schrecklich. Ich möchte ihn nicht mehr länger bei uns haben und werde ihm sagen, dass er gesehen wurde, natürlich ohne Lillys Namen zu nennen. Tut mir leid für die Umstände, Marieke. Ich wollte dir das sofort sagen. Vielleicht war er es auch, der das Geld aus eurer

Kasse genommen hat? Keine Angst, ich habe sonst niemandem davon erzählt. Du wolltest ja nicht, dass sich das herumspricht.«

Sie erhoben sich und standen noch einen Moment am Geländer.

»Ja, vielleicht war er es«, antwortete Marieke und blickte nachdenklich nach unten.

Natürlich hatte sie ihrer besten Freundin von dem Verschwinden des Geldes erzählt, und auch Nele war betroffen gewesen, dass so etwas im *Sandstern* passieren musste. Sie gingen wieder hinunter. »Was machen wir denn nun?«

»Ich hätte gute Lust, mich bei Marc mal umzusehen«, sagte Marieke. Wenn sie die Uhr, die er angeblich vermisste, bei ihm fände, wäre die Sache klar.

Aber Nele schüttelte den Kopf. »Nein. In den Pavillon gehe ich nicht, solange er da wohnt. Ich hab natürlich einen zweiten Schlüssel, aber wenn, dann soll er uns seine Sachen freiwillig zeigen. Wir rufen ihn an, er soll herkommen.«

»Jetzt?«

»Hast du eine bessere Idee? Mir ist wirklich mulmig, seit ich weiß, dass er hier im Haus war.«

»Du hast recht. Es muss gleich sein. Lass es uns geschickt machen. Wir sagen ihm, es wäre etwas mit den Leitungen im Pavillon, und wir müssten ganz dringend hinein. Mal sehen, wie er reagiert.«

»Gute Idee! Ich bringe Lilly nach oben und mache ihr ein Hörspiel an, dann ist sie abgelenkt. Am besten, du rufst ihn draußen an, damit sie nicht viel davon mitbekommt.«

Marieke ging hinaus in den Garten. Auf dem schmalen Weg, der vorbei an den Blumen- und Gemüsebeeten in den hinteren Teil führte, war Kinderspielzeug verstreut. Auf der kleinen Wiese, wo zwischen zwei Apfelbäumen der Pavillon stand, lag nichts, was dort nicht hingehörte. Wahrscheinlich trauten sich Kaya und Lilly nicht in Marcs Nähe. Marieke ging zu einem der kleinen Fenster, das zum Wohn- und Schlafraum gehörte, und versuchte hineinzusehen. Doch der Vorhang war zugezogen. Auch ein Sichtschutz in der Küche verwehrte den Blick ins Innere. Sie nahm ihr Telefon und rief Marc an. Nach mehrmaligem Klingeln, gerade als sie es aufgeben und die Nummer des *Sandsterns* anwählen wollte, meldete er sich.

»Marc, egal, was Sie gerade tun, unterbrechen Sie bitte die Arbeit, und kommen Sie in Ihr Quartier. Es ist etwas passiert, und wir müssen dringend in Ihre Räume. Fragen Sie nicht, kommen Sie einfach nur schnell her.«

Seine Verblüffung war durchs Telefon zu hören. Nach einer Schrecksekunde räusperte er sich und sagte gefasst: »Nichts anfassen. Ich bin sofort da.«

Keine zehn Minuten später kam er den kleinen Gartenweg entlanggeeilt. Marieke und Nele hatten sich zwei Stühle geholt und warteten auf der kleinen Wiese.

»Was verschafft mir die Ehre, dass gleich zwei Damen meiner harren?«, fragte Marc und blieb ein Stück von ihnen entfernt stehen. Er hatte seine Umhängetasche bei sich, die er während der Arbeit im Spind einschloss, und trug über seinem weißen Arbeitshemd eine Windjacke. Ein paar der sonst glatt mit Gel an den Kopf gedrückten Haare waren in Unordnung geraten, seine Brille saß leicht schief, und sein Gesicht war etwas gerötet. In diesem etwas derangierten Zustand sah Marieke ihn das erste Mal.

Beide standen sie auf. Sie nickte Nele zu. Ihre Freundin sollte anfangen, denn sie hatte einen handfesten Verdacht und sie selbst nur eine Vermutung.

»Was haben Sie vorhin in unserem Wohnzimmer gesucht?«, fragte Nele ohne Umschweife.

Marc umfasste den Gurt seiner Umhängetasche so fest, dass sie Knöchel seiner Hand weiß wurden. »Wie bitte? Wie kommen Sie denn darauf?«

»Das war nicht die Frage. Was hatten Sie dort zu suchen? Mit den Fingern im Schrank?« Nele wirkte ruhig und unerschütterlich.

»Ich habe heute Sonderschicht und den ganzen Tag zu tun«, antwortete Marc ausweichend. »Ich weiß nicht, was Sie meinen.«

»Sie waren vor nicht einmal einer Stunde hier und sind unbefugt ins Haus eingedrungen, als sie dachten, es wäre niemand da«, beharrte Nele.

»Wer sagt das?«

»Beantworten Sie doch einfach die Frage!«

»Nicht, bevor ich nicht weiß, wer so etwas behauptet.«

»Sie wurden dabei beobachtet, Punkt«, schaltete sich Marieke ein. »Verständlicherweise wollen wir eine Erklärung.«

Marc sah sie mit einem bitterbösen Blick an, der ihr durch und durch ging. Sie war nicht übermäßig überrascht, dass hinter seiner glatten Fassade noch ein anderer Mensch wohnte. Dieser Blick jedoch konnte töten. Inzwischen glaubte sie, dass Marc fähig war, sich bestens zu verstellen und … zu stehlen.

»Was haben Sie damit überhaupt zu tun, Frau Janssen?«, fragte er mit schneidender Stimme.

»In der Pension verschwinden Geld und Dinge«, sagte sie. »Ich bin auf der Suche nach der Ursache und gehe vielen Spuren nach. Ich sorge mich um das Wohl und die Sicherheit meiner Gäste. Genügt das als Aussage?« Sie verschränkte die Arme vor der Brust. »Wir würden aus gegebenem Anlass gern einen Blick in den Pavillon werfen.«

Marc lachte trocken auf. »Sie sind beide verrückt. Sie behaupten da irgendetwas!«

»Sie wurden gesehen, wie Sie in unsere Schränke geschaut haben«, wiederholte Nele. »Geben Sie es zu! Und sollten Sie etwas entwendet haben, rate ich Ihnen, es umgehend zurückzugeben!«

»Vor zwei Verrückten gebe ich gar nichts zu! Lassen Sie mich mit Ihrem Mist in Ruhe!«

Marieke horchte auf. Es war nicht nur das erste Mal, dass sie Marc wütend erlebte, es war auch das erste Mal, dass er völlig anders redete als sonst. Wenn er angeblich nichts zu verbergen hatte, warum verhielt er sich so seltsam? Von jetzt an würde sie ihm kein Wort mehr glauben. »Sie sind höchst verdächtig«, stellte sie fest.

Seine Augen wurden zu Schlitzen, und er zeigte seine aufeinandergepressten Zähne. Wäre Nele nicht bei ihr gewesen, hätte sie vielleicht sogar Angst bekommen. »Treiben Sie es nicht zu weit. Das alles hier passt mir nicht«, knurrte er. »Wissen Sie was? Machen Sie Ihr bescheuertes Fest allein! Ich kündige. Sofort. Aus dem unzumutbaren Grund der Verleumdung! Was bilden Sie sich überhaupt ein!« Mit großen Schritten ging er zur Tür des Pavillons und holte den Schlüssel aus der Jackentasche. Seine Finger zitterten, als er ihn ins Schloss schob. Wie er da so aufgelöst stand und überreagierte, war er der lebende Beweis dafür, dass er etwas zu verbergen hatte. Doch was genau, das ließ sich wahrscheinlich nur unter Folter aus ihm herausbekommen oder in einem echten Verhör. Er stieß die Tür auf und knallte sie hinter sich zu. Von innen schloss er sofort ab.

Erschüttert standen die beiden Frauen da.

»Polizei?«, fragte Nele leise.

»Wenn wir einen Beweis hätten, sofort. Aber du vermisst ja nichts, und er könnte sich als euer Gast herausreden, der eine Frage hatte und ins offene Haus gekommen ist. Außerdem würden wir Lilly als Zeugin mit reinziehen. Bringt das was?«, flüsterte Marieke mit trockener Kehle. »Aber wenn du dich besser fühlst, dann mach das.«

»Ich weiß nicht …«

Marieke ging zur Tür und klopfte dagegen. »Marc, Sie verhalten sich unmöglich. Helfen Sie doch lieber, die Situation zu klären, wenn Sie unschuldig sind. Es gibt berechtigte Fragen! Sie riskieren eine Anzeige!«

»Lassen Sie mich in Ruhe!«, schrie er von drinnen. »Ich habe gerade gekündigt. Das lasse ich mir nicht bieten! Eine Anzeige ist lächerlich. Es gibt nichts, was Sie anzeigen könnten, außer Ihrer blühenden Fantasie.« Lautes Geklapper und Geräusche waren zu hören, die darauf hindeuteten, dass er seine Sachen packte.

»Darf ich fragen, wo Ihre viel gerühmte Professionalität bleibt? Wenn das alles ist, was Sie zu bieten haben, verzichte auch ich gern auf die weitere Zusammenarbeit«, sagte sie laut zu der geschlossenen Tür. Jetzt war sie sich sicher: Marc war weder ein Gentleman noch eine überzeugende Servicekraft, sondern ein zwielichtiger Typ, der mit seinen Rollen spielte. Vielleicht hatte er auch anderswo schon Schaden angerichtet und wechselte deswegen öfter mal den Arbeitsplatz. Um nicht zufällig wiedererkannt zu werden, hatte er sich vielleicht ganz anders zurechtgemacht als auf dem Bewerbungsfoto. Jetzt wurde es immer klarer, dass die Sache mit der Uhr nur ein Ablenkungsmanöver gewesen war. Es hatte quasi als Alibi dienen sollen. Wenn Marc nun ging und in der Pension keine weiteren Dinge verschwanden, war die Sache relativ klar. Sie griff nach Neles Hand, und beide verhakten fest ihre Finger miteinander. So warteten sie, bis er wieder herauskam.

Wie vermutet hatte er seinen Koffer gepackt. Aufrecht stand er vor ihnen, mit wirrem Haar und mittlerweile hochrotem Gesicht. »Gehen Sie mir aus dem Weg!«

Marieke konnte es nicht fassen. Nicht sie standen vor ihm, sondern er vor ihnen. Rundherum war genug Platz. Sie prustete los, weil Marc die Situation auf absurde Weise immer weiter verdrehte. Auch Nele fing an zu lachen, und sie lachten noch mehr, als er an ihnen vorbeigestapft war.

»Eine Ungeheuerlichkeit!«, rief er.

Mit jedem Schritt, den er sich entfernte, und mit jeder Lachwelle fiel die Anspannung von ihnen ab. Schließlich umarmten sie sich.

»Ich muss zurück«, sagte Marieke und wischte sich erleichtert eine kleine Träne weg.

»Ich rufe jetzt Bengt an, und wir schauen noch mal genau nach, ob etwas fehlt. Falls ja, melden wir es sofort der Polizei«, sagte Nele und richtete den Blick zum Haus.

Die Heiterkeit, die eben über sie gekommen war, verflüchtigte sich ziemlich schnell wieder.

»Keine Ahnung, wie ich das alles nun schaffen soll«, sagte Marieke.

»Wir kriegen das hin«, erwiderte Nele. »Und wenn ein Detail nicht so perfekt wird, wie du es dir vorgestellt hast, dann ist das halt so. Doch übermorgen wird alles fertig sein.« Gemeinsam gingen sie zum Gartentörchen, das Marc sperrangelweit offen gelassen hatte. »Machen wir weiter!«

»Danke für deinen unerschütterlichen Optimismus«, sagte Marieke zum Abschied. »Aber was sag ich den anderen, warum Marc weg ist?«

»Keine Ahnung, er ist eben aus heiterem Himmel abgereist. Passt doch zu diesem schrägen Vogel.«

Marieke seufzte. »Und mein Vater wird sagen, er hätte das ja gleich gewusst. Sei's drum.«

Als sie aufs Rad stieg, fiel ihr wieder ein, dass Josefine ihr vorhin etwas Wichtiges hatte erzählen wollen. Vielleicht ging es um das von ihr beschworene besondere Ereignis, das im *Sandstern* stattfinden würde. Es war wohl einer der Tage, an denen alles zusammenkam. Marieke verdrängte weitere Gedanken an Marc, und ihre Neugier wuchs. In Windeseile radelte sie zurück zur Pension.

Josefine thronte in der Halle in ihrem angestammten Sessel. In Rosa und Silber gehüllt und mit dem Strauß roter Rosen auf ihrem Schoß strahlte sie wie das wach geküsste Dornröschen. Neben ihr saß ein Mann im hellgrauen Businessanzug und hielt ihre Hand. Die Zimmermanns mit Jule und Anna standen bei den beiden. Erstaunt trat Marieke hinzu. »Hab ich was verpasst?«

»Allerdings«, sagte Sophie Zimmermann und seufzte leise. »Eine filmreife Liebeserklärung, die wir zufällig mitbekommen haben. Josy hat uns dann gleich hinzugebeten.«

Josefine wischte sich eine Träne aus dem Augenwinkel. »Gut, dass Sie wieder zurück sind, Marieke. Ich möchte mich bei Ihnen besonders bedanken. Sie hatten es anfangs wirklich nicht leicht mit mir. Darf ich Ihnen jetzt etwas erzählen? Bitte setzen Sie sich doch«, sagte sie, und der Mann neben ihr streckte ihr eine Hand hin. »Joris Sanders, sehr erfreut. Sie sind also Marieke Janssen.« Er hatte große blaue Augen, die sie ein wenig an Gerit erinnerten. Interessiert musterte er sie.

Jakob Zimmermann klatschte in die Hände. »Anna, Jule, das hier ist etwas für Erwachsene, wir gehen zum Strand. Verabschiedet euch!«

Die Mädchen gingen zu Josefine und wollten von ihr gedrückt werden, was sie auch tat. »Vergiss nicht, du bekommst von mir noch eine schöne Geldbörse für junge Damen, versprochen«, sagte sie zu Anna. Dann strich sie Jule über den Kopf. »Für dich denke ich mir auch noch etwas Schönes aus. Bei dem Fest übermorgen habe ich außerdem noch eine Überraschung für euch, und es kommen noch mehr Kinder.«

Ungläubig verfolgt Joris Sanders die Szene und schüttelte den Kopf. »Was für ein Fest? Was für Kinder? Wo bin ich hier eigentlich gelandet? Gibt es hier eine versteckte Kamera?«

»Hoffentlich nicht«, sagte Marieke und setzte sich in einen der Sessel. Schon wieder drohte sie, wichtige Zeit zu verlieren, aber es interessierte sie brennend, was passiert war. Zu dritt blieben sie zurück.

»Das ist er«, begann Josefine. »Der Vater meines Kindes, vor dem ich mich so lange versteckt habe.«

»Schatz, es tut mir so leid …«, sagte Joris Sanders, brach aber ab, weil Josefine ihm einen Finger auf den Mund legte. »Lass mich erzählen.«

Sanft wehrte er ihren Übergriff ab. »Ich kann das alles aber noch gar nicht richtig glauben. Nichts ahnend komme ich zurück nach Juist, meine Verlobte ist aus dem Hotel verschwunden, und ich finde sie in einer kleinen Pension, wo sie wie ein Familienmitglied behandelt wird!«

»Eigentlich sollte ich böse sein, aber als du mit den vielen Rosen hereinkamst, wurde mir einfach nur warm ums Herz, und ich bin eingeknickt«, sagte Josefine und beugte sich zu Joris, der sie sofort küsste. Und küsste. Und küsste.

Marieke räusperte sich, und die beiden lösten sich lächelnd voneinander. »So etwas kommt nicht wieder vor, ich verspreche es«, sagte er und legte eine Hand auf ihren Bauch. »Ich dachte, ich erledige nur noch diesen einen Auftrag, bevor ich kürzertrete, aber es zog sich immer weiter in die Länge. Ich war verrückt nach dem Erfolg.«

»Was ich von dir will, ist deine Zeit, nicht dein Geld oder Erfolg. Ich weiß, was du kannst, das genügt mir vollkommen!«

»Das sagst du so leicht. Du bist im Luxus aufgewachsen, und er ist dir sicher. Ich musste mir das alles hart erkämpfen.«

»Genug gekämpft. Nun werden wir eine Familie – und bitte eine, in der du als Vater nicht ständig unterwegs bist, so wie es bei mir war. Das darf sich nicht wiederholen. Internat und Kindermädchen, während wir beide um die Welt reisen, das wird es bei uns nicht geben.«

Joris Sanders nickte und setzte zur Antwort an.

Entschieden ging Marieke dazwischen, denn offensichtlich hatten die beiden vergessen, dass sie neben ihnen saß: »Vielleicht sprechen Sie sich lieber erst einmal unter vier Augen aus?«, fragte sie und wollte sich erheben.

»Nein, das machen wir gleich im Apartment«, erwiderte Josefine und strahlte ihren Begleiter an. »Mit aller Zeit der Welt, denn ich lasse dich jetzt nicht mehr zu irgendwelchen spontanen Terminen. Für den zweiten Teil unseres Aufenthalts darfst du mich im *Strandhotel* über die Schwelle tragen.« Sie küsste ihn noch einmal, bevor sie Marieke wieder ansah. »Da wohne ich nämlich normalerweise, weil meine Eltern da seit Jahren ein großzügiges Apartment haben. Joris und ich sind vor drei Wochen angekommen, um miteinander die Zeit zu genießen, in der wir noch zu zweit sind. Aber wir hatten uns kaum eingerichtet, da musste er schon fort. Dabei hatte er mir geschworen, wenn wir unser Kind bekommen – und auch jetzt schon während der Schwangerschaft – würde alles besser. Er ist ein Workaholic. Ich habe ihm geglaubt und war bodenlos enttäuscht, als er wieder in den Inselflieger stieg und von seinem Termin nicht zurückkam – bis gestern!«

»Weil du dich überhaupt nicht beschwert hast! Ich dachte die ganze Zeit, es ginge dir gut.«

»Ich dachte, wenn du nicht von allein auf die Idee kommst, dass diesmal etwas nicht mehr stimmt, dann muss ich es dir anders zeigen als immer nur mit der Bitte, dir mehr Zeit zu nehmen. Ich bin regelrecht aus dem Apartment geflohen, als du mir an jenem Morgen in aller Frühe geschrieben hast, deine Rückkehr würde sich verzögern und dauere mal wieder länger. Ich habe rotgesehen, ein paar Sachen in den großen Koffer geworfen und bin einfach losgelaufen. Zum Glück hat mich Herr Janssen aufgegabelt, als ich orientierungslos durch die Gegend geirrt bin.«

Marieke gelang es, die Puzzleteile zusammenzusetzen. »Dann sind Sie also jeden Tag mit dem kleinen Koffer immer ins beste Haus am Platz gepilgert? Ich habe mich schon gefragt, wo Sie hingehen, aber das war ja Ihr Geheimnis.«

»Genau. Ich wollte es niemandem im *Sandstern* verraten und auch niemanden vor den Kopf stoßen, so wie im *Strandhotel* niemand wusste, dass ich hier untergeschlüpft bin. Ich habe fast jeden Tag dort zu Mittag gegessen und regelmäßig meine Kleider und vor allem den Schmuck ausgetauscht, der im Apartment meiner Eltern im Safe liegt. Joris sollte mich keinesfalls mehr dort vorfinden, der Schreck sollte ihm bis ins Mark fahren. Er sollte mich suchen müssen! Er hatte einen echten Denkzettel verdient.«

»Das ist dir gelungen. Als ich gestern zurückkam, habe ich sofort gemerkt, dass das Apartment gar nicht richtig bewohnt ist. Sonst sind von dir überall lebendige Spuren. Mir ist das Herz in die Hose gerutscht. Es tut mir so leid, mein Liebling!« Er küsste Josefines Hand, die er gar nicht mehr loslassen wollte.

»Ich habe ihn zappeln lassen und ihm nicht verraten, wo ich bin.«

»In den vergangenen 24 Stunden habe ich sämtliche Unterkünfte, die meiner Meinung nach infrage kamen, abtelefoniert. Dass du hier untergeschlüpft bist, hätte ich im Traum nicht gedacht.«

»Deine Nachrichten wurden immer verzweifelter …«

»Ich war sehr besorgt, habe dir zigmal geschrieben und versucht, dich zu erreichen …«

»… bis ich irgendwann nicht nur Mitleid hatte, sondern auch Sehnsucht nach dir bekam. Als ich fand, dass du lange genug gelitten hast, habe ich dir vorhin endlich verraten, wo ich wohne. Ich hab mich hier hingesetzt und auf dich gewartet ...«

Joris Sanders ließ den Blick umherschweifen. »Aber warum warst du die ganze Zeit hier? Du hättest doch auch woanders unterkommen können.«

Seine Frage versetzte Marieke den gleichen Stich, den Josefine ihr mit ihrem kritischen Blick versetzt hatte, als sie die Pension das erste Mal betreten hatte. »Sie hat ihren Aufenthalt zweimal verlängert«, sagte Marieke.

Josefine kicherte. »Mein Zimmer oben ist nicht viel größer als der Ankleideraum im Apartment. Aber ich fühle mich hier mittlerweile sehr, sehr wohl. Ich habe tolle Menschen kennen- und zwei entzückende Mädchen lieben gelernt. Sie sind so süß, wie sie mir bei meinem Blog immer helfen wollen und an mir herumzupfen.«

»Dein Blog! Das war der springende Punkt.« Joris Sanders richtete sich kerzengerade auf. »Die täglichen Beiträge haben mich in die Irre geführt. Ich habe meistens nur kurz reingeschaut und war damit zufrieden, dass du jeden Tag was Neues machst und in die Kamera lachst.«

»Du hast gar nichts zu Ende gesehen? Meistens war ein Kommentar für dich versteckt!«

»Ich dachte wirklich, es ginge dir gut, das genügte mir. Verlang nicht von mir, dass ich mir Mode-Blogs ansehe. Du sollst ja auch nicht täglich die Aktienkurse studieren, wenn es dich nicht interessiert. Ich habe auch keinen Verdacht geschöpft, wenn du am Telefon kurz angebunden warst, denn natürlich habe ich geahnt, dass du von meiner Abwesenheit nicht begeistert warst. Außerdem ist es manchmal deine Art, dass du dich wie eine eingeschnappte Diva benimmst. Aber den wahren Hintergrund habe ich nicht gesehen. Im Nachhinein fühle ich mich wie ein Vollidiot.«

»Gute Laune kann ich als Influencerin hervorragend vortäuschen, das stimmt«, bemerkte Josefine. »Aber die wurde tatsächlich jeden Tag etwas besser, nicht zuletzt durch die familiäre Atmosphäre hier, die ich aufgesaugt habe wie ein Schwamm.«

»Darauf legen wir auch Wert«, sagte Marieke und musste über die ganze Geschichte, die sie wie aus einem Guss serviert bekommen hatte, lächeln. Hätte sie keine anderen Sorgen, hätte sie gerne mit den beiden angestoßen. Ihr wippendes Bein jedoch verriet, dass sie kaum mehr still sitzen konnte.

Joris Sanders stand auf und zog Josefine mit sich hoch. »Jetzt entführe ich dich und trage dich über die Schwelle. Dann gehen wir essen. Und am Strand spazieren. Und …«

»… beim Fest kommen wir im *Sandstern* vorbei. Das lasse ich mir nicht nehmen, und ich habe etwas vor.«

Tatsächlich hatte sie angekündigt, die Kinder unterhalten zu wollen. Ein Beitrag, auf den Marieke schon gespannt war. »Dann checken Sie jetzt aus und gehen mit Ihrem Verlobten mit?«, fragte sie und stand ebenso auf.

»Nicht ganz. Das Zimmer ist für den Rest der Woche bezahlt, und ein paar der Sachen, die ich für morgen brauche, sind oben.«

Das Pärchen verabschiedete sich, und Marieke blieb wie so oft, wenn sie glückliche Paare hautnah miterlebte, mit wehem Herz zurück. Zudem erinnerte sie dieser Mann mit den blauen Augen viel zu sehr an ihre Vergangenheit mit Gerit, dem Erfolg ebenso mehr bedeutet hatte als mit ihr verbrachte gemeinsame Zeit – oder immer noch bedeutete.

16. Kapitel

Erschöpft saß Marieke auf der Bettkante. Diese Nacht war zu kurz gewesen, doch sie konnte nicht mehr ruhig liegen bleiben. Am Abend zuvor war sie als Letzte schlafen gegangen, und nun hatte das Signal ihres Handys sie vor dem Wecker aufgeweckt. Neben ihr lag das Telefon. Sonst schaltete sie es vor dem Zubettgehen auf Flugmodus, das vergaß sie nur ganz selten. Sie überlegte, wie sie auf Gerits Nachricht reagieren sollte, aber so früh wollte sich noch kein klarer Gedanke einstellen, und sie fühlte sich nach zwei anstrengenden Tagen, in denen sie doppelt so viel geplant und gearbeitet hatte, völlig zerschlagen. Wenigstens schien, seit Marc nicht mehr da war, tatsächlich ein unheilvoller Schatten aus der Pension verschwunden zu sein.

Sie ging ins Bad und spritzte sich kaltes Wasser ins Gesicht. Ihr Spiegelbild blickte ihr bleich und mit Ringen unter den Augen entgegen. Es war nicht nur die Müdigkeit einer zu kurzen Nacht. Es war die Müdigkeit der endlosen Grübeleien, die sich darum drehten, wie es mit ihren Liebesdingen weitergehen sollte. Sie hatte gehofft, die lange Auszeit von ihrem bisherigen Hamburger Leben würde ihr wieder Klarheit verschaffen. Andere Paare um sie herum bestätigten das ja auch: Sophie Zimmermann hatte erzählt, dass sie ihren Mann überraschenderweise sehr vermisst hatte, als er unverhofft ein paar Tage zu seiner Mutter reisen musste. Joris Sanders hatte im Nachhinein einen Schreck bekommen, als ihm bewusst wurde, dass Josefine sich über zwei Wochen lang vor ihm versteckt hatte, und brannte vor neu entflammter Liebe. Davon konnte sie selbst nur träumen! Aus Asien erreichten sie eher gegenteilige Signale …

Sie und Gerit waren im Gegensatz zu den anderen allerdings schon eine halbe Ewigkeit getrennt, und vielleicht war es bei den Zimmermanns und bei Josefine und Joris Sanders auch eher das Unvorhergesehene gewesen, das sie aufgerüttelt hatte. Hier ein Notfall, dort eine Flucht. Eine Wiederbelebung der Beziehung zwischen Gerit und ihr hingegen war von ihnen beiden pragmatisch vorausgeplant wie der Erfolg eines Arbeitsprojekts: Am Ende des Sommers wollten sie sich wiedersehen und entscheiden, ob und wie es mit ihnen weiterginge. Nichts daran war spontan.

Und nun schickte er das! Sie nahm das Telefon wieder zur Hand und zoomte das Foto größer. Es war eine Gruppenaufnahme seines Teams vor Ort, in dem es auch einige Frauen gab. Eine von ihnen stach ihr nicht nur deswegen ins Auge, weil sie sehr attraktiv war. Sie stand so dicht neben Gerit, dass es für ihn möglich war, ihr hinter dem Rücken den Arm umzulegen, ohne dass es vorne zu sehen war. Das war der erste Gedanke, der Marieke durch den Kopf ging, als sie das Bild näher betrachtete. Auf einem anderen Bild, das einen Stehempfang vor der Traumkulisse von Meer und Palmen zeigte, stand die Frau nicht weit entfernt und sah ihn interessiert an. Auf seltsame Weise konnte Marieke spüren, dass die beiden mehr verband als nur die Arbeit. Wie viel mehr, das war allerdings ihrer Fantasie überlassen, so wie sie es Gerits Fantasie überließ, inwiefern ihre Bekanntschaft mit Philipp über ein normales Freundschaftsverhältnis hinausging. Marieke zerbrach sich den Kopf darüber, ob Gerit ihr mit dem Foto plus der Nachricht etwas Bestimmtes signalisieren wollte oder ob er sie wirklich nur geschickt hatte, damit sie sich mit ihm mitfreuen konnte.

Wir feiern hier einen erfolgreichen Zwischenstand unseres Projekts. Dir viel Erfolg bei eurem Fest. Hoffe, du tanzt nicht zu eng mit deinem Inselarzt.

Weil er dann ebenso eng mit seiner hübschen Kollegin tanzen würde? Sie konnte ihm wegen seiner Bemerkung nicht einmal böse sein. Schließlich war Gerit wie in einem Drehbuch für einen vorhersehbaren Liebesfilm im letzten Sommer gerade in dem Moment aufgetaucht, als sie mit Philipp während der kleinen Hochzeit, die sie in der Pension ausgerichtet hatten, tanzte. Ein Freund hatte Gerit im privaten Flugzeug auf die Insel geflogen, um sie einfach zu entführen. Die Überraschung war gelungen, und Marieke hatte richtig weiche Knie bekommen und gemerkt, wie sehr sie Gerit vermisst hatte. Mit ihm zurückgeflogen war sie dennoch nicht, weil es in der Pension noch zu viel zu tun gab. Oder weil sie sich fast genauso stark zu Philipp hingezogen gefühlt hatte …

Herzlichen Glückwunsch!, schrieb sie zurück. *Und keine Bange, Dr. Simeon wird nicht anwesend sein.*

Sie verkniff sich einen Kommentar bezüglich der Kollegin und wischte die Fotos fort. Kaum war die Nachricht abgeschickt, merkte sie, wie enttäuscht sie immer noch war, dass Philipp beim Fest nicht dabei sein würde. Eine Tatsache, die sie Gerit gerade so verkauft hatte, als mache es ihr nichts aus. Philipp hatte recht. Wie sie dachte, fühlte und handelte – das war keine Einheit. Sich zwischen Gedanken und Taten zu zerreißen, das konnte niemanden glücklich machen. Sie musste vor sich zugeben, tatsächlich zwischen zwei Männern zu stehen – oder besser gesagt stillzustehen. Erst wenn Philipp zurückkam, würde Bewegung in die Sache kommen. Dann würde sie ihm sagen, wie sehr sie ihn vermisst hatte. Wie würde er wohl reagieren? Die Wahrheit, um die sie schon viel zu lange herumschlich und herumredete wie um den heißen Brei, würde sie jedenfalls ein Stück weiterbringen.

Außerdem wollte sie wissen, ob er seine Entscheidung, auf die Insel zu ziehen, nicht bereute. Vielleicht würde der Besuch in München ja etwas bei ihm verändern. Aber vielleicht schloss sie von ihrer eigenen Unsicherheit und ihrer diffusen Sehnsucht, die die Zukunft betrafen, viel zu sehr auf ihn.

Das Handy meldete sich. Gerit hatte ihre Antwort sofort gelesen und kommentierte die Nachricht mit einem erhobenen Daumen. Sie stöhnte auf. Es frustrierte sie, dass er sich arglos über Philipps Abwesenheit freuen konnte. Statt der gewohnten Schaffenskraft, die sie für das Fest brauchte, erfüllte sie bleierne Müdigkeit und viel zu wenig Vorfreude.

Marieke schlüpfte in ihren Hausanzug und verließ leise das Zimmer. Erst einmal brauchte sie einen starken Tee. Sie ging auf Zehenspitzen zur Treppe und blieb davor stehen, weil sie etwas gehört hatte. Sie lauschte. Kamen von unten Geräusche?

Dämmerlicht erfüllte den Flur und das Treppenhaus. Mit jeder Stufe, die sie vorsichtig nach unten ging, war sie sich sicherer, etwas zu hören, was nicht zu der frühen Morgenzeit passte. Annegret und Fricke wollten heute zwar zeitiger kommen, aber so früh nun auch wieder nicht. Sie wollte den Gästen nicht zu viel Unruhe zumuten, denn der Tag in der Pension würde schon turbulent genug werden.

In der Diele klopfte ihr das Herz bis zum Hals. Die gedämpften Geräusche kamen aus der Küche. War es … ein Dieb? Oder sogar: *der* Dieb?

In Zeitlupentempo bewegte sie sich vorwärts. Wenn es der Dieb war, verhielt sie sich höchst unvernünftig. Er könnte eine Waffe haben! Doch wie von einem unsichtbaren Faden gezogen, tat sie Schritt um Schritt. Draußen zeigten sich die ersten Sonnenstrahlen, was sie etwas beruhigte. Vielleicht hatte sich auch der rote Kater ins Innere des Hauses geschlichen, der manchmal durch den Garten streunte.

Vor der Küchentür blieb sie stehen und legte das Ohr an die Tür. Da drin war kein Tier, es waren eindeutig menschliche Geräusche, die nach außen drangen. Rascheln, leises Klappen, Schritte. Vielleicht ihr Vater, der ebenso nicht schlafen konnte? Nein, er hörte sich anders an. Sie holte Luft und drückte die Tür auf. »Wer ist da?«, rief sie.

Ein hoher spitzer Schrei schallte ihr entgegen. Die Person, die dort stand und hier nicht sein sollte, drehte sich um. Beide starrten sich an. Nach einer Schrecksekunde lachte Marieke auf und riss die Arme hoch. Sie machte zwei Schritte nach vorn und umarmte Susa, was sie sonst nie tat, doch in diesem Moment ging es nicht anders.

»Was machst du denn hier?« Sie trat wieder einen Schritt zurück, um den nötigen Abstand wiederherzustellen. »Träume ich? Du solltest doch frühestens nächste Woche zurückkommen!«

Ihre Angestellte war leicht gebräunt, und feine sonnenblonde Strähnen durchzogen ihr Haar. Ihr Gesicht leuchtete auf. Es war ein Augenblick, in dem sie richtig hübsch aussah. »Ich habe es auf dem komischen Schiff nich mehr ausgehalten«, sagte sie.

»Vor Sehnsucht nach uns allen?«, fragte Marieke lachend und dachte in erster Linie an Fricke.

»Ich bin früher von Bord gegangen. Ich muss beim Fest doch dabei sein und helfen.« Susa zeigte ihre schiefen Zähne. Wie hatte Marieke dieses Lächeln im *Sandstern* vermisst!

»Wenn du wüsstest! Trinken wir einen Tee!« Marieke ging zum Herd und setzte den Wasserkessel auf. Dann nahm sie Susa bei der Hand und zog sie an den Tisch. »Erzähl! War es denn nicht schön? *Du* machst ja Sachen!«

»Schön war es schon. So warm. Und das Meer is ganz anders als hier. Und die Städte! Jetzt weiß ich, was romantisch heißt. Und menschenfreundlich. Ich hab kein Wort verstanden, und die netten Italiener haben trotzdem viel mit mir geredet. Aber die Leute auf dem Schiff waren komisch. Kamen von überall her und hatten viel Geld. Meine Mutter hat einen Herrn kennengelernt. Die hat mich am Ende nich mehr als Gesellschaft gebraucht. Der Herr will sie sogar bis vor die Haustür bringen. Ich will aber gebraucht werden.«

»Dann bist du hier wirklich richtig«, sagte Marieke. »Marc hat nämlich fristlos gekündigt, und das mitten in den Vorbereitungen.« Sie musste sich beherrschen, vor lauter Freude nicht nach Susas Händen zu greifen.

»Aber warum denn?«, fragte Susa. »Das darf man doch nich! Was haben denn die anderen dazu gesagt? Und der Frieder?«

»Fricke hat ihn nie gemocht. Er hat gar nichts dazu gesagt.«

»Wie er so is …« Susa grinste. »Als ich ihm erzählt hab, dass ich die Reise gewonnen hab und nicht weiß, ob ich fahren soll, hat er auch erst nix gesagt. Ich dachte, er is böse, weil ich darüber nachdenke, mit meiner Mutter wegzufahren. Dabei war es das Gegenteil, was ihn böse gemacht hat: dass ich darüber nachgedacht hab, nich zu fahren. Weil ich mich immer so aufopfern tu, hat er gesagt.«

»Deswegen war zwischen euch diese schlechte Stimmung«, sagte Marieke. »Darauf muss man wirklich kommen. Ich dachte auch erst, er grollt dir, weil du fahren willst, aber dann hat er für dich ein Plädoyer gehalten.«

»Plähdohwas?«

Marieke schmunzelte. »Er hat sich für dich eingesetzt, weil ich dich nicht gleich gehen lassen wollte, erinnerst du dich? Er hatte aber recht, Susa. Aufopfern soll sich niemand für den *Sandstern*.« Nachdenklich hielt sie inne, weil sie merkte, dass sie auch von ihrer eigenen Lage sprach. Würde sie sich aufopfern, wenn sie sich dazu entscheiden sollte, auf Juist zu bleiben und die Pension vor dem Verkauf zu retten? Als sie hierherkam, um ihrem kranken Vater beizustehen, hatte es sich genauso angefühlt, und tatsächlich hatte sie ein Opfer bringen und ihren Karibikurlaub sausen lassen müssen. Und jetzt? Hielt sie nur an einer Idee fest, wenn sie immer wieder behauptete, ihr Aufenthalt sollte vorübergehend sein? Was wollte sie wirklich? Es war höchste Zeit, endlich Antworten auf diese Fragen zu finden.

»Und warum is der Mann mit dem komischen Namen – wie hieß er noch mal – einfach abgehauen?«, hakte Susa nach.

»Marc Nasswetter.« Marieke hatte unterdessen mit der Vermittlungsagentur telefoniert und geschildert, was passiert war. Man bedauere den Vorfall sehr und werde ihm natürlich nachgehen, hatte man ihr versichert. Nele und Bengt hatten auf eine Anzeige verzichtet, weil es nichts gab, was sie vermissten, also konnten sie auch keinen Diebstahl melden. »Er war ein komischer Typ. Anfangs hat er gut gearbeitet, aber dann … Das ist eine andere Geschichte. Annegret hat jedenfalls gleich versprochen, ihre ganze Familie mit ins Boot zu holen, um beim Fest zu helfen. Alle werden sich freuen, dass du wieder da bist, Susa! Aber warum hast du dich so früh einfach hereingeschlichen?«

»Ich wollte euch überraschen und schon ganz viel getan haben, wenn ihr mich bemerkt. Ich wollte nach dem Rechten sehen.«

»Du brauchst doch auch deinen Schlaf!«

»Bin viel zu aufgeregt, auch wegen Frieder. Er weiß nämlich nich, dass ich hier bin.«

Der Teekessel begann zu pfeifen, und Susa wollte aufstehen, doch Marieke kam ihr zuvor und war schon am Herd. »Bleib sitzen, diesen Tee bereite ich uns zu. Wir trinken ihn in Ruhe, gehen den Tagesplan durch, und alles wird ganz wunderbar. Dafür ist dein Erscheinen das beste Omen.« Sie spürte, dass ihre Kraft zurückgekehrt war.

*

Bei jeder Pause, die Marieke einlegte, um Luft zu holen, klatschten die Gäste. Sie wartete, bis Ruhe eingekehrt war, und kam zum Ende: »Wir hoffen, dass alle Besucher, die zum ersten Mal bei uns sind oder die immer wiederkommen, oder jene, die heute unsere Tagesbesucher sind, sich bei uns wohlfühlen und mit uns auf diesen schönen Abend, die wundervolle Insel und unser Haus anstoßen wollen. Möge der *Sandstern* am Juister Himmel noch lange funkeln und seine Identität bewahren!«, schloss Marieke ihre sorgfältig vorbereitete Rede und schaute von dem leicht erhöhten Podest in die erwartungsfrohen Gesichter. Kurz war es auf der Terrasse still, und ihre letzten Worte verhallten.

Während sie sprach, hatte Marieke es vermieden, jemanden länger anzusehen, weil sie fürchtete, durchschaut zu werden. Mit keiner Silbe hatte sie erwähnt, dass die Existenz des *Sandsterns*, so wie sie ihn gerade gelobt hatte, auf der Kippe stand. Lange hatte sie an den Formulierungen gefeilt, damit sie nicht wie ein falsches Versprechen klangen. Lediglich im Schlusssatz hatte sie leise angedeutet, dass sich etwas ändern könnte, indem sie auf die Identität der Pension angespielt hatte. Sie spürte den Blick ihres Vaters, der etwas an der Seite stand und die Arme vor der Brust verschränkt hatte. Kaum merklich nickte er ihr zu, tippte an seine Kappe und drehte sich weg.

Nele stand ganz vorne. Sie zeigte mit dem Daumen nach oben und hatte die andere Hand aufs Herz gelegt. Sie kannte das Ende der Rede, und sie hatten miteinander abgemacht, dass Nele anfangen würde zu klatschen, wenn es sonst niemand tat. Einen Moment später brandete Applaus auf, und Rufe wie »Bravo!«, »Auf den *Sandstern*!« und »Tolle Rede!« waren zu hören.

Susa und Annegret standen für einen weiteren Einsatz bereit. Das Kuchenbüfett, das am Nachmittag den Auftakt zur Veranstaltung gebildet hatte, war abgeräumt. Nun kamen ihre treuen Angestellten mit den Getränketabletts herbei, auf denen neben den mit Champagner gefüllten Kelchen auch Gläser mit Wasser und Saft standen.

»Papa!«, rief Marieke, denn ihr Vater machte ein paar Schritte vom Geschehen weg, statt sich auf die Gesellschaft zuzubewegen. Sie sah ihn nur von hinten, doch die Handbewegung, mit der er sich über das Gesicht wischte, sagte alles. Sie musste ihm kurz Zeit lassen. Die Rede hatte auf jeden Fall etwas bewirkt.

Von der provisorischen Bühne aus hatte Marieke einen guten Überblick. Alle Pensionsgäste waren anwesend, darunter immer noch die Zimmermanns sowie Stammgäste wie die Meyerbeers und die Schmidts neben ganz neuen Namen. Niemand hatte etwas dagegen, dass es bis elf Uhr abends im Garten etwas lauter zugehen würde. Annegret war mit ihrem Mann Sönke, Tochter Edda und Sohn Björn da, außerdem Nele mit Bengt und ihren Mädchen, die ebenso wie Anna und Lilly von dem Prinzessinnen-Workshop, den Josefine als Überraschung auf die Beine gestellt hatte, hin und weg waren. Susa und Fricke waren wieder vereint und strahlten beide um die Wette und zeigten ihr Glück, was sie so öffentlich noch nie getan hatten. Aus dem Dorf waren die Hoferlands und weitere Gäste anwesend sowie Wiebke, eine alte Schulfreundin von Mariekes Mutter, die zu Ehren von Connie Janssen angereist war. Sina und Niels standen die ganze

Zeit eng zusammen. Nur wer wusste, dass in den nächsten Tagen das Ergebnis der vorerst letzten künstlichen Befruchtung ins Haus stand, merkte ihnen die Anspannung an. Mit der Violinistin und dem Sängerduo, die eingeladen waren, sich unter die Gäste zu mischen, zählte Marieke rund sechzig Personen. Das waren nur halb so viel wie auf den großen Festen, die ihre Mutter veranstaltet hatte, aber das hieß nicht, dass die Veranstaltung nur halb so gut sein würde.

Sie entdeckte die Violinistin, die gerade das Angebot eines Glases Champagner ablehnte und sich den Weg durch die kleine Ansammlung zur Bühne bahnte. Sie würde den offiziellen Empfang mit schönen Melodien begleiten und ihm eine besondere Note verleihen. Lächelnd trat sie neben Marieke.

»Das war eine schöne Rede«, sagte sie. »Ihre Mutter, die sie so liebevoll erwähnt haben, wäre bestimmt stolz auf Sie. Und Ihr Vater ist es, das kann man sehen.«

Die Musikerin trug ein langes lavendelfarbenes Plisseekleid, und auch die anderen Gäste waren überwiegend festlich gekleidet. Hingucker waren aber vor allem die Mädchen. Im hinteren Garten hatte Josefine die Kinder mit allerlei Accessoires überrascht, um sie zu kleinen Damen oder Prinzessinnen zu machen. Nun trugen sie Kunstblumen im aufgesteckten Haar, in ihren Gesichtern schimmerten Schmucksteine, die einfach auf die Haut geklebt werden konnten, und sie trugen raschelnde Kleider in verschiedenen Farben, die Josefine sich hatte liefern lassen, sowie kleine Schleppen aus Tüll.

Marieke selbst hatte ein Kleid in Kornblumenblau gewählt, das durch den Schnitt eine gewisse Raffinesse besaß. Auf dem Dekolleté schimmerte der Anhänger, den ihre Mutter ihr zum achtzehnten Geburtstag geschenkt und den sie lange nicht getragen hatte: Es war eine kleine silberne Möwe, die für sie wie kein anderes Tier die Freiheit symbolisierte. Josefine und Sina hatten sie außerdem dazu gebracht, sich ebenso Blumen – zwei echte Rosen in klassischem Rosarot – ins Haar stecken zu lassen. Sie wirkte natürlich schön, das hatten ihr zumindest Annegret und Susa gesagt.

»Ich bewahre Ihnen einen Schluck Champagner auf, wenn Sie mögen«, sagte Marieke und rückte der Violinistin den auf der Bühne stehenden Stuhl zurecht. Diese blinzelte in den Himmel, wo ein lockeres Gemisch weißer Wolken dahinzog. »Wir scheinen Glück zu haben. Heute müssen wir in unseren Kleidern nicht frieren.« Lächelnd setzte sie sich und griff nach ihrem bereitliegenden Instrument, während Marieke ihren Vater entdeckte, der sich wieder unter die Gäste gemischt hatte. Hoffentlich bekam er so viele Komplimente für alles, bis er mürbe wurde – im positiven Sinn. Sie verließ die Bühne und ging zu ihm hin. Er stand bei den Hoferlands, den wohl ältesten Bekannten ihrer Familie, die bisher auf keinem Fest gefehlt hatten.

»Wie gut es tut, den *Sandstern* mal wieder hochleben zu lassen«, sagte Gretje Hoferland gerade.

Ihr Vater schwitzte und schob sich mit der freien Hand die Kappe aus der Stirn. »Nun ja«, antwortete er etwas gequält, denn er hörte es sicherlich nicht zum ersten Mal an diesem Nachmittag. »Es war die Idee meiner Tochter.«

Gretje Hoferland schaute erst anerkennend zu Marieke und dann zur Bühne, wo die Violinistin ein wundervoll melodisches und leicht melancholisches Stück angestimmt hatte. »Sie hat gute Ideen und einen guten Geschmack«, sagte sie.

»Von mir hat sie das nicht geerbt«, entgegnete Rainulf mit seinem typischen Hang zum schrulligen Witz, und alle lachten und tranken einen Schluck. »Champagner ist sonst auch nicht mein Gesöff, aber dieser hier schmeckt passabel. Marieke wollte mir allerdings nicht verraten, was er gekostet hat. Auch das hat sie nicht von mir«, scherzte er weiter, und sie kannte ihn gut genug, um zu wissen, dass er auf diese Weise versuchte, die Kontrolle über die Situation zu behalten. Vielleicht, weil er gerade wirklich stolz auf sie war und nicht zugeben wollte, wie wichtig und richtig es war, ein solches Fest zu veranstalten. Aber vielleicht täuschte sie sich auch, es war pures Wunschdenken, und er betete innerlich nur, der Tag wäre schon vorbei. Sie nahm einen großen Schluck, und die entspannende Wirkung des Alkohols prickelte durch ihren Körper.

Nach dem Konzert der Violinistin, bei dem manche auf der Terrasse in den gemütlichen Korbstühlen saßen und andere in Grüppchen zusammenstanden, wurden die leeren Gläser eingesammelt. Der späte Nachmittag ging nun in den frühen Abend über, und es war Zeit für ein paar Häppchen, die den Appetit fürs große Büfett im Garten anregen sollten.

Ihr Vater wollte außerdem ein Fass Bier anstechen. »Mit Flaschen feiert man kein richtiges Fest«, verkündete er. Die Häppchen, bestehend aus Crackern, die mit verschiedenfarbigen Gemüse- und Fischpasten bestrichen und mit essbaren Blüten garniert waren, beäugte er kritisch. »Ich ess keine Blumen«, hatte er im Vorfeld – ebenso wie Fricke – gesagt, als Marieke ihm erzählte, was es alles geben sollte. Susa hingegen fand die Idee toll und hatte ihren Frieder dazu animieren können, die kleinen Köstlichkeiten wunderschön aussehen zu lassen.

Aus den Augenwinkeln heraus beobachtete Marieke jetzt ihren Vater, wie er, nachdem er einen Cracker samt Blümchen vorsichtig gekostet hatte, nach einem weiteren griff. Die Nordseeluft sorgte überall für genügend Appetit, und bald waren die Platten geplündert, die ersten Gläser Bier geleert, und Lilly klagte über Bauchschmerzen, weil sie zu viel Fassbrause getrunken hatte. Marieke lief zwischen Küche und Terrasse hin und her, bis sich ihr irgendwann Josefine in den Weg stellte und sie beim Arm nahm. Sie war mit einem Hosenanzug und nur einer Grundausstattung an Schmuck ungewöhnlich schlicht gekleidet und wirkte damit umso eleganter.

»Wundern Sie sich nicht, ich bin kurz fort und bringe alle Sachen aus dem Zimmer ins *Strandhotel*, ich habe dafür ein Pferdetaxi bestellt. Zu Büfett und Tanz bin ich mit Joris wieder zurück.«

»Danke für Ihren wundervollen Einsatz mit den Kindern«, entgegnete Marieke lächelnd. »Es wäre eine Ehre, wenn Sie nachher gemeinsam wiederkämen.« Bestimmt wird sie sich noch umziehen und wie eine Königin kleiden, um dann die hübschen Prinzessinnen um sich zu scharen, dachte sie und fand die Idee gar nicht so schlecht.

»Es hat mir großen Spaß gemacht. Und keine Angst, heute stehle ich niemandem die Show. Es ist *Ihr* Fest. Das Blau steht Ihnen zauberhaft.«

Bevor sich Marieke verblüfft bedanken konnte, hatte sich Josefine umgedreht und ging ins Haus. Selten hatte Marieke bei einer Person eine solche Wandlung miterleben können, und sie nahm sich einmal mehr vor, andere Menschen bei der ersten Begegnung nicht gleich nach ihrem Aussehen und Verhalten zu beurteilen. Jeder trägt immer auch seine besondere Geschichte mit sich herum, egal, wie schön der Schein nach außen ist, dachte sie.

Wenig später war im Garten das Büfett auf einer zweiten Tafel angerichtet. Zum Schutz vor einem möglichen Schauer stand es unter einem luftigen Sonnensegel, doch von bevorstehendem Regen gab es keine Spur. Die Gäste hatten die Wahl, an den Bierzeltgarnituren und Stehtischen, die schon bei den früheren Festen zum Einsatz gekommen waren, zu essen oder mit ihren Tellern auf die Terrasse zurückzukehren. Auf dem Büfett mit den weißen Tischdecken stachen zunächst die Platten mit kalten Fischhäppchen – und garantiert ohne Rollmops und Backfisch, wie Paul ihr bei der Bestellung lachend zugesichert hatte – ins Auge. Der alte Seemann hatte sich richtig tolle Sachen einfallen lassen, wie etwa gefüllte Lachsröllchen, marinierten Fisch mit Kräutern oder Forelle auf Pumpernickel mit Kaviar und Sahnehäubchen. Auf einer anderen Platte gab es zudem verschiedene Filetstücke vom Fleisch, gegrilltes buntes Gemüse und als Beilagen Frickes Braadkartüffeln sowie für die Kinder Pommes frites. Nicht fehlen durften die hiesige Krabbensuppe und das typische Labskaus sowie als Nachtisch ostfriesische Teecreme und Mousse au Chocolat. Zusammen mit den bezaubernden Blumenbouquets von Sina und einigen bereits entzündeten Kerzen war die Tafel ein tolles Arrangement, das einige der Gäste fotografierten.

Auch Marieke machte Aufnahmen von den Künsten der Küche

der Pension. Sie würde diese auf die Internetseite hochladen und diese ihrem Vater dann mit hoffentlich lobenden Kommentaren zum *Sandstern* vorführen. Den ganzen Abend achtete sie auf den richtigen Abstand zu ihm, sodass es nicht auffiel, wie sie, wenn sie sich ansahen, immer wieder mit ihren Emotionen zu kämpfen hatten, und sie von den Gästen dennoch als harmonisches Vater-Tochter-Gastgeber-Paar wahrgenommen wurden.

Der Abend gestaltete sich wunderbar. Auch wenn es noch nicht dunkel war, verliehen die vielen Lampions, Girlanden, Wimpel, Lichterketten und Kerzen dem Garten eine märchenhafte Atmosphäre. Nach ausgiebigem Schlemmen erklang von der Terrasse erneut Musik, und der letzte Teil der Veranstaltung begann. Das Sängerduo *Lara & Louis* hielt von Salsa bis zum Schmusesong ein breites musikalisches Repertoire bereit. Marieke hatte die beiden Musiker schon einmal für eine Feier in Hamburg gebucht und wusste, dass sie auch privat ein Paar waren. Mit dem Partner nicht nur leben, sondern auch arbeiten, von so etwas hatte sie bisher noch nicht geträumt, und sie bewunderte diesen Mut zur ständigen Nähe.

Lara trug ein feuerrotes Flamenco-Kostüm und er eine Seemannskluft, als sie auf die Bühne traten, dabei war er der Spanier und sie die Deutsche, doch gerade die vertauschten Rollen machten das Duo interessant. Während die Violinistin ihr Instrument ohne Unterstützung gespielt hatte, hatte Bengt bei diesem Auftritt für die elektrische Verstärkung von Gitarre, Keyboard und Gesang gesorgt. Es dauerte nicht lange, und auf der Terrasse wurde auf dem extra frei geräumten Stück ausgelassen getanzt. Marieke hielt sich mit Small Talk und ein paar Handgriffen hier und da beschäftigt und zwang sich dazu, nicht immer wieder daran zu denken, wie schön es wäre, mit Philipp tanzen zu können.

Mit geröteten Wangen stürmte Nele auf sie zu. Sie war bestens gelaunt, wenn nicht deutlich angeheitert. »Jetzt machen wir ein Selfie für Philipp!« Sie nahm Marieke am Arm und zog sie zu der anderen Seite der Tanzfläche, wo Bengt, Sina und Niels zusammenstanden.

»Nein, das ist doch albern«, wehrte sich Marieke, doch wenn Nele sich etwas in den Kopf gesetzt hatte, war sie schwer davon abzubringen.

»Wieso ist das albern?«, fragte ihre Freundin und ließ Marieke, die sich ihrem Arm entziehen wollte, nicht los. »Er darf wissen, wie schön der Abend ist – und wie gut es Sina heute geht.« Den letzten Halbsatz flüsterte sie, damit es niemand anderes hören konnte. »Los, alle zusammenrücken!« Schon hatte sie ihr Handy in der Hand und zog Marieke noch enger an sich. Die anderen machten lachend mit, und es blieb Marieke nichts anderes übrig, als ebenso mit einzustimmen. Ihr Lachen jedoch fühlte sich nicht ganz echt an. »Schickst du es ihm gleich?«, wollte sie wissen, als Nele sie endlich wieder losließ.

»Na klar, wozu sind Selfies denn sonst da?«, lachte ihre Freundin. »Ich sag dir Bescheid, wenn er geantwortet hat.« Sie schickte das Foto mit herzlichen Grüßen aus dem *Sandstern* ab, schlang die Arme um Bengt und küsste ihn. Sina und Niels schmiegten sich ebenso aneinander. Einen Moment später gab sich das Sängerduo auf der Bühne während des Musizierens einen Kuss, und jetzt entdeckte Marieke Josefine und Joris, die Arm in Arm am Rand der Terrasse erschienen, spät, aber immerhin. Annegret und ihr Mann tanzten an ihnen vorbei, und sie sahen sich dabei in die Augen wie frisch verliebt, und Jakob Zimmermann legte gerade die Arme um seine Sophie. Marieke war umgeben von Liebespaaren, die sich gefunden hatten und genau wussten, was sie wollten. Natürlich, es gab Probleme hier und Herausforderungen dort zu meistern, doch war es nicht das Wichtigste zu wissen, mit wem man das Leben mit allen Höhen und Tiefen teilen wollte? In diesem Moment hätte sie sich gern kurz in der Küche versteckt und durchgeatmet, aber dort hatte sie heute ebenso schon einige Male ein sich küssendes Liebespaar angetroffen: Susa und Fricke. Sie musste alle Kraft aufbringen, um sich für die anderen zu freuen. Sie wandte sich ab und überlegte, ob es an der Zeit wäre, sich aus ihrem Zimmer eine Jacke zu holen, denn mit der einsetzenden

Dämmerung wurde es deutlich kühler. Sie war fast schon im Haus, als Josefine laut herüberrief: »Hallo, Marieke!«

Sie winkte zurück und hoffte, die Begrüßung würde vorerst genügen, doch Josefine folgte ihr nach drinnen. »Ich muss mit Ihnen reden.«

Marieke spürte, wie erschöpft sie war. Dabei war es noch nicht einmal zehn Uhr, eine Zeit, zu der manche Feier im Hamburger *Albatros* noch ganz am Anfang stand. Bring es gut zu Ende, sagte sie sich und blickte an Josefine hinunter. Zu ihrem schlichten sandfarbenen Kleid hatte sie sich mit den goldenen Seesternohringen geschmückt, die sie schon mal getragen hatte.

»Sie sehen einfach immer toll aus«, sagte Marieke freundlich.

Josefine wedelte mit einer Hand, als wäre ihr – das erste Mal – das Kompliment ein wenig lästig. »Es geht leider um etwas nicht so Schönes. Ich hoffe, ich habe mit meinem Verdacht unrecht, aber ich vermisse etwas. Ein ganz bestimmtes Schmuckstück. Ich kann es nicht finden, es war weder oben im Zimmer, als ich die Sachen packte, noch im Apartment des Strandhotels, wo ich alles durchsucht habe.«

In Mariekes Kehle fühlte es sich auf einmal ganz taub an, und sie musste schlucken. Das war eine sehr schlechte Nachricht, hatte sie doch geglaubt, mit Marc wäre die Gefahr weiterer Diebstähle aus der Pension verbannt.

»Wann haben Sie das gemerkt?«, fragte sie vorsichtig.

»Vorhin.«

»Wann haben Sie das Schmuckstück zuletzt gesehen?« Marieke konzentrierte sich zunächst auf detektivische Fragen, um so zu tun, als fühle es sich in ihrem Inneren nicht an, als rollte eine Lawine auf sie zu.

»Gestern, als ich mir nach Joris' Rückkehr überlegt habe, welchen Schmuck ich heute tragen will.«

Innerlich stöhnte Marieke auf. Wenn das so stimmte, konnte Marc nicht mehr der Dieb gewesen sein, oder?

»Ich wollte meinen goldenen Anker anlegen als Symbol dafür, wie sicher ich mich fühle, seitdem Joris und ich unsere Lage geklärt und unser Heiratsversprechen erneuert haben. Ich hatte ihn für meinen Blog im *Sandstern* deponiert und dann wahrscheinlich vergessen, ihn wieder wegzuschließen. Jedenfalls kann ich ihn nirgends finden! Können Sie sich vorstellen …« Josefine presste kurz die Lippen aufeinander. »Ich sage es ungern, und es ist wirklich schade, dass so etwas jetzt am Schluss passiert. Ich habe meine wertvollen Stücke natürlich immer wieder in den Safe gebracht und möglichst wenig im Zimmer herumliegen lassen. Aber Gelegenheit macht Diebe, das weiß jedes Kind. Können Sie sich vorstellen, wer …?« Wieder brach sie ab.

Der Taubheit folgte leises Entsetzen. Fast war die Lawine da. Vehement schüttelte Marieke den Kopf, um die Katastrophe abzuwehren. Außer den Angestellten hatte bisher noch niemand etwas vom Diebstahl der Getränkekasse und dem Verschwinden der Uhr mitbekommen, und Anna hatte ihre Geldbörse vielleicht ja doch nur irgendwo verloren, so zumindest lautete die harmloseste Version. Was aber, wenn später weitere Gäste von Verlusten berichteten? »Selbst wenn ich einen Verdacht hätte, würde ich ihn nicht einfach so aussprechen«, antwortete Marieke diplomatisch und dachte in diesem Moment auch an Anna und Jule, die ständig mit dem Schmuck zu tun gehabt hatten. Vielleicht hatte eine von ihnen aus Spaß und mit kindlicher Unschuld etwas eingesteckt? Aber auf diesen Gedanken hätte eine erwachsene Person wie Josefine Jacobson selbst kommen müssen, denn sie hatte die Kinder mit dem Schmuck spielen lassen.

»35 Gramm Feingold!«, sagte sie ein wenig anklagend. »Was machen wir denn jetzt?«

Marieke, deren Füße in den Schuhen mit den etwas höheren Absätzen längst schon schmerzten, nahm all ihre Kraft für eine aufrechte Haltung zusammen und entgegnete mit klarer Stimme: »Das tut mir wirklich sehr leid. Aber wollen wir vielleicht morgen weitersehen?«

Joris Sanders war hinter Josefine aufgetaucht und hatte den Rest des Gesprächs mitbekommen. Er fasste sie bei den Schultern und sagte: »Ich denke auch, Josy, lassen wir es heute auf sich beruhen. Im

Moment können wir nicht viel tun, und es ist bisher ja nur ein Verdacht. Ich kaufe dir einen neuen, noch viel schöneren Anker. Komm, mein Schatz, wir tanzen und trinken!« Er zwinkerte Marieke zu und zog Josefine wieder mit nach draußen.

»Bitte nicht«, flüsterte Marieke ihnen hinterher.

Den Rest des Abends verbrachte sie damit, zu beten, dass keine weiteren Dinge verschwanden, sich so zu unterhalten, als wäre mit der Pension auch in der Zukunft alles in Ordnung, und zu hoffen, Nele würde auf sie zukommen, um ihr das Handy vor die Nase zu halten und herzliche und erfreute Grüße von Philipp auszurichten. Zwischendurch massierte sie sich unauffällig die Füße und fragte sich, wie sie früher auf noch viel höheren Absätzen ihre Einsätze durchgestanden hatte oder je wieder durchstehen würde.

17. Kapitel

»Ich sage doch: Philipp hat sich bedankt«, wiederholte Nele.

»Mit welchen Worten genau?« Marieke versuchte, die Frage beiläufig klingen zu lassen, was ihr nicht besonders gut gelang.

»Er hat geschrieben: *Vielen Dank*. Das ist alles«, antwortete ihre Freundin.

Marieke lehnte sich von innen gegen die Bürotür und drückte das Telefon so fest ans Ohr, als könnte sie sonst ein Detail davon überhören, was Nele von Philipps karger Antwort berichtete. »Mehr nicht? *Wann* hat er überhaupt geantwortet?«, hakte sie nach.

Es war bereits Dienstag, und Nele hatte das Selfie, das sie mitten am Abend an Philipp geschickt hatten, bisher nicht weiter erwähnt. Doch heute war der Tag, an dem Philipp auf die Insel zurückkam oder vielleicht sogar schon da war, ganz sicher war sich Marieke nicht. Zumindest stand auf dem Aushang an der Praxis, dass er am nächsten Morgen wieder Sprechstunde hätte. Bevor sie also bald zu ihm ging, um mit ihm zu reden, hätte sie gern gewusst, wie er auf das Foto reagiert hatte.

»Gestern Nachmittag«, antwortete Nele. »Und bevor du ein drittes Mal nachfragst: Er hat genau diese beiden Worte geschrieben und weiter nichts.«

»So spät erst«, murmelte Marieke und erinnerte sich daran, wie furchtbar enttäuscht sie gewesen war, weil Philipp am Festabend auf das Foto überhaupt nicht reagiert hatte. Etwa so, als hätte sie eine Benachrichtigung über einen Lottogewinn bekommen und wenig später die entschuldigende Nachricht, man hätte sich leider geirrt. Sie war mit sehr gemischten Gefühlen ins Bett gegangen, auch was das Verschwinden von Josefines Schmuck anging, und dieses Unbehagen begleitete sie immer noch. Andererseits konnte sie zufrieden sein, weil den Gästen die kleine Veranstaltung so gut gefallen und niemand sonst eine Wertsache vermisst hatte. Als sie spät in der Nacht noch das Nötigste aufräumten, hatte ihr Vater sie sogar kurz in den Arm genommen und gebrummt: »Gut, dass das Fest stattgefunden hat. So oder so.«

Seither nahm ihn die Ankunft von Federica D'Amico und ihrer Schwägerin Julietta, die am Tag zuvor angereist waren, voll und ganz in Beschlag. Mit keiner Silbe hatte er verlauten lassen, ob er jetzt vielleicht ein bisschen anders über den Verkauf dachte als vor dem Fest. Marieke hörte die beiden Frauen draußen in der Diele laut lachen.

»Bist du noch dran?«, fragte Nele. »Ehrlich gesagt hatte ich das Foto ganz vergessen. Aber sag mal, warum ist dir das denn überhaupt so wichtig?«

Marieke atmete tief durch. Sie hatte beschlossen, sich künftig an die Wahrheit zu halten, also auch jetzt. »Weil ich gemerkt habe, dass *er* mir wichtig ist.«

»Wer? Gerit oder Philipp?«

Vielleicht stellte sich Nele extra dumm, aber die Frage war nicht dumm. »Beide«, antwortete Marieke.

»Das ist gut«, sagte Nele. »Dann bist du jetzt einen Schritt weiter als das letzte Mal, als wir über Philipp gesprochen haben.«

Jemand versuchte, mit Schwung die Tür aufzudrücken, und Marieke taumelte etwas nach vorn, als sie dem Druck nachgab. Fast stolperte sie in dem kleinen Büro über den Papierkorb, der neben dem Schreibtisch stand.

»Was ist denn hier los?« Ihr Vater steckte den Kopf herein. »Ist alles in Ordnung? Ich möchte kurz reinkommen.«

»Klar.« Marieke hatte das Gleichgewicht wiedergefunden, verabschiedete sich schnell von Nele, und ihr Vater schloss hinter sich die Tür. Er setzte sich, nahm seine Kappe ab und gab einen tiefen Seufzer von sich.

»Was ist denn los?«, fragte Marieke.

»Ich komme vom Strand«, antwortete er. »Spaziergang Nummer

eins mit der italienischen Offensive liegt hinter mir. Eine Woche soll das jetzt so gehen …« Er sah leicht verzweifelt aus.

»Voriges Jahr, als Federica hier war, bist du gern mit ihr rausgegangen, schon vergessen?«, fragt Marieke.

»Nein. Ich habe ihr schließlich damals gesagt, dass ich mich freuen würde, wenn sie wieder zu Besuch nach Juist käme, und ich fand deine Idee, eine Begleitung für sie einzuladen, gut. Zu zweit sind sie aber auch doppelt anstrengend. Zumal Julietta nur Italienisch spricht und trotzdem auf mich einredet, was Federica, die ja in Deutschland wohnt, dann übersetzt. Jetzt wollen die beiden mit mir auf der Terrasse einen Cappuccino trinken. Kannst du mir helfen, Marieke? Meine Unterhaltungskünste für heute sind bereits erschöpft. Erst das Fest, jetzt der Besuch. Ich hab geahnt, dass es mir zu viel werden würde.«

»Verstehe«, sagte sie. Sie würde ihm natürlich sofort helfen – und den vielleicht günstigen Moment nutzen. »Ach, Papa, wenn du schon hier bist …« Genau wie sie seit dem Festabend auf eine Reaktion von Philipp lauerte, wartete sie darauf, dass ihr Vater sich endlich an sie wandte. »Wann reden wir beide noch mal?«

»Worüber?« Seine buschigen Augenbrauen zogen sich zusammen.

Offenbar scheute er sich, die Sache beim Namen zu nennen, und Marieke ging es ähnlich. »Über das, was in weniger als zwei Wochen beschlossen werden soll«, antwortete sie diplomatisch.

Er schüttelte den Kopf. »Da hab ich jetzt wirklich keinen Sinn für. Ich kann dir nur sagen: Das ganze Lob für den *Sandstern*, das ich in den letzten Tagen gehört habe, hat mich regelrecht erschlagen.«

Es klang zwiespältig. Marieke versuchte herauszufinden, ob seine Miene irgendwas verriet, und wollte schon nachfragen, wie er es meinte, da war von draußen ein lang gezogenes »Rrrraiiiiinuuuulf!« zu hören.

Federicas laute Stimme schallte durchs ganze Haus. Rasch stand er auf und machte ein Gesicht, als wäre er bei etwas Unerlaubtem erwischt worden. »Kommst du mit?«, flüsterte er.

Marieke musste spontan lachen. »Keine Angst, ich begleite dich und mache uns allen in der Küche einen Cappuccino«, sagte sie. Bestimmt wäre es kein Pluspunkt auf der richtigen Seite, wenn der Besuch ihn nun zu sehr anstrengte.

»Sonst schwöre ich ja auf Tee«, brummte er. »Aber für das weibliche Geschlecht muss man halt mal eine Ausnahme machen.«

Ein paar Minuten später brachte Marieke das Tablett nach draußen. An diesem Tag waren sogar die Sonnenschirme aufgespannt, und nur hin und wieder hatte es in den vergangenen Tagen geregnet. Nicht viel, aber genug, sodass sie nicht extra in Philipps Garten fahren musste, um die Kräuter zu gießen. Nun dachte sie darüber nach, ob die Pflege der Pflanzen vielleicht trotzdem ein unverfänglicher Grund war, um bei ihm vorbeizuschauen. Wenn er da wäre, könnte sie sich bei dieser Gelegenheit ein Herz fassen …

Die beiden Italienerinnen sahen ihr auf der Terrasse entgegen, und Marieke musste ihre Gedanken ins Hier und Jetzt zurückbefehlen. Nebeneinandersitzend wirkten sie so verschieden wie Tag und Nacht. Federica war eine echte südländische Mamma mit schwarzem Haar, durch das sich ein paar graue Strähnen zogen, mit rot geschminktem Mund und üppigen Rundungen. Julietta war blass, hager und hatte kurz geschnittenes hellbraunes Haar, was ihr etwas Jungenhaftes und Verschmitztes verlieh. Beide hatten sie die gleichen Augen, sehr dunkel und voller Tiefe und Feuer. Sie waren begeistert, als sich Marieke zu ihnen und ihrem Vater gesellte und gleich das Gespräch begann.

»Sie sind also Künstlerin?«, fragte sie Julietta, denn noch hatte sie sich nicht länger mit den neuen Gästen unterhalten.

»Künstlerin!«, rief Julietta aus und nickte heftig. Danach sprach sie auf Italienisch weiter und blickte dabei mal Marieke, mal Federica und mal Rainulf an. Gleichzeitig gestikulierte sie mit den Händen, warf den Kopf in den Nacken und lachte, legte die Hand aufs Herz und prustete zwischen zwei Sätzen los, um dann wieder mit ernster Miene weiterzureden, als hielte sie gerade einen wichtigen Vortrag.

Es dauerte, bis sie fertig war, sich zurücklehnte und einen Schluck Cappuccino trank.

Nun war Federica an der Reihe. Sie erzählte ohne Punkt und Komma, dass ihre Schwägerin das Malen in jungen Jahren aufgegeben hatte, um eine Familie zu gründen und zu arbeiten. Nun seien die Kinder groß, und ihr Mann habe sie verlassen, was nur anfangs schlimm für sie gewesen sei, denn dadurch habe sie ihre wahre Liebe, die Liebe für die Kunst und auch fürs Yoga, entdeckt. Sie male mit verschiedenen Farben, und es reize sie, die Stimmung der kargen Inselküste einzufangen. Sie sei hingerissen von dieser besonderen Atmosphäre, und sie …

Der erneute Redeschwall, diesmal auf Deutsch, überforderte Marieke. Mit einem Seitenblick zu ihrem Vater erkannte sie, dass es auch ihm schwerfiel zuzuhören. Immer wieder fielen ihm kurz die Augen zu, wahrscheinlich hatte er dem Besuch zuliebe auf seinen Mittagsschlaf verzichtet. Laut räusperte sie sich, und er zuckte leicht zusammen, was die beiden Frauen zum Glück nicht mitbekamen. Während nun Julietta wieder an der Reihe war und etwas sagte, dessen Übersetzung sicherlich wieder ein bisschen dauern würde, tippte ihr Vater plötzlich an seine Kappe und stand auf. »Ich hab ganz vergessen, dass ich noch etwas Wichtiges erledigen muss.« Mit allem Charme, den er besaß, lächelte er die beiden Italienerinnen an. »Es tut mir leid, die Arbeit ruft. Ich freue mich auf ein gemeinsames Glas Wein am Abend!« Zu Marieke sagte er: »Trink du in Ruhe aus. Bis später!« Damit eilte er davon.

Marieke war viel zu baff, um anders zu reagieren, als verwirrt zu lächeln. Sie blieb mit den Frauen allein. Rainulfs Verschwinden bewirkte immerhin, dass Julietta aufhörte zu reden und Federica erst gar nicht anfing zu übersetzen. Kurz schwiegen sie leicht konsterniert und nippten an ihren Tassen.

»Was malen Sie genau?«, nahm Marieke den Gesprächsfaden wieder auf, um die Situation zu retten. Federica gab die Frage weiter, und Julietta beugte sich zur Seite. Neben ihr stand eine große Tasche, aus der sie einen Skizzenblock hervorholte. Sie legte ihn auf den Tisch, schlug ihn auf und blätterte von Seite zu Seite. Es waren gelungene Zeichnungen, die sofort die Atmosphäre der dargestellten Schauplätze nach Juist holte: die Lieblichkeit der Toskana, die Schroffheit einer unbekannten Bergwelt, die Weite der Küste, die von kleinen weißen Häusern mit roten Dächern an steilen Berghängen gesäumt wurde und auf ein Land im Süden hindeutete. Julietta holte einen weiteren Block hervor und zeigte Zeichnungen in den Farben, in die sich auch Juist gern hüllte, wenn es einer dieser magischen Sonnenuntergänge war: Helles Türkis, ein sanftes Purpur, zartes Rosa, warmes Orange und Tintenblau verflossen auf den Bildern zu einer Melange aus sehnsuchtsvollen Augenblicken. Ein Bild zeigte ein Häuschen am Strand, das idyllisch in die Landschaft eingebettet war. Marieke verspürte wieder dieses Ziehen in der Brust.

»Wundervoll«, flüsterte sie.

Nun kam ein dritter Block zum Vorschein, und auf dem vordersten Blatt war das mit Tusche gezeichnete Porträt Federicas zu sehen, gezeichnet mit nur wenigen gekonnten Strichen. »*Ritratto*?«, fragte Julietta, zeigte mit dem Zeigefinger auf Marieke und tippte mit der anderen auf eine weiße Seite Papier.

»Mich malen?«, fragte Marieke erstaunt.

Julietta nickte und strahlte sie an. Marieke aber hatte eine bessere Idee: »Malen Sie lieber die Pension«, sagte sie und wies mit der Hand auf das Haus sowie in Richtung Garten, was Julietta alles auch ohne Übersetzung zu verstehen schien. »*Molto bello*!«, antwortete sie, und Federica nickte zufrieden.

Marieke dachte schon weiter. »Es soll eine Überraschung für meinen Vater sein«, sagte sie. »Verraten Sie ihm bitte nicht, dass es für ihn ist, falls er es schon früher als geplant sieht.« Vielleicht ergab ein solches Bild einen Pluspunkt auf der Seite des Kontos, das gegen einen Verkauf stand. Es handelte sich nur um eine weitere verzweifelte kleine Idee, aber einen Versuch war es wert. Federica übersetzte, und Julietta quittierte Mariekes Bitte mit einem heftigen Nicken.

Die Tassen waren geleert, und Marieke stellte sie auf das Tablett. Federica hielt eine Hand vor dem Mund, gähnte verhalten und murmelte: »*Siesta.*«

Jetzt konnte sich Marieke verabschieden, ohne unhöflich zu sein, und sie ging in die Küche, um das Geschirr einzuräumen, während Fricke in der Vorratskammer nebenan herumwerkelte. Unschlüssig stand sie herum. Eine kleine Weile war sie eben von dem italienischen Besuch abgelenkt gewesen, doch nun spürte sie wieder die nagende Enttäuschung, wenn sie an Philipps Antwort dachte: *Vielen Dank*. Wie schön wäre es, wenn er sie benachrichtigen würde, dass er wieder da wäre. Sofort aber berichtigte ihr Verstand diese Hoffnung: Er hatte keinen Grund, sich bei ihr zu melden, so, wie sie auseinandergegangen waren. Er wusste ja nicht, was sie wirklich dachte und fühlte. Sie waren nur Freunde, und zu dem Kuss hatte sie zu allem Überfluss gesagt, es täte ihr leid. Sie fasste den Entschluss, nicht nur vielleicht, sondern später auf jeden Fall zu ihm zu fahren. Allein der Gedanke ließ ihr Herz fester klopfen.

Dann war da noch ein anderes Klopfen, es kam aus dem hinteren Garten. Sie lauschte und konnte es sich nicht erklären. Rasch ging sie nachschauen und fand ihren Vater vor, wie er am Rand der Wiese in der Ecke, wo immer schon das meiste Gebüsch wuchs, mit dem Hammer hantierte.

»Was machst du denn da?«, fragte sie erstaunt. »Ist das die dringende Aufgabe, wegen der du mich eben mit Federica und Julietta allein gelassen hast?«

Ihr Vater hatte einen Nagel im Mund und nickte. Nachdem er ihn ins Holz geschlagen hatte, zeigte er ihr eine morsche Latte, die er aus dem Zaun herausgenommen und durch eine andere ersetzt hatte. »Das hätte nicht mehr lange gehalten, und es sieht von draußen nicht schön aus«, sagte er. »Ich werde die gesamte Umgrenzung überprüfen. Beim Fest sind mir beim genauen Hinschauen noch ein paar Sachen aufgefallen, die ich ausbessern sollte, bevor der Gutachter kommt.«

»Der Gutachter?«, fragte Marieke entgeistert.

Ihr Vater zuckte mit den Schultern, als könne er nichts dafür, dass ein Gutachten gemacht werden sollte. In ihrem Bauch begann es zu brodeln, und sie fragte sich schon länger, wann die Wut sich ihren Weg bahnen würde. Wenn es so weit war, ginge sie am besten an den Strand und würde ihre Wut in den Wind hinausschreien, denn es war nicht fair, nur auf ihren Vater allein wütend zu sein. Er hatte lediglich eingesehen, dass seine ganze Kraft nicht mehr zurückkommen würde. »Ein Gutachten sollte sowieso mal gemacht werden, so oder so.« Ihr Vater holte einen weiteren Nagel aus der Hosentasche, um die Arbeit fortzusetzen.

»So oder so«, wiederholte sie. »Das sagst du jetzt öfter.«

Er schüttelte sich, um eine Biene, die ihn penetrant umkreiste, abzuwehren. »Bald ist zwischen so oder so endgültig zu entscheiden.«

Marieke umfasste hinter ihrem Rücken mit einer Hand fest ihr Handgelenk, um sich selbst festzuhalten. Wie konnte sie ihm nur klarmachen, dass sie nur kleine Schritte auf dem Weg ihrer Wahrheit gehen konnte? Das Einzige, was sie im Moment wirklich sicher wusste, war dies: Wenn Philipp nicht auf der Insel war, wollte sie auch nicht hier sein. Dies zu wissen war in etwa so, als sollte ein Strohhalm sie vor dem Ertrinken im Meer retten – gut immerhin für den nächsten Atemzug, aber mehr auch nicht.

»Papa, was kann ich tun, damit du keine überstürzte Entscheidung triffst?«, fragte sie mit verzweifeltem Unterton, der ihrem Vater nicht entging. Der Schmerz, der sich beim Spaziergang zur Windharfe schon mal in seinem Gesicht gezeigt hatte, flackerte in seinen Augen auf. Er wandte rasch den Kopf ab. »Vielleicht passiert ja noch ein Wunder«, murmelte er und hob den Hammer, um mit der Arbeit fortzufahren. Mitten in der Bewegung hielt er inne. »Ach, übrigens, schöne Grüße von Dr. Simeon soll ich dir ausrichten.«

Marieke, die schon gehen wollte, drehte sich wieder um. »Du hast mit ihm gesprochen?«

»Ja. Er hat von sich aus angerufen, um zu fragen, wie es mir geht.

Welcher Arzt macht das schon?« Ihr Vater ließ den Hammer sinken. »Anfangs mochte ich den Doktor nicht, weil er mir viel zu oft Ratschläge gegeben hat. Tun Sie dies nicht, tun Sie jenes! Na ja, du weißt ja, wie er ist. Aber je länger ich ihn kenne, desto mehr halte ich von ihm.«

»Er ist also wieder zurück?«

Ihr Vater zuckte mit den Schultern. »Muss er ja, denn ab morgen ist wieder Sprechstunde.«

Ein kleiner Schauer durchlief sie. Philipp war sicherlich in seiner Praxis, also ganz nah, um die nötigen Vorbereitungen zu treffen. »Danke fürs Ausrichten«, sagte sie und wusste im gleichen Augenblick, dass sie nicht mehr länger warten würde, um ihn wiederzusehen. Rasch lief sie in ihr Zimmer und machte sich ein bisschen frisch. Als hätte sie ein heimliches Rendezvous, verließ sie die Pension durch den Hintereingang und achtete darauf, auch vom Garten aus nicht gesehen zu werden. Auf dem Weg zu Philipp gingen ihr verschiedene Sätze durch den Kopf.

Hallo, Philipp, schön, dass du wieder zurück bist. Ich wollte sichergehen, dass es deinen Kräutern gut geht. Und dir natürlich auch …

Ach, ich bin zufällig hier vorbeigefahren …

Philipp, während du weg warst, ist mir etwas klar geworden, und du sollst es gleich wissen: Ich habe dich wirklich vermisst.

Wie sollte sie anfangen? Ganz unverfänglich oder gleich alle Karten auf den Tisch legen?

Ein Stück vor der Praxis wurde sie langsamer und stieg vom Rad. Ihr Hals war eng. So, wie sie sich jetzt fühlte, würde sie kein vernünftiges Wort herausbekommen. Kurz zögerte sie und überlegte schon umzudrehen. Dann straffte sie sich. Wenn sie jetzt einen Rückzieher machte, könnte sie heute nicht mehr in den Spiegel schauen.

Vor der Praxis standen Philipps hellblauer Golf und sein Fahrrad. Sie fuhr sich durchs Haar und leckte sich über die Lippen, die sich trocken und heiß anfühlten. Wurde sie plötzlich krank? Doch bis eben, bis zu der Bemerkung ihres Vaters, Philipp ließe sie grüßen, war mit ihr noch alles in Ordnung gewesen, oder? Sie fasste sich an die Stirn, die Haut war erstaunlich kühl.

Vor der Eingangstür hing noch die Information aus, dass die Praxis ab dem nächsten Morgen zu normaler Sprechstunde öffnen würde. Kurz überlegte sie zu klingeln, dann beschloss sie, erst einmal in den Garten zu gehen. *Klar, du bist in erster Linie hier, um nach den Kräutern zu sehen.* Sie lachte über diese alberne innere Stimme leise auf. Dann machte sie einen Schritt und noch einen und noch einen. Okay. Dann. Jetzt.

Sie bog um die Ecke und öffnete das kleine Tor. Diesmal quietschte es nicht, Philipp musste es geölt haben. Einen Moment später wünschte sie, sie wäre nicht hergekommen oder es hätte eben doch gequietscht, damit sie nicht sehen musste, was sich jetzt in sie einbrannte. Bei einem lauten Geräusch wären die beiden vielleicht noch rechtzeitig auseinandergefahren, so aber fühlten sie sich ungestört. Wie angewurzelt blieb sie stehen und blickte zu dem kleinen Tisch herüber, wo Philipp auf einem der beiden Stühle saß. Er war nicht allein. Eine Frau saß bei ihm, nah bei ihm, und er hielt ihre Hand. Eine heiße Welle durchflutete Marieke und versengte etwas in ihrer Brust. Vertraulich steckten die beiden die Köpfe zusammen. Sie machten ernste Gesichter. Er streichelte mit der anderen Hand sanft über ihr Haar. Sie entdeckte Marieke zuerst, hob den Blick und starrte herüber.

»Oh!«, rief sie.

Nun sah auch Philipp herüber. Eine Sekunde später war er aufgestanden und stand kerzengerade da. »Marieke! Was machst du denn hier?« Er wirkte so überrascht, als lebte sie sonst auf dem Mars und käme nur alle Lichtjahre vorbei.

»Nichts«, antwortete sie unsinnigerweise, weil sie vom Anblick der beiden so geschockt war. »Nichts Besonderes, meine ich. Ich … Ich wollte nach den Kräutern sehen, ja, genau. Nach den Kräutern.

Ich hab sie nämlich nicht gegossen, weil es immer mal wieder geregnet hat, nicht viel, aber genug, und dann war ich mir doch nicht mehr ganz sicher, jetzt bin ich trotzdem noch mal hier, um nachzusehen. Du hattest mich ja darum gebeten. Ich hatte in den vergangenen Tagen nicht viel Zeit, das Fest, du weißt ja, das Fest hat ja stattgefunden«, redete sie immer weiter und merkte, dass das, was sie von sich gab, ein bisschen konfus war, und stimmen tat es auch nicht: Auf Juist konnte man eigentlich immer schnell irgendwo mal vorbeischauen, das war überhaupt kein Problem.

Philipp kam auf sie zu. Er sah verändert aus, ohne dass sie sagen konnte, was es war. An seinem Kinn wuchsen die Bartstoppeln, die am Tag vor seiner Abreise so aufregend über ihre Haut gekratzt hatten, und die oberen Knöpfe seines Hemds waren offen, sodass ein großes Stück seiner leicht behaarten Brust zu sehen war. Er sah atemberaubend gut aus, mit leicht verwuscheltem Haar, als wäre gerade der Seewind über ihn hinweggegangen, genauso, wie sie ihn verlassen hatte. Als er nah vor ihr stehen blieb, sah sie, dass die Veränderung irgendwo im Grund seiner Augen stattgefunden haben musste. Sie blickten noch unruhiger als sonst, und sie wirkten noch geheimnisvoller. Etwas war passiert, und was das sein könnte, war wieder weniger geheimnisvoll: Der Grund saß auf dem Stuhl in seinem Garten, trug einen kastanienbraunen Pagenkopf und hatte lange schlanke Beine. Philipp hatte eine Frau mitgebracht. Deswegen hatte er sich nicht bei ihr gemeldet, natürlich nicht, warum sollte er auch, und deswegen war seine Antwort auf die Nachricht mit dem Selfie so förmlich ausgefallen. Deswegen hatte er sie am Festabend nicht aufgemacht, sondern erst später, wahrscheinlich, weil er in den Armen dieser Frau gelegen hatte. Alles machte jetzt Sinn. Nur nicht das, was sie eben zusammengestottert hatte.

Er blieb eine Armlänge entfernt vor ihr stehen und sah sie prüfend an. »Du siehst angestrengt aus. Geht es dir gut?«

Sie konnte sich täuschen, aber es schien, als wollte er seine Hand nach ihr ausstrecken, um sie zu berühren. Sie machte instinktiv eine kleine Bewegung rückwärts, und sein Arm fiel wieder herunter. »Dann hat dein Vater dir keine Grüße ausgerichtet und gesagt, dass ich wieder hier bin? Ich habe ihn extra darum gebeten.«

»Doch, doch«, antwortete Marieke hastig. »Ich wusste, dass du da bist. Ich dachte einfach … ich schau mal vorbei. Also – einfach so.« Bestimmt war sie nun auffällig rot, und wenn er sie noch lange so reden ließ und dumme Fragen stellte, merkte auch die Frau, die dort saß und herübersah, dass hier etwas ganz und gar nicht stimmte.

»Na klar, das ist nett von dir.« Er drehte sich zu dem hübschen Pagenkopf um und sagte: »Das ist Marieke Janssen. Ich habe dir von ihr erzählt. Die Tochter von Rainulf Janssen, den ich seit letztem Sommer wegen einer Herzoperation besonders sorgfältig betreue. Einer der Patienten, die mir ans Herz gewachsen sind, und der Besitzer dieser Pension, wo ich gleichzeitig mit der Hochzeit zu einem Fest eingeladen war.«

Marieke nickte wie betäubt, dabei hätte sie sich am liebsten geschüttelt, um aus diesem Albtraum zu erwachen. Offenbar hatte Philipp der Frau so einiges von der Insel erzählt, das war schön und gut. Was sich in diesem Moment jedoch wie ein schmerzender Pfeil durch ihr Innerstes bohrte, war das: Beim letzten Mal hatte Philipp sie noch Lieblingsmensch genannt, nun war sie zur »Tochter von« geworden.

»Hallo!« Die Frau stand auf und kam herüber. Sie trug ein enges Kleid und hatte genau die Figur, die Marieke sich immer gewünscht hatte: sehr schlank, ohne dünn zu sein. Sie selbst hatte sich mit ihren weiblichen Rundungen längst arrangiert, was an sich schon ein absurder Gedanke war, weil Frauen – die meisten zumindest – nun mal natürliche Rundungen besaßen. Aber vielleicht gehörte Philipp zu den Männern, die diese andere Sorte Frau bevorzugte, jene, die eher wie ein Model aussahen und diese winzigen Kleidergrößen trugen. Die Frau ging barfuß, was ihr einen weiteren Stich versetzte, weil es darauf hindeutete, wie entspannt sie sich in Philipps Nähe und in seinem Garten fühlte. Vielleicht kamen sie direkt aus dem Schlafzimmer?

Sie blieb neben Philipp stehen, so nah, dass sie ihn berührte. »Ich bin Karla aus München. Karla Ziegler.«

Auch ihr Gesicht war sehr hübsch. Das Einzige, was Marieke irritierte, war der traurige Ausdruck in ihren grünen Augen. Der passte nicht in den blühenden Garten von Philipp, der gerade ihre Hand gehalten, ihr Haar gestreichelt und vielleicht noch ganz andere Dinge mit ihr gemacht hatte.

»Eine gute Freundin. Wir kennen uns schon lange und sind uns auf der Hochzeit unseres gemeinsamen Freunds wieder begegnet«, ergänzte Philipp.

»Hallo, Frau Ziegler.« Nach den ersten Schrecksekunden konnte Marieke zum Glück mühelos in die Rolle von Marieke Janssen »Tochter von« schlüpfen, in der sie anderen nett und förmlich begegnete. Das hatte sie schon Tausende Male gemacht.

Philipp lachte heiser auf. »Ich glaube, es ist nicht nötig, dass ihr euch so förmlich anredet, oder? Das hier ist privater Grund und Boden.«

Karla nickte Marieke zu. »Natürlich nicht. Sehr erfreut, Marieke.« Sie streckte ihr die Hand hin, und Marieke musste sie nehmen. Am liebsten hätte sie sich umgedreht und wäre weggelaufen, doch auffälliger hätte sie sich nicht verhalten können. Mit aller Kraft zwang sie sich, freundlich zurückzuschauen, und merkte dabei, wie Karla sie taxierte. Natürlich bekam sie nun etwas von der Spannung mit, die in der Luft lag. Philipp schob die Hände in die Hosentaschen und lachte ungezwungen oder versuchte es zumindest. Marieke konnte nicht mit Sicherheit sagen, ob er sich natürlich verhielt oder nicht.

»Dein Tor quietscht nicht mehr«, sagte sie in die etwas unangenehme Stille hinein.

»Das ist typisch Karla«, entgegnete Philipp. »Sieht, was zu tun ist, und tut es.«

»Die Pflanzen habe ich auch gegossen«, sagte Karla und blickte um sich. »Ein herrlicher Garten.«

Marieke zwang sich zu einem zustimmenden Nicken. Offenbar brachte sich Karla hier häuslich ein. Sie hätte zu gern gewusst, ob sie vorhatte, länger zu bleiben, aber sie verkniff sich jede Nachfrage und hatte außerdem Augen im Kopf. Die Seite an Philipp war besetzt, egal, wie lange Karla bleiben würde.

»Dann mache ich uns eine Tasse Tee, und du erzählst vom Fest? War es denn schön? Deine Freundin Nele hat mir einen Schnappschuss geschickt, auf dem ihr alle ziemlich amüsiert ausseht. Sogar dein Vater hat gesagt, es hätte ihm ganz gut gefallen. Wie ich ihn kenne, ist das ein ziemlich großes Lob.« Wieder lachte er.

»Ja«, konnte Marieke nur antworten und überlegte fieberhaft, wie sie der Tasse Tee entkommen konnte. Noch hielt sie ihre Fassade aufrecht. Es würde ihr aber kaum gelingen, länger mit Philipp und Karla zu plaudern, ohne in Tränen auszubrechen. Mit jeder Sekunde, in der die beiden wie eine Wand vor ihr standen, wurde sie verzweifelter. »Und wie war die Hochzeit?«, fragte sie mit hohler Stimme.

Karla kam ihr zur Hilfe. Sie legte eine Hand auf Philipps Schulter und sagte: »Die Hochzeit war herrlich! Aber nun seid mir nicht böse, dass ich hier unterbreche. Phil, ich würde unser Gespräch von eben gern in Ruhe zu Ende führen. Die Zeit ist mir sehr kostbar. Trinkt doch später gemeinsam einen Tee, wenn es hier so Brauch ist. Dann könnt ihr euch gegenseitig von den rauschenden Festen erzählen.«

Sein Gesicht wurde ernst, und er sah von Karla zu Marieke und wieder zu ihr. »Natürlich, Karli. Machen wir es so.«

Phil. Karli. Es klang sehr vertraut. Marieke trat einen Schritt zurück und hob die Hände. »Macht euch bitte keine Umstände«, sagte sie mit heiserer Stimme. »Ich bin hier reingeplatzt und hab auch überhaupt nicht viel Zeit.«

»Mal wieder«, ergänzte Philipp leise und seine Mundwinkel umspielte etwas, das vielleicht ein Lächeln sein sollte.

Karla rückte noch ein Stück näher an ihn heran und verdeutlichte damit, dass sie ihn jetzt für sich allein haben wollte. »Danke für dein Verständnis, Marieke. Es hat überhaupt nichts mit dir zu tun, aber es geht um sehr viel für mich bei dem, worüber wir gerade sprechen«, sagte Karla.

Philipp nickte. »Sie hat recht. Ich melde mich später bei dir, Marieke. Danke, dass du vorbeigeschaut hast.«

»Nicht nötig«, brachte Marieke mühsam hervor und ging noch einen Schritt rückwärts. Nun wurde sie von Karla auch noch extra darauf hingewiesen, dass sie störte, und Philipp pflichtete ihr bei. Viel peinlicher konnte es nicht mehr werden. Ihr Fuß stieß gegen die Umrandung eines Blumenbeets, das mit Steinen eingefasst war, und sie strauchelte. Philipp schoss nach vorn und hielt sie am Arm fest. Kaum stand sie wieder auf festem Boden, machte sie sich mit einer ruckartigen Bewegung von ihm los. »Wirklich nicht nötig«, wiederholte sie und rieb sich an der Stelle, wo er sie angefasst hatte, den Arm, als hätte er ihr wehgetan. Sie murmelte einen Abschiedsgruß und drehte sich um.

Als sie zurück zum *Sandstern* radelte, hoffte sie inständig, dass ihr niemand begegnete, der sie kannte. Der Weg vor ihren Augen verschwamm. An der erstbesten Stelle hielt sie an, lief ein paar Schritte von der Straße weg und kauerte sich an eine Mauer, wo sie nicht entdeckt werden konnte. Von Weitem hörte sie den Hufschlag der Pferde, jemand betätigte die Fahrradklingel, und ein Mann rief laut einen Gruß, der fröhlich erwidert wurde. Es war einer der Momente, in denen sie lieber in Hamburg gewesen wäre. Dort konnte sie auf der Straße weinen, ohne dass es jemanden interessierte. Hier auf der Insel würde jeder sofort fragen, was los wäre, und sie hätte wahrheitsgemäß sagen müssen: Ich hab mein Herz an den Falschen verloren – fast.

18. Kapitel

»Ich werde euch alle vermissen.« Josefine Jacobson fasste über den Tisch nach Jules und Annas Händen, die sie ihr entgegenstreckten.

»Nicht gehen, Josy«, sagte Jule und schob ihre Unterlippe vor.

»Wir treffen uns bestimmt mal wieder«, sagte Josefine und sah nun Marieke an, die sich auf ihr Bitten hin einen Moment dazugesetzt hatte. »Die Pension ist ja sehr familienfreundlich, wie ich nun weiß.« Sie blickte kurz auf ihren Bauch.

Die Familie und die Diva, die keine mehr war, hatten sich zum Abschied im Speiseraum getroffen, wo die Zimmermanns mit ihren Töchtern zu Abend gegessen hatten.

»Wir reisen übermorgen doch auch ab.« Sophie Zimmermann strich Jule über den Kopf.

»Und wir können Josy immer in ihrem Blog sehen und allen erzählen, dass wir sie kennen«, verkündete Anna stolz.

»Ich will aber auch das Baby sehen«, sagte Jule schmollend.

»Vielleicht komme ich euch, wenn ihr das nächste Mal im *Sandstern* seid, besuchen. Wenn das passt.« Josefine lächelte in die Runde. »Ich habe übrigens noch eine gute Nachricht.« Sie zog unter dem Kragen ihrer giftgrünen Bluse die um ihren Hals liegende dünne goldene Kette ein Stück nach oben, bis ein goldener Anker zum Vorschein kam. »Ich hab ihn doch noch gefunden.« Schuldbewusst blickte sie Marieke an, die bisher fast nichts gesagt hatte. »Tut mir leid, dass ich auch nur eine Sekunde gedacht habe, jemand aus der Pension könnte ihn genommen haben. Ich habe unnötig die Pferde scheu gemacht. Obwohl es nicht abwegig war, denn passieren kann ein Diebstahl überall, wenn man seinen Besitz offen herzeigt.«

Marieke seufzte so erleichtert, dass alle sie verwundert anschauten. Endlich eine gute Nachricht, nachdem die Welt, die sie sich insgeheim erträumt hatte, zerplatzt war wie eine bunt schillernde Seifenblase, in der sie mit Philipp dahinschwebte. Es war immer verlockend, eine Seifenblase zu fangen. Nur war sie völlig instabil, wenn man die Hand danach ausstreckte. Marieke hatte sich erstaunlich gut im Griff, was den Schock betraf, den sie vor wenigen Stunden in Philipps Garten erlitten hatte. Sich nach außen hin anders zu präsentieren, als sie sich innerlich fühlte, gelang ihr auch in diesem Fall gut. Doch ihr graute davor, wenn sie später allein mit ihren Gedanken und Gefühlen im Bett liegen würde.

»Ein Glück! Wo haben Sie das Schmuckstück denn gefunden?«, rief sie.

»An einem Ort, wo es nicht hingehörte. Ich weiß nicht, wie es passieren konnte, aber es war meine eigene Schuld. Tut mir leid, wenn ich Sie beunruhigt habe.« Mit den Fingerspitzen strich Josefine über die blanke Oberfläche des Ankers, den Marieke fast neidisch betrachtete. Nicht, weil er aus Gold war. Sie beneidete Josefine um ihre Wandlung, die von dem Schmuckstück besser als von jedem anderen symbolisiert wurde. Anfangs hatte die exzentrische Frau ziemlich verloren gewirkt. Nun, nachdem Joris nach ihr gesucht und sie ihm gezeigt hatte, dass sie nicht ganz selbstverständlich auf ihn wartete, war sie wie ausgewechselt, und er hatte ihr ein Versprechen gegeben. Es war eine der Geschichten mit Happy End, die Marieke im *Sandstern* hautnah miterleben durfte.

»Warum haben Sie mir nicht sofort davon erzählt?«, fragte Marieke und konnte sich nicht zwischen vorwurfsvollem und erleichtertem Unterton entscheiden. Wenn nun keine weiteren Dinge abhandenkamen, war die Sache so, wie sie es sich sehnlichst wünschte: Mit Marcs Verschwinden gab es in der Pension keinen Dieb mehr. Einen Moment lang fühlte es sich so an, als risse kurz der erdrückend graue Himmel auf, und ein Sonnenstrahl drang zu ihr durch. Wenigstens ein Problem weniger!

»Tut mir leid. Im Moment passiert so viel Schönes, ich hab's einfach vergessen«, entschuldigte sich Josefine. »Und nun muss ich mich verabschieden. Joris erwartet mich zu einem alkoholfreien Cocktail im Hotel, und morgen früh fliegen wir zurück aufs Festland.«

»Warte, ich mal dir noch ein letztes Bild«, bettelte Jule. »Was willst du? Einen Seestern? Einen Anker? Ein Baby?«

Über den Feuereifer der Kleinen mussten alle Erwachsenen schmunzeln. Marieke erhob sich und streckte Josefine die Hand hin. »Ich wünsche Ihnen alles erdenklich Gute für Ihre Familie.«

Josefine drückte ihre Hand warm und herzlich.

»Auf Wiedersehen!«

Marieke beschloss, diese gute Nachricht mit einem Getränk allein auf der Terrasse zu feiern. Draußen nahm sie sich eine Limo aus dem Getränkeschrank und machte einen Strich auf der Liste. Nachdenklich betrachtete sie die neue abschließbare Kasse, die zudem am Tisch befestigt war und die alte Piratenschatzkiste nun ersetzte. Dann schnappte sie sich eine Decke und machte es sich in einem der Korbstühle bequem. Der Himmel hatte sich nach dem sonnigen Nachmittag plötzlich vollständig zugezogen, und für den nächsten Tag war stürmisches Wetter angesagt. Der Außenbereich war verwaist. Ihr Vater hatte sich dazu überreden lassen, mit Federica und Julietta einen Rundgang durchs Dorf zu machen und irgendwo einzukehren, nachdem er akribisch die Zaunlatten ausgebessert hatte. Sie sog die frische Luft ein und ließ den Nachmittag und Abend Revue passieren.

Nachdem sie verzweifelt an der Mauer gekauert hatte, war sie zurückgeradelt und hatte ihre Arbeit gemacht, als wäre nichts gewesen. Nur Susa bemerkte, dass sie in einem völlig anderen Zustand und innerlich wie erstarrt war.

»Haste ein Gespenst gesehen?«, hatte sie gefragt.

»So ungefähr«, hatte Marieke geantwortet. Es war ein gutes Bild dafür, plötzlich mit Karla konfrontiert worden zu sein, einer Freundin, die Philipp aus dem Ärmel geschüttelt hatte. »Aber es ist eigentlich alles in Ordnung«, hatte sie schnell hinzugesetzt, weil Susa sie misstrauisch ansah.

»Du erzählst Märchen, ich kenn dich doch ein bisschen. Dein Vater is auch anders, seit ich wieder von der Kreuzfahrt zurück bin«, hatte ihre Angestellte bemerkt. »Etwas is mit euch los, was ich nich mitgekriegt hab, als ich weg war.«

»Das liegt vielleicht an dem italienischen Besuch«, hatte Marieke geantwortet, doch Susa sah es genau anders: »Die Menschen aus Italien machen froh, sie lachen viel und sind lebenslustig. Rainulf lacht manchmal mit, das is es nich, was ich mein. Er grübelt über was anderes nach. Und du auch.«

Da hätte Marieke ihr fast geantwortet: *Du hast recht. Wir denken darüber nach, die Pension zu verkaufen.* Doch diese Hiobsbotschaft sollte ihr Vater selbst verkünden. Und über ihr Innenleben würde sie mit Susa ganz bestimmt nicht reden.

Marieke nahm einen Schluck Tee und wunderte sich über sich selbst. Hatte sie in Bezug auf den Verkauf gerade »wir« gedacht? Auf einmal fühlte es sich gar nicht mehr so falsch an. Die wenigen Minuten in Philipps Garten hatten etwas grundsätzlich verändert. Vor ihr lag das Telefon, und sie spielte mit dem Gedanken, Gerit anzurufen. Noch hatte sie ihm nicht davon erzählt, was ihr Vater vorhatte. Noch hatten sie den Versuch einer gemeinsamen Zukunft im Sinn, und diese Möglichkeit wollte sie keinesfalls verlieren. In ihrem Hals saß ein dicker Kloß. Sie griff nach dem Handy und wählte Gerits Nummer. Diesmal war ihr egal, ob sie ihn vielleicht aus dem Bett klingelte.

»Marie, das ist aber eine Überraschung!«

Sie ließ den Klang dieser Anrede auf sich wirken. Je länger sie auf der Insel war, desto mehr entfernte sie sich von jener Marie, von der Gerit sprach. »Hey, du bist noch wach?«, fragte sie, weil es in Asien schon weit nach Mitternacht war.

»Ja, so scheint es, es sei denn, ich träume gerade.« Er lachte. »Deine Anrufe werden jedenfalls immer seltener.« Seine Stimme klang heiter und wurde schnell wieder ernst. »Ich sitze hier und denke darüber nach, wo unser Kurs so hingehen soll. Als hättest du geahnt oder gespürt, dass ich mir gerade viele Fragen neu stelle.«

»Was meinst du damit? Wo bist du denn?« Sie drückte den Hörer fest ans Ohr.

»Ganz ehrlich?«

»Natürlich. So, wie wir es uns versprochen haben.«

»Ich sitze hier auf der Terrasse der Hotelbar mit meiner Kollegin Melanie. Wir reden über die Firma. Es gibt interessante Optionen.«

»Echt?« Vor ihrem inneren Auge erschien das Bild, wie Gerit mit seiner hübschen Kollegin, deren Name schon öfter mal gefallen war, mit einem hübsch garnierten Cocktail in einer lauen Tropennacht nah beieinandersaß. Energisch blinzelte sie die Vorstellung weg. Selbst wenn es so war, so musste es nicht viel bedeuten. Sonst wäre er nicht ans Telefon gegangen oder hätte es längst ausgestellt.

»Ich weiß nicht, ob es ein guter Zeitpunkt ist, um so etwas Großes zu besprechen. Marie, ist etwas passiert? Warum rufst du an, wo du doch weißt, wie spät es hier ist?«

»Spontane Sehnsucht vielleicht?«, hörte sie sich sagen, denn irgendwie musste sie dieses ziehende bange Gefühl in der Brust benennen. Vielleicht aber war es auch Angst.

»Moment«, sagte er. »Ich habe dich nicht ganz verstanden. Was hast du gerade gesagt?«

Sollte sie ihre Worte wiederholen? Etwas in ihr sperrte sich dagegen. »Ich glaube, wir sollten uns vielleicht eher wiedersehen als vereinbart«, sagte sie stattdessen. »Ich weiß schon gar nicht mehr genau, wie du aussiehst.«

»Das geht mir ähnlich«, antwortete Gerit. »Warte mal einen Moment. Meine Kollegin möchte sich verabschieden.« Er unterbrach das Gespräch, hielt das Telefon weg. »Ja, gute Nacht, Melanie. Du gehst schlafen, es wird Zeit, na klar, bis morgen.«

Küsschen links, Küsschen rechts. Marieke konnte alles mithören. Nachdem sie Philipp heute mit Karla gesehen hatte, wäre es unerträglich, Gerit nun ebenso mit einer anderen Frau in einer zweifelhaften Situation zu wissen. Es wurde ihr ganz elend, als sie es sich kurz vorstellte, dabei hatte sie sich von dem Anruf das Gegenteil erhofft.

Wenn Gerit sich aber so offen verhielt, hatte er wahrscheinlich wirklich nichts zu verstecken. Oder?

»Es gibt Neuigkeiten«, sagte sie, als er wieder dran war. Sie versuchte, ihrer Stimme einen normalen Klang zu geben. »Mein Vater denkt darüber nach, die Pension zu verkaufen.«

»Wow!«, rief Gerit begeistert aus. »Das ist das Beste, was passieren konnte. Toll! Ich wollte das schon vorschlagen, aber so, wie du von ihm erzählt hast, wollte er darüber nicht mal nachdenken. Und nun ist er also so weit?«

Es kränkte Marieke sofort, dass Gerit nur von ihrem Vater und nicht von ihr sprach, der die ach so tolle Neuigkeit vielleicht etwas ausmachen könnte. »So gut wie«, antwortete sie einsilbig.

»Stimmt denn der Preis?«

»Ich glaub schon.«

»Ich kann mir das Angebot anschauen, wenn du willst, oder es an einen Kollegen weitergeben, der kennt sich mit Immobilien bestens aus. Wann soll das Ganze stattfinden?«

»Bald.«

»Sag mal, warum muss ich dir diese Informationen so mühsam aus der Nase ziehen? Stimmt etwas nicht? Es ist doch die beste Option überhaupt! Dein Vater bekommt sicherlich einen Batzen Geld, und du bist dein schlechtes Gewissen los, ihn nicht genug zu unterstützen. Endlich bist du wieder frei.«

»Du hast mit allem recht«, sagte Marieke. »Ich wusste, dass du dich freust.«

»Freust *du* dich denn nicht?«

»Vielleicht, ja, je länger ich darüber nachdenke. Anfangs war es aber ein Schock.«

»Okay, aber du machst es jetzt bitte nicht unnötig kompliziert, oder?« Nun reagierte er etwas weniger entspannt. Sie konnte ihn vor sich sehen, wie sich seine Stirn zusammenzog und seine blauen Augen diesen durchdringenden kritischen Blick bekamen, der sie immer etwas verunsichert hatte.

»Die andere Möglichkeit wäre nach wie vor, jemanden zu finden, der mich gut ersetzt, um nicht vorschnell verkaufen zu müssen.«

Sie hörte, wie Gerit laut die Luft ausstieß. »Davon redest du schon die ganze Zeit«, sagte er. »Aber das scheint nicht so einfach zu sein, denn du bist schon sehr lange dort, und es hat sich diesbezüglich nichts getan. Außerdem verstehe ich den Punkt nicht. Du hattest größere Pläne, als eine Inselpension zu führen, oder?«

»Das stimmt.«

»Was also ist los?«

»Das ist eine gute Frage.«

Gerit seufzte laut. »Marie, ich hatte wirklich gehofft, du wärst in all den Monaten ein Stück weitergekommen. So hört es sich leider aber nicht an, und darüber würde ich mit dir auch lieber nicht nur am Telefon sprechen. Ich kann nur sagen: Komm rüber. Aber sag vorher Bescheid, damit ich auch ein bisschen Zeit für dich freischaufeln kann. Was ich hier leisten muss, ist der Wahnsinn.«

»Dann hättest du aber nicht mehr so viel Zeit mit deiner Kollegin Melanie.« Die Bemerkung rutschte ihr einfach so heraus.

»He, was soll das? Hat dich dein Inselarzt versetzt?«, schoss Gerit zurück, und sie hätte sich lieber auf die Zunge gebissen und ihren Kommentar rückgängig gemacht. Ruck, zuck waren sie wieder in ihrem üblichen Schlagabtausch gelandet. »Er ist nicht *mein* Inselarzt, wie oft soll ich dir das noch sagen?«, fuhr sie ihn an, was wiederum Gerits Streitlust auf den Plan rief: »Warum reagierst du dann so empfindlich? Ist doch nur ein Spaß – bisher jedenfalls.«

»Ich finde das nicht lustig!«

»Moment mal. Du hast eben mit dem Thema angefangen, erinnerst du dich?« Er versuchte, wieder versöhnlich zu klingen, und sie atmete tief durch. »Tut mir leid«, murmelte sie.

»Was soll's«, sagte er. »Schwamm drüber. Du hast eben eine wirklich gute Nachricht übermittelt. Sollte dein Vater verkaufen, tut sich viel Land vor uns auf. Die Chancen hier sind so unglaublich! Du müsstest dir das hier wirklich ansehen.«

»Du würdest länger dort arbeiten wollen?«

»Bei mir ist noch vieles in der Schwebe. Aber wir bringen schon alles in Ordnung, wenn wir das beide wollen.«

Erst jetzt lockerte sie den Griff, mit dem sie ihr Handy umklammert hielt. »Danke, Gerit«, antwortete sie leise. »Ich glaube, das musste ich einfach noch mal hören. Es gibt Tage, da entgleitet mir das ein bisschen.«

»Mir auch. Das liegt an der Entfernung und der langen Zeit, die wir uns nicht sehen. Da sollten wir, wenn wir telefonieren, wenigstens nicht streiten.«

»Du hast recht«, pflichtete Marieke ihm bei. »Das möchte ich auch nicht. Aber wenn du mitten in der Nacht eine Kollegin mit Küsschen verabschiedest ...« Sie unterbrach sich selbst – oder die innere Stimme der Wahrheit tat dies und stellte ihr eine Gewissensfrage: Würde sie mit Gerit jetzt telefonieren und so reden, wenn sie Philipp heute Nachmittag allein angetroffen und ihm ihre verwirrten Gefühle gebeichtet hätte? Eher nicht. Jetzt aber war sie froh, ihn angerufen zu haben. Und in gewisser Weise war sie auch froh, von Karla zu wissen. Die Begegnung fühlte sich zwar an wie ein Schnitt ins Herz, war aber auch ein Wegweiser im Nebel. Jetzt befand sie sich wieder auf der ursprünglichen Spur.

»Es ist nichts Ernstes zwischen uns passiert, Marie. Und bei dir hoffentlich auch nicht.«

»Nein.« Sie verkniff es sich, nachzufragen, was Gerit mit »nichts Ernstes« meinte. Wenn er und seine Kollegin in einer tropischen Nacht, angeregt vom Alkohol, sich jedoch nicht wenigstens mal geküsst hatten, wäre es ein Wunder.

»Dann lassen wir es jetzt gut sein. Ich muss dringend ins Bett«, antwortete er. »Gute Nacht, Marie.« Die letzten Worte sprach er leise und fast zärtlich aus, wie sie es schon lange nicht mehr gehört hatte. Das Ziehen in der Brust fühlte sich nun angenehmer an. »Gute Nacht, Gerit.«

Als sie das Gespräch beendet hatte, zog sie die Decke fest um die Schultern und schloss die Augen. Um sie herum ging der Wind übers Land. Die Zweige der Bäume bogen sich, die Blätter raschelten. Auf der Terrasse war es einigermaßen geschützt, und sie blieb einfach sitzen. Heute gab es nicht mehr viel zu tun. Sie entspannte ihre Schultern, sank ein wenig in sich zusammen und seufzte leise. Es war wirklich viel passiert in den vergangenen Tagen! Stück für Stück ließ sie die Ereignisse an sich vorbeiziehen. Die ganze Geschichte um Josefine Jacobson, die Sache mit Marc, das Fest, der Plan ihres Vaters, die Pension verkaufen zu wollen, und nicht zuletzt ihre Zerrissenheit zwischen den Welten, zwischen Gerit und Philipp, die heute einen Wendepunkt erfahren hatte. Zum Glück bekam sie bald Besuch. Mit Tina konnte sie gut darüber reden, wie verworren Liebesdinge doch sein konnten. In diesem Punkt fühlte sie sich bei Nele nicht ganz so gut aufgehoben, die ganz andere Erfahrungen als sie gesammelt hatte.

Im nächsten Moment fuhr sie zusammen, denn sie war nicht mehr allein auf der Terrasse. Sie hörte ein leises Miauen, und der rote Kater aus der Nachbarschaft strich um ihre Beine. Vielleicht suchte er Schutz? Sie wollte sich nach ihm bücken und ihn streicheln, doch schnell wie der Wind sprang er wieder davon. Dann fuhr sie ein zweites Mal zusammen. Jemand näherte sich ihr.

»*Hier* bist du.« Es war Philipp, der wie aus dem Nichts aufgetaucht war. »Was machst du denn hier draußen allein im Wind?«

»Wo kommst du denn her?«, entgegnete sie leicht verwirrt: Schon zum zweiten Mal fielen ein Gespräch mit Gerit und das Erscheinen von Philipp mehr oder weniger zusammen. Bei ihrer Verabredung in der Strandbar war es ähnlich gewesen, nur andersherum: Damals hatte Gerit unvorhergesehen angerufen, und nun war es Philipp, der plötzlich dazukam.

Sie sahen sich einen Moment wortlos an. Es kam ihr nicht in den Sinn, ihn zu bitten, er möge sich setzen. Eigentlich wollte sie ihre Ruhe haben. Jetzt und auch darüber hinaus.

»Ich war kurz spazieren. Es wird ungemütlich heute Nacht, ein

Sturmtief zieht über die Insel hinweg«, antwortete Philipp. »Ist bei euch alles sicher?«

Dann kuschele dich doch an Karla, dachte Marieke und wunderte sich, dass er überhaupt auftauchte. »Wir haben schon unzählige Sturmtiefs erlebt, bevor du überhaupt nur daran gedacht hast, auf die Insel zu kommen«, entgegnete sie spitz.

Philipp hob die Hände. »Ist gut. War nur eine Nachfrage. Kann ich mich kurz setzen?«

Sie zeigte vage auf einen der Korbsessel, der in einer sicheren Entfernung stand. »Was willst du?«, fragte sie.

Philipp setzte sich und lachte auf. »Was ist das für eine Begrüßung? Ist doch klar, dass ich bei euch vorbeischaue, sobald ich wieder da bin. Ich war über eine Woche weg, das Fest hat stattgefunden, die Erde hat sich weitergedreht, und ich wollte nach Rainulf sehen. Und nach dir natürlich.«

»Mein Vater hat weiblichen Besuch und ist unterwegs. Und wir beide haben uns schließlich in deinem Garten schon getroffen.«

Philipp fuhr sich mit der Hand durchs Haar und strich es ein wenig glatt. »Nun, das mit deinem Vater freut mich sehr zu hören. Das andere, vorhin, als du vorbeigeschaut hast, war ein äußerst ungünstiger Moment.«

»Das habe ich gemerkt.«

»Es ist nicht ganz so, wie du denkst …«

»Es ist mir egal, was du denkst, was ich denke.«

Er hob die Augenbrauen. »Das glaube ich dir nicht. Sonst wärst du wohl kaum so abweisend zu mir. Hast du schon vergessen, dass wir Freunde sind? Davon ist gerade nichts zu spüren. Nur Ablehnung.«

»Hör auf, mich ständig zu interpretieren!«

»Und du wärst auch nicht so schnell wütend auf mich.«

»Ich habe gesagt, du sollst damit aufhören!« Gerade hatte sie noch gefröstelt, nun wurde ihr heiß. Sie schälte sich aus der Decke wie aus einer überflüssigen Haut und pustete sich eine Strähne aus dem Gesicht.

Er betrachtete sie mit leicht kummervollem Gesicht, als würde ihm ihr Zustand Sorgen machen. Hätte er seine Arzttasche dabei, würde er wohl gleich sein Blutdruckmessgerät herausholen. Er sah sich um. »Ich möchte dir etwas erklären.« Sein Handy in der Tasche gab einen Signalton von sich, aber er beachtete es nicht.

In ihr regte sich schon jetzt Widerstand dagegen, was er ihr vielleicht erzählen wollte. »Ich wollte dir auch längst etwas Wichtiges berichtet haben.«

»Wirklich? Dann fang du an.« Er schlug ein Bein über das andere und legte seine Hände in den Schoß.

Einen Moment lang geriet Marieke ins Schwanken. Noch vor wenigen Stunden hatte sie ihm das sagen wollen: *Die Tage, in denen du weg warst, habe ich gemerkt, wie sehr ich dich vermisse. Die Insel ist leer ohne dich. Wenn du nicht da bist, möchte ich hier nicht sein. Das heißt umgekehrt aber auch, wenn du hier bist, kann ich mir vorstellen, auch hier zu sein. Und das für länger. Am liebsten hätte ich sogar das Fest abgesagt oder verschoben, als ich gehört habe, dass du genau dann fort bist, und es war genauso, wie ich es ahnte: Du hast total gefehlt! Ich möchte einfach nur, dass du das alles weißt, weil du mich darauf hingewiesen hast, wie wichtig es ist, wahrhaftig zu sein, wenn wir glücklich werden wollen.*

Was war jetzt ihre Wahrheit? All das würde sie Philipp wohl kaum mehr sagen können, wenn er an eine andere dachte. Der Lauf der Dinge hatte sie jetzt wieder in die andere Richtung gelenkt. Aber es war fair und ehrlich, wenn er es als einer der Ersten erfuhr. »Es könnte sein, dass der *Sandstern* bald verkauft wird.«

Seine Miene verdunkelte sich. »Im Ernst? Das ist für dich eine Option?«

»In erster Linie für meinen Vater«, sagte sie.

»Daran bin ich nicht unschuldig.« Er beugte sich nach vorn und stützte sich auf den Knien ab. »Ihr kennt ja meine vehement vertretene ärztliche Meinung, dass er die Leitung der Pension nicht mehr allein verantworten sollte. Deine Hilfe hat ihm gutgetan. Wenn er auf sie verzichten muss und es keine andere Lösung gibt, wäre ein Verkauf tatsächlich besser, auch wenn mir der Gedanke nicht gefällt.«

»Warum nicht? Was ändert sich für dich? Er bleibt dein Patient.«

»Ach, Marieke, jetzt komm!« Er reagierte ärgerlich. »Du weißt genau, dass mir der *Sandstern* mehr bedeutet, als nur das Haus zu sein, in dem ein Patient von mir wohnt. Mir hat der Gedanke, dass du wieder gehen willst, noch nie gefallen. Aber es steht mir nicht zu, diese Entscheidung zu beeinflussen. Du musst sie allein treffen. Warum du damit allerdings solche Schwierigkeiten hast, bringt mich ins Grübeln.« Wieder gab sein Handy einen Signalton von sich, den er ignorierte.

»Auf was spielst du jetzt schon wieder an?«

Er lachte auf. »Soll ich wirklich alles aufzählen? Das könnte dauern. Ich habe aber auch eine Kurzfassung parat: Zwei Schritte vor, einen zurück, das ist Marieke Janssen, seit ich sie kenne, aber das ist ja auch noch nicht so lange. Als wir uns jedenfalls im vergangenen Sommer wegen deines Vaters immer wieder begegnet sind, hattest du beschlossen, mich möglichst nicht zu mögen. Diese Haltung hast du aufgegeben, nachdem du festgestellt hast, dass ich doch ganz nett bin. Du bist eine attraktive Frau, und ich bin ein vorzeigbarer Mann. Zwischen uns hat es innerhalb kürzester Zeit ziemlich geknistert. Für mich war es sogar etwas mehr, aber du bist wieder zurückgerudert, weil es da draußen jemanden aus deinem früheren Leben und überhaupt ein Leben gibt, von dem du dir mehr erhoffst als alles, was du hier auf der Insel finden kannst.« Er hielt inne und betrachtete sie. »Aber du bist dir eben doch nicht ganz sicher. Deswegen möchtest du dich in einem Moment gern in meine Arme werfen, und im nächsten Moment möchtest du weglaufen.«

Einen Moment lang war sie sprachlos, weil er so unverschämt selbstbewusst auftrat. Und das von Anfang an, als damals an einem Sommerabend in Hamburg das Telefon geklingelt und der neue Arzt ihres Vaters ihr verkündet hatte, sie müsse sofort kommen, bis zu diesem Moment hier und jetzt viele Monate später. Als ob sie sich, nachdem sie ihn heute Nachmittag mit Karla gesehen hatte, abermals in seine Arme werfen wollte! Sie machte den Mund auf und schloss ihn wieder. Leider besaß sie eine ganz bestimmte Eigenschaft nicht, die sie an anderen sehr bewunderte: Schlagfertigkeit. Sie wollte aber unbedingt etwas dagegenhalten. »Offensichtlich ist es das, was du gern siehst: wenn sich Frauen vorbehaltlos in deine Arme werfen. Aber so bin ich nun mal nicht!«

»Du bist eifersüchtig.«

Ein starker Windstoß fegte über die Terrasse, und irgendwo ganz in der Nähe scheppert es laut. Normalerweise wäre Marieke gleich aufgesprungen, um nachzusehen, doch jetzt wollte sie die Situation ein für alle Mal klären – die Dinge in Ordnung bringen, wie Gerit es so schön nannte. »Das bildest du dir wohl ebenso gern ein! Ich habe mich vorhin lediglich sehr gewundert. Schließlich hast du mir erzählt, dass du keine Affären pflegst.«

»Das kann ich nach wie vor unterschreiben, daran hat sich für mich nicht viel geändert. Nur können wir den Lauf der Dinge nicht immer so kontrollieren, wie wir wollen. Was in München passiert ist …«

Marieke hatte das Gefühl, sofort die Notbremse ziehen zu müssen. Harsch ging sie dazwischen: »Erstens musst du mir nichts von deinem Liebesleben erzählen! Zweitens kann ich eins und eins selbst zusammenzählen. Drittens … Ach, vergiss es!« Marieke hatte die Decke immer noch auf ihrem Schoß und schleuderte sie auf den freien Stuhl gegenüber. Sie wusste, dass sie ein wenig zu weit ging und noch weiter gehen würde, wenn sie sich selbst nicht stoppte. Denn natürlich war sie eifersüchtig – und wie! »Bevor du wieder anfängst, mir meine Gefühle zu erklären, kann ich dir aber sagen, wie bei mir der Stand der Dinge wirklich ist: Ich werde Gerit nicht erst nach dem Sommer treffen. Es ist uns bis dahin zu lang. Ich habe gemerkt, wie sehr ich ihn vermisse.«

Philipp ließ sich nach hinten sinken. Es sah aus, als wiche in diesem Moment die Kraft aus ihm wie die Luft aus einem Ballon. Ein weiteres Mal meldete sich sein Handy.

»Schau lieber nach, es ist bestimmt sie, die dich sucht, und es scheint dringend zu sein.« Ein weiterer Windstoß blies ihr kräftig ins Gesicht. Es war an der Zeit, nach drinnen zu gehen. »Du machst dich besser auf den Nachhauseweg«, sagte sie.

»Nein, es wird nicht Karla sein, es ist bestimmt etwas anderes.« Philipp holte das Handy hervor und las die Nachrichten, die gekommen waren. Auf seinem Gesicht erschien der Schimmer ungläubiger Freude, was Marieke zusätzlich deprimierte. Na toll, jetzt hatte sie Philipp dazu ermutigt, seine Liebesnachrichten vor ihren Augen zu lesen! Sie stand auf und griff nach der dahingeworfenen Decke, um sie zusammenzulegen.

»Eine Nachricht von Sina und Niels«, sagte Philipp.

Marieke hielt mitten in der Bewegung inne.

»Es ist eine gute Nachricht. Die Befruchtung scheint endlich geklappt zu haben. Sina ist schwanger.« Philipp sprang auf. »Sie wollten es mir unbedingt heute noch mitteilen. Ich hatte es ihnen so sehr gewünscht!«

Vor Erstaunen ließ die Decke fallen. Nicht nur, weil sie es jetzt auf diese Weise erfuhr. Auch weil Philipps Gesicht in diesem Moment vor Freude so sehr aufleuchtete, als hätte er selbst erfahren, dass er Vater wird, und würde sich nichts sehnlicher wünschen als das. Er wollte auf sie zugehen, dann stoppte er sich und blieb stehen. Sie sahen sich an und spürten es beide: Zwischen ihnen war eine unsichtbare Wand, durch die sie nicht hindurchfassen konnten. Statt sich wenigstens kurz zu umarmen, wie man es aus Mitfreude tun würde, wenn man lange mit anderen Menschen, die man mochte, mitgefiebert hatte und sich das Problem zum Guten wendete, standen sie reglos da.

»Das ist ja toll«, sagte Marieke lahm und musste sich ein paar Mal räuspern, weil in ihrer Kehle etwas feststeckte.

Er blickte noch mal auf sein Handy und ließ es dann in der Tasche verschwinden. Einen Augenblick lang stellte sie sich vor, er würde vielleicht doch spontan die Arme um sie legen und sie im Kreis herumwirbeln. Wie verrückt war es, sich danach zu sehnen?

Philipp schob die Hände in die Hosentaschen und sah sie mit festem Blick an. »Jeder Mensch, der auf dieser Insel glücklich ist und wird, macht auch mich froh«, sagte er. »Es ist ein überschaubares Universum, und gerade das finde ich schön. Wie schade, dass wir uns jetzt nicht gemeinsam für sie freuen können.« Der Wind nahm neuen Anlauf, und etwas ging klirrend zu Bruch. Philipp zog sich die Kapuze seines dicken Pullovers über den Kopf. »Du hast recht. Ich gehe jetzt besser. Ich weiß ja nun Bescheid. All das hier samt deiner Anwesenheit …« Er sah sich um und richtete dann seinen Blick mit aller Intensität auf sie, was ihr einen heißkalten Schauer durch den Körper sandte. »… ist dann wohl bald Vergangenheit. Ich hatte gehofft, es würde sich ein Weg finden. Dann hat es wohl mit der Aushilfe, die du besorgt hattest, nicht gut geklappt?«

»Nein, das hat es leider nicht«, sagte Marieke und schlang die Arme um sich selbst. »Ich möchte jetzt reingehen. Gute Nacht.« Sie wartete, bis Philipp verschwunden war, und stand so lange da, bis ihr kalt wurde und sie fast zitterte – falls er noch mal zurückkam. Sie hätte ihm nämlich noch etwas sehr Wichtiges mitzuteilen gehabt, damit er sie vielleicht ein bisschen besser verstehen konnte: *Die Insel mag andere glücklich machen, nur mich nicht. Deswegen zieht es mich auch immer weg.*

19. Kapitel

Marieke kniete auf dem Boden und sammelte die Überreste des Tontopfes auf, der am Abend zuvor im Sturm zu Bruch gegangen war. Bis zum Mittag hatten die Scherben unbeachtet dagelegen, was bedeutete, dass Rainulf sie übersehen oder gar nicht erst seine morgendlichen Kontrollrunden gedreht hatte. Nachdenklich betrachtete sie eine große Scherbe, die mit einem Muster aus blauen und gelben Blumenranken verziert war. Ihre Mutter hatte an den langen Winterabenden nicht nur gehäkelt und gestrickt, sondern auch Keramik bemalt. Einige Stücke im Garten waren im Lauf der Jahre kaputtgegangen, und diesen Topf hatte Marieke besonders gerngehabt. Zärtlich strich sie mit den Fingerspitzen darüber, und sofort überfiel sie die Sehnsucht nach ihrer Mutter mit voller Wucht. Noch auf dem Boden hockend blickte sie nach oben in den Himmel, dessen dunkles Grau inzwischen schon einige hellgraue Flecken zeigte. Auch der Wind schien langsam nachzulassen. Ein Besuch auf dem Dünenfriedhof wäre in dieser Stimmung vielleicht genau das Richtige.

Stürmische Tage waren für alle auf der Insel eine Herausforderung, und die Pensionsgäste mussten sich etwas einfallen lassen, um sich die Zeit zu vertreiben. Manche besuchten das Meerwasserschwimmbad oder eines der kleinen Museen. Andere verbrachten die Stunden im Fernsehraum, obwohl es in den Zimmern selbst natürlich auch Fernseher gab. Einige Gäste blieben einfach länger beim Essen sitzen und spielten an den Tischen Karten. Es gab keinen Ort außer dem kleinen Büro, wo Marieke nicht auf jemanden traf, der sich mit ihr unterhalten wollte. Ein Small Talk folgte dem nächsten, und jedes zweite Mal drehte es sich um das Wetter, das wohl beliebteste Gesprächsthema auf der ganzen Welt. Sie hatte davon erst einmal genug.

Zurück im Büro stutzte sie. Die Windjacke ihres Vaters hing nicht am Haken, das hatte sie bisher gar nicht bemerkt. Er war hinausgegangen, ohne ihr Bescheid zu sagen. Vielleicht hatten ihn die italienischen Gäste überredet, etwas mit ihnen zu unternehmen. Schließlich konnte er nicht die ganze Zeit so tun, als müsse er solch ungeheuer wichtige Dinge erledigen wie die Ausbesserung der Zaunlatten oder wie am Vormittag eine angeblich sehr dringende Reparatur an der Heizungsanlage.

Marieke meldete sich in der Küche ab, wo Susa den Gästen gerade eine Extraportion Tee kochte und es nach frisch gebackenen Keksen duftete.

»Fricke und ich haben alles im Griff«, beteuerte Susa und umfasste ihren Liebsten, der bereits die nächsten Kekse auf dem Backblech formte, an der Taille. Die beiden zeigten nun öfter, dass sie zusammengehörten, und seltsamerweise wirkte es so, als wäre es immer so gewesen. Marieke war froh über diese Entwicklung. Sollte die weitere Beschäftigung der beiden im *Sandstern* tatsächlich infrage stehen, so hatten sie sich jetzt immerhin selbst. »Das ist gut zu wissen. Hebt mir ein paar Kekse auf«, entgegnete Marieke.

Durch den hinteren Ausgang gelangte sie ins Freie und blieb nach ein paar Schritten verblüfft stehen. Auf der Wiese saß Julietta aufrecht und mit geschlossenen Augen auf einer dünnen Yogamatte im Wind. Sie trug einen Rollkragenpullover und Leggins und hatte ihre Beine ineinander verschlungen. Offenbar war sie tief in sich versunken und lächelte verzückt. Marieke wollte vorsichtig an ihr vorbeigehen, aber Julietta schien ihre Anwesenheit zu spüren und öffnete ein Auge. Sie streckte die Arme in die Höhe, lachte laut auf und rief etwas auf Italienisch, was Marieke nicht verstand, was sich aber begeistert anhörte.

»Wo ist Federica?«, rief Marieke hinüber, und Julietta wies mit der Hand irgendwohin ins Ungewisse. Dann legte sie beide Hände auf die Brust und strahlte Marieke an, als säße sie bei Sonnenschein mitten im Südseeparadies. Für einen Augenblick konnte Marieke sogar in ihre Perspektive wechseln. Auch bei unwirtlichem Wetter wirkte der *Sandstern* mit seinem reetgedeckten Dach, dem alten Gemäuer und dem schönen Garten äußerst einladend. Für Julietta, das hatte Marieke herausgefunden, war der Aufenthalt auf Juist die erste Bekanntschaft mit einer Nordseeinsel, und die Italienerin war überhaupt nur ganz selten in Deutschland gewesen. Sie stammte aus Kalabrien, also aus dem Süden ihres Landes, wo die Menschen im Sommer mit zu viel Sonne und Hitze kämpften. Die karge Insellandschaft und die raue Atmosphäre von Juist inspirierten ihre künstlerische Ader in besonderer Weise, hatte sie erklärt, und Federica hatte es übersetzt. *Und ihre Lebenslust,* ergänzte Marieke in Gedanken.

Allmählich begann sie, Julietta zu bewundern. Wenn sie selbst irgendwann an einem solchen Tag im fortgeschrittenen Alter so viel Vitalität und Glück ausstrahlte, dann hätte sie in ihrem Leben vieles richtig gemacht. Doch zwischen jetzt und irgendwann lag eine große Spanne Zeit. Zeit, um möglichst viel von der Welt zu sehen oder um eine Familie zu gründen oder vielleicht sogar beides. Das Thema Kinder hatte sich seit der erfreulichen Nachricht von Sina, die sie nun ebenso per Messenger erhalten hatte, wieder voll in ihr Bewusstsein katapultiert. Marieke verspürte ein leicht schlechtes Gewissen, weil sie sich nur zu einem schnöden *Herzlichen Glückwunsch* als Antwort hatte aufraffen können. Vielleicht würde sie später noch mal bei Sina vorbeigehen. Nach der Begegnung mit Philipp und Karla war sie noch immer so deprimiert, dass sie sich nicht über das Glück von anderen mitfreuen konnte. Eher tat sie sich selbst leid: Endlich hatte sie Philipps Aufforderung, ehrlich und wahrhaftig zu sein, folgen wollen, und dann präsentierte er ihr eine andere – was mit Abstand betrachtet aber immer noch etwas Gutes hatte, denn sonst wäre das Telefonat mit Gerit bestimmt anders verlaufen.

Julietta ließ die Arme wieder sinken, und ihr Lächeln wurde etwas schmaler, als sie merkte, dass Marieke nicht annähernd ähnlich gute Laune hatte wie sie selbst. Sie löste ihre Beine aus ihrer Verschlingung und legte das rechte mit einer geschmeidigen Bewegung hinter den Kopf. »*Problema*?«, rief sie herüber und machte ein fragendes Gesicht, was in der Position ihrer Verrenkung äußerst komisch aussah.

Damit entlockte sie Marieke ein echtes Lachen, was wiederum Julietta ansteckte, die mitlachen musste und ihre Position nicht mehr halten konnte. Das Bein glitt wieder nach unten, und sie erhob sich mit elegantem Schwung. »*Un momento per favore!*«

Damit verschwand sie, ohne in die Schuhe zu schlüpfen, schnell im Haus, bevor Marieke ihr mitteilen konnte, dass sie keine Zeit hatte. Sie musste wohl oder übel warten und trat ungeduldig von einem Bein aufs andere.

Doch Julietta war kurz darauf zurück und hielt Marieke das Bild vor die Nase, das sie von der Pension gemalt hatte. Darauf war das reetgedeckte Haus nur einen Steinwurf entfernt vom Meer platziert, was die Szene umso schöner erscheinen ließ, weil es hier keinerlei Zaun oder Umgrenzung gab, die das Gebäude von der wundervollen Umgebung trennte. Blühende Büsche und große Töpfe mit üppigen bunten Blumen standen vor dem anheimelnden Haus. Auf dem sandigen Pfad, der am Haus vorbei zum Meer führte, saß der dicke rote Kater, der neugierig die im Wind tanzenden Möwen beobachtete – mit ihm hatte Julietta also auch schon Bekanntschaft gemacht. Neben dem Eingang an der Hauswand lud eine einfache Holzbank zum Verweilen ein, und ein blau-weiß gestreifter Strandkorb, in dem eine Möwe gelandet war, durfte in der Szenerie nicht fehlen. Marieke hätte sich am liebsten selbst hineingesetzt, um ein wenig Sonne zu tanken und die überwältigende Idylle zu genießen. Der *Sandstern* als Vorlage war sehr gut zu erkennen, und vor allem trat die Botschaft hinter dem Bild deutlich hervor: Es war ein Ort, den man nur lieben und wo man die Seele baumeln lassen konnte. Nur der Himmel war noch nicht ganz fertig geworden. Über dem Meer, das am Horizont in einem smaragdgrünen Farbton leuchtete, war die Bildfläche weiß.

»Wunderschön!« Marieke gab Julietta das Bild zurück. Die Künstlerin lachte über das ganze Gesicht, tippte auf die weiße Stelle des Papiers, die noch bearbeitet werden musste, und sagte ein paar Sätze, die Marieke nicht verstand. Sie nickte trotzdem, bedankte sich mehrfach und zog sich die Kapuze über den Kopf, um ihre im Wind tanzenden Haare zu bändigen. Als sie ein paar Schritte getan hatte, winkte sie Julietta, die ihr beglückt nachschaute, zum Abschied noch mal zu. Dann endlich hatte sie es geschafft, dem Bannkreis der Pension zu entkommen.

Vorteilhaft war an solchen Tagen, dass man draußen äußerst selten jemanden traf. Wo ihr Vater, vielleicht in Begleitung von Federica, wohl hingegangen war? Marieke steuerte den nächsten Strandzugang an, der zwischen den Dünen ans Meer führte und nur wenige Minuten entfernt lag. Als das Meeresrauschen lauter an ihr Ohr drang, war es wie immer: Wenn die Wellen und das Wasser erst einmal ins Blickfeld kamen, legte sich in ihr ein Schalter um. Im Inneren wurde es still und weit, egal, wie laut es draußen toste. Breit und menschenleer erstreckte sich der vom Regen noch nasse Strand vor ihr. Das wilde Meer hatte wie der Himmel eine dunkle, graue Färbung angenommen, und das Wasser tobte und brodelte wie ein riesiger kochender Wasserkessel. Im Westen tummelte sich auf dem Sand ein Schwarm Möwen, und der Wind trug ihre lauten Schreie herüber. Bei Sturm zog es sie nicht hinaus, und sie pickten lieber auf sicherem Grund nach Nahrung. Marieke lief über den Sand, während der Wind an ihrer Kapuze zerrte. Obwohl sie schon unzählige Male und bei jeder erdenklichen Witterung hier am Meer gewesen war, fühlte sie sich von den Eindrücken stets neu überwältigt, erst recht, wenn niemand anderes zu sehen war. Dann gehörte diese Weite nur ihr! Es war die andere Seite des Alleinseins. Die Gedanken hielten an, und zwischen Himmel und Strand, Wasser und Wind herrschte eine ganz eigene Magie. Marieke beobachtete die heranrollenden schaumgekrönten Wellen und schmeckte die Gischt und das Salz, als wäre sie selbst eine der Wellenzungen, die am Strand leckten. Sie konnte sich in solchen Augenblicken verlieren, und sie konnte sich darin finden. Riechen, Sehen, Hören, Schmecken: Ihre Sinne waren in dieser rauen, weiten, grenzenlosen Umgebung hellwach.

Unten an der Brandung zog sie Schuhe und Socken aus und verstaute sie in ihrem kleinen Rucksack. Die ersten Schritte im kühlen Sand! Ihre Füße versanken im schäumenden Wasser, und die spitze Schale einer Muschel, die auch mal verletzten konnte, wenn man unglücklich auftrat, bohrte sich in den Fuß. Marieke fühlte sich völlig präsent. Endlich mal nicht daran denken, was gewesen war, und nicht daran denken, was vielleicht sein würde. Am Saum des Meeres herrschte das Hier und Jetzt. Sie marschierte los, und das Selbstmitleid fiel von ihr ab wie unnötiger Ballast. Den ganzen Spaziergang lang befand sie sich in einem Zustand wohltuenden Friedens.

Der Weg bis zum Strandaufgang, der nahe beim Dünenfriedhof lag, dauerte eine kleine Weile. Sie genoss die Leere im Kopf, die leichte Anstrengung des Gehens im Sand und das an- und abschwellende Fauchen des Meeres und des Windes. Gerade mal eine Handvoll Menschen kam ihr entgegen, und ihr Vater in Begleitung war nirgends zu sehen. Vielleicht waren sie in die andere Richtung gewandert.

Kurz bevor sie ihr Ziel erreichte, setzte sie sich auf einen Stein, zog die Schuhe wieder an und ging über einen kleinen Umweg vom Strand zum Friedhof mit der festen Erwartung, dass sie an diesem stürmischen Tag allein dort wäre. Die meisten Juister wurden auf dem Friedhof im Ort beerdigt, und hier draußen war es recht einsam. Aber genau das hatte Mariekes Mutter geliebt. Hier befanden sich auch die Gräber ihrer Großeltern, sie waren kurz hintereinander gestorben. So hatte Marieke es als Teenager hautnah miterlebt, dass Liebende oder Menschen, die sehr aneinander hingen, sich sogar in den Tod folgten, weil sie nicht allein auf der Erde bleiben wollten.

Ein Stück vom Grab ihrer Mutter entfernt blieb sie ruckartig stehen. Nein, sie war nicht allein. Ihr Vater hatte seine Kappe tief ins Gesicht gezogen, und die Schultern ein wenig nach vorn gebeugt. Zum ersten Mal konnte sie in ihm wirklich den alten Mann sehen, der er werden würde. Er wirkte kleiner als sonst und auch schmaler, und sie glaubte, ihn leicht schwanken zu sehen, als eine Bö über den Friedhof hinwegfegte und an seiner Windjacke zerrte.

Statt ihn überrascht zu grüßen, trat sie still neben ihn. Er hob den Kopf und registrierte sie fast reglos, als hätten sie sich hier verabredet. Sie kamen beide nicht oft hierher. Manche Menschen fanden es tröstlich, das Grab ihrer geliebten Verstorbenen regelmäßig zu besuchen, doch Marieke erging es da wie ihrem Vater: Sie wurde noch trauriger. Ein Besuch auf dem Friedhof fühlte sich an, als stochere sie auf dem Grund eines Teichs herum, und alles Trübe und Dunkle, das sich abgesetzt hatte, wurde wieder aufgewirbelt. Es dauerte, bis sich die Trauer wieder legte. Deswegen war es ein kleines Wunder, dass sie sich hier trafen.

Immer noch schweigend standen sie nebeneinander. Die Grabstätte war schlicht. Lavendel und Rosmarin wuchsen darauf, weil ihre Mutter diese Pflanzen sehr geliebt hatte und sie auf kargem Boden gut gediehen. Drum herum lagen ein paar Steine, Muscheln und glatt geschliffene Glasscherben, die Mitbringsel der Besucher. Marieke bückte sich und legte ein leeres Schneckenhaus auf die Erde, das sie schon länger in der Jackentasche bei sich trug.

»Ohne dich ist es so leer zu Hause«, flüsterte sie. »Und ich weiß nicht, wo mein Zuhause in der Zukunft ist.« Eigentlich hatte sie ein wenig Zwiesprache mit ihrer Mutter halten wollen, doch in Anwesenheit ihres Vaters ging das nicht so leicht. Außerdem war mit diesen wenigen Sätzen so gut wie alles schon gesagt. Sie zupfte ein Stückchen Lavendel vom Grab, zerrieb es zwischen den Fingern und schnupperte daran. *Etwas Tröstliches hat es hier doch*, dachte sie. Wenn die Menschen wieder in die Erde gingen und an dieser Stelle eine Pflanze wuchs, so musste darin irgendwie ja auch ein Stück von dem Menschen enthalten sein, der dort lag. Das war vielleicht nicht wissenschaftlich, aber es fühlte sich wahr an. Tief sog sie den aromatischen Duft ein und bat im Stillen nicht zum ersten Mal um Unterstützung: *Mama, hilf mir, den richtigen Weg zu gehen.* Sie richtete sich wieder auf. Eine kleine Weile standen ihr Vater und sie noch nebeneinander, während der Wind nachließ, als hätte er sie beide hierherwehen wollen und könnte sich nun, nach getaner Arbeit, zurückziehen.

»Weißt du noch, wie wir im vergangenen Sommer zusammen hier waren?«, fragte er, ohne den Blick zu heben.

»Natürlich«, antwortete sie. »Es war ein Wendepunkt in unserem Verhältnis. Du hast mir verziehen, dass ich dir in der schweren Zeit nicht besser beigestanden habe, und wir haben gemeinsam um Mama geweint. Wäre das nicht passiert, hätte ich wahrscheinlich auch nicht bleiben können. Ich wäre mein ganzes Leben lang vor meinem schlechten Gewissen davongelaufen. Ich bin dir sehr dankbar dafür.«

Mit dem Ärmel seiner Jacke wischte sich ihr Vater über das Gesicht. »Ich habe auch ein schlechtes Gewissen, Marieke«, sagte er. »Und ich will nicht flüchten müssen.«

Erstaunt sah sie ihn an und suchte in den Jackentaschen vergeblich nach einem Taschentuch. »Wie meinst du das genau?«

»Ich flüchte vor Federica. So finde ich aber nie jemanden. Angenommen, ich suche nach einer neuen Partnerin, weil ich nicht mehr allein sein will. Erst recht, wenn ich die Pension verkaufe.« Er hielt inne und musste ein paar Mal schlucken. »Oder meinst du, ich könnte erwarten, eine Frau zu finden, die sich nichts lieber wünscht, als nicht nur mit mir alt zu werden, sondern auch jeden Tag die Arbeit zu tun, die Connie gemacht hat und die du jetzt tust?« Wieder wischte er sich mit dem Ärmel übers Gesicht. »Verdammter Wind.«

Marieke überlief es heiß und kalt, weil ihr Vater plötzlich so offen mit ihr redete. »Papa!« Sie griff nach seinem Arm, weil sie einen aufrüttelnden Gedanken hatte: Er flüchtete nicht vor Federica an sich, die vielleicht manchmal etwas zu einnehmend für ihn war. Er flüchtete vor dem generellen Schritt, sich wieder für jemanden zu interessieren. »Du bist der beste Vater der Welt, und du warst der beste Ehemann der Welt. Du brauchst bestimmt kein schlechtes Gewissen zu haben. Im Gegenteil.« In diesem Moment verstand sie noch viel mehr: Seine Motive, die Pension verkaufen zu wollen, waren ihren Motiven, hier nicht bleiben zu wollen, verdammt ähnlich. Auch er suchte einen neuen Hafen, in dem er einerseits den Anker werfen und andererseits in den Rest des Lebens starten konnte.

»Ich will nicht mehr allein sein, Marieke. Wenn ich die Pension verkaufe und vielleicht auch keine Enkel um mich haben werde, was mache ich mit meiner ganzen Zeit?«, setzte er nach und traf sie mit dieser Bemerkung tief. Auf diese Frage wusste sie keine Antwort. Gleichzeitig verstand sie ihren Vater auch in diesem Punkt immer besser. Entweder sie blieb und führte den Laden in voller Verantwortung weiter, oder der *Sandstern* unter Führung der Familie Janssen war Vergangenheit. Punkt. Dazwischen gab es nichts, sie musste es endlich einsehen lernen.

Schließlich nahm sie seine Hand und drückte sie kurz. Erst als sie den Friedhof wieder verließen, begannen sie wieder zu reden.

»Du hattest auch die Idee hierherzukommen! Und ich dachte, du bist mit Federica unterwegs, um ihr mal diese Seite des Insellebens zu zeigen«, sagte Marieke.

»Ich habe mich aus dem Staub gemacht«, sagte Rainulf. »Federica wollte, dass wir etwas Besonderes unternehmen, obwohl ich heute Morgen schon länger mit ihnen und den anderen Gästen zusammen war als sonst. Außerdem musste ich versprechen, für Julietta Modell zu sitzen. Ich und Modell!« Er schüttelte den Kopf. »Sie nehmen mich ganz schön in Beschlag.«

»Julietta zeichnet gut«, entgegnete Marieke und hakte sich bei ihm unter. Ihr Vater grummelte etwas vor sich hin, was sich nur wie eine halbherzige Zustimmung anhörte. Das wunderschöne Bild, das sie bei der Italienerin in Auftrag gegeben hatte, würde ihn trotzdem überraschen. »Schaffst du den Weg am Strand zurück?«, fragte sie.

»Muss ja«, antwortete er. »Noch bin ich nicht begraben, und ich will es auch nicht sein, bevor ich nicht genau weiß, was aus dir wird. Das habe ich Connies Seele versprochen, als sie gestorben war, auch wenn ich ihr anfangs schon mal folgen wollte, das kann ich dir nun ehrlich sagen. Ich war so allein! Aber wie du siehst, gibt es mich noch.«

Marieke zuckte zusammen, als sie hörte, dass dieser wunde Punkt noch nicht geheilt war. Zwar bemühte sich ihr Vater darum, zu verstehen, wie sie ihr Leben gestalten wollte, aber wirkliche Zustimmung hörte sich anders an. Echte Zustimmung gäbe es nur für eine ganz bestimmte Entscheidung – die seit dem Besuch in Philipps Garten unwahrscheinlicher geworden war denn je.

»Antwortet Mama dir, wenn du mit ihr redest?«, fragte Marieke leise.

»Manchmal.«

»Ja, so geht es mir auch.« Wieder drückte sie den Arm ihres Vaters, der sich nun schützend und stark anfühlte. »Hast du heute auch mit ihr gesprochen?«, fragte sie.

»So gut wie. Ich wollte die Pension nach ihrem Tod schon mal verkaufen. Eine innere Stimme aber, die vielleicht ihre Stimme ist, sagte mir damals, ich solle warten, auch um dir Zeit zu geben. Aber jetzt kann ich es nicht weiter durchstehen. Deswegen habe ich Connie heute davon erzählt, dass ich wieder an dem Punkt stehe, an dem ich schon mal war.«

Er verfiel in Schweigen, und sie stapften durch den Sand. Ein Schwarm Möwen hatte sich nun über dem Meer eingefunden, was bedeuten konnte, dass es mit dem Sturm tatsächlich vorbei war. Der Wind zerrte nicht mehr an den Jacken, und über ihnen zeigte der Himmel immer mehr helle Flecken. Angespannt ging Marieke neben ihrem Vater her und wartete, ob er weiterreden würde. Es war typisch, dass sie schließlich nachfragen musste: »Hast du wegen deiner Pläne eine Antwort bekommen?«

Er blieb stehen und richtete den Blick aufs Meer. Am Horizont war ein einsames Schiff zu sehen. Er kniff die Augen zusammen. »Nicht direkt«, sagte er. »Weil nicht *sie* die Antwort hat, sondern du hast sie. Gerade hatte ich ihr die Frage gestellt, und dann bist du wie aus dem Nichts neben mir erschienen! Selbst jemand wie ich tut sich schwer damit, das als Zufall zu sehen. Nein, es ist ein eindeutiger Hinweis. Ich brauche nicht ihren, sondern deinen Segen, um den *Sandstern* zu verkaufen, sonst wird niemand von uns beiden damit glücklich, Marieke. Das ist einfach so.« Er ging weiter, und fast verloren sich ihre ineinander verhakten Arme. Er zog Marieke aber einfach mit, weil er wusste, dass sie sonst trotzig stehen geblieben wäre. Wieder legten sie ein Stück schweigend zurück. In einiger Entfernung war die erste Gruppe Strandspaziergänger zu sehen, die nur darauf gewartet hatte, dass der Himmel aufriss.

Marieke befahl sich, klar zu denken und eine Antwort zu finden, auf die ihr Vater ein Recht hatte. Spätestens wenn die Spaziergänger auf ihrer Höhe wären, würde sie etwas dazu sagen. Unweit keckerten ein paar Möwen, als lachten sie Marieke aus, weil sie den Tatsachen immer noch nicht ins Auge sehen wollte. Mit der nächsten Frage, die ihr Vater stellte, gab sie den letzten Widerstand auf.

»Wie und wann geht es jetzt mit dir und deinem Gerit weiter?«

Bisher hatte sie es vermieden, mit ihrem Vater näher über ihn zu sprechen. Gerit hatte es bei ihm genau wie bei Nele schwer. Einfach, weil für ihn die Insel als Ort zum Leben grundsätzlich nicht in Betracht kam, was ihm nicht gerade Sympathiepunkte einbrachte.

»Wir wollen uns baldmöglichst treffen«, antwortete sie. »Dann sehen wir, wo wir stehen und wohin wir gehen. Eine gemeinsame Zukunft ist möglich. Wir müssen uns nur die Zeit dafür nehmen.«

»Aha. Und wo trefft ihr euch?«, fragte ihr Vater.

»Vielleicht besuche ich ihn in Singapur.«

»Singapur! Ein sehr reiches Land. Weit weg. Dann wäre ich wieder länger allein.«

»Mit einer Aushilfe …«

»Marieke! Nein.«

Beide hielten sie nun den Kopf gesenkt. Ihrem Vater war wohl genauso bewusst wie ihr, dass sie jetzt bei dem Gespräch angelangt waren, das sie seit dem Besuch an der Windharfe vor sich hergeschoben hatten.

»Ich hatte immer gehofft, Dr. Simeon würde auch dich überzeugen«, sprach ihr Vater weiter.

Wieder wäre sie am liebsten stehen geblieben, doch sie zwang sich dazu, ganz locker weiterzulaufen. »Wovon überzeugen?«

Jetzt erntete sie einen kritischen Blick von der Seite. »Wovon? Weißt du das wirklich nicht? Zu bleiben natürlich! Und das nicht nur wegen mir.«

Marieke sog scharf die Luft ein und wägte ab, inwiefern es eine gute Idee war, hier ganz offen zu sein. *Fast wäre es so gewesen, Papa. Aber dann …*

Sie haderte mit der Antwort. Die Spaziergänger, die eben noch weit weg gewesen waren, waren nun auf ihrer Höhe, und sie konnte immer noch nicht klar denken. Sie grüßten sich und gingen aneinander vorbei. Bald würden sie am Strandaufgang, der zur Pension führte, angekommen sein.

»Das mit Philipp war wohl eine Wunschvorstellung«, antwortete sie schließlich, und ihr Vater gab einen missbilligenden Laut von sich. Weil sie ihre Antwort selbst ein wenig dürftig fand, fügte sie schließlich leise hinzu: »Eine Wunschvorstellung von dir und von mir.«

Nun war es Rainulf, der stehen blieb. »Schade. Und ich hatte gehofft …« Er schüttelte den Kopf. »Dann ist es jetzt eine von uns beiden einstimmig beschlossene Sache?«

»Was?« Es war ein letztes Aufbäumen gegen den Moment, den sie gefürchtet hatte.

»Bitte, Marieke, mach es uns doch nicht so schwer. Ich muss das wissen: Ist es beschlossene Sache, dass ich ohne schlechtes Gewissen den Verkauf des *Sandsterns* voranbringen kann, wenn die Rietmüllers sich wie verabredet melden?« Er suchte ihren Blick.

»Ich würde das Angebot gern noch mal extern überprüfen lassen.« Es war nur ein Wispern, doch in dem windstillen Moment laut genug.

»Das können wir dann immer noch machen, Marieke. Es geht mir mit meiner Frage nicht um die Summe.«

Nun musste sie wegsehen, weil sich in seinem Blick die gleiche Qual spiegelte wie an jenem Tag beim Spaziergang zur Windharfe, als er ihr das erste Mal von dem Kaufangebot erzählt hatte. Zwar versuchte ihr Vater wie so oft, seinen Schmerz zu verstecken, doch es gelang ihm nicht ganz.

»Warte einen Augenblick«, sagte sie mit erstickter Stimme, um sich kurz zu sammeln. Die ganze Zeit waren sie etwas entfernt von der Brandung durch den nassen Sand gelaufen. Sie machte ein paar Schritte hin zum Meeressaum, wo sich Muscheln, kleine Steine, Tang und Holz angesammelt hatten, die im Tränenschleier vor ihren Augen verschwammen. Sie wollte einen kleinen Augenblick die Anspannung loslassen und dann wieder gefasst zu ihrem Vater zurückgehen. Tief atmete sie ein und aus und entdeckte auf einmal im verschwommenen Sichtfeld diesen Punkt mit dieser ganz besonderen Farbe. Eine Farbe, die sich für immer in sie eingebrannt hatte, weil sie mit so vielen wunderschönen Momenten verbunden war. Ein Zucken ging durch sie hindurch, und sie wischte sich rasch über die Augen, um wieder klar zu sehen. War das etwa …?

Sie bückte sich und hob den hellbraunen Stein auf. Es waren sogar zwei, daneben lag noch ein kleinerer, daumennagelgroßer, honiggelber Stein, der etwas lichtdurchlässig schien.

»Papa!«, rief sie aufgeregt. »Komm her!« Innerhalb von Sekunden wurde sie zu dem kleinen Mädchen, das mit seinen Eltern auf der Insel Bernstein gesucht hatte. Es war eine der schönsten Erinnerungen überhaupt, und ihre Mutter war immer die eindeutige Gewinnerin gewesen und hatte ein unfehlbares Auge für den Meeresschatz gehabt. Deswegen hatte sie manchmal, als Marieke noch klein war, so getan, als sähe sie braunen Klümpchen vor ihren Füßen nicht, die der Sturm ans Land gespült hatte, damit Marieke diese finden und sich darüber freuen konnte.

Rainulf stapfte auf sie zu und nickte, als er den Fund in ihren Händen erblickte. »Er sieht auf den ersten Blick echt aus«, sagte er. »Und das um diese Jahreszeit. Das ist selten.«

Aufgeregt streckte sie ihm die Hand hin, in der sie den größeren Stein hielt. »Dieser hier ist für dich! Es könnte eine Botschaft von Mama für uns beide sein«, rief Marieke. Der Gedanke kam ihr ganz spontan, und sie stellte sich im gleichen Atemzug die Frage, was ihre Mutter ihnen damit sagen wollte. »Der Kleinere ist für mich.«

»Ach ja?«, fragte ihr Vater und nahm den feuchten Stein zwischen seine kräftigen Finger. Der Schmerz in seinem Gesicht war verschwunden, aber er schaute ziemlich skeptisch. »Und wie lautet deiner Meinung nach ihre Botschaft?«

Wieder wusste Marieke nicht, woher die Eingebung kam, aber im tiefsten Inneren war sie sich ganz sicher. Sie blickte sich um und konnte auf den ersten Blick keinen weiteren Fund entdecken. »Wenn du ein neues Kapitel in deinem Leben aufschlägst, Papa, und sie immer noch ganz bei uns sein wollte, würde sie uns jetzt noch einen dritten Stein finden lassen, der auch sie symbolisiert. So aber sind wir zwei Einzelne, die ihren Weg gehen dürfen und müssen. Meinen Segen hast du. Schau dich aber ruhig noch mal um, nicht dass ich mich täusche.«

20. Kapitel

»Na klar, das Angebot steht. Nach der Sache mit Marc dachte ich zwar an eine kleine Erholungspause, aber wir vermieten den Pavillon gern wieder, wenn es keine seltsamen Gestalten sind, die darin ihr Unwesen treiben.« Nele goss Marieke eine Tasse Tee ein und musterte sie von der Seite. »Du siehst abgekämpft aus, meine Liebe. Seit dem Fest haben wir nicht viel miteinander zu tun gehabt. Und das ist immerhin schon fünf Tage her. Ist etwas passiert? Und wen willst du dieses Mal bei uns unterbringen?«

»Das wollte ich dir gerade erzählen.« Nach dem verzweifelten Anruf von Tina war Marieke sofort zu Nele geradelt, um für ihre Hamburger Freundin, die endlich ihren ersten Besuch auf Juist antreten wollte, eine andere Unterkunft zu besorgen. »Es ist jemand, den ich dir schon lange vorstellen wollte. Meine ehemalige Assistentin, mit der ich in Hamburg so lange zusammengearbeitet habe.«

Nele runzelte die Stirn und versenkte einen dicken Kluntje in ihrem Tee. »Tina, bei der du während deiner Aufträge immer übernachtest und die dir genauso wie Gerit souffliert, du dürftest dein Leben in Hamburg nicht mit dem Leben auf Juist tauschen?«

Ein ebenso großer Kluntje versank in Mariekes Tasse. »Ja, genau die. Sie kommt übrigens, weil sie sich für die Insel interessiert. Sie möchte sehen, wofür ich meine Karriere im *Albatros* fast aufgegeben habe.«

»Wie löblich. Im Gegensatz zu Gerit.« Schweigend rührte Marieke in ihrer Tasse.

»Und wieso will deine Freundin die Unterkunft, die du ursprünglich für sie reserviert hast, plötzlich nicht mehr haben?«

Marieke lehnte sich mit einem Seufzer ins weiche Polster zurück. »Ich habe mir große Mühe gegeben, ihr etwas wirklich Romantisches zu besorgen, das war ihr Wunsch. Blick aufs Wasser, Panoramafenster, ein Nest für zwei. Aber kurz vor ihrer Abreise passierte mal wieder ein Drama, und nun steht sie ohne ihren Liebhaber da. Sie wollte auf keinen Fall allein dahin. Sie wäre jetzt nicht auf der Fähre, wenn ich ihr nicht versprochen hätte, sie könnte auch woanders schön unterkommen, wo sie vielleicht nicht so oft an ihren wahrscheinlich schon wieder Verflossenen denken muss. Bei euch im Garten wäre es ideal. Ich hole sie nachher ab und nehme sie dann aber erst einmal mit zu mir zum ersten Notfallgespräch.«

»In dein Zimmer?«, fragte Nele spitz. »Ich dachte, diese Ehre sei nur wirklich *besten* Freundinnen vorbehalten.«

Überrascht blickte Marieke Nele an, die ihren Anflug leichter Eifersucht gar nicht erst zu verbergen versuchte.

»Ist doch wahr«, sagte Nele. »Oder hast du vergessen, wie ich im vergangenen Sommer bis zum Morgen bei dir war und wir uns stundenlang ausgesprochen haben?«

Marieke richtete sich auf und fasste nach Neles Hand. »Natürlich nicht. Das vergesse ich nie! Dass du mir die doofen Sachen, die ich dir vor zehn Jahren an den Kopf geworfen habe, verziehen hast, war lebenswichtig für mich. Ohne dich wäre ich wahrscheinlich wirklich nicht mehr auf der Insel.«

»Diese Ehre gebührt mir nicht allein.« Nele lachte kurz auf und zwinkerte ihr schon wieder gut gelaunt zu. »Ich glaube, es gibt noch jemanden, wegen dem du hier bist, außer deinem Vater natürlich.« Immer noch hielten sie sich an der Hand, als Nele fortfuhr: »Auch ohne Philipp wärst du nicht so lange geblieben, selbst wenn du es nie zugegeben hast. Schwer zu durchschauen bist du in diesem Punkt aber nicht, so enttäuscht, wie du wegen seiner knappen Antwort auf das Selfie warst.«

In Mariekes Innerem zog sich etwas zusammen, und Nele redete weiter: »Ich fand seine Reaktion allerdings auch ziemlich förmlich. Vielleicht war ihm das Foto ein bisschen zu privat. Immerhin ist er für uns in erster Linie der Arzt.«

Erst jetzt lösten sie ihre Hände, und Marieke blickte in ihre Tasse. »Genauso ist es. Philipp hat sein eigenes Leben. Wie konnte ich nur so naiv sein und denken, jemand wie er hätte seine Vergangenheit in München zurückgelassen?« Marieke hatte sich davor gescheut, Nele früher zu erzählen, was sie darüber wusste. Warum, war ihr selbst nicht ganz klar.

Ihre Freundin wollte gerade einen Schluck trinken und hielt in der Bewegung inne. »Wie meinst du das genau?«, fragte sie.

»Philipp ist mit einer Frau zusammen.«

»Was?« Nele setzte die Tasse, aus der sie gerade trinken wollte, wieder ab. Laut klirrte sie auf dem Unterteller. »Woher weißt du das? Hat er dir das erzählt?«

»Nein.« Marieke atmete tief durch und schilderte ihr die Begegnung mit Karla in Philipps Garten. »Sie ist hier. Oder war hier. Ist mir jetzt aber auch egal. Ich wollte Philipp kurz besuchen, und dann habe ich die beiden gemeinsam gesehen.« Einmal mehr spürte sie, wie sehr die überraschende Entdeckung sie immer noch mitnahm, was sie vor Nele natürlich weniger gut verbergen konnte – und auch nicht wollte. Wozu waren beste Freundinnen denn sonst da?

»Na also«, sagte Nele, die alles still mit angehört hatte. »Erst einmal tut es mir leid, dass du da ohne Vorwarnung hineingeraten bist. Jetzt aber kannst du mir wirklich nichts mehr vormachen. Wenn du lieber mit Gerit zusammen sein möchtest, warum bist du so betroffen?«

Marieke nestelte ein Taschentuch hervor und schnäuzte sich die Nase. »Lass gut sein. Erstens wird sich noch zeigen, ob und wie es mit Gerit und mir weitergeht. Zweitens … habe ich Philipp eben gern.«

Nele sah sie mitfühlend an. »Bei Menschen, die man gernhat, freut man sich mit und bricht nicht in Tränen aus, wenn es ihnen gut geht. Oder haben die beiden nicht glücklich ausgesehen?«

Die Frage verblüffte Marieke, und sie konnte nicht sofort antworten. Erst als sie kurz nachgedacht hatte, sagte sie: »Nicht unbedingt. Sie wirkten eher ernst und hatten gerade Wichtiges zu besprechen, als ich hereingeplatzt bin. Aber wer weiß, was das war! Vielleicht haben sie ihre Zukunft geplant, ihre Heirat, oder sie ist unverhofft schwanger geworden. Karla hat mich jedenfalls wieder fortgeschickt.«

»Unsinn«, sagte Nele. »Jetzt übertreibst du aber ein bisschen. Philipp ist seit über einem Jahr hier allein auf der Insel und hat nie etwas von einer Freundin erzählt, da wird er ja wohl nicht gleich heiraten wollen. Vielleicht solltest du erst mal herausfinden, was zwischen den beiden genau läuft.«

»Na, hör mal!«, rief Marieke empört. »Ich habe ja wohl Augen im Kopf und mache mich garantiert nicht lächerlich, indem ich nachfrage.«

»Habt ihr euch danach noch mal gesehen?«, wollte Nele wissen.

»Ja, er ist bei mir vorbeigekommen und wollte mir etwas erzählen. Ich habe ihn aber nicht gelassen. Wenn Männer anfangen, sich in Liebesdingen zu erklären, dann haben sie meistens ein schlechtes Gewissen«, antwortete Marieke.

»Ach ja? Du und dein Dickkopf!« Nele klang ganz und gar nicht überzeugt, was Marieke nur noch mehr in Verteidigungsposition brachte. Jetzt tat Nele so, als wäre sie es, die auf Philipp zugehen musste? Sie holte aus: »Außerdem, Philipp hin und Philipp her – wie oft muss ich euch allen auf der Insel das noch sagen? Da draußen wartet …« Sie wies mit der Hand in Richtung Tür, brach aber ab, weil Lilly die Treppe herunterhüpfte. Die Kleine hatte Marieke von oben entdeckt, kam sofort zu ihr gelaufen und kletterte aufs Sofa. »Wann gibt es wieder so ein Fest, bei dem ich Prinzessin sein darf?«, fragte sie und sah sie erwartungsvoll an.

»Das weiß ich leider nicht«, sagte Marieke und dachte wehmütig daran, dass es vielleicht wirklich das letzte Mal gewesen war. Noch ein Fest, um dann den Abschied von der Pension zu feiern, konnte sie sich ebenso wenig vorstellen wie eine Wendung, die ihren Vater gesund werden ließ, ihm die ideale Partnerin an die Seite stellte oder sie selbst dazu bewegen konnte, sich ganz und gar der Insel zu verschreiben. »Bitte, bitte, mach bald wieder eins!« Lilly schmiegte sich an sie, und sie streichelte über die schmalen Schultern des kleinen Mädchens. Was für ein schönes Gefühl das war! Weniger schön hingegen war die Tatsache, dass sie sich nicht mehr über die Insel bewegen konnte, ohne sich dabei ein wenig wie eine Lügnerin vorkommen zu müssen oder zumindest wie jemand, der den anderen eine Wahrheit verschwieg. Aber damit wäre es ja bald vorbei. Spätestens, wenn der Vertrag mit den Rietmüllers aufgesetzt war.

Neles Handy, das griffbereit auf dem Couchtisch lag, klingelte. Ihre Freundin ging dran. »Sina!«, rief sie erfreut und hörte dann eine ganze Weile nur zu, während sie Marieke immer wieder bedeutungsvolle Blicke zuwarf. »Das ist eine schöne Idee, na klar«, sagte Nele schließlich. »Marieke sitzt sogar gerade neben mir. Ich richte ihr alles aus, und wir besprechen, wann wir Zeit haben. Ich freue mich sehr, und das Wetter soll in den nächsten Tagen wieder besser werden. Jeder bringt was Leckeres mit, das ist doch selbstverständlich. Klasse, bis dann!« Kaum hatte sie aufgelegt, strahlte sie Marieke an. »Sina und Niels planen ein abendliches Picknick am Strand. Die beiden sind mit ihrem Ergebnis so happy, dass sie mit uns allen auf die gute Nachricht anstoßen wollen. Wann hast du Zeit?«

»Mit uns allen?«, fragte Marieke sofort, denn vielleicht wäre bei einer größeren Runde auch Philipp mit dabei. Ihm wollte sie vorerst nicht mehr begegnen.

»Wer genau kommt, ist doch egal, es geht schließlich um das Glück der beiden«, antwortete Nele.

»So einfach ist das für mich nicht«, entgegnete Marieke und löste sich von Lilly, die große Augen machte und zu ihrer Mutter sah. »Ein Picknick! Ich will auch!«

Nele wuschelte der Kleinen durchs Haar. »Du willst immer überall dabei sein, was? Geh in dein Zimmer spielen, ich komme dann gleich hoch. Ich möchte mit Marieke noch etwas besprechen.«

Lilly widersprach ausnahmsweise nicht und sagte artig Tschüss.

»Sag mir jetzt nicht, du kommst nicht zum Picknick, falls Philipp auch eingeladen wäre«, nahm Nele den Faden wieder auf, als ihre

Tochter in ihrem Zimmer verschwunden war, und verschränkte die Arme vor der Brust.

Ich gehe auf keinen Fall dahin, dachte Marieke, konnte es aber nicht laut aussprechen, ohne einen Streit zu riskieren. Nele würde ihr das nicht durchgehen lassen – es sei denn, sie, Marieke, würde endlich zugeben, dass es sie nicht nur etwas, sondern sogar ziemlich schlimm verletzt hatte, dass Philipp eine Frau mit auf die Insel gebracht hatte. Aber das konnte sie nicht, und in diesem Moment verstand sie sich selbst ein bisschen besser: So zu tun, als wäre Philipps Verhalten halb so wild, schützte sie vor zu großem Schmerz. »Quatsch, es ist nicht deswegen«, hörte sich Marieke sagen. »Es ist wegen meinem Besuch. Zuerst muss ich mich um Tina kümmern, die wahrscheinlich in Tränen aufgelöst ist.«

Nele sah sie weiterhin skeptisch an. »Das kannst du ja. Trotzdem sollen wir Sina und Niels bald sagen, wann wir in den nächsten Tagen Zeit haben.«

Marieke trank mit großen Schlucken den Tee aus, stellte die Tasse zurück, klopfte mit den Handflächen auf ihre Schenkel und stand auf. »Ich möchte das nicht über Tinas Kopf hinweg entscheiden. Plant lieber erst mal ohne mich.« Selbst wenn Philipp nicht dabei wäre, konnte Marieke es sich in diesem Moment einfach nicht vorstellen, am Strand mit anderen fröhlich so zu tun, als wäre alles in Ordnung.

»Wie bitte?« Nele hielt Marieke am Zipfel ihres Pullovers fest, um ihren Protest zu unterstreichen. »Denk lieber noch mal drüber nach. Ich glaube, ich könnte dir das vielleicht übelnehmen, wenn du nicht kommst, und Sina vielleicht auch.«

»He, lass das!« Marieke machte sich los und brachte sich mit einem großen Schritt vor Nele in Sicherheit. »Hast du nicht eben gerade gesagt, es gehe nicht um uns beide, sondern um das Glück von Sina und Niels?«, fragte Marieke angriffslustig.

Einen Augenblick sahen sie sich abschätzend an. Und weil Marieke mit ihrem Einwand nun mal recht hatte, lenkte Nele als Erste ein. »Stimmt, das hab ich gesagt. Aber wenn deine Freundin aus

Hamburg dich dazu bringt, so eine wichtige Einladung abzuschlagen, bei der deine hiesigen Freunde zusammenkommen, bin ich auf Tina sauer, bevor ich sie überhaupt kennenlerne!«

»Puh«, machte Marieke laut und schaute auf ihre Uhr. In eine streitähnliche Situation wie diese war sie mit Nele schon lange nicht mehr geraten. »Ich hole sie jetzt erst mal von der Fähre ab. Ich melde mich dann später bei dir.«

»Wie du willst«, antwortete Nele tonlos und blieb sitzen. »Falls wir nachher nicht zu Hause sein sollten, um das Empfangskomitee für deine Freundin zu spielen, steckt der Schlüssel im Pavillon in der Tür.«

Ganz plötzlich war die Stimmung zwischen ihnen gekippt. Zum Abschied stand Marieke mit herunterhängenden Armen da, statt diese wie sonst um ihre Freundin zu legen. Sie nickten sich nur kurz zu.

Draußen stieg sie auf ihr Fahrrad, um zum Fährhafen zu fahren, und versuchte sich den ganzen Weg lang einzureden, dass weiterhin alles in Ordnung wäre oder gerade in Ordnung gebracht würde.

Sie dachte an ihren Vater. Er hatte sich nach ihrem Fund am Strand tatsächlich nach einem dritten Stück Bernstein umgeschaut und keines gefunden. Daraufhin hatte er sie lange und ernst angesehen und gefragt: »Dann trennen wir uns also bald und sind wieder zwei Einzelne, die separate Wege gehen, so wie früher?«

»Mit dem großen Unterschied, dass ich dich liebend gern immer wieder besuchen komme, das verspreche ich dir«, hatte sie rasch geantwortet, ihn umarmt und ihr Gesicht an seine Schulter gedrückt. Beim Loslassen hatte sie hinzugefügt: »Ich muss herausfinden, ob da draußen mein Mann und das restliche Leben auf mich warten. Das hat sich nie geändert, ich habe es nur vor mir hergeschoben. Vermutlich weiß ich das in ein paar Monaten oder ein paar Jahren besser. Es ist einfach so, wie es ist, Papa, und so gibt es auch keine Schuldigen, falls der Weg, den wir gehen, am Ende doch nicht der richtige ist. Das habe ich jedenfalls verstanden.«

Sie dachte an Philipp. Sie hatte längst erkannt, dass die Bekanntschaft mit ihm von Anfang an viel mehr mit ihren unsteten Gefühlen zu Gerit zu tun gehabt hatte, als sie es sich eingestehen wollte. Aber dieses Kapitel war nun, nachdem sie von Karla wusste, wirklich zu Ende.

Sie dachte an Nele, die es ihr schwer machte, ihren Weg zu gehen, und die ihr immer wieder vermittelte, besser zu wissen, wo Striekes Platz war: in ihrer alten Heimat, auf der Insel, im *Sandstern*, bei ihrem Vater, bei ihrer besten Freundin und neuen Freunden sowie – selbst wenn Philipp eine andere hatte – irgendwie und irgendwann an dessen Seite. Sie sei unbewusst verliebt, hatte Nele ja sogar mal behauptet.

Zu guter Letzt dachte sie an die Pension, die grundrenoviert auf soliden Füßen stand und jetzt einen hübschen Marktpreis erzielen würde. Außerdem schien die Sache mit Marc und den Diebstählen ausgestanden. Vielleicht sollte sie für diese Episode sogar dankbar sein, weil sie ihr vor Augen geführt hatte, dass eine Zukunft mit Aushilfen keine wirklich gute Lösung war. Und ohne jemanden, der mit den anderen Angestellten und vor allem ihrem Vater gut zurechtkam, ging es eben nicht. Diese wundervolle Person gab es bestimmt irgendwo, doch sie zu finden, war auf die Schnelle so gut wie unmöglich.

Marieke wischte sich eine der Tränen weg, die in den vergangenen Tagen viel zu oft geflossen waren, wenn sie allein war, und trat noch kräftiger in die Pedale. Zum Glück bekam sie nun Besuch von jemandem, der sie besser verstand als all die Inselmenschen hier!

Als sie am Hafen ankam, hatten sich die ersten Passagiere schon auf dem Platz vor der Fähre versammelt und warteten auf ihre Koffer. Marieke stellte sich mit ihrem Fahrrad ein bisschen abseits und beobachtete das Getümmel. Bald einen Monat war es her, als sie hier das letzte Mal von der Fähre gestiegen war. Damals hatte sie sich noch auf den bevorstehenden Sommer gefreut, und jetzt musste sie sich zusammenreißen, um einigermaßen glücklich auszusehen. Tina erwartete eine gut gelaunte Gastgeberin, jede Menge Erholung und Trost, das hatte sie ihr am Telefon versprochen, denn sonst wäre sie nicht gekommen. Marieke stellte sich auf die Zehenspitzen, um die Menge durcheinanderwuselnder Menschen besser zu überblicken, und entdeckte sie schließlich. Allerdings erst beim näheren Hinsehen, weil Tina so verändert aussah. Sie war dünner, als Marieke sie in Erinnerung hatte, und sie wirkte viel kleiner, weil sie auf Mariekes Anraten hin ihre hohen Schuhe, die sie sonst immer trug, im Schrank gelassen hatte. Ihr braunes Haar war nicht wie sonst zusammengebunden und wehte vor ihre überdimensional große dunkle Sonnenbrille. Zügig ging Marieke auf sie zu, und erst im letzten Augenblick, als sie vor ihr stehen blieb, erkannte die Freundin sie.

»Gott sei Dank«, rief Tina und warf sich in ihre Arme, als wäre sie gerade tiefster Seenot entkommen. »Die Überfahrt war so schlimm, dass ich dachte, ich müsste sterben. Ich wusste gar nicht, dass ich so schnell seekrank werde. Schon gleich, als ich an Bord gekommen bin, ging es mir schlecht. Jetzt weiß ich, wie es ist, sich richtig elend zu fühlen.« Sie hing an Mariekes Arm wie ein Sack Zement und schwankte ein bisschen. »Es kommt mir vor, als wäre ich immer noch auf dem Schiff. Wenigstens haben mich die Wellen ein bisschen vom anderen Kummer abgelenkt. Ach, bestimmt bin ich dir nur eine Last. Ich hätte in Hamburg bleiben sollen. Ich hätte …«

»Psst«, machte Marieke und tätschelte beruhigend Tinas Hand. »Mach dir keine Sorgen. Von hier fahren die meisten Menschen mit roten Wangen und fröhlichen Gesichtern wieder Richtung Festland ab. Meistens jedenfalls.« Mit der freien Hand griff sie nach Tinas Sonnenbrille und schob sie ein Stück nach oben. Rote verquollene Augen blickten sie an. »Entschuldige bitte, aber du siehst furchtbar aus«, sagte Marieke. »Blass, ausgezehrt, verheult und völlig fertig.«

»Das bin ich auch«, antwortete Tina mit dünner Stimme. »Ich musste ohne deine Hilfe eine extrem anstrengende Hochzeit ausrichten. Ich habe tagelang zu wenig geschlafen und gegessen, weil ich gleichzeitig noch total verliebt war. Ich hatte mich so auf die Reise mit

Max gefreut, und dann bekommt er kalte Füße! Dieser gemeine Kerl, dieser …«

»Ganz ruhig«, sagte Marieke. »Wir holen jetzt deinen Koffer, und du kommst erst einmal an. Später, wenn es dir besser geht, erzählst du mir alles in Ruhe. Was hältst du davon?« Sie setzte Tina die Sonnenbrille wieder auf, und ihre Freundin gab einen kläglichen Laut von sich, der als eine Art Zustimmung gedeutet werden konnte.

Auf dem Weg zur Pension hatte Tina kaum Augen für die schöne Umgebung und auch nicht für den *Sandstern*, als sie, unterbrochen von mehreren Pausen, in denen Tina mit ihrer Übelkeit kämpfte, endlich ankamen. Das Einzige, was sie wolle, wäre, sich in eine Ecke zu verkriechen, verkündete sie. So lag wenig später auf dem kleinen Tisch in der Fensternische in Mariekes Zimmer ein Häuflein zerknüllter Taschentücher. Tina hatte die Füße hochgezogen und kauerte auf dem Stuhl. Marieke kannte nun alle Vorzüge von Max und einen ganz gewaltigen Nachteil: Er war ziemlich unverbindlich, ähnlich wie Tinas Kurzzeitfreund zuvor, den sie auf einem Internetportal kennengelernt hatte.

»Vergiss ihn lieber«, sagte Marieke. »Wenn er dich bis zum Abreisetag im Glauben lässt, er könnte sich mit dir nichts Schöneres als eine Romantikreise nach Juist vorstellen, und dann kurz vorher absagt, weil es ihm vielleicht doch zu eng werden könnte, dann ist das mehr als schäbig. Dieser Max hat keine zweite Packung Taschentücher verdient!«

»Das sagst du so leicht«, schniefte Tina. »Ich dachte wirklich, er wäre ein Kandidat, mit dem sich etwas mehr entwickeln könnte als nur eine Bettgeschichte.« Sie wollte nach der obligatorischen Tasse Tee greifen, die Marieke serviert hatte, als sie plötzlich die Augen aufriss. Sie schlug sich die Hand vor den Mund, sprang auf und hechtete ins Badezimmer. Die Geräusche, die Marieke nach außen dringen hörte, sprachen für sich, und als Tina aus dem Bad kam, war sie käseweiß. Diesmal kam sie nicht zum Tisch zurück, sondern ließ sich ungefragt auf Mariekes Bett fallen. Sie wimmerte. »Es wird immer schlimmer.«

»Was ist denn genau los?«, fragte Marieke.

»Es kommt in Wellen und ist vielleicht gar nicht nur wegen der Überfahrt. Ich habe zu Hause noch Reste gegessen. Ich habe schreckliche Magenschmerzen. Oder kann Liebeskummer so schlimm sein? Und mir ist kalt.«

»Vielleicht helfen ein Kräutertee und eine Wärmflasche«, sagte Marieke und deckte Tina fürsorglich mit einer Decke zu. »Bin gleich wieder da.«

Als sie zurückkam, trat Tina gerade wieder aus dem Badezimmer, legte sich schnurstracks aufs Bett und krümmte sich zusammen.

»Soll ich dich in dein Quartier bringen?«, fragte Marieke und beugte sich über sie.

»Ich kann unmöglich aufstehen«, stöhnte Tina. »Jetzt habe ich auch noch höllische Kopfschmerzen.« Sie zitterte unter der Decke, und Marieke legte ihr eine Hand auf den bebenden Rücken. »Gibt es auf der Insel eigentlich einen ärztlichen Bereitschaftsdienst?«, presste Tina hervor.

»Na ja, so was Ähnliches.« Marieke stand nun kerzengerade da. An diese Möglichkeit hatte sie keinen Augenblick gedacht, und das wollte sie am liebsten auch weiterhin nicht tun. Allerdings handelte es sich hier um eine Art Notfall, und auf Philipp war in diesem Punkt absolut Verlass. Tina konnte keinen Schritt allein gehen. Sie sah auf die Uhr. Die offizielle Praxiszeit am Freitag war vorbei. »Ich versuche es«, sagte sie ergeben, nahm ihr Telefon und trat ans Fenster. Sie musste es nur dreimal klingeln lassen, und schon war er dran.

»Marieke?« Philipp klang erfreut. Er konnte den Grund des Anrufs natürlich nicht ahnen.

»Hey, tut mir leid für den Überfall. Könntest du in den *Sandstern* kommen? Ich habe eine Freundin hier, der geht es sehr schlecht. Wir vermuten eine Lebensmittelvergiftung, aber wer weiß?«

»Deswegen rufst du an.« Nun klang er nicht mehr so erfreut.

»Ja. Sollte ich das nicht tun?«

Er schwieg kurz und sagte dann: »Nein, du bist bei mir schon richtig, wenn es deinem Besuch so schlecht geht. Ich brauche noch ein paar Minuten, aber ich kann es einrichten. Hat sie Fieber?«

»Ein bisschen vielleicht.«

»Bleib bei ihr. Ich komme.«

»Klar. Melde dich, wenn du unten angekommen bist, dann bringe ich dich zu ihr.«

In den nächsten Minuten fühlte sich Marieke so, als hätte sie sich bei Tina angesteckt. Ihr wurde kalt und wieder heiß, ihr war flau im Magen, und im Bauch rumorte es. Tina ging es jedoch hundertmal schlechter, und das lenkte ab. Marieke streichelte ihr Haar und versuchte, ihr Kräutertee einzuflößen. Schließlich signalisierte Philipp Marieke per Handy, dass er da wäre und sie in der Diele erwartete.

In ihrem Zimmer war er noch nie gewesen. Er stand unten am Treppenabsatz und schaute zu ihr herauf, als sie ihn begrüßte: »Sie ist hier oben.«

Stufe für Stufe näherte er sich und schaute ihr dabei fest ins Gesicht. Er sah ziemlich gut aus mit seinem Bartschatten und den wie so oft leicht wirren Haaren, in denen sich zuvor der Seewind verfangen hatte. Nur mit Mühe riss sie ihren Blick los, drehte sich um und ging den Gang entlang voraus.

»Vielen Dank, dass du es so schnell einrichten konntest«, sagte sie zu dem Teppichboden unter ihren Füßen und spürte Philipp dicht hinter sich gehen. »Tina ist meine Arbeitskollegin aus Hamburg. Sie ist heute angekommen und liegt jetzt auf meinem Bett. Aber sieh selbst.« Sie hatten das Ende des Gangs erreicht und wollte gerade die Tür zu ihrem Zimmer öffnen, als Philipp eine Hand auf ihre Schulter legte. In der anderen Hand trug er seine bauchige Arzttasche aus braunem Leder.

»Und du?«, fragte er. »Du siehst auch ziemlich mitgenommen aus.«

Sie trat ein Stück zur Seite, und seine Hand glitt von ihrer Schulter. »Mir geht es gut«, antwortete sie knapp. »Mach dir um mich keine Sorgen. Es sei denn, du stellst gleich eine höchst ansteckende Krankheit fest.« Sie klopfte leise an und ließ Philipp eintreten. »Ich warte draußen.«

Er zog die Augenbrauen hoch, und sie sah noch kurz zu Tina, die zwischen Philipp und ihr hin- und herblickte und irgendeine Geste machte, die Marieke nicht verstand. »Komm doch mit rein«, hörte sie Tina noch sagen, aber sie schloss schnell die Tür und ging ein paar Schritte den Flur entlang. Sie lehnte sich mit dem Rücken an die Wand und rutschte dann daran hinunter, musste kurz Kraft schöpfen. In dieser kauernden Position jedoch konnte sie nicht bleiben, falls Gäste aus den Zimmern kamen. Also zwang sie sich, wieder aufzustehen, und begann, auf und ab zu gehen. Unzählige Male. Philipp blieb eine Ewigkeit im Zimmer. Einmal stellte sie sich nah vor die Tür und lauschte, konnte aber nur seine tiefe Stimme hören, ohne Genaues zu verstehen. Sie hörte auch Tinas Stimme und schließlich sogar ein kurzes Lachen, sowohl seines als auch ihres. Dann wieder nur Gemurmel. Was redeten die beiden da drinnen, was gab es zu lachen, was so lange zu besprechen? Sie hätte am liebsten den Kopf hineingesteckt, beherrschte sich aber und zog sich wieder in den Flur zurück. Doch so war Philipp nun mal. Er nahm sich für seine Patienten alle Zeit der Welt.

Endlich kam er mit seiner Tasche heraus. Hinter sich ließ er die Tür einen Spalt offen und lächelte ein wenig, als sie auf ihn zuschoss. »Eine sehr nette Arbeitskollegin hast du da«, sagte er. »Nun verstehe ich ein bisschen besser, warum dich deine Arbeit in Hamburg nie ganz losgelassen hat. Tolle Kolleginnen und Kollegen sind wichtig. Mir fehlt das manchmal.«

Kurz stutzte Marieke, weil er als Erstes darüber sprach. »Habt ihr sonst noch etwas herausgefunden?«, fragte sie, ohne die Miene zu verziehen. Philipps Lächeln verschwand sofort, und sie bereute ihre abweisende Reaktion. Andererseits wollte sie zwischen ihnen keinesfalls persönliche Nähe entstehen lassen. Sicherheitshalber verschränkte sie die Arme vor der Brust.

»Ich vermute tatsächlich eine Lebensmittelvergiftung«, antwortete er. »Wenn es nicht schlimmer wird, heilt so etwas in der Regel von allein aus. Sie muss viel trinken und sollte sich ausruhen. Ich habe ihr etwas gegen die Magenkrämpfe gegeben.«

»Gut. Danke.« Marieke ging langsam Richtung Treppe, und Philipp folgte ihr. Sie mied seinen Blick und signalisierte ihm mit jeder Geste, dass sie an einem weiteren Gespräch nicht interessiert war. Doch Philipp, der angeblich in ihr lesen konnte wie in einem Buch, schien es nicht zu bemerken und sagte: »Das also ist dein Zimmer. Es ist sehr schön.«

Sie blieb am Geländer stehen und schaute nach unten. Zum Glück war es in der Pension im Moment völlig ruhig. »Danke«, sagte sie wieder, und weil es doch sehr spärlich klang, zwang sie sich zu einem ganzen Satz: »Vielen Dank, dass du gekommen bist. Du bist sehr zuverlässig.«

»Und du bist sehr fürsorglich.«

»Hm«, machte Marieke.

»Ich hätte gern mehr von dieser Marieke kennengelernt, die in diesem Zimmer erwachsen geworden ist.«

»Dieses Zimmer wird es wohl bald nicht mehr geben«, entgegnete sie. Denn selbst wenn die Rietmüllers die Pension erst einmal ähnlich weiterführten wie bisher, so würde aus dem Privatraum, der immer für sie bereitgestanden hatte, ein Mietzimmer werden. Niemand würde sich den Gewinn entgehen lassen – außer ihren Eltern und später ihr Vater allein, der bis zum letzten Moment gehofft hatte, sie würde hier einst richtig einziehen wollen.

»Marieke, ich …«

Sie spürte, wie Philipp sie eindringlich ansah, und drehte sich abrupt ein Stück weg. »Ich möchte jetzt wieder zu meiner Freundin«, schnitt sie ihm das Wort ab. »Du findest ja allein hinaus. Und nochmals vielen Dank.« Sie schlüpfte an ihm vorbei und achtete darauf, ihn nicht zu berühren. Wie Aschenputtel auf der Flucht huschte sie den Gang entlang und brachte sich in ihrem Zimmer in Sicherheit, ohne noch einen einzigen Blick zurückzuwerfen. Es ging einfach nicht anders.

Tina hatte nun ein Kissen im Rücken, lag aufgebettet da und sah ihr entgegen. »In dieser Haltung fühle ich mich am besten. Da hat mich der nette Arzt drauf gebracht. Ich glaube, er ist ein Wunderheiler. Mir geht es auf einmal viel besser.«

Marieke holte sich einen Stuhl und setzte sich ans Bett. »Du siehst wirklich viel besser aus! Was hat er mit dir gemacht?«

»Mich ausführlich ausgefragt, mir den Bauch abgetastet, meine Hand gehalten, mir zugehört. Er hat mich mitten im Elend zum Lachen gebracht. So einen einfühlsamen Arzt bräuchte ich in Hamburg auch. Was tut es gut, wenn sich jemand Zeit für einen nimmt und wenn die Übelkeit und der Schmerz kurz nachlassen.« Sie lächelte beseelt. »Jetzt habe ich sogar Kraft für die Nachfrage: Das ist *er*?«

Arglos antwortete Marieke: »Ja, das ist Dr. Simeon, von dem ich dir erzählt habe, weil er mich wegen seiner vielen Ratschläge anfangs Nerven gekostet hat und mehr oder weniger dafür gesorgt hat, dass ich mich jetzt um meinen Vater und die Pension kümmere, statt in Hamburg Erfolge zu feiern.«

»Du hast nicht nur von ihm erzählt. Du hast von ihm geschwärmt. Ein Grund mehr, warum du deine Arbeit im *Albatros* beenden wolltest, stimmt's?«

»Vielleicht. Du hast mich damals jedenfalls für verrückt erklärt, als ich alles aufgeben wollte. Zum Glück bin ich wieder klar bei Verstand.«

Tina richtete sich ein Stück auf und stützte sich mit den Ellbogen ab. »Da bin ich mir nicht sicher. Hast du Augen im Kopf? Er sieht unglaublich gut aus! Und diese Ausstrahlung!«

»Nun hör aber mal auf«, sagte Marieke und rutschte unbehaglich auf dem Stuhl herum.

»Weißt du, dass du ihn eben von hinten mit deinem Blick verschlungen hast?«

»Du spinnst ja völlig.«

»Wie kann es dazu kommen, dass du ihn nicht mehr toll findest?«

Ungläubig schüttelte Marieke den Kopf. »Du hast mich doch damals bestärkt, es mit Gerit noch mal zu versuchen und mein Leben wie bisher weiterzuführen. Was ist auf einmal mit dir los? Was hat Philipp dir verabreicht?«

Tina stöhnte ein bisschen und zog die Knie ein Stück zur Brust. »Der tollste Mann der Welt geht hier ein und aus, und du zeigst ihm die kalte Schulter. Wieso bist du eben nicht mit reingekommen?«

»Üblicherweise ist so eine Behandlung nicht öffentlich, oder?«

»Es war ein Notfall, und ich lag auf deinem Bett. Er hat ganz schön betroffen geguckt, als du die Tür hinter ihm zugemacht hast.«

»Dafür, dass du krank bist, bekommst du ganz schön viel mit.«

»Ich habe auch gehört, wie abweisend du zu ihm warst, als er aus dem Zimmer kam. Und er hat dich ganz vertraut Marieke genannt.«

»Hier auf der Insel nennen mich fast alle Marieke, weil es mein Taufname ist. Ich habe aufgehört, dagegen zu protestieren. Was fantasierst du dir sonst noch im Fieber zusammen?«

»Ich habe ein bisschen erhöhte Temperatur. Du brauchst nicht alles auf mein Kranksein zu schieben. Marie, so ein toller Single läuft bestimmt nicht mehr lange frei rum!«

Marieke musste sich schütteln, weil Tina wie von Sinnen war und nicht aufhörte, von Philipp zu schwärmen. Es war Zeit, ihre Fehleinschätzung geradezurücken. »Stimmt, das tut er auch nicht. Das Wichtigste an dem tollen Dr. Simeon kannst du nicht wissen, weil ich es bisher selbst nicht wusste: Er ist vergeben. Können wir jetzt bitte das Thema wechseln?«

»Wie bitte? Aber wir haben uns doch über unseren Beziehungsstatus ausgetauscht! Er hat gesagt, er wäre Single. Warum sollte er mich anlügen?«

»Ihr habt bitte *was* getan?« Marieke fasste sich nun selbst an die Stirn, um zu prüfen, ob sie vielleicht Fieber hätte. »Ich dachte, er hätte dich untersucht, und stattdessen redet ihr über euren *Beziehungsstatus*? Ihr kennt euch doch gar nicht!« Ungläubig schüttelte sie den Kopf.

»Wir sind eben ins Plaudern gekommen. Wahrscheinlich wollte

er mich auch von der nächsten Übelkeitsattacke ablenken. Er hat …« Weiter kam Tina nicht. Sie sprang aus dem Bett und rannte ins Badezimmer. Marieke saß fassungslos da. Als die unschönen Geräusche, die Tina von sich gab, endlich aufgehört hatten, fasste Marieke einen Entschluss: Sie würde kein Wort mehr über Philipp verlieren, zumindest nicht, bevor die Freundin nicht wieder normal geworden war. Und sie würde sich in dieser Nacht bei ihrem Vater aufs Sofa legen. In diesem Zustand konnte sie ihren kranken und leicht verwirrten Besuch wohl kaum in Neles Gartenpavillon einquartieren.

21. Kapitel

»Wo bleibt Rainulf?« Ungeduldig trommelte Federica mit den Fingern auf den Tisch. Die Frühstückszeit war vorüber, und die letzten Gäste hatten den Raum verlassen. Marieke blieb bei Federica stehen, weil sie ihren Vater suchte und ihn etwas wegen der Zimmerbelegung fragen wollte. Zuvor hatte er noch bei den Italienerinnen gesessen, nun hatte er sich in Luft aufgelöst.

»Wo wollte er denn hin? Und wo ist Julietta?«, fragte Marieke.

»Meine Schwägerin jagt draußen immer noch das schönste Motiv, und Ihr Vater wollte etwas Wichtiges im Keller nachsehen.« Federica blickte leicht ärgerlich drein. »Ich habe ihm gesagt, ich würde auf ihn warten, aber dass es so lange dauert? Immer hat er viel zu tun. Könnte das alles nicht warten?« Sie zog ihre schwarzen Augenbrauen zusammen und machte ein vorwurfsvolles Gesicht.

»Unternehmen Sie doch einen kleinen Spaziergang«, schlug Marieke vor. »Heute ist endlich wieder richtig schönes Wetter.«

Federica verschränkte die Arme vor ihrem imposanten Busen. »Ich möchte aber mit *ihm* nach draußen gehen. Mit meiner Schwägerin ist es mir zu langweilig, sie redet nur über die Landschaft. Ja, Ihr Vater *muss* mich sogar begleiten! Morgen ist unser letzter Tag hier. Ich weiß nicht, wann ich wiederkomme – ob ich überhaupt wiederkomme.«

Innerlich zuckte Marieke zusammen. Das klang bitter. Dabei tat ihr Vater sein Bestes und kümmerte sich jeden Tag um die beiden, nur eben nicht von früh bis spät. »Das weiß er doch, und ganz bestimmt nimmt er sich noch Zeit«, sagte Marieke, der Federicas Enttäuschung aber auch ein wenig leidtat.

»Ich warte noch fünf Minuten, und danach weiß ich nicht, ob *ich* für Ihren Vater noch Zeit habe.« Sie reckte den Kopf und schnaubte leise. »Wir von der Familie D'Amico sind stolze Frauen.«

»Soll ich Ihnen noch einen Cappuccino bringen?«, fragte Marieke, um sie zu besänftigen, doch Frederica schüttelte nur vehement den Kopf und sah über die Schulter hinweg in Richtung Tür, um zu verdeutlichen, dass Rainulf jetzt zu erscheinen habe und sie nicht vertröstet werden wollte. Marieke beschloss, sie erst einmal allein zu lassen und ihren Vater aufzustöbern.

Die Kellertür war nicht verschlossen und ließ sich leise öffnen. Über der Treppe, die nach unten führte, brannte Licht. Marieke hörte, dass die Waschmaschine und der Trockner liefen, und es konnte immer noch Susa sein, die dort zugange war. Als sie jedoch in den Raum spähte, in dem die Getränke lagerten, bestätigte sich ihre Ahnung. Ihr Vater saß auf einer Kiste und starrte vor sich hin. Das also war es, was er so dringend zu tun hatte? Einen Moment überlegte sie, wie sie sich ihm nähern sollte, schließlich wollte sie ihn nicht erschrecken, und bestimmt hatte er sie nicht gehört. Schließlich machte sie ein paar Schritte zurück, tat so, als ginge sie erst jetzt hinunter und rief laut: »Papa?«

Sogleich begann er, geschäftig Getränkekisten hin und her zu schieben. Sie blieb in der Tür stehen und unterdrückte ein Schmunzeln. »Was machst du da?«

»Siehst du das nicht? Ich räume auf.« Er zog seine Kappe tiefer in die Stirn und bückte sich wieder.

»Lass das doch bitte«, sagte Marieke sanft und trat zu ihm ihn.

Er richtete sich wieder auf und kniff die Augen zusammen. »Und was machst du hier unten?«, brummte er.

»Ich wollte nachschauen, welche Arbeit so wichtig ist. Signora D'Amico sitzt oben allein, und sie hat furchtbar schlechte Laune. Aber offensichtlich ist es kein Rohrbruch und auch sonst nichts Dringendes, hab ich recht?« Sie zwinkerte ihm zu, um die Situation aufzulockern, aber er blieb ernst.

»Ich kann wegen ihr doch nicht alles stehen und liegen lassen«, murmelte er.

»Das stimmt, aber das Herumrücken von Getränkekisten ist ein bisschen albern. Außerdem ist sie nicht mehr lange da.«

»Als ob ich das nicht wüsste! Und was mach ich nicht alles mit! Gestern Abend musste ich zwei Stunden still sitzen, um mich von Julietta zeichnen zu lassen, und ich kam mir dabei schrecklich blöd vor. Fehlt noch, dass ich mich davon überzeugen lasse, Yoga zu lernen, weil das angeblich gut für mein Herz ist, denn meine Gesundheit ist ein Lieblingsthema der beiden. Sie sagen, ich soll jeden Tag Tomaten und Olivenöl essen, und sie wollten mir sogar schon etwas kochen, aber die Küche ist tabu. Und wie viele Kilometer bin ich in diesen Tagen den Strand langgelaufen? Marieke, ich kann einfach nicht mehr!« Er ließ sich wieder auf eine Kiste sinken. »Außerdem hat das mit Federica und mir sowieso keine Zukunft. Unser Temperament ist zu verschieden. Ich will mich nicht mehr so anstrengen und verbiegen müssen, für niemanden. Ich sehne mich nach dem Frieden, wenn die Pension verkauft ist.«

Marieke zog sich eine Getränkekiste heran und setzte sich zu ihm. »Verkauft ist«, wiederholte sie. »Das klingt einfach furchtbar.«

Als Antwort ließ ihr Vater die Schultern hängen und schwieg. Auch ihr fiel nichts Kluges dazu ein, und so saßen sie stumm und traurig da, bis Marieke sich daran erinnerte, dass Federica nur fünf Minuten warten wollte. »Sie möchte jetzt mit dir spazieren gehen«, erinnerte sie ihren Vater.

»Lass gut sein«, erwiderte er und kratzte sich mit der Hand sein bärtiges Kinn.

»Aber es wäre doch schön, wenn sie gut gelaunt abreisen würde und nicht frustriert, oder?«

Er zuckte mit den Schultern. »Ich geh jetzt nicht spazieren. Ich bin müde. Ich schleiche mich nach oben und ruh mich bis zum Mittagessen aus.«

»Na gut.« Marieke stand auf. »Dann schaue ich noch mal nach Tina.«

»Dein Besuch! Den hab ich ganz vergessen, sie war ja auch gar nicht beim Frühstück! Geht es ihr besser, oder musst du dich länger auf meinem Sofa einquartieren?« Ihr Vater zeigte ein kleines Lächeln.

»Hoffentlich nicht. Ich könnte mir etwas Bequemeres vorstellen, auch wenn es schön war, mit dir in der Wohnung aufzuwachen, so wie ganz früher, als Mama noch lebte.«

Er sah zu ihr auf. »Wenn du zu Besuch kommst, kannst du immer bei mir oben schlafen. Meine Bedingung für den Verkauf ist, dass ich die Wohnung behalten darf. Dein Zimmer im ersten Stock müssen wir aber wohl hergeben.«

Marieke stampfte leicht mit dem Fuß auf. »Bitte rede nicht so, solange der Vertrag nicht unterschrieben ist!«

»Du wartest auf ein Wunder. Ich wüsste nicht, was das sein könnte.« Er schüttelte langsam den Kopf. »Bitte lass mich hier noch ein bisschen sitzen.«

»Wie du willst.« Bedrückt ließ Marieke ihn zurück, und ohne nochmals nach Federica zu schauen, stieg sie in den ersten Stock hinauf und klopfte leise an ihre Zimmertür. Keine Reaktion. Vorsichtig trat sie ein. Tina schlief immer noch tief und fest. Marieke hatte am Vormittag schon einmal nach ihr geschaut und sie nicht geweckt. Nun schob sie die Gardinen ein Stück beiseite, öffnete das Fenster, und frische Luft strömte herein. Sie lehnte sich ein Stück hinaus und überlegte, endlich Nele zurückzurufen, die wissen wollte, wann sie denn nun kämen.

»Ah«, stöhnte es hinter Marieke leise, und sie wandte sich um. Tina bewegte sich, blinzelte, und einen Moment später riss sie die Augen auf. »Huch! Wo bin ich?«

»Immer noch in meinem Zimmer«, antwortete Marieke, ging zu ihr und beugte sich über sie. »Du hast schlappe fünfzehn Stunden in einer Art Koma gelegen, falls du die Nacht nicht im Bad verbracht hast.«

»Wie bitte?« Tina schirmte mit der Hand die Augen ab. »Ist das hell! So lange habe ich ewig nicht mehr geschlafen.«

»Dann wurde es vielleicht mal Zeit.«

Wieder stöhnte Tina. »Oh Gott, ich fühle mich wie ein ausgewrungenes Handtuch. Oder so, als hätte ich gestern zwei Flaschen

Sekt getrunken. Ich hab schrecklichen Durst. Ich versuche mal, aufzustehen.« Sie richtete sich im Bett auf und sank wieder ins Kissen zurück. »Mir ist schwindelig.«

»Etwas zu essen würde dir guttun«, sagte Marieke. »Ich habe dir ein bisschen Zwieback und Tee hingestellt.«

Mit Mariekes Hilfe schaffte es Tina zum Tisch und ließ sich auf den Stuhl sinken. »Ich sehe bestimmt schrecklich aus. Und mir ist immer noch kalt.«

»Kein Problem.« Marieke brachte eine dünne Decke und goss Tee ein. Mit langsamen und zittrigen Bewegungen, als wäre sie uralt, nahm Tina einen Schluck. »Tut gut.« Sie griff nach dem Zwieback. »Das ist also mein Frühstück. Da ist sogar schon Butter drauf! Du hast wirklich Mutterqualitäten.«

»Fang du nicht auch noch mit dem Thema an«, entgegnete Marieke und setzte sich auf den Stuhl gegenüber.

»Wieso, wer redet denn noch davon?«

»Ach, meine Freundinnen, Nele und Sina. Die eine hat zwei süße Mädchen, und bei der anderen sieht es mit dem Nachwuchs nun auch gut aus. Sie fragen mich immer wieder nach meinen Plänen, manchmal nervt das. Sina möchte in den nächsten Tagen ihre Schwangerschaft mit einem kleinen Umtrunk am Strand feiern.«

»Schön für sie! Glückliche Paare machen mich wehmütig. Im Moment könnte ich das nicht mitansehen.« Der erste Zwieback verschwand in Tinas Mund, und sie griff nach dem zweiten.

»Das kann ich gut verstehen«, murmelte Marieke. Gleichzeitig verstand sie auch Nele und Sina, wenn die eine sauer und die andere enttäuscht sein würde, falls sie absagte. »Iss lieber langsam«, sagte sie zu Tina und wählte Neles Nummer. »Ich habe mit dem Anruf gewartet, bis du wach bist. Wie ich sehe, geht's dir aber schon besser.«

Nele ging ran und fragte sofort: »Warum seid ihr gestern Abend nicht mehr gekommen?«

»Ich hatte dir doch noch mal geschrieben, dass es nicht klappt«, antwortete Marieke.

»Nicht nur ein Freundinnengespräch, sondern gleich eine ganze Freundinnennacht ist daraus geworden?«

»Es war anders, als du denkst.«

»Aha. Und wo hat sie übernachtet?«, wollte Nele wissen.

»In meinem Bett.«

»Ach so? Und du?«

»Oben auf dem Sofa«, antwortete Marieke, was sofort Tina auf den Plan rief, die ein unglückliches Gesicht machte: »Du hast wegen mir auf dem Sofa geschlafen? Das wollte ich nicht …«

Marieke winkte ab, weil sie gleichzeitig Neles Stimme im Ohr hatte, die leicht beleidigt klang: »Lass mich raten. Und nun musst dich weiterhin um sie kümmern?«

»Es war eine Art Notfall. Es ging Tina nicht nur schlecht, weil sie Liebeskummer hatte. Sie war nach der Überfahrt mit der Fähre nicht transportfähig. Sie ist richtig krank geworden und hat so etwas wie eine Lebensmittelvergiftung.«

»Und was macht sie jetzt?«

»Wir sitzen an meinem Tisch, und sie frühstückt etwas.«

»Ach, das Frühstück hast du ihr aufs Zimmer gebracht? Und wann gedenkt ihr, zu uns zu kommen? Es ist bald Mittag.«

»Wir machen lieber langsam …«

»Langsam ist gut!« Nele klang zunehmend ungehaltener. »Macht doch, was ihr wollt! Weißt du wenigstens, wann du Zeit für das Treffen am Strand hast? Wir sollten Sina bald Bescheid geben.«

Marieke fühlte sich auf einmal so unbehaglich, dass sie entschuldigend die Schultern hochzog, was nur Tina sehen konnte. »Ehrlich gesagt bin ich noch nicht dazu gekommen, darüber nachzudenken«, sagte sie.

Nele sog scharf die Luft ein, was sich im Telefon wie ein Fauchen anhörte. »Natürlich nicht. Na, Hauptsache, es läuft alles so, wie es dir passt, eben nach deinem Kopf und Zeitplan. Dass andere Menschen manchmal unter deiner Sturheit leiden, vergisst du ja gern. Du machst einfach, was du willst, aber andere sollen dir immer helfen!«

»Was ist denn in dich gefahren?« Marieke war von Neles harscher Reaktion überrascht, aber ein wenig konnte sie ihre Freundin auch verstehen. Schließlich kannte sie Nele fast ihr ganzes Leben lang. War ihre Freundin am Tag zuvor schon verstimmt gewesen, so war sie heute eifersüchtig, weil Marieke Tina zu sehr in ihre Nähe ließ. Nele hatte wahrscheinlich Angst, Tina könnte sie ihr wegnehmen, denn ihre Festlandfreundin stand für das Leben und die Arbeit in der Welt jenseits von Juist. Tina war für Nele wohl eine Art Konkurrenz. »Lass mich doch mal erklären …«

»Nein. Ich habe anderes zu tun, als hier rumzusitzen und auf euch zu warten. Der Schlüssel steckt immer noch in der Tür vom Pavillon. Tschüss.«

Mit einem Seufzen legte Marieke das Handy auf den Tisch.

»Schlechte Nachrichten? Das klang ja fast wie ein Liebhaber, der sich danach erkundigt, was du getrieben hast«, sagte Tina, obwohl sie nichts Genaues gehört haben konnte.

»Zum Glück nicht. Es war deine Gastgeberin, meine gute, alte Freundin Nele. Sie wundert sich, wo wir bleiben. Nun ist es fast Mittag, und sie weiß immer noch nicht, wann wir kommen.«

Tina schob die Tasse und den Teller mit dem Zwieback von sich. »Ich hab schon geahnt, dass ich wahrscheinlich Probleme mache. Am besten ziehe ich mich an, und wir gehen gleich hin. Bestimmt hast auch du anderes zu tun, als die ganze Zeit für mich die Krankenschwester zu spielen.« Sie stand auf und legte eine Hand auf den Oberbauch. »Mist! Ich glaube, es fängt wieder an. Gibst du mir noch einen Moment?« Sie wankte zum Bett.

»Das bekommen wir schon hin.« Marieke ging gedanklich die Aufgaben durch, die auf ihrem Tagesplan standen. Außer der Tatsache, dass Federica und Julietta viel Aufmerksamkeit brauchten, war seit dem Fest vor einer Woche der ganz normale betriebsame Alltag des bald beginnenden Sommers eingekehrt.

»Ich habe übrigens von ihm geträumt«, sagte Tina, die nun mit geschlossenen Augen dalag.

»Von Max? Das glaube ich dir gern. Diese Enttäuschung musst du auch erst mal verarbeiten«, antwortete Marieke.

»Nein, nicht von Max. Von dem fabelhaften Dr. Simeon.« Tinas Gesicht nahm den beseelten Ausdruck vom Vortag an, kurz nachdem Philipp sie behandelt hatte. »Im Traum war er noch perfekter. Er hat mir mit seinen Zauberhänden alle Schmerzen genommen, aus meinem Bauch ist ein Schmetterling geschlüpft, und er ist mit mir am Meer spazieren gegangen.«

Marieke schlug ein Bein über das andere und verschränkte die Arme. Alles, was Tina über Philipp zu sagen hatte, würde sie an sich abperlen lassen, auch wenn sie zu gern gewusst hatte, warum er mit Tina ziemlich persönliche Dinge ausgetauscht hatte. Philipp zauberte ihr also Schmetterlinge in den Bauch! Na toll! »Ich will das nicht hören.«

Tina wandte den Kopf und sah sie an. »Warum reagierst du so komisch? Was hat er dir denn getan?«

»Ich finde, du verhältst dich auch komisch. Was hast du nur die ganze Zeit mit unserem Arzt? Wieso redet ihr über Beziehungen? Warum fragst du mich eigentlich nicht nach Gerit?«

»Das hätte ich noch. Aber vorher verrate ich dir etwas: Der liebe Doktor hat eben nicht nur nach meinem Bauch gefragt, sondern auch nach dem Wohlbefinden meines Herzens. Einen ganzheitlichen Gesundheitsansatz hat er das genannt. Da sind wir ins Gespräch gekommen. Aber du hast recht, ich hätte dich längst nach Gerit fragen sollen. Was gibt es Neues?«

»Wahrscheinlich besuche ich ihn bald in Asien«, grummelte Marieke so begeistert, als müsste sie ein Jahr allein in der Arktis verbringen.

»Wirklich? Wolltet ihr euch nicht erst am Ende des Sommers in Hamburg treffen?«

»Das ist ja noch etwas hin, und ich habe das Gefühl, wir entfernen uns jede Woche weiter voneinander. Am Anfang tat die räumliche Trennung gut, aber ich glaube, die Abmachung einzuhalten, fällt ihm immer schwerer. Ist ja auch kein Wunder.«

»Du meinst eure seltsame Vereinbarung, fast ein Jahr lang keine Person des anderen Geschlechts in eure Nähe zu lassen?«

Marieke nickte und nahm ihr Handy. Sie scrollte zu den Bildern, die Gerit neben seiner hübschen Melanie zeigte.

Tina pfiff leise durch die Zähne. »Entzückend. Wer ist das?«

»Eine Kollegin, sie sind gemeinsam im Team. Sie verbringen aber auch Freizeit zusammen, daraus macht Gerit kein Geheimnis. Zuletzt habe ich ihn mit ihr nachts um zwei in der Hotelbar ertappt. Da ging sie zwar angeblich gerade schlafen und er noch nicht, aber ein gutes Gefühl habe ich bei der Sache schon lange nicht mehr.«

»Hätte ich auch nicht«, sagte Tina. »Gerit kann sich vor Avancen wahrscheinlich kaum retten. Dafür sieht er viel zu gut aus, und nun ist er zunehmend erfolgreich. Dazu jeden Tag Sonne und exotisches Flair. Na ja, mehr sage ich dazu lieber nicht.«

»Die Chance in Asien konnte er sich nicht entgehen lassen. Die lange Zeit bis zum Wiedersehen wollte ich für mich nutzen«, sagte Marieke mit dem Gefühl, sich rechtfertigen zu müssen.

»Und was ist dabei herausgekommen? Hat sich etwas geändert? Kannst du die Pension künftig allein lassen? Kommst du wieder ganz zurück ins *Albatros*?«

»Mein Vater plant, den *Sandstern* zu verkaufen.«

Tina sah Marieke etwas ratlos an. »Hilf mir bitte: Ist das eine gute oder eine schlechte Nachricht für dich?«

Marieke seufzte. »Darüber grübele ich auch schon die ganze Zeit nach.«

Im nächsten Augenblick setzte sich Tina ruckartig auf und schlug die Decke zurück. »Nicht schon wieder!« Sie sprang auf und verschwand im Bad. Marieke ließ sich auf die Bettkante sinken und wartete ergeben ab. Als Tina zurückkam und sich wieder hinlegte, begann sie zu weinen. »Ich halte das nicht länger aus. Bitte ruf noch ein letztes Mal deinen Arzt.«

Nach kurzem Zögern war Marieke einverstanden. Ganz sicher war es nicht gesund, den Mageninhalt so oft von sich zu geben, und sie konnte nicht den ganzen Tag Tee kochen und Händchen halten. Bei dem Gedanken, vielleicht gleich wieder auf Philipp zu treffen, wurde sie sofort nervös. Sie hätte Tina lieber in die Praxis gebracht, aber einen Transport mit dem Pferdewagen konnte sie ihr in diesem Zustand nicht zumuten. Dann erst fiel ihr ein, dass es Samstag war.

»Ich geb dir Philipps Nummer, dann kannst du ihn selbst anrufen«, sagte sie. »Schaffst du das?«

Tina zog sich die Decke über den Kopf. »Mach du das doch bitte«, kam es weinerlich darunter hervor, und Marieke seufzte. »Besser, ich schreib ihm erst mal und frage, ob er überhaupt Zeit hat.«

Nur ein dumpfer Laut drang unter der Decke hervor, und Marieke tippte rasch die Nachricht. »Er weiß jetzt Bescheid. Warten wir's ab. Ich schaue, sobald es geht, wieder nach dir.« Sie stand auf und ging zum Fenster, um es zu schließen. Schon piepte ihr Handy, und sie las die Nachricht von Philipp. »Er ist einkaufen, und danach kommt er«, sagte sie verblüfft, denn er hatte in Rekordzeit geantwortet.

Tina schob ihren Kopf unter der Decke wieder hervor. »Ein Glück«, flüsterte sie. »Und diesmal bleibst du bitte dabei, Marie.«

Konzentriert schaute Philipp auf das Blutdruckmessgerät. Als er die Werte ablas, runzelte er die Stirn. »Wirklich sehr niedrig, aber das ist auch kein Wunder. Wir müssen die Übelkeit stoppen, sonst geht zu viel Flüssigkeit verloren. Dann müsste ich eine Infusion geben. Zuerst versuchen wir es aber mit einem Medikament. Ich habe es sicherheitshalber mitgebracht.« Er bückte sich nach seiner Tasche, die auf dem Boden stand, und holte eine kleine Packung hervor.

Marieke saß an dem kleinen Tisch unter dem Fenster und beobachtete Philipp, der sich voll und ganz Tina zugewandt hatte und sich so verhielt, als wäre sie gar nicht da. Wie am Abend zuvor hatte sie ihn an der Treppe abgeholt und nicht viel mit ihm gesprochen. Dass sie diesmal im Zimmer blieb, hatte er mit einem kurzen Kopfnicken quittiert. Tina sah zu ihr herüber, und sie wandte rasch den Blick ab.

Nicht, dass Tina später wieder behauptete, sie hätte Philipp mit den Augen verschlungen …

»Ich stelle jetzt noch ein weiteres Rezept aus«, sagte Philipp und holte den Block hervor.

»Oh nein«, hauchte Tina, schlug die Decke zurück und flog zum Bad. Mit einem Ruck zog sie die Tür hinter sich zu, und sowohl Philipp als auch Marieke blickten ihr nach. Es war schnell klar, dass Tina eine Weile brauchen würde. Er stand auf und setzte sich zu Marieke an den Tisch. Mit ruhiger Hand stellte er das Rezept aus, verstaute den Kugelschreiber in seiner Jackeninnentasche und schob den Zettel über die Tischplatte zu ihr hin. »Besser, du machst das für sie. Es sieht nicht so aus, als ob unsere Patientin aufstehen und zu einer Apotheke gehen kann. Tut mir leid für euch.«

»Für uns?«, fragte Marieke.

»Sicherlich hattet ihr euch die gemeinsame Zeit anders vorgestellt. Ihr seid ja nicht nur Arbeitskolleginnen, ihr seid Freundinnen, oder? Freundinnen, die über fast alles sprechen. So hat sie es mir erzählt.« Er schenkte ihr ein erstes Lächeln und musterte sie mit seinem meerestiefen Blick, der Marieke sofort in Unruhe versetzte. Ob sie wollte oder nicht, jetzt war sie mit Philipp allein und konnte ihn wohl kaum anschweigen.

»Ja, wir reden über alles. Ich wusste allerdings nicht, dass ein Arzt das auch mit einer Patientin tut, die er kaum kennt …« Sie hatte das keinesfalls ansprechen wollen, aber als sie Philipp gegenübersaß und er sie mit all seinem Charme mit seinem Grübchen auf der Wange anlächelte, rutschte es wie von selbst heraus.

Er zog eine Augenbraue hoch. »Könntest du mich aufklären, wovon du sprichst?«

Marieke hatte sich selbst eine Falle gestellt. Jetzt musste sie antworten, und fliehen konnte sie auch nicht. Sie reckte das Kinn in die Höhe. »Ich musste mich jedenfalls von Tina darüber aufklären lassen, dass du angeblich Single bist. Wieso erzählst du ihr so was?«

Sein Blick wurde intensiver. »Warum willst du das wissen?«

»Ist doch jetzt egal«, wehrte Marieke ab. Sie riss ihren Blick von ihm los und betrachtet ihre Hände im Schoß. »Vergiss es einfach.«

»Warum denn? Es interessiert dich, und ich beantworte es gern. Du kennst meine berufliche Philosophie. Ich behandele nicht nur Symptome, auch wenn es sich in diesem Fall wahrscheinlich wirklich nur um die Folge dessen handelt, was deine Freundin gegessen hat. Trotzdem glaube ich, dass es ihr nicht nur deswegen so schlecht geht. Ich habe sie nach ihrem seelischen Befinden gefragt, weil wir gern vergessen, dass Körper und Kopf eng zusammenhängen, und sie hat mir von einem Max erzählt, der ihr das Herz gestohlen und sie versetzt und verletzt hat. Danach ging es ihr etwas besser, so kam es mir jedenfalls vor.«

Marieke nickte, ohne es zu wollen. »Deinen ganzheitlichen Gesundheitsansatz durften mein Vater und ich schon zu Genüge kennenlernen. Zumindest Tina hast du damit schwer beeindruckt. Trotzdem habe ich keine Ahnung, warum sie behauptet, sie wüsste von dir, dass du Single bist.«

Er schmunzelte. »Deine Freundin ist sehr direkt. Sie hat mir Gegenfragen gestellt. Sie wollte wissen, ob es eine Frau an meiner Seite gebe – nein, ob es eine Frau gebe, die an meiner Seite sein dürfe, so hat sie es ausgedrückt. Das habe ich verneint.«

Blitzschnell hob Marieke den Kopf, weil sie in Philipps Augen die Spuren seiner Lüge entdecken wollte, bevor er sie vielleicht wieder versteckte. Und weil er nicht zum ersten Mal ein wenig zu selbstgefällig auftrat. Doch er lächelte sie nur entwaffnend an. Tina hat recht, schoss es ihr durch den Kopf. Die Frau, die an seiner Seite sein durfte, könnte sich glücklich schätzen. »Aber warum erzählst du ihr nicht die Wahrheit?«, fragte sie mit belegter Stimme.

Sein Gesicht wurde wieder ernst. »Es ist die Wahrheit, Marieke. Ich kann nur ahnen, worauf du anspielst.«

Ihre Hände ballten sich zu Fäusten, und in ihrem Bauch köchelte die Wut. Nicht sehr freundlich sah sie Philipp an. »Ach ja? So schwer ist das auch nicht. Ihr Name beginnt mit K, sie trägt einen braunen

Pagenkopf, und ich habe sie in deinem Garten kennengelernt. Du hast sie aus München mitgebracht.«

Er lehnte sich zurück und schlug die Beine übereinander. Im Badezimmer rauschte das Wasser. »Du hast die Sache mit Karla in den falschen Hals bekommen, und das wundert mich nicht. Ich wollte es dir erklären, aber du warst nicht bereit, mir zuzuhören. Ich habe daran gedacht, dir deswegen zu schreiben, aber als ich erfahren habe, dass die Pension verkauft wird und du sowieso weggehst, ob zu Gerit oder nicht, habe ich es gelassen.«

»Warum habe ich das Gefühl, du redest um den heißen Brei herum? Karla ist sehr hübsch.«

»Das tut doch gar nichts zur Sache! Ja, sie ist eine attraktive Frau. Ich kenne sie schon lange, wir haben uns aus den Augen verloren und auf der Hochzeit wiedergesehen. Willst du mehr wissen?«

»Nein. Es liegt ja auf der Hand. Das Wiedersehen war so schön, dass du sie mit hierhergebracht hast. Den Rest kann ich mir denken.«

»Nein, so war es nicht. Zumindest nicht ganz.«

Marieke bemerkte, dass sie mit dem Bein auf und ab wippte und die Arme fest vor der Brust verschränkt hatte. Philipp musterte sie und seufzte leise.

»Aber es sieht nicht so aus, als ob du es wirklich hören möchtest. Wozu auch«, sagte er jetzt mit deutlich weniger Enthusiasmus in der Stimme. Es blitzte wieder jener Philipp durch, der nicht durch seine Rolle als Arzt besetzt war und der genau wie sie mit unliebsamen Gefühlen klarkommen musste. Nur welchen Grund mochte er für solche Gefühle haben?

Es siegte Mariekes Neugier. Sie lockerte ihre verkrampfte Körperhaltung und legte ihre Hände auf den Tisch. »Doch, bitte erzähl.«

Kurz zögerte er, dann nickte er ihr zu. »Es ist passiert, was passieren musste. Die Hochzeit war ein rauschendes Fest, und wir sind danach gemeinsam ins Hotel gegangen. Genau wie ich ist Karla nach einer großen Enttäuschung erst langsam wieder bereit für eine Beziehung, und in dieser Nacht hat sie sich … ein bisschen in mich verliebt.«

»Und du hast dich in sie verliebt, und deswegen hast du beschlossen, ihr gleich zu zeigen, wie du hier lebst«, sagte Marieke.

Er lachte kurz auf. »Das ist deine Fantasie. Im Gegenteil. Ich war zwar dankbar für diese Nacht, denn ich bin ein erwachsener Mann und kein Mönch. Es hat mich daran erinnert, wie schön es sein kann, mit einer Frau Raum und Zeit zu teilen. Aber danach war es vorbei, und ich bin abgereist. Allein.«

Sie stutzte. Wie konnte er sie so offen anlügen? »Hast du vergessen, dass du sie mir vorgestellt hast?«

»Oh nein, ganz bestimmt nicht. Du hast mich mit deinem spontanen Besuch ganz schön aus der Bahn geworfen. Karla ist mir ungefragt hinterhergereist. Sie wollte meine Entscheidung, es bei einer Nacht zu belassen, nicht akzeptieren. Sie hat mich genauso überrascht, wie du überrascht warst, sie hier zu sehen.«

»Das sah im Garten anders aus«, sagte Marieke. »Ihr habt sehr vertraut gewirkt. Sie hat mich weggeschickt, weil sie von der kostbaren Zeit mir dir nichts abgeben wollte.«

»Das stimmt. Das Gespräch war wichtig, denn ich musste ihr klarmachen, wie der Stand der Dinge ist. Und ja, wir sind uns vertraut. Wir haben gemeinsam studiert, haben teilweise denselben Freundeskreis und mochten uns schon immer. Ich schätze sie sehr. Verliebt bin ich aber nicht. Vielleicht sollte ich sogar ein ›leider‹ hinzufügen? Denn es gefällt ihr sehr gut auf der Insel, und ich möchte nicht ewig allein bleiben.«

»Also beginnt ihr jetzt vielleicht eine Affäre, obwohl du gesagt hast, du magst keine Affären«, sagte Marieke triumphierend.

Er warf den Kopf zurück und lachte. »Du bist manchmal unglaublich mit deiner Art, mich irgendwie überlisten zu wollen. Aber auch hier lüge ich nicht. Eine Affäre ist an sich nichts Verwerfliches, wenn man damit niemanden betrügt, oder? Deswegen habe ich dir gesagt, ich möchte keine Affäre mit einer *gebundenen* Frau. Das war auch der Grund, warum ich keinen weiteren Versuch gemacht habe, dich am Ende des vergangenen Sommers zu überzeugen, bei mir zu bleiben, denn innerlich warst du nicht wirklich bereit. Du hast eine Kehrtwende vollzogen und mich verlassen, bevor wir überhaupt richtig zusammengekommen waren, und du wolltest dir überlegen, zu Gerit zurückzugehen. Aber das ist eine andere Geschichte. Was ich damals allerdings aber auch gesagt habe, gilt noch heute: Ich pflege keine Affären auf der Insel. Karla ist mir zwar hierher gefolgt, aber das Bett haben wir nicht geteilt, wenn du es so genau wissen willst.«

Verblüfft sah Marieke ihn an. Was er sagte, klang plausibel, und es gab keinen Grund, ihm die Geschichte nicht abzunehmen. So war es also gewesen!

»Karla ist nicht glücklich wieder abgereist, aber ich glaube, sie weiß genauso wie ich, dass wir nicht füreinander bestimmt sind. Es war ihre Wunschvorstellung. Wir alle haben mal solche Fantasien, nicht wahr?« Seine Stimme war rau, und was er sagte, traf sie wie ein Pfeil ins Herz. Er durchbohrte nämlich auch ihren eigenen Traum: irgendwo auf der Welt endlich glücklich zu sein.

»Ich bin mir auch nicht ganz sicher, ob das mit Gerit noch klappt.« Plötzlich fühlte sie sich so traurig und schwer und müde von ihren inneren Kämpfen, dass ihr der Kopf nach vorn auf die Tischplatte sank. Sie musste kurz ausruhen, Luft holen und begreifen, was sie gehört und wie albern sie sich verhalten hatte. Keine fünf Sekunden spürte sie Philipps Hand auf ihrem Haar, das er ganz leicht streichelte.

Die Geräusche im Badezimmer waren verstummt, und Tina öffnete die Tür, um sie sofort wieder zu schließen. Marieke hob den Kopf, obwohl sie der Wärme von Philipps Fingern ewig hätte nachspüren können.

»Tu mir einen Gefallen«, sagte er leise. »Probier's mal andersherum. Wenn du nach so vielen Monaten immer noch nicht weißt, was du willst, kannst du aber vielleicht herausfinden, was du auf keinen Fall willst. Manchmal können wir uns der Wahrheit auch von der anderen Seite nähern.«

22. Kapitel

»Ist wirklich alles in Ordnung?«, fragte Marieke und ließ ihren Blick durch die kleine Ferienwohnung schweifen. Sie wollte sichergehen, dass es ihrem Besuch im Pavillon an nichts fehlte.

Nach der zweiten ärztlichen Untersuchung durch Philipp war Tina noch mal eingeschlafen. Danach hatte sie verkündet, es ginge ihr jetzt wirklich viel besser, und sie würde Mariekes Bett wieder freigeben. Sie hatte es sogar fertiggebracht, in fast normalem Tempo von der Pension zu Neles Garten zu gehen, und Marieke hatte ihren Koffer gezogen. Weit war es ja nicht. Dabei hatten sie kaum gesprochen, sondern es still genossen, außerhalb des zeitweiligen Krankenzimmers wieder frische Luft zu atmen. Bei Nele angekommen, klopfte Marieke vergeblich an die Haustür der Familie Reinders. Aber der Schlüssel zum Pavillon steckte, wie Nele es versprochen hatte, und alles war vorbereitet: Sie hatte Handtücher hingelegt, das Bett frisch bezogen und eine Schale mit Obst sowie Blumen auf den Tisch gestellt.

Ach, Nele! Marieke hatte ein schlechtes Gewissen, weil sie fast in Streit geraten waren. Und seit der Aussprache mit Philipp am Vormittag konnte sie sich wieder vorstellen, bei dem Treffen mit Sina und Niels dabei zu sein und sich sogar überraschen zu lassen, ob er auch käme oder nicht. Er war wirklich ein außergewöhnlicher Arzt – und Mann. Marieke strich gedankenverloren mit den Fingern über den Blumenstrauß. Dennoch weigerte sie sich standhaft, ihn wirklich näher kennenzulernen …

»Ist das niedlich!«, rief Tina aus dem winzigen Schlafzimmer und holte Marieke in die Gegenwart zurück. »Hier werde ich mich wohlfühlen.« Sie kam wieder ins vordere Zimmer und warf einen Blick aus dem Fenster. »Mitten im Garten! Ein Traum! Und morgen sehen wir weiter. Dann will ich etwas mehr von der Insel kennenlernen.«

Nach dem kleinen Marsch war ein wenig Farbe in Tinas Gesicht zurückgekehrt. Marieke vermutete zwar, dass die Freundin mit ihrer Begeisterung über das Quartier etwas übertrieb, aber es war nun mal ihre Art. Am Anfang schwärmte sie auch leidenschaftlich für jede neue Internetbekanntschaft.

»Dann kann ich jetzt gehen?«, fragte Marieke.

Tina machte den Mund auf und wieder zu, als wolle sie noch etwas sagen, doch dann überlegte sie es sich anders und lächelte. »Mach das. Wir haben ja Handys, falls etwas sein sollte. Ich ruh mich noch ein Weilchen aus.« Sie ging wieder ins Schlafzimmer und streckte sich auf einem der beiden Einzelbetten aus. »Total bequem. Danke für all deine Mühe, Marie. Du hast was bei mir gut.«

»Gern geschehen. Bis dann!« Marieke winkte ihr zum Abschied zu. Bevor sie den Garten verließ, klebte sie einen Zettel an Neles Haustür, der die Familie darüber informierte, dass sie Tina hergebracht hatte.

Als sie zur Pension zurücklief, ertappte sie sich dabei, wie sie eine kleine Melodie pfiff. Voller Freude begrüßte sie auf dem Nachhauseweg zwei bekannte Gesichter und wechselte ein paar Sätze. Wie lange war es her, dass sie sich so leicht gefühlt hatte?

Ein Stück vom Ziel entfernt blieb sie stehen und stutzte. Von Weitem sah sie Annegret, die gerade durch das Gartentor der Pension trat. Sie hatte doch schon längst Feierabend, wieso kam sie zurück? Hatte sie etwas vergessen? Marieke beschleunigte den Schritt und rief laut Annegrets Namen. Diese drehte sich zu ihr um, winkte und wartete auf sie.

»Was machst du denn hier?«, fragte Marieke leicht atemlos, als sie bei ihr ankam.

»Susa hat mich um Hilfe gebeten«, antwortete Annegret. »Offenbar haben sie und Fricke die Herrschaft über die Küche verloren, und weil du nirgends zu sehen warst, hat sie erst mal mich um Rat gefragt.«

»Wieso? Was ist los mit der Küche? Eine Überschwemmung, ein

Brand?«, fragte Marieke alarmiert. »Warum hat sie nicht gleich mich angerufen?«

Annegret schmunzelte, was Marieke augenblicklich erleichterte. So schlimm konnte es also nicht sein.

»Ganz anders«, antwortete ihre Mitarbeiterin. »Ich war es, die in der Pension angerufen hat, weil ich etwas vergessen hatte, mir aber nicht ganz sicher war. Dabei habe ich erfahren, dass die beiden Italienerinnen vorhin die Küche besetzt haben.«

»Wie bitte? Was soll das heißen?«

Annegret zuckte mit den Schultern. »Susa hat vor Aufregung gestottert, und im Hintergrund hab ich Fricke fluchen gehört. Ich bin gleich los. Gut, dass du auch da bist. Lass uns schnell mal nachschauen.«

Im Stechschritt steuerte Marieke, gefolgt von Annegret, in die Küche. Am Herd stand Federica und schwang den Kochlöffel. Sie trug eine der neuen Küchenschürzen, auf die Marieke den Schriftzug *Sandstern* hatte sticken lassen. Als Logo hatte sie zwei fliegende Vögel, die Möwen darstellen sollten, gewählt. Federica hatte ihr dunkles Haar im Nacken zusammengebunden, blickte gerade in einen großen, dampfenden Kochtopf und schien ganz in ihrem Element zu sein. Fricke saß an dem Tisch an der Seite, hatte den Kopf auf die Hand gestützt und blickte resigniert drein. Susa holte gerade etwas aus der Kühltruhe, während Julietta einen großen Berg Zwiebeln schnitt und hoffentlich nur deswegen verheult aussah.

»Was ist denn hier los?«, fragte Marieke, blieb in der Mitte der Küche stehen und sah einen nach dem anderen an. Die Atmosphäre wirkte eher geschäftig als angespannt, so als wäre es ein ganz normaler Tag, an dem eben die Mahlzeiten vorbereitet wurden.

»Heute gibt es ein Abendessen von uns«, verkündete Federica und legte den Kochlöffel zur Seite. »Ein sehr schmackhaftes Rezept unserer Pasta Napoli, wie sie in unserer Familie seit Jahrzehnten zubereitet wird. Ein Stück besten Parmesan habe ich immer im Gepäck, ihr werdet staunen. Dazu nehmen wir doppelt so viel Zwiebeln und

Knoblauch und etwas Chili, dafür im Verhältnis etwas weniger frische Tomaten und ein paar getrocknete, die wir vorher eingeweicht haben. Wir haben sie hier im Supermarkt bekommen. Ob die getrockneten Früchte schmecken, wird sich zeigen, sie sehen etwas blass aus. Und dann werden wir …«

»Stopp. Stopp!«, rief Marieke laut, und erst jetzt kehrte Ruhe in der Küche ein. Federica hörte auf zu reden, Julietta unterbrach das Schneiden, Susa stand einfach da, und Fricke richtete sich kerzengerade auf. Nur ein leises Blubbern aus dem großen Topf war zu hören.

Schließlich trat Susa vor, machte ihren kleinen Knicks und sagte: »Tut mir leid, was du denken musst, Marieke. Ich hab mich auch erst erschrocken, aber es is alles gut gemeint. Sie sind reingekommen, haben sich die Schürzen umgebunden und einfach angefangen. Hätten wir die Polizei rufen sollen? Außerdem gibt's italienisches Essen, und ich möchte gern lernen, wie man das kocht. Pasta Napoli hat mir auf dem Schiff am besten geschmeckt, egal, was es da sonst noch Tolles gab. Komm, Frieder, wir schauen genau zu, wie es geht.«

Fricke hob abwehrend beide Hände, wie immer, wenn er sich Dinge, die seine Welt erschütterten, vom Leib halten wollte. »Gleich mit drei Frauen streiten, das ist mir zu viel!«

Annegret ging zum Tisch und setzte sich auf den freien Stuhl neben ihm.

»Ich sehe, dass hier gekocht wird«, bemerkte Marieke unwillig. »Die Frage ist, warum und von wem? Abends gibt es in der Regel kaltes Essen, und Fremde haben in der Küche nichts zu suchen!«

»Ha!« Federica stemmte die Hände in die Hüften. »Wir sind also Fremde? So behandelt ihr uns tatsächlich auch, dabei hatte Rainulf uns eingeladen, aber richtig willkommen sind wir hier nicht. In Italien wäre das anders. Wir tragen unsere Gäste auf Händen, es wird getrunken und gelacht, bis alle nicht mehr können. Wenn ihr das nicht fertigbringt, machen wir das eben. Wir kochen ein Essen als Dank für alle, die hier arbeiten, und für alle Gäste, wenn sie mögen. Julietta zeigt nachher außerdem die Bilder, die sie hier gemalt hat. Wenn wir das nicht dürfen, kommen wir ganz bestimmt nie, nie, nie mehr wieder!« Schnaubend nahm sie den Kochlöffel wieder in die Hand und zeigte damit auf Julietta. »Weiterschneiden!« Sie wandte sich an Susa, die schreckensbleich die Rede verfolgt hatte und eingeschüchtert wie ein kleines Mädchen dastand. »Wo sind die passierten Tomaten?«, herrschte Federica sie an, aber der strenge Ton war ein wenig gespielt. Wer genau hinhörte, konnte ihre Stimme leicht zittern hören. »Wir brauchen mehr Flüssigkeit. Für so viele Leute muss es auch viel Soße geben!«

Susa wusste offenbar nicht, ob sie sich in Bewegung setzen sollte, und sah fragend zu Marieke.

»Aber das geht doch nicht!« Marieke trat auf die Italienerin zu. Federica fuhr herum und hatte Tränen in den Augen. »Ich hatte mir den Aufenthalt hier im Sandstern wirklich schöner vorgestellt, Signorina. Lassen Sie uns wenigstens diese kleine Freude. *Prego*!«

Bitte! Das Zauberwort. Marieke entspannte sich, ihr Ärger löste sich auf. Sie nickte Susa zu, die ihr daraufhin erleichtert zulächelte und in Richtung der vorübergehend neuen Küchenchefin ausrief: »*Subito, mia signora*!« Es waren zwar nur drei italienische Worte, aber sie klangen perfekt, und Federicas Gesicht leuchtete auf. Fricke hingegen sank ein Stückchen weiter in sich zusammen, Julietta machte sich wieder über die Zwiebeln her, und Annegret nickte Marieke lächelnd zu, was wohl bedeuten sollte, dass sie es ebenso guthieß, was heute in der Küche passierte.

»Weiß mein Vater davon?«, fragte Marieke und trat neben Federica an den Herd. Gerade, als Federica das Rezept ihrer Pasta Napoli beschrieben hatte, war ihr das Wasser im Mund zusammengelaufen. Am liebsten hätte sie darum gebeten, die Soße schon mal kosten zu dürfen. Bisher jedoch kochte auf der großen Flamme nur ein Topf Wasser, und enttäuscht blickte sie hinein.

»Nein«, antwortete die Italienerin. »Es war eine spontane Idee, in die Küche zu gehen, weil ich Rainulf nirgends finden konnte. Er soll einen Denkzettel bekommen. Aber einen guten. Sagen Sie ihm bitte Bescheid. Wir erwarten, dass er an dem Essen teilnimmt!«

»*Si, prego*!«, sagte auch Julietta, als hätte sie alles verstanden, und wischte sich lachend und weinend zugleich mit dem Ärmel die Tränen aus dem Gesicht.

Leicht beklommen verließ Marieke die Küche und beschloss, es gleich hinter sich zu bringen und ihrem Vater von der kleinen Revolution zu erzählen. Er war allerdings weder im Garten noch in der unteren Etage. Leise, um ihm diesmal nicht die Chance zu geben, sich zu verstellen wie neulich im Keller, schlich Marieke nach oben in die Wohnung unter dem Dach. Ihr war etwas bang, weil sie nicht wusste, wie er reagieren würde. Ganz sicher aber hätte er eine fremde Übernahme der Küche vor seiner Herz-OP, als er noch der alte, energiegeladene und starrsinnige Rainulf Janssen gewesen war, niemals geduldet.

Er schlief. Marieke lehnte im Türrahmen seines Schlafzimmers und beobachtete ihn, wie er ausgestreckt auf dem gemachten Bett lag und laut ein- und ausatmete. Nicht einmal seine geliebte karierte Wolldecke hatte er über sich ausgebreitet, was darauf hindeutete, dass er sehr erschöpft gewesen sein musste, als er sich hingelegte. Marieke konnte sich nicht dazu aufraffen, ihn zu wecken, aber sie konnte auch nicht unverrichteter Dinge wieder gehen. Fast ohne Geräusche zu machen, holte sie sich einen Stuhl und setzte sich ans Bett. Lange betrachtete sie das geliebte bärtige Gesicht, in das sich immer mehr Furchen und Falten gruben. An einer Stelle war sein Haar dünn geworden, und an seiner linken Hand entdeckte sie zwei blaue Flecken auf seinen Fingernägeln. Er musste sich mit dem Hammer auf die Finger geschlagen haben, als er die vielen unsinnigen Reparaturen vorgenommen hatte. Vermutlich lag es an seinen Augen, oder er war nicht mehr so zielsicher. Und wahrscheinlich würde sie, wenn sie ihn in der Zukunft mit zeitlichen Abständen, die sie noch nicht einschätzen konnte, besuchte, in immer schlechterer Verfassung vorfinden. Sie seufzte unwillkürlich laut, und er wachte auf. Sein Blick war sofort glasklar, und mit einem Ruck setzte er sich auf.

»Marieke, was soll das? Überwachst du jetzt schon meinen Schlaf?«

Sie erschrak sich fast ein wenig, weil er sofort präsent war und sie sich in der Vorstellung verloren hatte, er wäre jetzt so etwas wie ein alter hilfloser Mann. »Nein, natürlich nicht, Papa. Ich wollte dich gerade wecken. Und mit dir reden. Deswegen hab ich mir einen Stuhl geholt.«

Er setzte sich auf die Bettkante und fuhr sich durchs wirre Haar. »Aber *sie* verfolgt mich im Schlaf! Gerade habe ich von Federica geträumt, aber es war leider nichts Schönes.« Er ließ die Hände sinken. »Ich weiß, dass ich nicht hier oben, sondern mit ihr am Strand sein sollte, um einen Spaziergang zu machen und sie auf Händen zu tragen«, sagte er und fixierte Marieke mit seinen hellblauen Augen. »Deswegen bist du hier, oder? Du willst mich holen.«

»Na ja«, antwortete sie vage, denn was Federica einforderte, war etwas mehr als ein Abstecher ans Meer.

»Ich weiß schon, was ich tue. Es wäre nicht nötig gewesen, dass du hochkommst«, sagte er und stand auf. »Wie ich es hasse, bevormundet zu werden!«

Marieke blieb bewegungslos sitzen, und nun merkte er, dass etwas anderes in der Luft lag. »Ist noch was?«, brummte er. »Ist sie sehr beleidigt?« Er zuckte mit den Schultern. »Sie hat zu hohe Erwartungen. Deine Mutter war da ganz anders. Sie hat mir immer meine Ruhe gelassen, wenn ich sie brauchte. Aber keine Angst, ich regle das. Vielleicht lade ich Federica und ihre Schwägerin zu einer Pizza im Ort ein. Meinst du, das kann sie besänftigen?«

»Eher nicht«, antwortete Marieke und grinste.

»Nein?« Er kratzte sich das Kinn, und sie musste fast lachen, weil er so arglos war. »Setz dich lieber wieder hin«, sagte sie. »Ich kann dir nämlich genau sagen, was sie heute Abend essen will. Besser wäre es, du fällst nicht gleich um, und du magst das auch.«

Eine Stunde vor Beginn der offiziellen Essenszeit für die Pensionsgäste entkorkte Fricke eine Flasche Rotwein und füllte damit sieben bereitstehende Gläser. Außerdem hatte er weitere Stühle in die Küche getragen und einen Klapptisch aus dem Schuppen geholt, weil Federica darauf bestand, ohne die Pensionsgäste im Geheimen zu speisen, also ging es auch nicht draußen. Die anderen würde sie erst später im Speiseraum mit ihrer Pasta beglücken. In der Küche wurde es eng, aber es war gemütlich.

»Direkt am Herd schmeckt es sowieso am besten«, verkündete die resolute Italienerin, nachdem sie die Tomatensoße ein letztes Mal abgeschmeckt hatte und sich an den provisorischen Esstisch gesetzt hatte. Susa, Annegret und Fricke waren mit ihr und Julietta in der Küche geblieben und hatten entweder bei der Vorbereitung geholfen oder sich zunehmend munter unterhalten, denn während des Kochens war bereits die erste Flasche, ein Weißwein, geöffnet worden. Marieke hatte die Zügel aus der Hand gegeben, zumal nicht nur die beiden italienischen Frauen, sondern auch die drei Hausangestellten des *Sandsterns* in der Küche waren. Nach dem Besuch im Dachgeschoss bei ihrem Vater hatte sie sich ins Büro zurückgezogen und sich eben erst wieder dazugesellt.

Federica schaute jetzt von der Uhr an der Wand zur Tür und wieder zurück. Ihre Miene verdüsterte sich, denn einer fehlte noch. Der Sekundenzeiger ging in seine letzte Runde, bevor die Küchenuhr gleich Punkt sechs Uhr abends anzeigen würde.

»Und er wollte die Aktion wirklich nicht boykottieren?«, fragte Annegret Marieke leise, als auch sie an dem Tisch Platz nahmen.

»Er hat mir sein Wort gegeben«, flüsterte Marieke zurück. »Nachdem er erst fassungslos war, hat er mir versprochen, pünktlich zum Essen da zu sein. Frag mich aber bitte nicht nach seiner Laune …«

Frickes Hand schwebte mit der Flasche über dem siebten Glas. In den anderen Kelchen schimmerte der Rebensaft rubinrot. Fragend sah er erst Marieke und dann Federica an, deren Augenbrauen sich gerade gefährlich dicht zusammenzogen. Plötzlich kam schlechte

Stimmung auf und fegte wie ein Wind, der einer Gewitterfront vorausgeht, durch den Raum. Es war ein Moment in der Schwebe. Während Fricke innehielt, weil er nicht wusste, ob er für den nicht anwesenden Rainulf eingießen sollte oder nicht, hätte man eine Stecknadel fallen hören können. Doch plötzlich näherten sich schwere Schritte. Die Küchentür wurde aufgestoßen, und alle sahen zu Mariekes Vater, der mit gerunzelter Stirn im Eingang stehen geblieben war. Der Zeiger sprang auf Punkt sechs Uhr.

Federica reagierte als Erste. Sie stieß einen kleinen Freudenschrei aus, klatschte in die Hände und gab Fricke ein Zeichen, mit dem Eingießen fortzufahren und auch das letzte Glas mit Rotwein zu füllen. Sie erhob sich mit erhabener Geste von ihrem Stuhl und wies mit einer Hand auf den freien Stuhl neben sich. In ihrem Gesicht deutete nichts mehr auf Gewitterstimmung hin, dort herrschte jetzt strahlender Sonnenschein.

Marieke staunte. Ihr Vater sah großartig aus! Wann hatte er sich das letzte Mal mit seinem Äußeren solche Mühe gegeben? Er hatte sich von seiner täglichen Arbeitskluft, die er in der Regel erst vor dem Schlafengehen auszog, getrennt und wirkte wie ausgewechselt. Sein Haar war frisch gewaschen und gekämmt, sein Bart war gestutzt, und er trug sein bestes Hemd sowie eine schwarze Hose, die sie noch nie an ihm gesehen hatte. Verblüfft schaute er auf die improvisierte Tafel mitten in der Küche, dann erschien ein Lächeln auf seinem Gesicht, während er in Federicas wohlwollenden Blicken badete. Feierlich ging er auf sie zu, und beide sahen sich dabei an, als wären sie Braut und Bräutigam, die sich in den heiligen Hallen der Pensionsküche gleich das Jawort geben würden. Der Bann war gebrochen, und alle, bis auf Fricke, der schweigsam war und blieb, redeten plötzlich durcheinander und überboten sich gegenseitig mit dem Lob darüber, wie gut der Hausherr heute doch aussähe.

»*Bellissimo, bellissimo*!«, wiederholte Julietta unentwegt. Wenn Marieke sich nicht täuschte, wurde ihr Vater sogar etwas verlegen.

»Wo bin ich hier denn reingeraten!«, rief er.

Endlich saßen alle und griffen nach ihrem Glas. Marieke entging nicht, wie Federica kurz ihre Hand auf die ihres Vaters legte. »Ruhe, bitte!«, rief die Italienerin, und alle verstummten. »Morgen ist unser letzter Tag, und ich möchte nur schöne Erinnerungen mit nach Hause nehmen, bevor wir abreisen. Dazu gehört ein Essen für die Seele, begleitet von einem guten Wein.«

Fricke räusperte sich laut, sagte aber nichts und schaute säuerlich.

»Oh, entschuldigen Sie, Signor Fricke. Nichts gegen Ihre Küche, und, liebe Signora Annegret und Signorina Susa, nichts gegen das Frühstück und, liebe Signorina Janssen, nichts gegen Ihren Cappuccino. Alles wunderbar! Aber meine Pasta habe ich vermisst. Ich kann ohne sie nicht leben! Ich kann ohne das Kochen nicht leben! Wo ich bin, muss ich kochen! Wenn ich nicht kochen kann, ist mein Leben sinnlos, und deswegen gehe ich normalerweise, wenn es nicht sein muss, auch nicht in Hotels. Für den *Sandstern* habe ich eine Ausnahme gemacht.«

Schade, dachte Marieke sofort. Denn für den unwahrscheinlichen Fall, dass ein mehrfaches Wunder passierte und die Pension nicht verkauft würde, ihr Vater Federica vielleicht doch noch vermissen lernte und die Italienerin öfter käme, dann müsste Fricke sein Reich mit ihr öfter teilen, als ihm lieb wäre. Eine Art Zusammenarbeit der beiden wäre jedoch so unwahrscheinlich wie die Möglichkeit, dass eines Tages Marsmenschen an der Rezeption erscheinen würden. Marieke betrachtete Federica, die die Hand ihres Vaters wieder freigegeben, sich zu voller Größe aufgerichtet und ihre Brust weit vorgestreckt hatte. Ihr zur Rechten wirkte er wie ein Untertan, obwohl auch er sich ziemlich gerade hielt. Nein, Marieke konnte es ihm nicht übel nehmen, wenn er sich jetzt, wo er Federica etwas besser kennengelernt hatte, lieber wieder zurückzog. Umso bemerkenswerter fand Marieke es, dass er sich schick gemacht hatte, um den italienischen Besuch durch den Abend zu begleiten, statt wütend darüber zu sein, was sich die beiden Frauen anmaßten. Dieses italienische Küchenintermezzo war immer noch ein Unding und gleichzeitig aber auch eine hübsche Geschichte zum Ende des *Sandsterns* hin, an die sie sich vielleicht lange erinnern würde …

Zum Ende hin! Bei diesem Gedanken verspürte Marieke einen stechenden Schmerz in der Brust, der sie zusammenzucken ließ. Ein paar Tröpfchen des Weins, den sie in der Hand hielt, schwappten über und bildeten auf der weißen Stoffserviette, die für jeden bereitlag, einen roten Fleck, als habe sie sich verletzt. Annegret saß neben ihr und fragte leise und erschrocken: »Marieke, um Gottes willen, was ist denn los?«

Da hatte sie sich schon wieder unter Kontrolle und beschloss, dass es an der Zeit wäre, wieder die Vorherrschaft über die Dinge im *Sandstern* zu übernehmen. Schon wollte sie aufstehen, um etwas zu sagen, als Julietta mit dem Löffel an ihr Glas klopfte. Ein italienischer Wortschwall ergoss sich über alle, den Federica sogleich übersetzte: Es ging mal wieder um die herrliche und inspirierende Landschaft für eine Künstlerin, und sie würde ihre Werke später allen zeigen, hätte da auch das eine oder andere Geschenk parat und täte nichts lieber, als so bald wie möglich länger in den wunderschönen *Sandstern* zu kommen und noch mehr zu malen, vielleicht sogar im Herbst oder Winter, wenn weniger Besucher auf der Insel waren. Während Federica also die deutsche Version kundtat, zwinkerte Julietta Marieke zu, wahrscheinlich weil sie sich so sehr darauf freute, nachher das wunderschöne Bild von der Pension zu präsentieren.

Federica schloss mit einer Ankündigung: »Ich würde Julietta ausnahmsweise vielleicht noch ein einziges Mal begleiten. Kommt ganz darauf an.« Dabei warf sie Rainulf einen vieldeutigen Blick zu.

Nun endlich wollte Marieke etwas sagen, doch ihr Vater war schneller. Er hatte sich schon erhoben. »Vielleicht stoßen wir zuerst an«, sagte er mit seltsam gepresster Stimme. »Danach hat wahrscheinlich niemand mehr Lust dazu«, murmelte er, aber vielleicht verstand Marieke das nicht richtig.

»Ja, auf den *Sandstern*!« Susa stand ebenso auf. »Auf die besten Arbeitgeber der Welt auf der schönsten Insel der Welt! Und auf Italien!«

Fricke, Annegret, Julietta, Federica und Marieke taten es ihr gleich. Mariekes Kehle war wie zugeschnürt, weil sie das Schlimmste ahnte. In den Augen ihres Vaters flackerte etwas Unheilvolles auf. Sie erkannte den tiefen Schmerz, dem sie beim Spaziergang zur Windharfe das erste Mal begegnet war. Er würde doch hoffentlich nicht … Für diese Ankündigung war es doch viel zu früh! Ihr Vater hatte noch mal mit ihr reden wollen, bevor er seine Entscheidung traf. Alle prosteten sich zu, und Federica rief: »*Salute*!« Marieke suchte den Blick ihres Vaters, aber er wich ihr aus. Ihr wurde plötzlich klar, dass er seinen Entschluss längst gefasst hatte.

Als sie einen Schluck getrunken hatten und jeder – bis auf Rainulf – wieder saß, begann er sofort zu reden: »Heute möchte ich endlich sagen, was gesagt werden muss. Ich wollte damit warten – Marieke, verzeih –, aber es hat wenig Sinn, das wird mir jeden Tag klarer.«

»Papa«, krächzte Marieke, doch er beachtete sie gar nicht und sprach weiter: »Es ist schön, zu wissen, dass ihr, liebe Federica und liebe Julietta, über eine Wiederkehr nachdenkt. Nun könnte ich sagen, wie sehr ich mich darüber freue, aber ich wäre nicht Rainulf Janssen, wenn ich einfach so, ohne mit der Wimper zu zucken, lügen würde.«

Ein kleines Raunen wanderte um den Tisch. Federica stand der Mund offen, Susa und Annegret schauten erschrocken, und Fricke kniff die Augen zusammen. Marieke ahnte, was ihr Vater wirklich sagen wollte, aber alle anderen mussten diese Worte falsch verstehen, eben so, als würde er sich nicht freuen, wenn die Italienerinnen wiederkämen.

Ihr Vater merkte erst jetzt, dass er sich missverständlich ausgedrückt hatte. »Entschuldigt!« Er wedelte mit einer Hand, um das Gesagte ungeschehen zu machen. »Ich bin nicht geschickt, was das Reden angeht, das ist nicht meins. Ich wollte es anders sagen.« Er holte tief Luft. »Es geht darum, dass ich vor wenigen Wochen einen Anruf von einem Unternehmerpaar erhalten habe, der mich fast umgehauen hat«, sagte er. »Seitdem sehe ich die Welt mit etwas anderen Augen. Ich habe mich also schweren Herzens dazu entschlossen … Wie soll ich es rüberbringen … Es ist nun vielleicht doch der richtige Zeitpunkt … Eigentlich hatte ich damit noch warten wollen, aber dieser Anlass hier zwingt mich gerade dazu … Also, ich wünschte …« Immer wieder brach er ab und fuhr sich mit der Hand übers Gesicht, als wolle er unsichtbare Tränen fortwischen.

Was nun geschah, konnte sich Marieke nicht erklären, denn sie selbst nahm sich nur noch als Beobachterin ihrer selbst wahr. Es war nicht ihr Verstand, der ihre Handlungen steuerte. Eine andere Kraft hatte die Führung übernommen, und sie hörte Philipps Worte im Kopf, als säße er mit am Tisch: *Wenn du nach so vielen Monaten immer noch nicht weißt, was du willst, kannst du aber vielleicht herausfinden, was du auf keinen Fall willst. Manchmal können wir uns der Wahrheit auch von der anderen Seite nähern.*

Sie fühlte, wie ihr Körper von allein nach oben schoss, sie sah, wie ihre Hand nach dem Löffel und dem Glas griff und hörte, wie sie mit den beiden Gegenständen ziemlichen Krach erzeugte. Alle waren wie erstarrt, und plötzlich wusste sie mit unerschütterlicher Sicherheit, was sie *nicht* wollte: dass der *Sandstern* verkauft wurde. Punkt!

Vater und Tochter standen sich am Tisch gegenüber, Auge in Auge. »Ich helfe dir gern, Papa«, sagte sie mit leicht bebender, aber nicht unsicherer Stimme. »Nicht nur jetzt mit deiner stammelnden Rede, nicht nur vorübergehend mit all den Aufgaben in der Pension, sondern dauerhaft. Du sollst dich in deinem letzten Lebensabschnitt so wohl wie möglich fühlen.«

Ein riesiges Fragezeichen stand im Raum, noch verstand wahrscheinlich niemand, was sie genau meinte. Ihr Vater sah sie verwirrt an, seine schmerzvolle Miene löste sich in Verwunderung auf. Marieke schloss die Augen, um der Wahrheit, die sie gleich aussprechen würde, so tief wie möglich nachzuspüren und sie dann nie wieder zu vergessen: »Wenn du, lieber Papa, den *Sandstern* nicht mehr leiten kannst, werde ich es tun. Ich nehme die Aufgabe, wenn du sie mir anvertraust, an, hier und jetzt und mit allen Kräften. Weder eine Aushilfe noch ein Verkauf sind notwendig. Ich habe mich entschieden, und diesmal meine ich es ganz ernst. Ich bleibe. Ich muss nicht mehr ausprobieren, ob es sich in Asien oder Timbuktu besser lebt. Reisen kann ich irgendwann. Und meine persönlichen Dinge klären sich bestimmt auch noch. Erst aber entscheide ich mich für meine Heimat. Das ist die richtige Reihenfolge.« Sie lauschte dem Nachklang ihrer Worte und fühlte sich unendlich erleichtert. Nicht nur ein Stein, ein ganzes Gebirge fiel ihr vom Herzen! Philipp hatte recht gehabt. Man konnte sich der Wahrheit auch von hinten nähern, und es fühlte sich richtig gut an. In diesem Fall war die Wahrheit wie ein Tuch, das über der Unwahrheit lag und sie verhüllte. Jetzt hatte sie den Schleier zu fassen bekommen und ein Stück weggezogen, einfach dadurch, dass sie sich entschied für etwas, was sich seit dem vergangenen Sommer Monat für Monat immer deutlicher abgezeichnet hatte: Sie brachte es nicht übers Herz, ihren Vater wieder allein zu lassen, und schon gar nicht, sich mit dem Verkauf der Pension abzufinden. Und: Sie wollte in Philipps Nähe sein und bleiben. An diesem Punkt war sie im vergangenen Sommer zwar schon einmal gewesen, aber damals war die Entscheidung viel zu schnell gefallen. Nun war sie gereift und konnte gepflückt werden wie eine süße Frucht vom Baum. Sie war sich endlich wirklich sicher! Sie lächelte in sich hinein und blickte in die Gesichter der von ihr geliebten Pensionsfamilie, die nun mal ihre Familie war. Sogar Fricke lächelte zurück. Er war es auch, der die entstandene Stille brach. »Keine Aushilfe mehr, die komische Dinge sagt und tut und mich völlig durcheinanderbringt? Das sind ja mal gute Nachrichten!«

»Marieke, ist das wirklich wahr, du gehst doch nicht wieder fort?« Annegret lachte Marieke aus vollem Herzen an, und Susa stieß hervor. »Was für ein Verkauf?«, doch das ging gleich wieder unter. Federica und Julietta sahen eher ratlos aus. Sie konnten die Tragweite von Mariekes kleiner Ansprache nicht nachvollziehen, denn dazu wussten sie über die Probleme im Betrieb zu wenig Bescheid.

Rainulf hingegen hatte es die Sprache verschlagen. Er musste mehrfach schwer schlucken, bevor er herausbrachte: »Bist du dir sicher? Und dein anderes Leben?« Ungläubig schüttelte er den Kopf. »Und ich habe mir über die ehrliche Rede so den Kopf zerbrochen! Ich hab im Stillen gebetet, dass es diese eine wundervolle Person, die mir wirklich helfen könnte, irgendwo gibt. Und das bist jetzt du!«

Federica und Julietta tuschelten aufgeregt miteinander, wahrscheinlich versuchte Federica, ihrer Schwägerin irgendwie mitzuteilen, was gerade vor sich ging. Marieke und Rainulf liefen um den Tisch herum und nahmen sich in den Arm, beobachtet von fünf Augenpaaren. Als sie sich wieder losließen, knurrte genau in diesem Moment Mariekes Magen, der ihr mitteilte, dass sie den ganzen Tag viel zu wenig gegessen hatte. Der köstliche Duft, der in Luft hing, ließ ihr jetzt das Wasser im Mund zusammenlaufen.

»Wollen wir nich einfach mal anfangen?«, fragte Susa. »Jetzt hab ich doppelt Appetit!« Sie stand auf und griff nach dem großen Löffel, um sich die erste Portion aufzutun, während Marieke vor ihrem Vater noch einen Moment lang stehen blieb.

»Alles andere besprechen wir später, Papa«, sagte sie. »Ich habe einen Bärenhunger. Und niemand muss wissen, wie schwer wir uns mit Dingen getan haben, die auf einmal selbstverständlich sind. Ich weiß, du wolltest mir mein anderes Leben lassen. Aber wenn der Preis dafür der Verlust der Pension ist, dann stimmt da was nicht.«

»So siehst du das jetzt? Das, was du gerade gesagt hast, darüber habe ich immer so gedacht – nein, ich hab es gefühlt«, murmelte ihr Vater. »Aber am Ende wollte ich meine Meinung für mich behalten und dich nicht unter Druck setzen.«

Sie nickte. »Ich habe dir aber immer angesehen, wie schlimm es für dich wirklich ist.«

»Ach, Marieke!«, seufzte er erleichtert.

»Essen wird kalt!«, rief jemand.

»Und als Dessert wartet noch eine weitere Überraschung auf dich«, sagte sie leise zu ihrem Vater.

Dann endlich saßen alle, es wurde aufgetan und gegessen und getrunken, und es schmeckte köstlich. Sogar Fricke leerte den Teller und gab widerstrebend zu: »Das kann man durchgehen lassen.« Die italienische Küche war ein unverfängliches Thema, über das sich alle austauschten, und Marieke nahm es dankbar an. Dabei konnte sie verdauen, was gerade passiert war.

Viel Zeit für das besondere Mahl blieb der kleinen Runde nicht, denn kurz darauf wurde im Speiseraum wahlweise das übliche Abendessen oder eine echte italienische Pasta Napoli serviert. Alle Gäste wollten das Essen probieren, und auf jeden Tisch hatte Julietta eines ihrer Bilder, eingefasst in einfache Rahmen, gestellt. Der endlose Strand, die vorgelagerte Insel Memmert, die Skyline der Ortschaft Juist, ein Stillleben aus Muscheln, Steinen und Sand, Sonnenuntergänge, Möwen im Flug – Julietta war die perfekte Inselmalerin. Rainulf saß mit ihr und Federica am Tisch und sah einfach nur glücklich aus, und es kamen sogar zwei Ehepaare herüber, die ein Bild kaufen wollten. Die Aktion war ein voller Erfolg.

Als alle gegessen hatten und Susa Geschirr und Gläser abräumte, trat Marieke zu ihrem Vater an den Tisch. »Ich hatte dir ein besonderes Dessert versprochen«, sagte sie zu ihm. Hinter dem Rücken hielt sie das nun vollendete Bild, das Julietta ihr zuvor überreicht hatte. Im Büro hatte Marieke es rasch in schönes Geschenkpapier eingeschlagen.

»Ja, was ist es? Etwas Italienisches? Es muss nicht immer ostfriesische Teecreme sein, das gebe ich zu«, sagte er und legte eine Hand auf seinen Bauch. Marieke hielt ihm das Päckchen hin. »Was ist das? Ein Geschenk?«, fragte er. »Das kann man bestimmt nicht essen.« Er betrachtee das Präsent, das mit einer hübschen roten Schleife verziert war.

»Na ja.« Marieke lächelte und trat einen Schritt zurück. Federica und Julietta am Tisch hielten den Atem an, und auch die Gäste im Raum bemerkten, dass sich ein besonderer Moment anbahnte.

»Ich mag Überraschungen nicht besonders«, brummte Rainulf.

»Pack es aus, es wird dir gefallen«, drängte Federica.

»Ach, du weißt auch schon, was drin ist?«, fragte er skeptisch.

Federica machte ein geheimnisvolles Gesicht, und Julietta hielt sich vor Anspannung die Hand vor den Mund.

»Eine kleine Verschwörung, ich sehe schon.« Rainulf seufzte und zog langsam die Schleife auf. Das Papier raschelte und segelte zu Boden, als er sah, was sich darunter verborgen hatte. Lange blickt er auf das Bild. Niemand sagte ein Wort. Die Welt hielt den Atem an. Sekunden vergingen, bis Julietta die Stille mit einem Murmeln unterbrach. Federica übersetzte mit feierlichem Unterton: »Es ist eines der schönsten Motive, das meine Schwägerin auf der Insel gefunden hat. Das schwört sie bei der heiligen Madonna! Selten hat sie beim Malen eines Hauses so viel Glück und Frieden empfunden. Mögen diese auf ewig hier in diesen Wänden wohnen.«

Rainulf sah auf, und in seinen Augen standen Tränen, die er nicht wegzuwischen versuchte. Er räusperte sich. »Danke. Ich weiß nicht, was ich sagen soll, aber das Bild bekommt an der Rezeption einen Ehrenplatz. Schaut mich doch bitte nicht alle so an!«

Federica fing an zu klatschen, und schließlich ließen sich alle im Raum mitreißen. Sie stimmten ein in einen Applaus, der so klang, als hätte Marieke ihrem Vater gerade einen Preis überreicht.

23. Kapitel

Die Windharfe gab an diesem Spätnachmittag feine sirrende Geräusche von sich, die wie aus einer anderen Welt klangen, und so war es auch ein bisschen. Vor etwa drei Wochen war Marieke mit ihrem Vater hierherspaziert, und er hatte ihr eröffnet, dass er die Pension vielleicht verkaufen wollte. Die Zeit von dem düsteren, stürmischen Tag bis heute war eine emotionale Achterbahnfahrt gewesen. Damals war Mariekes Welt fast untergegangen, und die Harfe hatte klagend geklungen, als verkörpere sie ihren Schmerz. Heute empfand sie die Töne als leicht und angenehm. Endlich schien alles gut zu werden. Sogar das Gespräch mit Gerit war viel besser verlaufen, als sie es sich ausgemalt hatte.

Tina stand mit rosigen Wangen neben ihr und lauschte fasziniert. Marieke betrachtete ihre Freundin wie ein Wunder, eines von vielen, die gerade in ihrem Leben passierten. »Wie kommt es eigentlich, dass du so schnell genesen bist? Als ich dich gestern in dein Quartier bei Nele gebracht habe, ging es dir zwar schon besser, aber heute wirkst du wie neu geboren, und wir marschieren über die Insel, als wäre nichts gewesen und du hättest auch keinen Kummer mehr.«

»Da hast du recht.« Tina strich leicht mit den Fingern über die Skulptur aus Eichenholz, die sich im Wind drehte. »Als ich mit der Fähre ankam, dachte ich, ich müsste sterben. Mir war nicht nur körperlich schlecht, sondern auch wegen der Enttäuschung, weil Max mich sitzengelassen hat. Aber irgendwie, ich kann es nicht genau erklären, habe ich diesen Frust gleich mit auskuriert. Dein Doktor hat mich darauf gebracht, als er von seinem ganzheitlichen Gesundheitsansatz sprach. Ich fühle mich wie gereinigt und habe gleichzeitig erkannt, dass ich mit Max völlig danebenlag. Ich dachte, dieser Typ *muss* jetzt einfach der Richtige sein, dabei hat er mit seinem Verhalten das Gegenteil bewiesen und trifft sich vielleicht gerade schon mit der Nächsten. Das habe ich hier ziemlich schnell begriffen. Vielleicht dank Phi…« Sie stoppte sich, sprach den Namen nicht ganz aus und grinste. »Wahrscheinlich liegt es einfach auch an dieser schönen Insel, der guten Luft und deiner Freundschaft.« Sie zwinkerte Marieke zu. »Vielleicht ging es mir gestern auch gar nicht mehr so schlecht, wie du denkst.«

»Was?« Marieke stemmte die Hände in die Hüften. »Du hast doch fast gefleht, ich solle Philipp noch ein zweites Mal anrufen!«

»Ja, schon. Nach dem Zwieback wurde mir sofort wieder schlecht, das war beängstigend. Aber dann … ging es eben plötzlich besser. Als ich dann aus dem Bad kam, saß Philipp bei dir am Tisch, hatte sich zu dir hinübergebeugt und streichelte deine Haare. Da hab ich die Tür schnell wieder zugemacht, um euch nicht zu stören, und noch ein bisschen herumgetrödelt. Und jetzt warte ich eigentlich die ganze Zeit darauf, dass du mir erzählst, was noch passiert ist, bevor wir nachher die anderen treffen.«

Die anderen! Sogar hier gab es ein kleines Wunder. Sina hatte am Morgen angerufen und gefragt, ob sie gegen Abend spontan Zeit hätte, und nicht nur Marieke selbst hatte plötzlich große Lust, sich in fröhlicher Runde zum Picknick am Strand zu treffen. Tina wollte ebenso dabei sein und ihre Juister Freunde kennenlernen, auch wenn Marieke sie gewarnt hatte, dass sie dann mindestens zwei glückliche Paare ertragen müsste: Sina und Niels sowie Nele und Bengt. Marieke hatte sich in Absprache mit Annegret den Rest des Sonntags freigenommen und ihrer Festlandfreundin endlich etwas von der Insel gezeigt. Das Sightseeing-Programm bestand bisher daraus, die Strandpromenade zu genießen, durch die Ortschaft und über den Kurplatz zu schlendern, vorbei am Rathaus mit der typischen Backsteinarchitektur und hin zum Januspark, der wie ein kleines grünes Herz auf der sonst vegetationsarmen Insel wirkte. Dort befand sich in einem historischen Insulanerhäuschen ein nostalgisches Teehaus, in das sie eingekehrt waren, bevor Sie dann zwischen den wogenden

Dünengräsern auf dem schönen Otto-Leege-Pfad bis zur Strandharfe gelaufen waren. Viel Zeit blieb ihnen bis zu ihrer Verabredung nun nicht mehr.

»Was soll schon passiert sein?«, fragte Marieke nach einer kleinen Weile, in der allein die Harfe im Wind flüsterte. »Außer, dass Philipp so nett war, mich zu trösten, weil mir alles zu viel wurde. Na gut, ich habe auch erfahren, dass du recht hattest … Er ist Single.«

»Siehst du!«

»Wie auch immer, das Gespräch mit ihm hat mir irgendwie geholfen, mich endlich zu entscheiden. Ich freue mich jetzt wirklich darauf, in Zukunft ganz für die Pension da zu sein. Auch wenn ich Hamburg sicherlich vermissen werde. Aber ich besuche dich, versprochen. Alles andere kommt danach.«

»Verstehe«, sagte Tina. »Du tickst halt langsamer als ich. Ist auch gut so, wenn ich mein chaotisches Liebesleben so betrachte.«

»Vielleicht kannst du ja ein Stück innere Ruhe mit zurück in die Stadt nehmen?«

»Ich versuch's.« Eine kleine Weile lauschten sie der Harfe, bis Tina sie wieder ansah: »Marie?«

»Hm?«

»Eigentlich dürfte ich mich über deine Entscheidung gar nicht so mitfreuen. Die Kolleginnen und Kollegen im *Albatros* haben ehrlich gesagt gehofft, dass ich mit der gegenteiligen Nachricht und am besten auch gleich mit dir im Gepäck zurückkomme. Aber ich kann dich jetzt viel besser verstehen. Es ist wirklich wunderschön hier. Die Pension, dein Zuhause, ist urgemütlich. Dein Vater braucht dich. Und du kannst dich hier viel intensiver um deine Gäste kümmern, wie du gerade mit mir bewiesen hast. Und vor allem Philipp …« Sie unterbrach sich, weil Marieke ihr sofort einen mahnenden Blick zuwarf. »Schon gut, schon gut«, wehrte Tina lachend ab. »Dann erzähl doch mal, wie du Gerit deinen endgültigen Entschluss beibringen willst.«

»Schon passiert«, antwortete Marieke und horchte in sich hinein, wie sie sich damit fühlte. Wo waren das erwartete schlechte Gewissen, die Schuldgefühle, die Zweifel? Nichts davon. Nur ein bisschen Schmerz und Wehmut, weil ein schöner Lebensabschnitt zu Ende ging, und Gerit war nun mal ein Teil davon gewesen. Sie erinnerte sich gern an ihre gute Zeit, als sie dachten, vielleicht füreinander bestimmt zu sein.

»Mensch, alles muss man dir aus der Nase ziehen«, beschwerte sich Tina.

Marieke hakte sich bei ihr ein, und sie schlenderten langsam zurück zur Pension. »Ich habe ihn in aller Frühe angerufen«, erzählte sie. »Er war in komischer Stimmung und druckste herum, und es kam heraus, dass er nun doch vorhat, zwei ganze Jahre in Asien zu bleiben. Erst war ich schockiert, wir hatten ja ausgemacht, uns erst einmal wiederzusehen. Da redete er von einer einmaligen Chance, die er nicht vorbeigehen lassen könne, von der Arbeit, die ihn so begeistert, von einer Zukunft, die für mich nicht greifbar ist.« Marieke blieb stehen und schüttelte den Kopf. »Er hat sich überhaupt nicht geändert. Das hat es mir leicht gemacht, ihm zu sagen, dass auch ich mich ohne ihn entschieden habe.«

Tina prustete los. »Lass mich raten: Und er hat gesagt, du hättest dich überhaupt nicht geändert? Hattest du ihm nicht auch versprochen, große Entscheidungen nicht ohne ihn zu treffen?«

»So ungefähr!« Marieke musste grinsen. »Wir haben endlich beide übereinstimmend festgestellt, dass unsere Wege hier auseinandergehen. Die endgültige Erkenntnis kommt spät, aber immerhin. Ich habe ihn gar nicht erst nach seiner Kollegin gefragt, und er hat diesmal auch keine Bemerkung über ›meinen Inselarzt‹ gemacht, wie er Philipp immer nannte. Wir haben ganz ruhig miteinander gesprochen und uns alles Gute gewünscht.« Sie legte einen Zeigefinger auf die Lippen. »Ich habe bisher nur dir und Gerit von meinem Entschluss erzählt. Tu mir also den Gefallen, und platze damit nachher nicht heraus, wenn wir die anderen sehen.«

Als Antwort knuffte Tina Marieke in die Seite. »Als ob ich nichts für mich behalten könnte!«

Sie lachten beide und beschleunigten den Schritt. Der späte Nachmittag ging schon in den frühen Abend über, und Marieke wollte nicht zu spät kommen, auch wenn es bei den Treffen am Strand auf Töwerland mit der Uhrzeit nicht so genau genommen wurde. Ob allein, zu zweit, mit mehreren – Zeit auf einer Decke im Sand zu verbringen, war in keinem Fall und niemals Zeitverschwendung.

Zunächst jedoch mussten sie in den *Sandstern* zurück, wo Susa auf Mariekes Bitte hin eine Schüssel Salat und selbst gemachte Zitronenlimonade nach Art des Hauses zum Mitnehmen bereitgestellt hatte. Außerdem packten sie zwei Decken ein, denn noch gab es keine hochsommerlichen Temperaturen. Auf dem Weg nach draußen stießen sie in der Diele fast mit Susa zusammen, die einen schweren Wäschekorb vor sich hertrug. Kurz setzte sie ihn ab und wischte sich mit einem Taschentuch über die Stirn.

»Danke für alles«, sagte Marieke. »Der Salat und die Limonade, die du gemacht hast, sehen köstlich aus.«

»Und ich will mit dir bald noch mal köstlichen Kräutertee trinken«, sagte Susa und strahlte. Sie fasste nach Mariekes Arm und drückte ihn fest. »Ich bin so froh, dass du bei uns bleibst, und so froh, dass nichts verkauft wird. Ich hätt tagelang geweint, wenn ich davon gewusst hätt. Zum Glück war ich weit weg in Italien, sonst wär mir untergekommen, dass hier was nich mehr stimmt. Und unter einem neuen Chef hätt ich hier nich weitergearbeitet.«

»Unvorstellbar. Dabei gehörst du doch in den *Sandstern* wie die Möwen an den Strand! Ja, dir kann ich schlecht etwas vormachen, du kennst mich und meinen Vater einfach schon zu lange und zu gut«, sagte Marieke. »Mit dem köstlichen Tee meinst du die tolle Kräutermischung, die ich auch mit unserem speziellen Gast Josefine Jacobson getrunken habe?«

»Ja, und er hat ziemlich schnell gewirkt, das hat Annegret mir erzählt. Diese Josefine is dann wohl ganz zahm geworden. Ich will das Teeritual mit dir wiederholen, weil ich für dich einen neuen geheimen Wunsch hab, jetzt, wo du hier bei uns bleibst.«

»Gut«, sagte Marieke lächelnd. »Ich hätte auch einen Wunsch für dich.« Sie sah von Susa zu Tina. »Und für dich ebenso. Vielleicht trinken wir ihn zu dritt, bevor du wieder abreist.«

Tina machte ein fragendes Gesicht, und Susa sah Marieke streng an. »Nichts weiter verraten, sonst wirkt der Tee nich so gut!«

Gut gelaunt verabschiedeten sie sich für diesen Tag, und vor lauter Dankbarkeit, dass Susa eine derart loyale Mitarbeiterin war, hätte Marieke sie am liebsten fest umarmt.

Bevor sie zum Strand gingen, schauten sie noch bei Rainulf und Federica auf der Terrasse vorbei. Einträchtig saßen die beiden nebeneinander, und wo Julietta war, diese Frage musste Marieke gar nicht erst stellen – wahrscheinlich war sie wieder unterwegs, um am letzten Tag vor der Abreise noch ein paar Inselmotive einzufangen und sie mit dem Zeichenstift festzuhalten.

»Ich wollte dir meine ehemalige Kollegin Tina vorstellen, die jetzt wieder fit und munter ist«, sagte Marieke. »Nur haben wir leider keine Zeit, uns zu euch zu setzen, wir müssen zu einem Picknick.«

»So!« Ihr Vater gab Tina die Hand und hielt sie fest. »Ich hoffe, Sie versuchen nicht, meine Marieke wegzulocken, damit sie sich wieder in dem Nobelhotel anstellen lässt!«

»Papa«, sagte Marieke vorwurfsvoll. »Ich habe in den höchsten Tönen von dir geschwärmt, und jetzt sagst du so was?«

»Du hast bestimmt nicht von mir geschwärmt, und das sollst du auch nicht, ich bin immer noch ein alter Brummbär«, erwiderte er mit einem winzigen Lächeln.

»Außerdem haben Sie recht, Herr Janssen«, sagte Tina und schmunzelte ebenso. »Ich habe Ihrer Tochter lange in den Ohren gelegen, wieder ganz nach Hamburg zurückzukehren. Aber das ist Vergangenheit. Vielleicht komme ich jetzt öfter vorbei, und Sie haben einen neuen Stammgast.«

Rainulf nickte erfreut, und Federica sagte: »Je länger man hier ist, umso schöner wird es.«

Sie plauderten noch kurz, holten eines der Gästefahrräder aus dem Schuppen und fuhren los. Zunächst war Marieke in guter Stimmung, doch je mehr sie sich dem Strandaufgang näherten, desto stiller wurde sie. Oder aufgeregter. Sie merkte es, als sie das Fahrrad abstellte und die große Tasche aus dem Korb hob. Ihre Hände waren feucht, und im Magen war ihr flau. Sie hatte sich selbst befohlen, nicht explizit nachzufragen, ob Philipp auch kommen würde. Manchmal war es besser, etwas im Vorfeld nicht so genau zu wissen, um nicht unnötig nervös zu sein. Seit dem klärenden Gespräch dachte sie fast unentwegt an ihn. Und spätestens jetzt war klar, dass sie es sich sehnlichst wünschte, ihn zu sehen.

Sie gingen den Weg zum Strand entlang und vorbei an der kleinen Senke, wo der viele Strandflieder wuchs. In wenigen Wochen würde sich die Stelle in eine hellila blühende Oase verwandeln. An diesem Abschnitt war der Strand meist menschenleer, und die nächsten Strandkörbe waren nur Punkte in der Ferne. Dafür aber waren die anderen schon da und hatten gezaubert: Zwei große dicke Decken waren auf dem Sand ausgebreitet, darauf lagen ein paar Kissen, und an den Ecken standen Windlaternen, die noch auf ihren Einsatz warteten. Jemand, vermutlich Sina, hatte verschiedenfarbige Rosenblätter auf dem einladenden Lager verstreut. Nele und Bengt saßen aneinandergekuschelt auf der Decke, die anderen packten gerade Teller und Gläser aus dem Picknickkorb aus, Philipp war nirgends zu entdecken. Als Sina Marieke sah, ließ sie alles stehen und liegen, kam mit offenen Armen auf sie zu und umarmte sie fest. »Schön, dass ihr da seid! Ich bin so froh! Zum Glück habe ich auf dich gehört. Erinnerst du dich, was du mir in meinem Laden gesagt hast, als ich hinter dem Tresen in meiner Verzweiflung fast versunken bin wie in einem Moor?«

»Nein, was denn?« Marieke löste sich aus der Umarmung und wies auf ihre Begleitung neben sich: »Das ist Tina. Ihr kennt sie aus den wilden Geschichten, die ich euch über die Events im *Albatros* erzählt habe. Meine beste und liebste Kollegin.«

»Wilde Geschichten?«, fragte Tina amüsiert und streckte Sina die Hand hin. »Hallo und danke, dass ich heute mit dabei sein darf.«

»Na klar«, sagte Sina, und auch Niels begrüßte den neuen Gast. Während Bengt aufstand, um Tina die Hand zu geben, blieb Nele sitzen. »Hey. Wir haben uns ja schon kurz im Garten kennengelernt«, sagte sie nur. Marieke fand ihr distanziertes Verhalten etwas befremdlich, doch darum würde sie sich später kümmern.

»Was habe ich dir denn gesagt?«, hakte Marieke bei Sina nah.

»Du hast mich daran erinnert, dass grübeln und sich sorgen schlecht fürs Immunsystem ist«, antwortete Sina. »Das ist natürlich nichts Neues, aber ich hatte es trotzdem vergessen. Seitdem habe ich darauf geachtet, jeden Tag etwas Schönes zu erleben und viel zu lachen. Vielleicht hat es wirklich dazu beigetragen, dass es endlich geklappt hat.« Niels legte einen Arm um sie, zog sie nah zu sich heran und küsste sie aufs Haar.

»Das freut mich wirklich sehr.« Mariekes Blick wanderte über die Teller und Gläser, die auf der Decke bereitstanden. Es waren sieben Stück. »Es kommen wohl nicht viele?«, fragte sie. Sie hatte ein paar mehr Picknickgäste erwartet. Dann war Philipp wohl doch nicht mit dabei …

»Nein, heute nicht«, sagt Sina und schmiegte sich eng an Niels. »Das Ergebnis ist noch zu frisch. Wir haben es nur unseren Familien und euch erzählt. Ganz sicher aber gibt es ein großes Fest, wenn wir endlich zu dritt sind.« Sie musterte Mariekes Gesicht und las, bewusst oder unbewusst, ihre Gedanken: »Nur Philipp habe ich für heute noch Bescheid gesagt«, sagte sie. »Er ist zwar ›nur‹ unser Arzt, aber er hat unseren Leidensweg begleitet. Er hatte immer ein Ohr für mich und uns einen Vorzugstermin im Kinderwunschzentrum besorgt.«

»Eingeladen ist er, aber kommt er denn auch?«, fragte Bengt.

»Mal sehen. Er hat sich sehr gefreut, schrieb mir aber vorhin, dass ein dringender Einsatz dazwischengekommen ist«, antwortete Sina. »Er meinte, das könne dauern. Die betreffende Person sei schwer krank und brauche Beistand. In jedem Fall soll ich dich grüßen.«

Da war er wieder, der Stich der Enttäuschung. Unwillkürlich legte

Marieke die Hand auf ihr Herz. Philipp wusste, dass sie hier war, er würde aber vielleicht erst viel später oder vielleicht gar nicht kommen. Andererseits tat er nur seine Pflicht, nein, er tat mehr als das, und gerade das machte ihn ja so besonders. Er saß jetzt an einem Sonntag am Krankenbett und sprach jemandem Mut zu. Sie holte tief Luft und beschloss, sich keinesfalls die Stimmung verderben zu lassen. Ein Abend mit Freunden am Strand ihrer Heimatinsel wartete auf sie. Gab es viel Schöneres? Noch stand die Sonne ein Stück über dem Horizont und ließ das Meer funkeln und glitzern. Über dem Wasser vollführten die Möwen ihre Kunststücke, flogen ihre Bögen, Schleifen und Spiralen und stießen ihre stolzen Schreie aus. Sie waren eins mit der Freiheit.

Und ich bin auch wieder frei, erkannte Marieke in diesem Augenblick. Sie hatte sich aus freien Stücken entschieden, auf der Insel zu bleiben, und es gab keine Abmachung mehr, die sie an Gerit band. Sie war wie ein Vogel gewesen, der mit einer Schnur noch an der Vergangenheit hing – jetzt war sie wieder ungebunden. Sie tastete nach der kleinen silbernen Möwe, die sie seit dem Fest um ihren Hals trug, und es war, als flüstere ihre Mutter ihr eine weitere Erkenntnis ein: Die Freiheit, nach der sie sich immer so gesehnt hatte, lag nicht unbedingt draußen in der weiten Welt und ihren vielen Möglichkeiten. Freiheit war vielmehr, sich für etwas aus dem Herzen heraus entscheiden zu können. Es spielte keine Rolle, wo das passierte, weil es im Inneren stattfand. Auf einmal war es so sonnenklar! Wie von selbst fasste sie einen weiteren Entschluss: Sollte Philipp doch noch kommen, würde sie ihm heute endlich sagen, was sie bisher – immer lauter – gedacht hatte: *Ich will in deiner Nähe sein. Auch deswegen bleibe ich hier.*

»Nun setzt euch doch endlich, statt die ganze Zeit rumzustehen«, rief Nele und zauberte einen ihrer fantastischen Kuchen hervor. Er war mit roten Beeren gedeckt, und der Rand war mit Schokolade bestrichen. »Dazu gibt es natürlich auch ordentlich Schlagsahne. Zunächst aber hätte ich gern etwas Herzhaftes. Los, zeigt her, was ihr habt!«

»Na klar.« Sina setzte sich zu ihr und holte eine Schüssel mit gekochten Eiern, ein Glas eingelegte Gurken sowie belegte Brote aus ihrem Korb, die sie je nach Belag in verschiedenfarbiges Papier geschlagen hatte. Dazu passte der grüne Salat mit Tomaten, Gurken und Paprika, den Marieke dabeihatte, perfekt. Zum ersten Anstoßen gab es frische Limonade oder ein Glas Sekt. Niels ließ gleich den Korken knallen und füllte die Gläser.

»Auf eure Zukunft, auf euer Kind, auf eure künftige Familie!«, rief Nele, und alle jubelten.

»Ich wünsche euch alles Glück der Welt. Das wäre also mindestens so viel, wie wir es haben.« Bengt beugte sich zur Seite und küsste Nele.

Sina hatte Tränen in den Augen und küsste Niels. »Ohne deine Geduld hätte ich das nie geschafft.«

Marieke warf Tina einen Blick zu und übermittelte die telepathische Nachricht: *Ich hab dich gewarnt. Das müssen wir nun aushalten.* Tina zuckte lächelnd mit den Schultern, und alle tranken einen andächtigen Schluck. Eine kleine Weile waren nur das Wellenrauschen und die Möwenschreie zu hören, und Marieke überlegte, ob das jetzt auch der richtige Zeitpunkt für sie war. »Ähm … ich hätte auch eine Art positiver Nachricht zu verkünden …«

»Was, du bist auch schwanger?«, rief Nele.

»So ein Quatsch. Außerdem gibt es noch andere gute Nachrichten im Leben als die, ein Kind zu bekommen«, erwiderte Marieke.

»Vielleicht«, sagte Nele. »Trotzdem wünsche ich mir diesen Tag herbei. Aber vielleicht kommt er nie. Vielleicht hat dich Tina ja davon überzeugt, dass die Welt in Hamburg oder da draußen irgendwo die bessere für dich ist.« Sie schaute zwischen Marieke und Tina hin und her, und Marieke tauschte wiederum mit Tina einen einvernehmlichen Blick, den Nele komplett in den falschen Hals bekam. »Ich seh schon«, schnappte sie. »Da hat eine kleine ostfriesische Insel keine Chance, nicht wahr?«

Marieke wiegte den Kopf hin und her und genoss den Augenblick und die Vorfreude darauf, wie Nele und die anderen wohl reagieren würden. Wie eine Welle baute sich die Anspannung auf, bis sie ihren höchsten Punkt erreichte und sie es nicht mehr aushielt. Sie lachte laut auf. »Von wegen!« Eigentlich hatte sie die Neuigkeit geheimnisvoller präsentieren wollen, doch es brach spontan aus ihr hervor: »Im Gegenteil. Ich bleibe auf Juist. Ich kümmere mich jetzt voll und ganz um die Pension. Das *Albatros* ist Geschichte. Gerit ist Geschichte.«

Nele stand der Mund offen. Marieke nahm noch einen Schluck und ließ den Sekt durch ihre Kehle perlen.

»Und ich finde Juist ganz zauberhaft. Ich kann jetzt verstehen, warum Marie – oder Marieke, wie ihr hier zu ihr sagt – hierbleiben möchte. Meinen Segen hat sie jedenfalls«, ergänzte Tina, griff nach ein paar Rosenblättern, die vor ihr auf der Decke lagen, und warf sie in die Luft.

»Bengt, bitte kneif mich«, sagte Nele und schrie einen Moment später auf. »Aua!« Dann drückte sie ihrem Mann das Glas in die Hand und kam Marieke auf den Knien ein kleines Stück entgegengerobbt. Marieke übergab Tina ihr Glas und kam Nele auf der Decke ebenso entgegen. Sie umarmten sich, und Nele fragte: »Das ist kein Scherz? Du bleibst jetzt wirklich hier, bei mir, bei uns?«

Marieke drückte ihr Gesicht an die Wange von Nele. »Nein, kein Scherz.« Gegenseitig wuschelten sie sich durchs Haar, bis jeder Ansatz einer Frisur sowohl bei Nele als auch Marieke vernichtet war. »Erklär mir das später bitte ganz genau, jetzt brauch ich erst mal schnell was zu essen«, sagte Nele.

»Allerdings! Ich sterbe vor Hunger. Ich hoffe, es hat nicht noch jemand eine gute Nachricht zu verkünden?«, fragte Bengt scherzhaft.

Ein fröhliches Gelächter war die Antwort, und als sie wieder auf den Kissen saßen, sagte Nele zu Tina: »Tut mir leid, wenn ich bisher nicht besonders freundlich zu dir gewesen bin.« Sie biss sich auf die Lippe, was Marieke von Nele kannte, wenn ihr etwas sehr unangenehm war. »Ich hatte tatsächlich Angst, dass du meine Kindheitsfreundin davon überzeugst, wieder wegzugehen. Ab jetzt wirst du die Juister Gastfreundschaft und die meiner Familie kennenlernen, versprochen!«

»Kein Problem.« Tina lächelte, und Marieke wunderte sich einmal mehr über sie. Seit sie das Krankenbett verlassen hatte, zeigte sich bei ihr eine andere, ruhige und besonnene Seite, die Marieke kaum an ihr kannte, aber ziemlich gern mochte.

Sie begannen, sich die Teller vollzuladen, und schlemmten und tranken. Irgendwann legte sich Marieke auf den Rücken und blinzelte in den Abendhimmel. Auf einmal war sie todmüde. Und pappsatt. Das Meeresrauschen hüllte sie ein, und sie schloss die Augen. Es war seltsam, aber sie träumte von einem ganz ähnlichen Treffen am Strand, und sie waren zu siebt. Nachts in ihren Träumen war Philipp ihr in den vergangenen Tagen hin und wieder begegnet, ohne dass viel passierte. Er tauchte auf wie ein vertrauter Bekannter, lief einfach nur durch ihr Blickfeld. Oder er saß in einer Ecke und las ein Buch, oder er befand sich unter anderen Menschen, die sich in ihren Traumlandschaften tummelten. Sie konnte ihn jetzt in ihrem Traum nicht sehen, aber spüren. Irgendwie war er um sie herum, und sie lag schlafend im Sand. Ihr war kalt. Philipp war zur Stelle und deckte sie mit einer Decke zu, immer noch konnte sie ihn nicht sehen, aber irgendwie doch wahrnehmen. Warm und weich legte sich der wollene Stoff über sie, zärtlich sagte er ihren Namen. »Marie, Marieke, Marie, Marieke.« Immer wieder wechselte er die Anrede, so wie er es auch im echten Leben manchmal tat.

Marieke schlug die Augen auf und blickte in ein Paar graue Augen mit grünen Sprenkeln, das über ihr schwebte.

»Ich hab dich zugedeckt«, sagte er. »Im Liegen ist es etwas frisch.«

»Was ist los?« Sie richtete sich halb auf und blickte sich um. Philipp war plötzlich da, und die Windlaternen brannten, obwohl noch genug Licht in der Luft war. Allerdings stand die Sonne schon tief, und der Himmel hatte sein pastellfarbenes Kleid angelegt. Ein weiterer Sektkorken knallte und flog in hohem Bogen durch die Luft.

Bengt stand auf, um ihn einzusammeln. Marieke musste eine Weile weggedämmert sein.

Nele lachte ihr zu. »Spätestens jetzt wärst du aufgewacht, aber der Herr Doktor hat sich schon vorher Sorgen gemacht, du könntest dich verkühlen.« Sie schenkte neuen Sekt und für Sina ein Glas Limonade ein. »Ich finde, es gibt sehr wohl noch einen weiteren schönen Anlass, auf den wir anstoßen sollten! Ganz einfach der, dass wir alle zusammen sind und einen schönen Abend erleben dürfen, hier und jetzt. Vielleicht können wir uns ja öfter Zeit nehmen, gerade wenn es so aussieht, als hätten wir keine.«

Noch etwas benommen nahm Marieke ihr Glas entgegen. Philipp hatte sich neben sie gesetzt und hob das Glas in die Luft. »Danke für die Einladung! Es ist schön, wie sich mir langsam ein Bekanntenkreis erschließt.«

»Auf Juist sind Freundschaften wichtig. Die Winter sind lang, und uns allen stehen wohl noch einige bevor«, sinnierte Bengt. »Diesmal trinken wir auf die Freundschaft«, schlug er vor.

»Auf die Freundschaft!«

Ein paar Wimpernschläge lang tauchte Marieke in Philipps Augen ein. »Auf die Freundschaft«, wiederholte er kaum hörbar, und ihr Herz schlug in der Brust.

Alle hatten sich nun dem Meer zugewandt. Die Sonne würde bald das Wasser berühren, und die wenigen Wolken am Himmel badeten in Rot und Orange. Das war das Tolle an Sonnenuntergängen. Es war nicht nur das schönste Naturspektakel der Welt, sondern auch eine Einladung, einfach nur hinzuschauen. Es musste nicht geredet werden. Der Moment und die Schönheit sprachen für sich. Es war aber auch deswegen ein magischer Augenblick, weil es plötzlich windstill war und die ewigen Schreie und Rufe der Möwen ausgesetzt hatten.

»Ich freue mich sehr für euch, dass es geklappt hat«, sagte Philipp. »Und die Natur macht es uns vor. Die Sonne fällt ins Meer und befruchtet das Wasser. Über Nacht reift der Tag heran und wird morgens frisch geboren.«

»Wow!«, stieß Nele aus und klatschte.

Marieke blickte Philipp verblüfft an. »Das habe ich doch schon mal gehört«, sagte sie.

»Ja, als wir in der Strandbar waren. Mich fasziniert diese Beobachtung immer wieder neu«, antwortete er.

»Klasse! Heute höre ich lauter tolle Sachen«, sagte Tina.

»Was gibt es denn noch zu berichten, außer dem besagten Anlass?«, erkundigte sich Philipp und sah neugierig in die Runde.

»Das erfährst du bestimmt gleich«, antwortete Tina, und hätte sie noch neben Marieke gesessen, hätte sie von ihr einen kleinen Stoß in die Seite bekommen. Wenigstens bemerkte Tina, dass sie mal wieder zu weit vorgeprescht war, und versuchte, Philipp gleich wieder abzulenken: »Hast du heute überhaupt schon ein Abendbrot gehabt?«

Die beiden gingen vertraut miteinander um, gar nicht mehr nur wie Arzt und Patientin, wie Marieke zur Kenntnis nahm. Da hatte sie wohl eben etwas verschlafen. Auf einmal konnte Marieke keinen Moment länger warten, um endlich mit Philipp allein zu sein. Sie stellte ihr Glas in den Sand und nickte ihm zu. »Gehst du ein paar Schritte mit mir?« Sie erhob sich und hielt ihm die Hand hin, sodass er eigentlich gar keine Wahl hatte.

»Gern«, sagte er und ließ sich hochziehen.

»Aber dann musst du etwas essen!«, rief Sina hinter ihnen her, als sie nebeneinander durch den Sand in Richtung Brandung liefen. Marieke spürte die Blicke in ihrem Rücken und hörte leises Gelächter und Gemurmel, doch je näher sie dem Wasser kamen, desto weniger nahm sie noch irgendetwas anderes wahr als die Gegenwart von Philipp unter dem Abendhimmel in ihrer geliebten Heimat Juist, in die sie nun zum zweiten Mal und endgültig heimgekehrt war. Über ihnen kleideten sich die Wolken in immer dramatischere Farben, als veranstalteten sie dort oben eine extravagante Modenschau für die Götter. Marieke überkam eine große Ehrfurcht, und sie glaubte, zu spüren, dass es auch Philipp so ging. Schweigend liefen sie hinunter zum Meer und dort auch noch ein Stück weiter ins Menschenleere, sodass die anderen auf Daumennagelgröße zusammengeschrumpft waren, als sie zurücksah.

Am Saum des Meeres, wo sich Wasser und Land trafen und einander umspielten wie zwei Geliebte, blieben sie und Philipp stehen und sahen zum Horizont hinaus.

Er wartete. Sie fasste nach seiner Hand.

»Nicht.« Er zuckte zurück. »Ich habe dir gesagt …«

»Bitte hör mir einfach zu«, unterbrach sie ihn und machte den zweiten Versuch, seine Hand zu greifen. Diesmal ließ er es geschehen, schaute aber statt in ihr Gesicht aufs Meer hinaus.

»Du hast gesagt, der Wahrheit lässt sich auch auf die Spur kommen, indem man sich klarmacht, was man auf keinen Fall will.«

Er nickte nur.

»Ich will auf keinen Fall, dass unsere Freundschaft jemals verloren geht.«

»Okay. Darauf haben wir doch eben schon angestoßen. Wichtiger ist, nicht zu vergessen, dass du mich nicht einfach so küssen darfst, falls du das mal wieder vorhast, weil du gerade in romantischer Stimmung bist.« Er seufzte leise und schaute an sich hinunter. »Mal ausnahmsweise die Hand halten sollte jedoch in Ordnung sein. Bin gespannt, was du mir Großes verkünden wirst. Einen Umzug nach Asien? Eine Heirat? Ein Kind? Einen Lottogewinn? Die richtige Aushilfe für die Pension?«

Sie umschloss seine Finger fester. »Eine unbefleckte Empfängnis kann ich leider nicht vorweisen. Aber gut, dass du es ansprichst, ich wollte dich längst schon gefragt haben: Wünschst du dir eigentlich auch Kinder? Du bist bei diesem Thema jedenfalls immer ziemlich zurückhaltend.«

Verständnislos sah er sie an. »Natürlich möchte ich Kinder, es ist bestimmt etwas Wunderbares. Aber selbst wenn ich jemanden hätte, der mich zurückliebt: Man muss sich erst ein bisschen besser kennen, bevor man über das Projekt Familie nachdenkt. Das zumindest ist meine Meinung. So wie Sina und Niels, für die ich mich unglaublich mitfreue. Ohne gewachsenes Vertrauen hätten sie die Prozedur einer künstlichen Befruchtung als Paar vielleicht nicht durchgestanden. Oder sieh dir Nele und Bengt an, wie gut sie miteinander umgehen und wie glücklich sie als Familie sind. Ich mag ihre beiden Töchter sehr.« Er runzelte die Stirn. »Um das zu erfahren, entführst du mich?«

Marieke war an einer Stelle seiner kleinen Ansprache besonders hellhörig geworden. »Wenn du jemanden hättest, der dich zurückliebt – das heißt, du liebst jemanden?«, fragte sie ihn ganz ruhig.

Sein Blick flackerte etwas, dann wandte er ihn ab. »Du kannst in meinen Worten lesen, was du willst«, antwortete er ausweichend.

Ihr dämmerte, dass er noch immer nicht ahnte, was sie ihm sagen wollte. Sein Kopf und sein Verstand hatten es noch nicht begriffen, seine Hand jedoch sprach eine andere Sprache. Sie ruhte fest und warm in ihrer, als wäre es immer schon so gewesen. Marieke lächelte in sich hinein.

»Das mit der Freundschaft war nur der erste Punkt. Zweitens ist mir klar geworden, dass ich auf keinen Fall möchte, dass die Pension verkauft wird. Und um das sicherzustellen, gibt es nur eine Garantie: Ich werde mich nun voll und ganz um den *Sandstern* kümmern. Ich bleibe auf Juist. Ich fahre auch nicht mehr nach Hamburg – außer in der Freizeit natürlich.« Nun zuckte Philipps Hand ein wenig in ihrer, und er wandte den Kopf wieder zu ihr. Seine grünen Augen schienen plötzlich heller zu leuchten. »Wirklich?«, fragte er überrascht. »Aber das ist ja …«

»Ich bin noch nicht fertig. Nun kommt der dritte Punkt: Ich will in deiner Nähe sein, Philipp. Ich vermisse dich, wenn du nicht hier bist. Das hat mir dein Ausflug nach München mehr als deutlich gezeigt.«

Er wandte sich ihr nun ganz zu. »Das sind ja wirklich tolle Nachrichten«, sagte er mit belegter Stimme. »Aber Gerit …«

»Ach, da fällt mir noch etwas Viertes ein«, unterbrach Marieke ihn und machte einen kleinen Schritt auf ihn zu. »Ich will auf keinen

Fall, dass du weiterhin denkst, ich sei eine gebundene Frau. Bin ich nicht. Nicht mehr. Es gibt keine Abmachung mehr, und ich fahre auch nicht nach Asien.«

Eine besonders große Welle brach sich am Strand, und das Wasser schäumte sprudelnd auf sie zu. Beide machten sie einen Satz nach hinten, und Philipps Sprung war etwas schneller und größer, während Marieke an einem Fuß von der Welle noch umspült wurde. Ihre Hände jedoch blieben wie zusammengeschweißt, und sie standen nun so eng zusammen, dass sie Philipps Atem auf der Haut spüren konnte.

»Hat es dich erwischt …«, murmelte er.

»Es hat mich erwischt«, flüsterte sie, und sie wussten beide, dass nicht ihr nasser Schuh gemeint war. Ihre Gesichter kamen sich noch ein Stückchen näher. »Es hat mich vom ersten Tag an erwischt, als ich im vergangenen Sommer nach Juist kam, um nach meinem Vater zu sehen. Von da an hast du einfach in mein Leben eingegriffen, und ich wollte es einfach nicht wahrhaben, dass mir meine schönen Pläne zwischen den Fingern zerrinnen sollten wie der feine Juister Sand. Aus einem Tag, den ich hiergeblieben bin, wurde eine Woche, wurde ein Monat, und nicht mehr lange, dann ist es ein Jahr, Philipp. Und vielleicht werden es noch viele mehr.« Sie lehnte sie sich an ihn, und er schloss seine Arme um sie. »Ich habe lange gebraucht. Hast du auf mich gewartet?« Sie schmiegte ihr Gesicht an seinen Hals, und er legte seine Wange an ihr Haar. So sehr hatte sie auf diesen Augenblick hingefiebert, wenn sie sich wieder küssen würden, doch jetzt war alles anders. Er beantwortete ihre Frage mit einem einfachen Ja, und sie blieb ganz ruhig. Das Meer schickte nun kleinere Wellen, und das Wasser fing dort, wo die Sonne eintauchte, an zu brennen. Auf einmal hatten sie Zeit.

Philipp räusperte sich leise. »Nur damit ich es nicht falsch verstehe: Du hast eben gesagt, du bleibst auf Juist, und du meinst es dieses Mal wirklich so? Außerdem hast du mir zu verstehen gegeben, dass die Sache mit Gerit wirklich Vergangenheit ist?«

Zwei Möwen waren nah bei ihnen aufgetaucht und tanzten in der Luft. »Ich bin so frei wie ein Vogel, Philipp. Ich hoffe, du auch.«

Er schob einen Finger unter ihr Kinn und hob ihr Gesicht ein Stück an, damit sie sich in die Augen sehen konnten. Der tiefe grüne Grund, den sie in seinen Augen so liebte, war ganz klar. »Dann ist es jetzt so weit«, murmelte Philipp. »Dann habe ich mich nicht getäuscht. Dann werde ich … nicht die Braut, aber die freie Frau jetzt küssen.« Seine Augen und Lippen kamen näher. »Mit diesem Kuss ändert sich etwas Gewaltiges«, flüsterte er und streifte mit seinen Lippen über ihre.

»Ach ja?« Mariekes Stimme war nur noch ein Hauch, während ein sanftes, warmes Kribbeln sie von Kopf bis Fuß durchströmte.

Es war ein langer, zarter, wunderschöner Kuss, während Himmel und Wasser in einer Farbexplosion ineinanderflossen. Als sie sich voneinander lösten, sagte er leise: »Als Freunde sind wir von den anderen weggegangen, und als Liebende kehren wir gleich zurück.«

»Ich widerspreche.« Sie küsste ihn wieder, und nun war sie es, die mit wachsender Lust diesen Kuss auskosten wollte, bevor sie flüsterte: »Als Liebende kehren wir zurück, das stimmt. Aber nicht gleich. Gehen wir noch ein Stückchen in die andere Richtung.«

»Marieke Janssen, immer musst du widersprechen! Ich will ganz und gar nicht sofort zurück. Ich dachte nur … wegen der Welle.«

Erstaunt sah sie an sich hinunter. »Das hab ich ganz vergessen.«

Er packte sie und wirbelte sie herum. »Schon wieder meine überbordende ärztliche Vernunft! An einem nassen Fuß ist noch niemand gestorben, und außerdem hast du dich schon sehr gebessert.«

»Gebessert?«, fragte sie außer Atem, als er sie wieder auf den Sand stellte. »Wieso?«

Er grinste. »Na ja, als wir uns im vergangenen Sommer geküsst haben, hattest du dir den Knöchel verknackst, und ich musste deinen Fuß bandagieren. Diesmal reicht es hoffentlich, wenn ich dich später in eine Decke packe und dir einen Tee einflöße, den ich zufällig in meiner Arzttasche dabeihabe.«

»Ganz bestimmt«, lachte Marieke und legte den Arm um seine Hüfte. Eng umschlungen und ohne zurückzuschauen, schlenderten sie weiter, dorthin, wo kein Mensch mehr war, während der Himmel sich für sein schillerndstes Abendgewand entschied, um diese besondere Stunde mit ihnen und den ersten funkelnden Sternen zu feiern.

Auf der Insel wartet das Glück

Lina Albrecht
DIE INSELPENSION -
HEIMKEHR ANS MEER
Roman

400 Seiten
ISBN 978-3-404-18877-2

Wegen einer OP ihres Vaters muss sich die Hamburger Hotelmanagerin Marieke um die Familienpension auf Juist kümmern. Überrascht erkennt sie, dass die Leitung des kleinen Gästehauses eine echte Herausforderung darstellt. Hier zählt ein offenes Ohr für die Gäste mehr als perfekter Service. Zudem hat Marieke mit der Beziehung zum Vater zu kämpfen, der ihr eine Mitschuld am Tod der Mutter gibt. Kann der Inselarzt Dr. Philipp Siemon, der auch ihren Vater behandelt, ihr helfen? Marieke fühlt sich zu ihm hingezogen, obwohl in Hamburg jemand auf sie wartet. Als sich ihr Aufenthalt auf der Insel dem Ende zuneigt, wirft eine überraschende Nachricht alle Pläne über den Haufen ...

Lübbe